LAURI

Laurence Peyrin a été journaliste de presse pendant vingt ans avant de se consacrer à l'écriture. Après *La Drôle de vie de Zelda Zonk* (Kero, 2015 ; Prix Maison de la Presse), Laurence Peyrin redonne vie à ses personnages dans *Hanna* (Kero, 2015). Elle publie ensuite *Miss Cyclone* (2017), *L'Aile des vierges* (2018), *Ma Chérie* (2019), *Les Jours brûlants* (2020), puis *Une toute petite minute* (2021) chez Calmann-Lévy. Son dernier roman, *Après l'océan*, est publié en 2022 chez le même éditeur.

UNE TOUTE PETITE MINUTE

ÉGALEMENT CHEZ POCKET

LA DRÔLE DE VIE DE ZELDA ZONK
HANNA
MISS CYCLONE
L'AILE DES VIERGES
MA CHÉRIE
LES JOURS BRÛLANTS
UNE TOUTE PETITE MINUTE

LAURENCE PEYRIN

UNE TOUTE PETITE MINUTE

CALMANN LEVY

L'éditeur de cet ouvrage s'engage dans une démarche de certification FSC® qui contribue à la préservation des forêts pour les générations futures.

Pour en savoir plus :
www.editis.com/engagement-rse/

ISBN : 978-2-266-29567-3
Dépôt légal : avril 2022

Avec le temps, vous verrez que parfois, ce qui compte, ce n'est pas ce qu'on a, mais ce à quoi on renonce.

L'Ombre du vent, Carlos Ruiz ZAFÓN

Tu souris à nos amours
Et pendant que tu tires les rideaux bleus du ciel
Se disperse ton argent rosée
Sur chaque fleur qui ferme ses si doux yeux
Dans le sommeil, au moment opportun
Que ton vent d'ouest s'endorme sur le lac
Parle dans le silence de tes yeux qui scintillent
Et lave le crépuscule d'argent
Bientôt, bientôt, tu partiras
Puis le loup fera rage

« À l'étoile du soir », William BLAKE

À Nathalie, Marianne,
Clarisse, Carole,
mes amies fidèles
À Olivia Benson, mon héroïne

PROLOGUE

Madeline

31 décembre 1995, Park Avenue
Manhattan, New York

Je regarde le plafond.

Je m'ennuie.

Chaque minute où Estrella n'est pas avec moi, je m'ennuie. « C'est bien, ça t'occupe », elle me dit toujours en riant, de son grand rire en touches de piano.

Dernier jour de l'année. J'aime bien l'idée de fêter ça, ça débarrasse.

Je trouve que le temps ne passe pas assez vite.

Il me semble que les périodes de la vie dont on ne se souvient pas sont inutilement longues et rognent sur celles qui valent le coup d'être vécues. La toute petite enfance, avec le biberon, les premiers pas, les premiers mots, tout le monde trouve ça génial sauf nous. Après, on reste une petite fille bien trop longtemps, une gamine à qui on choisit ses vêtements pour qu'elle soit mignonne, ses goûters pour qu'elle soit saine, ses loisirs pour qu'elle soit brillante.

Ces périodes, on les vit pour les autres.

À partir de quand les années deviennent-elles utiles à soi-même ? À quel moment les souvenirs valent-ils le coup d'être gardés ?

J'ai la réponse : ça commence maintenant.

J'ai 17 ans.

« Tu vas mettre quoi ? Ton haut rose à paillettes ? »

Estrella, c'est un justificatif à la vie : ça bouge.

Estrella, c'est la minute d'après.

« Non, il me va pas. J'ai pas de nichons.

— On s'en fout, bien sûr qu'il te va bien, tu as vu le prix que tu l'as payé ? »

Oui, je me dis en soufflant dans le combiné. C'est des malins, chez Saks, avec leurs lumières bien orientées, bien filtrées dans les cabines d'essayage. Tu enfiles un tout bête tee-shirt à paillettes et tu deviens Pamela Anderson. Rentrée à la maison, y a plus personne.

Bilan des opérations : 190 dollars.

« André sera là, chez Dylan. »

Je ne sais pas pourquoi elle me dit ça. Je m'en tape, d'André. Il paraît qu'il est super beau. C'est comme une sculpture, André : il est doré, grand, musclé. Parfait. Trop. Bref, toutes les filles de son collège à Hell's Kitchen veulent sortir avec lui. Ça ne m'émeut pas. Ça ne me donne pas spécialement envie.

« Sarah, ferme-la ! »

Elle le fait exprès, bien sûr. Mon idiote de frangine est là à brailler dans le couloir pendant que je suis au téléphone. Elle chantonne, elle parle toute seule, elle est jalouse – ses copines à elle sont des gamines de 14 ans, inintéressantes.

Il faut absolument qu'elle reste derrière ma porte, pourtant l'appartement est grand, il me semble. On est sur Park Avenue, presque en face du Waldorf-Astoria, à 200 mètres de la gare Grand Central. Estrella, ça l'a impressionnée, la première fois où elle est venue, pourtant c'est loin d'être le plus bel appart de l'avenue.

Dans mon collège, il y a des filles de banquiers qui ont une chambre de la taille de notre salle à manger.

Mais Estrella habite dans le Bronx, alors forcément, c'est différent pour elle.

Je ne suis jamais allée chez elle, ça fait loin – c'est ce qu'elle me dit tout le temps. Une fois, sa mère nous a emmenées à Orchard Beach, on l'a attendue dans un Starbucks. Du coup, je ne sais même pas comment ma meilleure amie a décoré sa chambre.

« Dégage, Sarah ! »

Cette petite conne ouvre de grands yeux et fait mine d'être terrifiée. Puis elle se barre en courant. Je regarde son dos rapetisser dans le couloir. Elle ne sert vraiment à rien.

Je referme la porte.

« J'en ai marre, j'ai envie d'être ce soir. »

Pas pour la bringue, pas pour les mecs, pas pour l'alcool, j'ai envie d'être ce soir pour passer la dernière seconde de 1995 avec Estrella, parce que, comme elle dit, l'année d'après t'apporte toujours une réponse.

Notre réponse à la vie, on se la fait tatouer sur le cœur tout à l'heure.

« Il paraît que ça fait mal quand c'est près des os. Et sur les côtes, y a pas beaucoup de peau.

— Enfin, surtout sur moi. »

Je rigole. C'est vrai que je suis une « fausse maigre », comme dit Papa. J'ai des os fins. Alors, habillée, je parais squelettique. En maillot de bain, ça va. Cet été à la piscine de Central Park, André m'a dit que j'étais « une belle surprise ».

Avec ma meilleure amie pour la vie, on va se faire tatouer une étoile sous le sein gauche. On ira à St. Marks Place dans East Village avant de rejoindre des copains à Hell's Kitchen.

Parce qu'on a décidé que c'était la meilleure chose à faire le dernier jour de 1995.

Estrella, en espagnol, veut dire « étoile ». Mais c'est juste un hasard qui tombe bien. Moi, je crois au destin.

J'étudie la poésie française au lycée, et j'aime cette citation de Paul Éluard : « Un rêve sans étoile est un rêve oublié. »

Nous, on va vivre une vie différente, qu'on n'oubliera pas quand on sera vieilles. Nous, on sera des résidus marrants, pas comme mes grands-parents tout coincés ou les vieux que soigne la mère d'Estrella à la maison de retraite. La plupart ont tout oublié.

Et peut-être qu'on ne sera jamais vieilles. Un jour, il faudra qu'on y réfléchisse. On se laissera le choix. Pour que tout reste beau.

Je m'en fous d'être un peu « riche », comme dit Estrella, je m'en fous qu'elle ne le soit pas. C'est un truc qui ne nous intéresse pas. On a décidé que cette année qui commence cette nuit, on partirait toutes les deux, on ne sait pas encore trop où, peut-être aider dans un orphelinat en Haïti, ou soigner des éléphants en Afrique.

Ce sera notre vie à nous.

L'étoile, c'est pour ça.

C'est elle qui nous obligera à ne rien oublier.

J'ai hâte d'être à ce soir.

– 1 –

Juin 2016, sur la route

Pour sa sortie, sa mère avait envoyé un chauffeur.

C'était tout Mira.

Quitte à faire un trou supplémentaire dans le « petit bas de laine » que lui avait laissé Papa et qu'elle avait évoqué de cette manière littérale plusieurs fois lors de ses visites bimestrielles – histoire de faire entrer plus ou moins subtilement dans la tête de sa fille que cette infortune collatérale était bien sa faute. Allusion tout à fait inutile.

Mad se demandait tout de même ce qu'on pouvait entendre par « petit bas de laine », au regard des 3 dollars de l'heure qu'elle-même avait un temps épargnés en surjetant des combinaisons de chantier entre quatre murs sans fenêtre – ç'avait beau être la prison, c'était du travail quand même.

Le coup du chauffeur était parfaitement absurde, l'administration pénitentiaire ayant obligation de fournir à toute détenue libérée un moyen de transport jusqu'à sa prochaine adresse.

Mais il fallait croire que Mira avait tenu à faire un geste – ou, plutôt, à s'exonérer de ne pas en faire. Lors de la plupart des mises en liberté, la famille exaltée venait ramasser la mauvaise graine sur le parvis du centre de détention. À défaut, il était d'usage qu'un avocat embarque sa cliente devant la porte en acier et la reconduise lui-même à la civilisation – l'avocat, le type qui ne laissait derrière lui que le fameux « petit bas de laine ».

Mais il n'y avait plus d'avocat pour Mad depuis qu'elle avait systématiquement écarté ses demandes de libération conditionnelle solidement argumentées. Une cliente difficile. La dernière fois, maître Leonardi avait claqué la porte, c'était quand déjà, l'année dernière, celle d'avant ?

De toute façon, Mad n'aurait eu besoin de personne aujourd'hui, elle avait de l'argent. Un peu. À la levée d'écrou, on lui avait rendu son porte-monnaie. Et soldé son compte de travailleuse surexploitée. Elle n'avait jamais trop cantiné, alors ça allait, l'administration n'avait pas été obligée de compléter jusqu'aux 50 dollars réglementaires du *gate money*, « l'argent de grille » qu'on vous lâchait avec le certificat de décharge.

Le porte-monnaie resterait dans le baluchon où l'on avait fourré ses autres effets d'*avant*, et pour cela au moins, Mad était reconnaissante à Mira et au chauffeur prépayé. Elle ne toucherait à rien, ne remuerait rien de la fange qui stagnait au fond.

Elle avait à peine regardé les trucs que la gardienne énumérait en les lâchant dans le bac en plastique – « clés sur un porte-clés marqué *I Love NY*. Porte-monnaie rose en écaille de marque euh… Givenchy. Portefeuille noir de marque… Calvin Klein contenant un permis de conduire, une Mastercard Bank of America expirant le… 1er janvier 1997… ». Mad s'était contentée de hocher la tête en rythme, se demandant quand ça allait finir, bordel, et si l'autre était vraiment obligée de lui détailler les coutures, les fermoirs, le maillage de son collier, le nombre de perles en plastique de ses bracelets fantaisie, le cadran de sa montre et le nom de tous les magasins dont elle avait détenu une carte de fidélité.

Heureusement, dans ce fouillis clinquant, elle ne trouverait pas ses vieux vêtements, la justice n'avait pas eu le loisir de cette cruauté : ils étaient probablement coagulés dans un carton de pièces à conviction, perdus au fond d'une étagère de l'Unité spéciale pour les victimes de Manhattan.

Quand elle avait rendu son uniforme orange, à poil une fois de plus devant la gardienne de ce temple des misères, on lui avait tendu un jean, un tee-shirt blanc ironiquement floqué d'une statue de la Liberté pour touristes, une paire de baskets pas trop usées, le tout-venant des dames de chez Goodwin qui déposaient à la prison des fringues de seconde main pour les libérables nécessiteuses.

Cela lui suffirait, avait-elle décrété. Elle avait bien trop peur que Mira lui fasse expédier un tailleur bleu marine et des pompes de communiante.

Quand la porte du centre correctionnel de Taconic se referma derrière elle, Mad n'éprouva pas le besoin de se retourner comme le faisaient celles qui devenaient, dans un écho lourd, de toutes nouvelles anciennes détenues. Pour se prouver que c'était bien vrai, qu'on ne s'était pas trompé, que personne n'allait revenir en courant vous plaquer au sol. C'est la crainte irrationnelle qu'elles avaient toutes eue – Anita, Maria, Philo, Marcy.

Ce qu'avaient raconté celles qui étaient revenues, quelques mois plus tard – celles que la prison n'avait pu changer.

Mad, elle, resta plantée à regarder droit devant, son baluchon sur l'épaule. Il faisait une chaleur à crever, on était en juin, non ? Elle se fichait de la date, elle n'y avait pas voué de culte, n'avait pas tracé des petits bâtons sur le calendrier qui était resté accroché dans sa piaule de l'aile gauche réservée aux bonnes conduites.

Elle vit un type en costume froissé sortir d'une voiture noire moderne dont elle ignorait la marque. Il épongea son front chauve en s'approchant, timide, si conscient de cette situation incongrue que c'en était gênant.

Mad aurait préféré se taper tout le trajet dans un car Greyhound rempli de péquenauds.

« Madeline Oxenberg ? » demanda le chauffeur.

On aurait dit qu'il tenait un chapeau entre ses mains, il faisait de son mieux, mais son regard en fuite entre deux prisons – à droite celle de Bedford Hills, haute sécurité, à gauche le centre correctionnel de Taconic, sécurité moyenne – trahissait l'envie folle qu'il avait de se barrer de ce nid de bonnes femmes sanguinaires, et vite. Y en avait peut-être même des planquées dans les bois alentour, va savoir.

Mad lisait tout ça écrit en gros sur son front nu, hypnotisée par le soleil tapant, mais elle ne put s'empêcher de sursauter en entendant ce nom, *Madeline Oxenberg – son* nom –, et eut le réflexe de balayer le parking du regard.

Il n'y avait personne d'autre, alors oui.

Elle hocha la tête, et en s'installant sur le siège arrière en skaï usé, les mains libres, sans personne pour lui appuyer sur la tête, elle prit en pleine figure ce qui était en train de lui arriver.

Mad, « la Timbrée », redevenait Madeline.

Avec vingt ans de plus au compteur.

La route entre la forêt carcérale du comté de Westchester et les plages languides des Hamptons avait été longue : 125 miles, 200 kilomètres, 2 h 20 minutes.

Il fallait voir tous ces chiffres qui clignotaient sur le tableau de bord, ces aiguilles qui tournaient autant que vous tournait la tête. Avec ses accoudoirs élimés, ses éraflures à l'intérieur des portières, la voiture n'avait rien de luxueux, mais Mad aurait pu tout aussi bien se trouver à bord d'une navette spatiale. La dernière fois qu'elle avait posé les fesses sur une banquette, c'était à l'arrière d'un fourgon sans fenêtre, face à une autre fille qui tirait la gueule. 150 mètres d'une prison à une autre, autant dire le Pérou.

Elle n'osait pas regarder dehors, cela lui donnait mal au cœur. À l'approche de la ville, le moteur qui jusque-là ronronnait s'était énervé comme un chat prêt à mordre. Et la route n'était pas terminée, parce que l'appartement familial sur Park Avenue n'était plus. Enfin, il n'était plus aux Oxenberg. Il y avait eu l'avocat. La mort de Papa. La faillite financière et morale que Mad avait causée.

Rester à Manhattan aurait été impossible. Papa, le docteur Oxenberg, n'était ni Trump, ni Rothschild, ni Astor, il faisait partie de ces demi-riches invisibles comme il en existe tant dans l'Upper East Side. Lui était de ceux dont on se refile l'adresse sous un manteau Donna Karan : *Stanley Oxenberg, chirurgien esthétique*.

On lui devait au moins un dixième des rhinoplasties de New York et quelques centaines de paires de nichons tout neufs. Il avait sa petite réputation, un joli compte en banque. Dans les premiers temps après l'affaire, les précieuses de l'Upper East Side venaient le consulter pour un rien, une ride d'expression, une poignée d'amour, histoire de voir à quoi pouvait bien ressembler le père d'une meurtrière et s'en vanter dans les cocktails.

Délicieux frisson, n'est-ce pas ?

Mais ensuite, on se faisait opérer par quelqu'un d'autre, parce qu'on ne sait jamais. L'atavisme. Un coup de bistouri colérique. Sa fille était si discrète, paraissait si inoffensive, et regardez ce qu'il s'était passé.

Et puis il y avait eu la maladie. Et cette mort qui ne semblait jamais vouloir en finir, depuis une nuit de Nouvel An.

Mira avait dû se réfugier dans la maison des vacances familiales, à Sag Harbor, une bâtisse en bois blanc et colonnades plantée au milieu d'un « jardinet », comme elle disait, où l'on aurait pu organiser des compétitions équestres. Mira avait le sens de la litote.

Dans la voiture avec chauffeur, il fallut donc traverser la moitié du Bronx, descendre la 5e Avenue, le pont de Queensboro accoudé sur Roosevelt Island au-dessus de l'East River, puis le bras fin de Long Island, le sable, les villages, les dunes…

Durant tout ce temps, Mad garda le menton calé dans sa paume, levant de temps en temps les yeux sur les compteurs – *Bon sang, elle a dû sacrifier l'un de ses sacs à main pour payer la course.*

Elle aurait voulu rassurer le type devant elle, qui ne pipait mot – de quoi discuter, en même temps, « Alors, c'était bien la prison ? Vous y avez passé combien de temps ? Ah, quand même… Et c'était pour quoi ? » Il n'avait pas mis la radio, comme s'il était à l'affût du moindre de ses gestes, jetant des coups d'œil furtifs dans le rétroviseur.

Mad aurait voulu lui dire qu'il ne craignait rien. C'était vrai. Elle n'était pas innocente, mais elle n'était pas dangereuse. Les experts l'avaient affirmé.

Pas de pathologie remarquable. Au début, elle avait quand même pris des anxiolytiques comme il fallait. Puis on avait arrêté de lui en prescrire, parce que tout allait bien dans sa tête – techniquement parlant.

Pas dangereuse. Juste incompréhensible.

Mad avait seulement demandé qu'on continue à lui donner quelque chose pour ne plus avoir ses règles, comme le médecin de Bedford Hills l'avait recommandé : elle ne supportait pas la vue du sang. Le sang signerait son autodestruction – et, va savoir, celle des autres.

Un progestatif, des antibiotiques pendant une épidémie d'angines, quelquefois des cachets contre la fièvre ou un mal de dos. C'était tout, en vingt ans de taule. Un exploit au milieu des autres filles qui se gavaient de toutes les substances arrivées de l'extérieur par les moyens les moins avouables. Bien sûr, Madeline Oxenberg avait ruiné ses parents, traumatisé sa petite sœur qu'elle n'avait vue qu'une dizaine de fois au parloir, provoqué le cancer qui avait emporté son père, mais elle était apparemment moins nocive qu'une toxico amnésique qui aurait donné son cul pour avoir sa dose et oublié ce qu'elle avait laissé dehors – ses gosses, ses parents. Mad avait eu des codétenues, comme ça, qui ne vivaient que dans l'instant et pour qui hier n'existait plus chaque matin.

Mais elle, quoi que disent les psys, elle était une nuisance au long cours.

Même si ce qui avait déclenché tout cela n'avait duré qu'une minute.

Une toute petite minute, à l'issue de laquelle Estrella, qui voulait dire « étoile », Estrella son amie pour la vie, s'était éteinte.

– 2 –

31 décembre 1995, Hell's Kitchen, Manhattan

« Je ne sais pas. »

Voilà la seule chose qu'elle était capable de répéter depuis qu'elle avait retrouvé sa voix. Il n'y avait pas d'autres mots possibles. Il n'y en aurait peut-être jamais. Ce tunnel psychologique d'où Madeline ne parvenait pas à sortir ressemblait à un long coma compacté en quelques heures, et qui nécessiterait une rééducation.

Tout réapprendre de sa vie, telle qu'elle venait de se terminer. Organiser ses pensées. Parler. Mais pour dire quoi ?

« Pourquoi as-tu fait cela, Madeline, ma chérie ?

— Je ne sais pas. »

Même le « Papa » qu'elle aurait dû ajouter, qu'elle avait toujours eu bonheur à prononcer, ne pouvait plus l'être. Deux simples syllabes, peut-être que cela aurait suffi à le rassurer, peut-être se serait-il dit qu'un reste de sa petite fille était là. Mais à la place, il y avait une toute jeune femme aux yeux dégoulinants de maquillage qui fixait le miroir sans tain.

Alors Papa avait enfoui son visage dans ses mains.

Derrière le miroir, Madeline le savait, un public réglementé l'observait. Elle avait vu des films policiers, comme tout le monde, alors évidemment qu'elle le savait, et dans son brouillard vorace une seule pensée, têtue, rationnelle, arrivait à jouer des coudes : pourquoi utilisait-on encore ce subterfuge, ce faux miroir, alors que tout le monde avait vu des films et que tout le monde savait qu'il y avait des gens derrière ? C'était idiot, parce que vraiment tout le monde…

Ça tournait en boucle, dans sa tête.

Face à elle, il y avait Gentille Flic et Méchant Flic. Ça aussi, tout le monde savait, au cinéma c'était une chorégraphie psychologique. Sauf que dans ce cas précis, Méchant Flic, un jeune type aux cheveux ras, ne servait à rien. Madeline n'expliquait rien, mais ne niait rien. Alors Méchant Flic oubliait de serrer la mâchoire et regardait sa montre. Sans doute allait-il louper son réveillon pour une histoire de meurtre certes atroce mais déjà résolue. On ne savait pas ce qui le frustrait le plus, de la biture au champagne en sursis ou de l'enquête avortée.

Un crime non nié, oui, mais expliqué, non. Ça, Gentille Flic ne le perdait pas de vue, c'était une pinailleuse. Une femme menue, plus âgée que son collègue, avec des bagues aux doigts qu'elle avait posés en éventail sur la table en aluminium. Elle tenait bien la posture – buste légèrement penché en avant, dans une position d'écoute, pas menaçante. Des mèches d'un châtain doux lui tombaient sur l'œil. Ça aussi – les mèches sur l'œil –, ça obséda Madeline un moment. Peut-être pour se remplir l'esprit, peut-être parce que Gentille Flic ressemblait à l'assistante sociale de son lycée. Pourtant non. Enfin, elle ne savait pas. Elle ne savait plus rien.

« Pourquoi ? interrogeait l'œil sous la mèche mordorée.

— Je ne sais pas », répondait Madeline.

Le pire, c'est que c'était vrai, elle n'avait pas encore compris, ne s'était pas encore approprié ce qu'elle avait fait – mais derrière cette lacune mentale il y avait un cadavre, vidé de son sang.

Estrella, 17 ans comme elle.

La corrélation entre le cadavre et Estrella ne pouvait se faire. C'était impossible.

Estrella, ça veut dire étoile.

Madeline tira sur le col du sweat-shirt déjà trop grand qu'on lui avait donné à l'hôpital. Ce faisant, elle effleura sa gorge et, empoignée par une douleur fantôme, renfonça vite ses mains jointes entre les plis informes du pantalon de survêtement venu d'on ne sait où. C'étaient peut-être les vêtements d'un mort.

La gentille flic avait suivi son geste du regard : sa gorge, ses mains.

« De quoi te souviens-tu ? Essaye de me le dire avec tes mots.

— Je ne sais pas.

— Madeline, essayons autrement : quelle est la dernière chose dont tu te souviennes ? La dernière, avant ici.

— L'hôpital. »

Ça, c'était simple. Du coin de l'œil, Madeline vit Papa détacher son visage de ses mains. Sans doute espérait-il quelque chose, n'importe quoi, qui puisse expliquer ce laps aberrant à l'issue duquel ils se retrouvaient dans la salle d'interrogatoire du poste de police de Hell's Kitchen – la *cuisine de l'enfer*, qui n'avait jamais aussi bien porté son nom.

Quelque chose qui lui fasse intégrer intellectuellement leurs vies broyées – encore parfaites il y a quelques heures. Non ? Dorénavant tout ne serait que doute.

« Madeline, je t'en prie, dit-il d'une voix à peine audible. Attends l'avocat…

— Docteur Oxenberg… », commença Gentille Flic. Puis elle fit un signe de la tête à son collègue.

Au ralenti et sans le son, Madeline vit Méchant Flic se lever de sa chaise, glisser quelques mots à l'oreille de Papa, et le conduire à l'extérieur en le tenant par le coude.

Par la porte brièvement ouverte, elle aperçut un autre monde, une fourmilière, des gens, des uniformes qui se croisaient, elle entendit des téléphones sonner, des bribes de conversation les unes par-dessus les autres, des rires même.

Puis la porte se referma.

Ici, elle était dans un bocal.

« Pourquoi…, articula-t-elle. Pourquoi il reste pas ? »

Gentille Flic l'observa attentivement, prenant la mesure de cet instant fragile où la pauvre fille devant elle recouvrait la parole, et, peut-être, le sens des réalités.

Il ne faudrait pas briser cet instant-là.

« Madeline, dit-elle doucement. Nous avons autorisé ton père à t'accompagner parce que nous pensions que sa présence te rassurerait. (Elle marqua une pause.) Tu es encore une très jeune femme et tu as vécu quelque chose de très traumatisant. Mais dans l'État de New York, la majorité pénale est fixée à l'âge de 16 ans. Il ne faut pas que ton père intervienne dans notre discussion. Pour le moment, c'est une discussion. Prenons ça comme ça, tu veux bien ?

— Je ne sais pas.

— Nous pouvons discuter seules, sans ton père et sans mon collègue. Mais si tu veux attendre ton avocat, tu as le droit de décider de te taire. Tu te souviens des droits que nous t'avons énoncés ? »

Vous avez le droit de garder le silence. Si vous renoncez à ce droit, tout ce que vous direz pourra être et sera utilisé contre vous devant un tribunal. Vous avez droit à un avocat... si vous n'en avez pas les moyens, un avocat vous sera commis d'office...

Oui, elle se souvenait d'avoir entendu ça. Mais elle ne savait plus si c'était dans un film, ou si cela la concernait elle.

« Tu veux attendre ton avocat, Madeline ? (Elle poussa devant elle un gobelet de café qui avait cessé de fumer depuis un moment.) Tu sais, je pense que c'est bien de discuter avant. Juste discuter. Pendant que tu as les idées encore claires.

— D'accord.

— D'accord. Bien », fit Gentille Flic. Elle jeta un œil à sa montre. En fait, il lui restait probablement très peu de temps avant que l'avocat se pointe et démolisse en deux mots cet ersatz de confiance patiemment gagné. Peut-être que le réveillon et le passage à la nouvelle année lui feraient cadeau de quelques miettes temporelles.

« Bien, répéta-t-elle. Madeline, essayons de remonter le fil. Pourquoi t'a-t-on emmenée à l'hôpital ?

— Je ne sais pas. »

Elle attrapa le gobelet de café d'une main tremblante, le porta à sa bouche pétrifiée, juste pour avoir une sensation, une chose qui se passe dans son corps. Le breuvage tiédasse coula dans sa gorge, et la caresse fut si suave qu'elle en eut la nausée.

Une tache brune s'imprima sur le pantalon de survêtement gris – gris comme les murs, la table. Elle planta ses talons dans le sol et fit violemment reculer sa chaise, terrorisée. Cette tache qui s'élargissait.

« Madeline, tout va bien... Tout va bien... »

Gentille Flic avait attrapé ses poignets, et la porte s'ouvrait de nouveau sur Méchant Flic, venu apporter son aide.

Un signe de tête et il disparut.

Où était Papa ?

Cette tache, mon Dieu, cette tache…

« Tout va bien…

— Le sang. Il y a du sang.

— Ce n'est que du café, Madeline. Il ne t'arrivera rien ici. Parle-moi de l'hôpital. »

Madeline sentit la pression se relâcher sur ses poignets, la nausée perdre du terrain, les basses dans ses tympans baisser de volume. Elle avait confiance en cette femme. L'assistante sociale du lycée. Non, la flic, c'était une flic, la gentille flic, c'était ça ?

« Il y avait du sang, souffla-t-elle. Du sang sur moi.

— C'est pour ça qu'on t'a emmenée à l'hôpital. On voulait vérifier si tu étais blessée.

— On m'a fait enlever mes vêtements. Tous mes vêtements. »

Se mettre nue devant une inconnue qui empaquetait tout dans des sacs en papier, au fur et à mesure, voilà ce qu'on l'avait obligée à faire. Elle revit ses pieds se tordre sur une espèce de bâche blanche qu'on avait étalée sous elle, et sa culotte tomber dessus.

« Même ma culotte, souffla-t-elle, fronçant les sourcils.

— Oui, ça a dû être un moment difficile. Mais, Madeline, si on a fait ça, c'était pour vérifier si tout ce sang sur toi était le tien. On l'a fait pour te soigner, te sauver si nécessaire. Tu comprends ?

— Oui. C'est normal. »

Madeline sourit presque. On avait voulu s'occuper d'elle. On avait eu de la bienveillance pour elle. On avait voulu la « sauver ». On lui avait donné des médicaments pour qu'elle se sente mieux. Elle était fatiguée. C'est pour ça qu'elle était à côté de la plaque.

Elle étouffa un bâillement. Ses paupières s'alourdissaient. Les cachets finissaient par avoir raison de l'adrénaline. Gentille Flic joua son va-tout, alors que la pièce tournait un peu.

« Madeline, dit-elle en serrant de nouveau ses poignets. Te souviens-tu si ce sang était le tien ? C'est important que tu le réalises. »

Madeline regarda la tache sur le survêtement gris, eut l'impression que sa tête tombait comme si elle n'était plus attachée à rien de solide.

« Je ne… Je crois que… »

Et la porte s'ouvrit à la volée.

« On arrête. Je suis l'avocat de Mlle Oxenberg. Cet interrogatoire est terminé. »

Pas très loin, on entendit siffler les premières fusées du feu d'artifice de Times Square.

– 3 –

Juin 2016, Sag Harbor

Mira était le genre de femme qui ne change pas. La classe. Une finesse… Il y a des métabolismes comme celui-là.

La même couleur de cheveux, d'un brun chocolat, depuis des décennies, la même coiffure en chignon serré bas sur la nuque. Les yeux caramel maquillés de noir. Les joues un peu plus creuses avec le temps, c'est tout. Miranda Oxenberg avait toujours ressemblé à une ballerine russe, et la science de feu son époux n'y était presque pour rien.

Pourtant, derrière les pommettes slaves se trouvait une pure princesse juive de Brooklyn – une JAP, comme on disait, pour *Jewish American Princess*, fille bien née dont la caricature faisait une sorte de cocotte un peu vulgaire ayant pour seul culte elle-même, ses vernis à ongles, ses bringues au champagne et ses nombreux divorces. Mira avait passé le plus gros de sa vie à échapper à ce cliché, en ne se mariant qu'une seule fois et en préférant les Hamptons à Malibu pour les vacances.

Miranda Oxenberg, née Schwartz, américaine depuis huit générations, ainsi qu'elle se plaisait à le glisser dans toute première conversation qu'on avait avec elle. Dans sa vie d'avant, Madeline l'avait vue faire : cet index pointé comme pour corriger une faute qu'on n'avait pas encore faite, le sourire presque espiègle pour objecter à l'arrogance qu'on aurait pu lui prêter : « Américaine depuis huit générations ! »

Quand elle était adolescente, ce tic de moyenne bourgeoise l'exaspérait. En observant Mira pépier dans les cocktails sur les terrasses de Park Avenue, Madeline se demandait si toutes les filles de son âge détestaient leur mère. Si c'était juste un passage.

Bien sûr, le chaos qui avait suivi ne lui avait pas permis de vérifier si c'était juste ça – un passage. C'était compliqué, n'est-ce pas ? Quand on devient une meurtrière à 17 ans, la première promesse que vous fait la vie n'est pas de résoudre votre œdipe.

Oh, et puis ce n'était même pas ce complexe-là. Elle avait toujours préféré Papa, OK, mais peut-être simplement parce qu'il n'était jamais là – et que quand il y était, sa haute silhouette submergeait ses deux filles d'affection, d'indulgence et de petits noms mignons.

Au fond, Mira se tapait le sale boulot parental : la présence permanente.

Pour Madeline, il y avait donc « Papa » et il y avait « Mira ». On ne savait pas la racine de ces qualifications discordantes, c'était comme ça.

Papa et Mira, Madeline et Sarah. Papa aurait bien voulu un garçon, mais Mira avait eu une maladie, à un moment, un sale truc. Mira s'était remise du sale truc. Mais plus de petit frère possible, avait expliqué Papa à ses deux filles qui en réclamaient un – comme elles auraient réclamé un chiot.

Madeline, elle, aurait voulu un grand frère, un petit n'aurait servi à rien. Un grand l'aurait peut-être empêchée de faire des conneries et pire que ça.

Sarah avait trois ans de moins qu'elle. Quatorze ans quand elle avait réduit leur monde en miettes. Madeline supposait que sa sœur la haïssait. Elle se souvenait à peine de la gamine qu'elle était encore à ce moment-là. La dernière fois qu'elle l'avait vue, au parloir, Sarah arborait un maquillage trop chargé sur un bronzage fatigué – les néons de l'administration pénitentiaire ne permettaient pas de cacher quoi que ce soit –, et une permanente auburn. Madeline, elle, avait une longue natte d'un châtain terne filé de gris qu'elle enroulait en chignon. C'était il y a quoi, neuf mois, un an ?

Il fut un temps où les deux sœurs étaient blondes comme les blés et donnaient de jolies photos.

La vie est vraiment pleine de surprises.

Mira était donc là, dans sa beauté imprescriptible, sur le pas de la porte, entre le drapeau américain tout propre et la balancelle institutionnelle qui ne bougeaient pas d'un centimètre. Il n'y avait pas un souffle de vent, ce qui était plutôt rare ici.

C'était comme si le temps s'était figé sur une ultime remontrance, lui signifiant dans un calme supérieur son ostracisme. Le silence, une petite idée de la vie qui allait être la sienne.

À Sag Harbor pourtant, il y avait fort à parier que plus personne n'avait connaissance du drame. La population avait beaucoup changé, en vingt ans, avait dit Mira. Il y avait peu de risques qu'on la reconnaisse.

C'est sans doute à cette amnésie collective que Mad devait d'être hébergée à la maison derrière les dunes, « en attendant ».

Au pied du perron blanc, le chauffeur ouvrit le coffre puis le referma aussi sec. Il était sans doute habitué à charger de grosses valises – cette fois il n'y avait rien, il avait oublié. Il salua d'un geste du menton, les mains jointes sur sa casquette imaginaire, et Mira descendit pour lui glisser un billet, avec une discrétion calculée, sans un sourire, comme il se devait.

« Viens, rentrons », dit-elle à sa fille qui avait l'impression d'avoir deux fois son âge. Son baluchon sur l'épaule, Madeline la suivit d'un pas hésitant dans l'entrée, un espace qui lui sembla dévorant. Ce n'était pourtant qu'un simple bout de couloir pas très large, mais elle eut l'impression d'un goulet sans fin. Elle osait à peine respirer.

Peut-être aurait-elle dû chercher une place dans un foyer, comme l'assistante sociale de la prison le lui avait suggéré. Mais elle ne supportait plus la promiscuité, les changements de visages, de noms, et surtout de caractères, incessants. Dans sa cellule, à peine avait-elle le temps de s'habituer à une Roberta équatorienne muette qu'on lui refilait une Jane, vieille carne en fin de peine qui déblatérait sans arrêt sur tout et qu'il ne fallait pas contredire. Pareil à l'atelier de couture : un coup une Ramona, fausse gentille et vraie salope, un autre coup une Joyce, forte en gueule et dépressive.

Vingt ans comme ça. Alors maintenant, ce dont elle avait besoin, c'était le sifflement de la bise, le silence des galets, et l'arrondi de l'horizon sur l'Atlantique. Et la solitude, surtout. Elle savait les trouver à Sag Harbor. Il fallait juste qu'elle s'adapte.

La maison qui jadis résonnait de cavalcades et de chamailleries était, elle aussi, mutique. Mad ne reconnaissait rien de ce qu'avait connu Madeline. Tout juste flottait-il dans l'air une vague odeur d'encaustique dont la puissance ne s'imposerait qu'au fil des heures, jusqu'à devenir écœurante. Pour le moment, ses sens étaient engourdis, ses sinus encore encombrés de miasmes de savon rance, d'urine et de haricots à la tomate – sa base olfactive à elle.

« Le trajet s'est bien passé ? demanda Mira.

— Oui, mais ce n'était vraiment pas la peine. Ils m'auraient payé un ticket pour le bus.

— Il n'aurait plus manqué que ça. »

Qu'est-ce que ça voulait dire ? Ma fille mérite bien mieux, ou l'administration en a déjà suffisamment fait pour toi ?

Bon.

« En tout cas, merci. Mira.

— Ta chambre est en haut, mais ce n'est plus celle d'avant, ton père l'avait fait transformer en bureau pour Sarah, pour qu'elle puisse potasser ses examens, faire une bibliothèque, ce genre de choses, et maintenant j'y ai installé mon atelier.

— Ton atelier ?

— Oui, je me suis mise à la peinture sur galets. Une échoppe en ville les vend aux touristes. Cela fait une petite rentrée d'argent. »

Et paf. Première salve, au moyen de cailloux balancés en pleine gueule d'une voix flûtée. Mad s'était arrêtée au milieu de l'escalier. Le temps qu'elle passerait ici serait toujours ainsi : des rappels savamment distillés de la faillite qu'elle avait causée.

Mais elle le méritait, donc elle n'aurait qu'à la fermer.

« Tu montes ? Je t'ai préparé la chambre d'amis. »

Une autre façon de promulguer un court séjour.

Mira la conduisit dans le couloir de l'étage, passant devant des portes closes dont Mad ne se souvenait plus sur quelles pièces elles s'ouvraient.

Et puis il y eut un détail, une éraflure sur une moulure, à peine visible, lointain dommage collatéral d'un lourd miroir en pied qu'on avait voulu déplacer et qui s'était brisé pile ici – « Sept ans de malheur », avait professé Mira, qui était loin du compte.

Et tout lui revint de la géographie des lieux : là, derrière l'encoche, le bureau de Papa. Elles venaient de dépasser la chambre des parents. Après le bureau, celle de Sarah.

Ensuite la sienne, qui ne l'était plus.

Saisie de vertige, Madeline dut s'accrocher à la rambarde qui plongeait sur le hall d'entrée. Dans un tourbillon nauséeux, aussi violent qu'une série de claques, des images l'agressèrent : son affiche de *Bodyguard* où Kevin Costner portait Whitney Houston dans ses bras, sa chaîne stéréo qui diffusait *Zombie* des Cranberries en boucle, et aussi Mariah Carey et Coolio, sa coiffeuse et son espèce d'arbre en plastique d'où pendaient ses colliers, son lit où elle s'était étalée avec son amie pour la vie, le dernier été… La mémoire est parfois un monstre qui vous roue de coups.

Qu'est-ce que ses parents avaient fait de ses affaires ? se demanda-t-elle, reprenant ses esprits. Avaient-ils fait comme pour les morts – après la stupeur, le déni et la colère, se résigner à tout jeter pour mieux faire son deuil ?

« Tiens, dit Mira devant la dernière porte. C'est ici. Je vois que tu n'as pas beaucoup d'affaires à ranger.

— Non, je ne vais pas encombrer. »

Mad avait même prévu de jeter le baluchon sans l'ouvrir.

« Ce n'est pas ça, mais comment vas-tu faire ? Tu ne peux pas rester avec ce… jean tous les jours ?

— J'ai de l'argent. J'irai m'acheter des trucs.

— Ta sœur a dû laisser des vêtements d'été. Vérifie dans les tiroirs. D'ailleurs, tu pourras voir directement avec elle, elle passera dimanche.

— Elle… passera ? » Le terme lui paraissait incongru pour quelqu'un qui, aux dernières nouvelles, habitait en Californie.

Mira attrapa *ex abrupto* un plaid sur le lit pour le plier soigneusement, alors qu'il était déjà plié soigneusement. Un souci ?

« Sarah est à Long Island, chez une amie. Avec les enfants c'est plus pratique qu'ici. »

Tu parles, se dit Madeline. Il y a ici de quoi loger un régiment. C'était elle, le problème, c'est tout.

« Sarah est en vacances ? demanda-t-elle, pour la forme.

— Si on veut. Ta sœur divorce. »

Mira reposa le plaid, balayant rapidement sa fille du regard. Cette chose molle et grise des pieds à la tête. « Décidément », ajouta-t-elle, d'un ton à peine audible, peut-être sans même s'en rendre compte.

La voix du subconscient.

« Décidément. » On ne lui épargnait rien, à Mira.

– 4 –

1er janvier 1996, Hell's Kitchen, Manhattan

Gentille Flic et Méchant Flic buvaient leur café l'un en face de l'autre, silencieux au milieu de la ruche. Au-delà des embrassades express et des vœux vite expédiés, le premier jour de l'année était traditionnellement un vrai bordel. Les règlements de comptes familiaux de minuit, les bagarres éthyliques de 4 heures du matin. Un type avait tiré dans les rotules de son frère en guise de « Bonne année », un autre avait tout cassé dans un bar de la 9e Avenue parce que son champagne avait « un goût de pisse de rat ». Du champagne dans Hell's Kitchen, à quoi s'attendre ? Le propriétaire du bouge avait dû couper de la bière extraforte avec de l'eau gazeuse, un trait de citron et roule ma poule.

Il y avait les mauvais coucheurs, les mal réveillés, ceux qui braillaient leur innocence et ceux, dessaoulés, qui se demandaient sincèrement comment ils avaient atterri ici. Dans les cages du poste de police, ils étaient plus d'une vingtaine à cuver en attendant le fourgon pour Rikers, sa prison, son île tout sauf exotique avec sa vue imprenable sur les immeubles délabrés du Queens et le trafic de l'aéroport La Guardia.

En attendant, les invités du jour disposaient d'un seau à vomi dont la vidange régulière faisait l'objet d'un terrifiant pile ou face entre les officiers en uniforme.

Gentille Flic et Méchant flic étaient épargnés – d'une part parce qu'ils étaient inspecteurs, et d'autre part parce qu'ils étaient précisément occupés par un fait divers plus glorieux : cette gamine de Park Avenue qui avait vidé de son sang une fille du quartier.

« Elle est où ? demanda Méchant Flic, qui se tapait une sacrée gueule de bois.

— Tu as une haleine de cow-boy, rétorqua Gentille Flic en tordant le nez au-dessus de son clavier. On l'a emmenée au centre correctionnel de Downtown. Le substitut du procureur attend le rapport pour aller l'interroger. Tu vas te faire un plaisir de le lui apporter en main propre, ça t'aérera un peu. Et moi aussi.

— Putain, Shelley, non…

— Tu peux même y aller à pied. En marchant vite, tu y seras plus vite qu'en bagnole. Une demi-heure à tout casser.

— Il pleut. Cette espèce de pluie glaciale qui…

Il agita ses doigts en grimaçant, sans finir sa phrase.

— J'ai bossé toute la nuit, je te rappelle, Danny. Je finis ça et je rentre chez moi. (Elle tapa un mot, *clac*.) Sur mon canapé. (Un autre mot, *clac clac*.) Sous une couverture, devant la télé. (*Clac clac clac*.) Je vais regarder *Beverly Hills* toute la journée. »

Shelley ponctua d'un dernier *clac* bien sonore et servit son plus beau sourire à son collègue affalé sur sa chaise. Puis elle déroula les feuilles triple carbone et les lui tendit. « Relis et signe. Et dis merci. »

L'autre se redressa, essayant de se concentrer sur le rédigé, marmonnant : « Nous avons reçu un appel du centre 911 à 20 h 18 qui nous signalait un appel… (Danny s'interrompit.) Tu as écrit deux fois "appel".

— Si tu veux faire de la littérature ne te gêne pas, tu as précisément dix minutes.

— … un appel d'un jeune homme signalant un incident grave à son domicile. Nous nous sommes rendus à l'adresse indiquée, au 3521 ouest 35e Rue…

— Tu vas tout lire à haute voix ?

— Qu'est-ce qu'une fille de Park Avenue foutait un soir dans Hell's Kitchen ? Elle a voulu se faire peur ? Elle était amoureuse d'un voyou ?

— Il y a quelques heures c'était le réveillon du Nouvel An, Danny, même si tes souvenirs ne remontent pas si loin. Les jeunes font la fête. Parfois ils se mélangent. Celui qui nous a ouvert avait l'air d'un étudiant, non ? Il faut qu'on retourne le voir, d'ailleurs. Cet après-midi.

— Et *Beverly Hills* ?

— Je reprends mon service à 15 heures, qu'est-ce que tu croyais ? Une journée tranquille dans cette ville ? » Shelley secoua la tête.

En même temps, ce meurtre-là n'avait rien d'un autre. Hell's Kitchen, c'était à l'origine le quartier des gangs. Moins de macs et de putes que ceux qui avaient encombré la 42e Rue, à Times Square, mais encore suffisamment pour gêner le passage sur le trottoir. Hell's Kitchen, c'était l'enfance de Vito Corleone dans *Le Parrain*, c'était l'endroit où Daredevil, le personnage de *comics*, combattait le crime. C'était encore les feux de poubelles, le *street pooling* des gamins qui utilisaient des bornes à incendie comme douches lorsque l'été, la Cuisine de l'enfer se transformait en fournaise.

Avant, c'étaient les bars borgnes, les fast-foods graisseux, les arrière-salles enfumées. Mais Shelley, la Gentille Flic, n'aurait jamais voulu vivre ailleurs. Les charmes cryptiques du quartier se dévoilaient à ceux qui y étaient nés. Les effluves d'ail grillé le soir, de café italien le matin. Les invectives aux fenêtres, dans toutes les langues, les réconciliations bruyantes, cigare au bec devant les briques brunes, et les enseignes braillardes des coiffeurs italiens et des *delicatessen* où l'on vendait aussi bien des bagels au pastrami que des bouquets de fleurs.

Ce n'était pas vraiment un quartier pour une fille de Park Avenue, Danny avait raison, bien sûr. Et l'ancien maire afro-américain David Dinkins avait eu beau prôner la mixité sociale, sa faiblesse s'était heurtée à une défense du territoire ancestrale et organisée. Le nouveau, Rudy Giuliani, commençait tout juste à faire bouger les lignes.

Danny terminait de lire le rapport silencieusement. À la fin, il pivota sur sa chaise et écarta les mains, haussant les sourcils.

« Et alors ? C'est tout ? Elle n'a rien dit de plus ?

— Non. "Je ne sais pas", voilà à quoi ça se résume. »

« Ôtez-lui les menottes.

— Je vais demander à mon supérieur.

— Nous sommes dans une pièce sans fenêtre et fermée à clé. Ma cliente est présumée innocente. Ôtez-lui les menottes ou je dénonce un traitement cruel et dégradant. Huitième amendement de la Constitution. »

Le gardien hésita un moment, pesant le pour et le contre – est-ce qu'une gamine de 45 kilos à tout casser ferait le poids contre un type dont le costard semblait avoir été taillé sur un bouledogue, est-ce qu'il perdrait son autorité de gardien du centre correctionnel de Manhattan, prison ultrasécurisée, s'il obéissait à l'avocat ? Bref, il tira la clé de son trousseau. La Constitution, les emmerdes, tout ça.

Madeline observa avec attention le jeu de la clé dans la petite serrure, le glissement des menottes sur l'anneau greffé à la table métallique. Il fallait qu'elle s'attarde le plus longtemps possible sur des détails – les traces de rouleau sur les parois repeintes à neuf, les rayures sur la table –, parce que si elle relevait la tête, l'homme en face d'elle prenait toute la place et cela l'étouffait.

Elle voulait rester au sein des murs que les anxiolytiques avaient édifiés. Dans cet endroit, rien qui puisse la toucher, pas de sentiments, pas d'images parasites, aucune sensation.

« Bon, Madeline, nous allons commencer. »

Kenneth Leonardi était l'avocat des causes perdues. Au-delà d'un principe honorable, il en faisait un challenge personnel. Il avait grandi dans la banlieue de Newark, sur l'autre rive de l'Hudson, là où seulement un kilomètre et demi de flots gris vous sépare des gratte-ciel de Manhattan mais où la statue de la Liberté vous tourne le dos. Cela fait toute la différence.

Au pire, ça vous fait vous sentir comme une merde et vous donne envie de balancer des cailloux dans l'eau, sur l'ombre de ces foutus buildings, quand vous êtes gosse, et puis en grandissant les cailloux deviennent des flingues et vous rejoignez la cohorte des gangs du New Jersey. Petits trafics, grosse influence, voilà comment on gueule qu'on existe, sur les talons de la Statue.

Au mieux, on serre les poings et les dents en plantant ses yeux dans ce Financial District tout en hauteur, là-bas, de l'autre côté. Et on se jure qu'un kilomètre et demi, c'est pas beaucoup, si on s'y prend bien. Si on travaille à l'école, qu'on ne fait pas de connerie et qu'on choisit ses potes du bon côté du trottoir – celui où les parents viennent vous chercher par la peau des fesses si vous traînez encore dehors à l'heure du dîner.

Voilà l'avocat que Stanley Oxenberg avait engagé pour sa fille.

Enfant, Kenneth Leonardi rêvait d'être Mickey Mantle, la star des Yankees, d'empoigner la batte à deux mains, de frapper la balle et de battre le record du plus long *home run* de tous les temps sous les acclamations du public. Un Bombardier du Bronx, il voulait être. Mais sa morphologie ne se prêtait pas au base-ball.

Il était courtaud, carré.

Alors il était passé à un autre sport : franchir les barrières, une à une, pour devenir l'un des avocats les plus cotés de Manhattan. Kenneth Leonardi avait vaincu l'Hudson. De son bureau, la Statue le regardait.

Mais le quinquagénaire au crâne chauve couronné de cheveux d'un blanc luminescent avait conservé un peu de Mickey Mantle en lui. Cela se traduisait par un goût acharné de la compétition, une nécessité de victoire.

Kenneth Leonardi défendait tout ce qui était indéfendable – cette nounou des beaux quartiers qui avait jeté le bébé dont elle avait la garde par la fenêtre, ce jeune trader qui avait décapité sa mère et conservé sa tête dans son frigo, ce tueur en série qui avait étranglé six jeunes femmes à Long Island.

Une gamine de Park Avenue qui égorge sa meilleure amie dans Hell's Kitchen, c'était pour lui, bien évidemment.

Oui, voilà l'avocat que Stanley Oxenberg avait engagé pour sa fille.

Le problème – et il le comprit vite –, c'est que la fille Oxenberg ne voulait pas être défendue.

« Comment te sens-tu ? As-tu besoin de quelque chose ? »

Pas de réponse. Madeline Oxenberg fixait le stylo qu'il tenait en l'air, au-dessus de son carnet vierge.

« Si tu préfères, je peux t'enregistrer.

— Non.

— Tu sais que tout ce que tu me diras relève du secret client-avocat. »

Madeline releva brièvement la tête. Elle n'avait pas eu conscience que le gardien était sorti. Mais qu'est-ce que ça changeait, au fond ? Tout le monde savait ce qu'elle avait fait.

« Pour commencer, je sais que c'est difficile, mais te souviens-tu des faits ?

— J'ai tué Estrella.

— C'était un accident ?

— Non. »

Elle suivait obstinément les circonvolutions du stylo sur le carnet, tentant de ne pas sortir de la léthargie où elle se trouvait. Il n'y avait rien d'autre à dire, pourquoi l'avocat prenait-il autant de notes ?

« Raconte-moi.

— Rien à raconter. Je dois aller en prison. »

Madeline ferma les yeux très fort parce que ses murs intérieurs commençaient à s'effriter et qu'elle avait terriblement peur de ce qu'ils cachaient. Elle n'était pas assez solide. Elle n'était pas assez adulte pour faire face à ce qui l'attendait.

« Je vais être clair, fit l'avocat en posant son stylo. Dans l'État de New York, la condamnation pour un meurtre au premier degré peut aller jusqu'à la perpétuité. Ou la peine de mort. »

Il voulait la secouer. Madeline rouvrit les yeux et le regarda sans ciller. C'était inintelligible, pour elle.

« Bien sûr, continua Leonardi, aucun jury de cette ville ne condamnera à mort une jeune femme de 17 ans. La dernière exécution date d'ailleurs de 1963, un homme. Si nous allons au procès, ce qui reste à définir. Si c'est le cas, tu risques de passer toute ta vie en prison et crois-moi, une fois la sidération passée, tu n'aimeras pas du tout ça. »

Silence. Il continua.

« Tu as commis un geste qui te dépasse. Tu n'es plus dans le réel. Mais il va vite falloir que tu y reviennes, pour m'aider à t'aider. Je peux le faire, Madeline. Je peux établir un système de défense qui t'évitera le pire. Ton père m'a engagé pour ça.

— J'ai pas besoin de vous. »

Les murs étaient tombés. Elle frémissait, regardait cet inconnu qui s'imposait, la colonisait, voulait tout de sa vie.

L'avocat soutint son regard un petit moment, cherchant à instiller en elle la simple notion d'obligation consécutive à un meurtre sanglant. La rationalité. Il faudrait juste qu'on arrête de la bourrer de médicaments.

« Cet après-midi se tiendra l'audience de mise en liberté sous caution, dit-il en détachant ses mots. C'est la première étape. Je vais te faire rentrer chez toi. Ensuite, nous travaillerons ensemble, Madeline. »

Elle se statufia. Rentrer chez elle, c'est tout ? C'était fini ? Tout cela n'avait jamais existé ? Rentrer dans le chez-elle d'hier. Ses parents pouvaient faire ça : lui rendre hier. Les parents pouvaient tout faire. En sortant de la pièce, elle y croyait presque.

– 5 –

Juin 2016, Sag Harbor

Mira cuisinait elle-même. Madeline essaya de se souvenir, mais sa mémoire était en latence : avait-elle déjà vu sa mère une casserole entre les mains ?

Dans l'appartement de Park Avenue, il y avait une femme, petite, brune, qui faisait les courses, le ménage et la cuisine. Ou bien étaient-elles deux ?

Pendant vingt ans en prison, son cerveau avait parfaitement fonctionné. Elle avait lu, écrit, appris par cœur, obtenu son *bachelor A*, le plus général, se spécialisant en littérature anglaise, puis en horticulture. A priori, les deux disciplines n'avaient rien à voir l'une avec l'autre, mais il y avait une synapse entre les livres et les fleurs : Mad lisait Jane Austen et elle plantait un jardin anglais dans l'espace qu'on lui avait accordé à Bedford Hills. La liaison d'un neurone et d'une cellule nerveuse.

Doublement diplômée en six ans. Évidemment, il n'y avait pas eu le traditionnel lancer de *mortar* lors de sa remise de diplôme, mais les certificats calligraphiés étaient autant de preuves que oui, son cerveau fonctionnait.

Alors sa mémoire ne lui faisait pas défaut. C'était simplement qu'en prison, elle appuyait dessus comme on compresse une blessure ouverte. Elle avait vu quelqu'un faire ça, le soir du 31 décembre 1995, sans que ça serve à quelque chose. Mais elle avait le même réflexe, et de façon assez incohérente c'était efficace pour stopper les souvenirs qu'elle avait de ce soir-là – et ceux de tous les jours d'avant, son enfance, sa liberté, tout ce qui la rendrait folle.

Par conséquent, elle n'avait aucun souvenir de sa mère aux fourneaux, ni du nombre de domestiques dans l'appartement de Park Avenue.

« J'ai préparé des spaghetti aux palourdes. Les palourdes viennent de Montauk, dit Mira en la voyant entrer dans la cuisine.

— Tu es allée à Montauk ? »

Elle avait posé la question automatiquement, ce nom, « Montauk », pinçait quelque chose en elle, ce fut une sensation étrangement agréable.

Montauk.

Les dunes, le petit port de pêche, les chaluts, le vieux phare…

Montauk, c'était bien, lui disait son cerveau.

Mira tapota sa cuillère en bois sur le rebord du faitout. Elle portait un tablier de cuisine sur sa robe de coton beige – un coton de qualité, bien taillé. Mad enregistrait ces détails et s'y perdait.

« Oui, j'y vais de temps en temps pour livrer mes galets. Une boutique en vend là-bas aussi.

— Tu as… une voiture ? »

Jamais Mira n'avait conduit de sa vie – enfin, de sa vie d'avant –, de cela Madeline était certaine. « Avoir le permis de conduire à Manhattan, c'est ridicule. » Elle avait entendu ça, souvent.

« Oh Seigneur, non. Je descends prendre le LIRR à East Hampton, ensuite il y en a pour vingt minutes jusqu'à Montauk. »

Le LIRR, un acronyme familier. Long Island Rail Road. Le train partait de différents points de Manhattan et traversait le Queens, Nassau et Long Island jusqu'aux Hamptons, un trajet morcelé par un nombre incalculable de gares, de plus de trois heures. Jamais la famille Oxenberg n'avait posé ses fesses dedans. Il n'y avait pas de première classe. Pour cela il fallait prendre le Sunrise Special, mais il ne fonctionnait que l'été. Du côté de Park Avenue on n'était pas du genre à jouer les touristes.

« East Hampton, ce n'est pas à côté…

— Seulement 11 kilomètres. Quand il fait beau, je laisse mon vélo à la gare. »

Inconsciente du trouble qu'elle semait chez sa fille, Mira reposa le couvercle sur le faitout et baissa le gaz.

Ou, au contraire, prenait-elle un plaisir tout à fait calculé à lui exposer cette vie parfaitement inattendue ?

« C'est bientôt prêt. Veux-tu bien mettre la table ? Je monte me rafraîchir. »

Comme si de rien n'était. Comme si tout était normal.

Gauchement, Madeline ouvrit les placards, cherchant les assiettes et tombant sur des bocaux de confiture maison, trouvant les assiettes mais pas les verres, ouvrant encore des portes, s'arrêtant sur des conserves étiquetées à la main. Il y avait du thon à l'huile avec de jolies feuilles de basilic, des haricots blancs mêlés à une sauce tomate aux herbes, des cornichons malossol rangés dans une saumure semée de graines de moutarde en suspension. Mad resta un temps à les regarder, incrédule. C'était si joli. Si joliment préparé. Il fallait de la patience.

Était-ce possible ? se demanda-t-elle en refermant le placard.

Les galets peints. Le vélo, le LIRR. Et la cuisine, les confitures, les conserves.

Avait-elle vraiment tout oublié, ou cela n'avait-il jamais existé dans son autre, courte vie ?

Elles dînèrent tôt, vers 6 heures du soir, alors que le soleil commençait à peine son repli. Madeline en fut soulagée. En dehors des poèmes colériques de Walt Whitman, plus grand-chose ne la perturbait, depuis vingt ans, mais elle appréhendait ce premier repas.

Habituellement, au milieu du vacarme des casseroles là-bas derrière en cuisine, des plateaux balancés sur les tables, des plaintes, des engueulades, Mad arrivait à se faire une bulle et à y rester vingt minutes. Ici, chez Mira, dans la vaste salle à manger meublée dans le plus pur style New Hampton – des meubles de bois brut ou blanc sur fond de murs blancs, de l'osier, des voilages, des petits carreaux aux fenêtres et des plantes vertes un peu partout –, rien ne saturait l'espace sonore.

Il n'y avait que des acouphènes qui l'assourdissaient.

Plusieurs fois, elle appuya machinalement la jointure de son index sur ses tympans.

Elle craignait ce vide bourdonnant. Croiser les yeux de sa mère et y voir la même appréhension que la sienne. Madeline redoutait la conversation poussive et tous les mots qu'elle cachait.

Alors autant se jeter dans le vide avant qu'il vous absorbe.

« Merci », dit-elle en posant sa serviette sur ses genoux. Elle la lissa en un mouvement qu'elle n'avait pas eu depuis longtemps, encore et encore – cette caresse sur ses cuisses, maladivement.

Dans sa tête, à ce moment précis, elle avait 12 ans, une enfant timide, voyez-vous, et elle était invitée à déjeuner chez une camarade sur Park Avenue, il fallait qu'elle se tienne bien.

Elle regarda l'assiette de spaghetti que Mira avait glissée devant elle. Cela faisait un tourbillon parfait, au centre de la porcelaine immaculée, et il y avait au sommet une palourde ouverte, et deux feuilles de basilic. C'était probablement très simple à réaliser – un tour de fourchette, un coup de serviette sur les bords –, mais Mad en éprouva une fascination paralysante. Détruire ce tourbillon de spaghettis lui apparaissait comme la première bêtise à ne pas commettre.

« Tiens, il y a une petite salade, aussi.

— Oui ? Merci. »

Mad tenait sa fourchette comme une gosse, bien enfermée dans son poignet. Elle avait pris cette habitude il y a longtemps, à l'époque où elle n'avait droit qu'à une cuillère pour ses repas pris en solo, parce qu'on craignait qu'elle se fasse mal.

Plus tard, au réfectoire, il fallait manger vite – déjà parce qu'il y avait plusieurs services, et puis parce que c'était dégueulasse – et cette façon de tenir sa fourchette en plastique était plus performante. C'était un peu comme remplir un seau avec une pelle.

Du coin de l'œil, Mad aperçut Mira, bien droite sur sa chaise, ses couverts au bout des doigts – et Madeline rectifia la posture de Mad, cette fille voûtée sur son assiette comme un chien sur sa gamelle.

Au creux du silence, elle entendit le tintement de sa fourchette dans sa cuillère, le petit bruit argenté que ça faisait quand on enroulait les spaghetti. Toute une cérémonie. À Manhattan, les pâtes n'avaient jamais été considérées comme un plat du dimanche soir. C'était exotique et raffiné. On les dégustait à la truffe ou au homard – la bolognaise, c'était bon pour les familles nombreuses de Little Italy.

Mad s'essuya le coin de la bouche du bout de sa serviette, et les saveurs mêlées, violentes, lui piquèrent les yeux. *La vache*, se dit-elle. Il y avait en une seule bouchée tant d'élans différents que ses papilles débordées s'affolaient, et elle craignit de baver sur la jolie nappe en lin. Du salé, de l'acide, du piquant, une pointe d'amertume sur le coquillage, l'impression sucrée de la tomate. Toute la gamme y était.

Derrière les barreaux Mad s'était faite à la fadeur. Comme ses compagnes d'infortune, elle aurait pu essayer de lutter contre le sommeil des sens en cantinant des shots de sucre ou de sel – 2,35 dollars les biscuits à la figue, 1,35 dollar les chips piment jalapeño ou barbecue à l'échoppe de la prison –, mais elle leur laissait même les *jelly* aux couleurs chimiques qu'on servait en dessert, tremblotantes sur leur soucoupe en plastique.

Alors que quiconque entrant en prison finissait inévitablement par prendre du poids, entre le manque d'exercice et l'équilibre bafoué des trois repas quotidiens, Mad, elle, avait commencé par maigrir, puis son métabolisme avait intégré son ascèse carcérale et s'était stabilisé.

« C'est bon ?

— C'est délicieux.

— Prends un peu de salade. Du concombre et des poivrons. Pour les vitamines.

— Oui, merci. »

Madeline avait la bouche en feu. Il y eut encore du salé, de l'acidulé, et puis elle reconnut l'ail, l'huile d'olive. Le simple fait de manger lui demanderait une rééducation. Alors tout le reste…

« Que comptes-tu faire ? »

On y était. Mira avait posé sa serviette sur ses genoux. Madeline lui jeta un œil rapide, timide. « Je ne vais pas rester longtemps, ne t'inquiète pas. »

Elle ne finirait pas son assiette. C'était trop d'un coup. Et maintenant, il fallait parler.

« Je ne m'inquiète pas au sens où tu le penses, Madeline.

— Ah bon ? Et dans quel sens je le pense, selon toi, Mira ? »

Elle abandonna ses couverts sur la nappe, recula sur sa chaise, les mains croisées sur ses cuisses. Une bifurcation s'opéra là-haut, dans les mécanismes de son cerveau, comme un train changeant de voie. Mad était parée. Suivant la tournure que prendrait cette conversation, il se pourrait bien qu'elle soit fichue dehors dès ce soir.

« Je ne m'inquiète pas pour le qu'en-dira-t-on », dit Mira.

Elle mentait maintenant, ça aussi c'était nouveau.

« Tu peux rester ici tant que tu le souhaites…

— La maison est suffisamment isolée du monde ?

— … mais je ne crois pas que ce soit ce qu'on souhaite à ton âge.

— Aurai-je le droit de sortir du périmètre ? Oh, Mira, je sais que j'ai 38 ans, bientôt 40, bien sûr que je ne vais pas m'éterniser ici, à traîner ma carcasse problématique et à piller ton frigo. »

Elle s'emportait trop vite. Le pire, c'est qu'elle s'en rendait compte au fur et à mesure qu'elle alignait les mots. En face, Mira ne répondait pas, étrangement. Elle l'aurait pourtant vue se lever, péter un plomb et lui désigner la porte d'un index élégant.

Mais non.

Peut-être usait-elle en ce moment de la même patience qu'elle mettait à faire ses confitures.

Mad ferma brièvement les yeux, se calma.

« J'irai lundi à Manhattan. On m'a donné l'adresse d'un centre de réinsertion sociale. Je vais trouver du boulot.

— Quel genre de travail ?

— Disons qu'il me sera compliqué d'enseigner la littérature anglaise à Columbia, ironisa-t-elle. Mais j'ai des compétences en jardinage aussi. Je peux toujours balayer les feuilles mortes dans Central Park. Sinon, je prendrai ce qui vient. »

Mira hocha la tête. Il y eut un silence. Puis elle se leva, attrapant les assiettes.

« Laisse, je m'en charge, dit Madeline.

— Va donc prendre un bain et te reposer. (Mira posa sur elle un regard neutre, absolument neutre.) Ne te trompe pas d'adversaire, Madeline. Celui auquel tu auras affaire, c'est toi-même. »

– 6 –

1er janvier 1996, Hell's Kitchen, Manhattan

C'était un immeuble banal, sur la 35e Rue, entre une laverie automatique et une pizza à emporter – 99 cents la part basique tomate-fromage qu'on arrosait d'huile piquante avant de la plier en deux en collant son index au milieu de la croûte, pour la manger comme ça, à la new-yorkaise. Il paraît qu'en Europe on coupe sa pizza avec un couteau et une fourchette, déplora Gentille Flic en laissant traîner ses yeux sur l'affichette de la vitrine. Débile, ça. Elle avait faim. Elle sentait le goût du fromage fondu et de l'origan sur sa langue, rien qu'en regardant la photo graisseuse de la margherita.

« Sonne encore », dit-elle à Méchant Flic.

L'autre s'exécuta, maintenant son doigt ganté sur le bouton de l'interphone. La neige fine et glacée leur piquait le visage. Gentille Flic leva la tête sur la façade en brique rouge, les encadrements de fenêtres d'un blanc net comme les rideaux bien agencés. De jour, cela ne ressemblait pas à ce qu'elle avait vu la veille. La nuit, une scène de crime donne une vie aux murs, fait d'eux des colosses, donne des yeux aux embrasures.

« Oui ? demanda enfin une voix grésillante.

— Police de New York. Inspecteurs Carlyle et Romano. Nous venons voir… (Il jeta un œil fatigué à sa coéquipière.)

— Dylan Caprese, putain, siffla-t-elle entre ses dents.

— Dylan Caprese. Vous nous ouvrez ? »

Il y eut le clappement du combiné qu'on raccroche, puis la porte se déverrouilla sur un coup de sonnette.

Un immeuble banal, vraiment, observa l'inspecteur Shelley Carlyle en essuyant ses boots sur le paillasson de l'entrée. Ni riche, bien sûr, ni pauvre. Certes la peinture jaune du corridor s'écaillait un peu dans les coins, le carrelage rouge était maculé d'eau grisâtre, forcément, avec le temps qu'il faisait, mais le bloc de boîtes aux lettres était verni, les plaques des noms assorties et nettes, pas comme ces petites étiquettes qu'on collait vite fait parce qu'on en avait rien à foutre de qui cherchait à vous voir.

Et, surtout, il n'y avait de tag nulle part – ni dans la cage d'escalier ni dans l'ascenseur, toiles de prédilection des grands fâchés et des petits crétins. Dans son enfance, Gentille Flic y avait vu fleurir des insultes et des graphismes en tous genres, petits, gros, poilus, et la plupart comportaient une paire de couilles.

Mais Hell's Kitchen avait entamé sa mutation. Après avoir nettoyé Times Square, le nouveau maire poursuivait sur sa lancée quelques rues plus bas. Des familles avaient déménagé on ne savait où – probablement à Rikers – et des gens différents commençaient à s'installer. Shelley avait vu arriver sur son palier un couple de jeunes acteurs de Broadway. Le nouveau barbier juste en dessous de chez elle avait lancé l'idée d'un jardin communautaire. On allait finir par se retrouver chez des putains de hippies, se disait-elle.

Alors, au vu de l'état presque neuf dans lequel se trouvait le 3521 ouest 35e Rue, peut-être que Dylan

Caprese était le gamin d'un de ces nouveaux bohèmes qui voulaient comme qui dirait évangéliser le quartier. Si c'était le cas, pas de bol, un meurtre avait eu lieu sur leur moquette.

« Bonjour. Monsieur Caprese ?

— Oui, s'empressa l'homme qui venait de leur ouvrir. Je suis rentré aussi vite que j'ai pu. Ma femme et moi, on était dans le New Jersey pour le réveillon. Chez mon beau-frère, et puis au restaurant, c'est pour ça qu'on n'a pas eu l'appel tout de suite. » Essoufflé, il termina de boutonner sa chemise, passa la main sur son crâne chauve.

« Dylan, c'est la police ! Il se repose dans ma chambre, ajouta-t-il. Pauvre gamin, il est déboussolé. Ma femme aussi. J'ai dû la laisser chez son frère, elle était pas bien. Le choc, voyez. (Il toussa nerveusement.) Quand je suis arrivé sur le coup de 5 heures du matin, il y avait la police scientifique. Ils ont fini ce qu'ils avaient à faire et ils ont collé des rubans sur la porte de l'annexe et…

— Cette annexe, c'est l'appartement de votre fils, en quelque sorte ? l'interrompit Méchant Flic en pointant l'escalier.

— On peut dire ça. Il est jeune, il a besoin d'indépendance. Vous savez. »

Non, ni Shelley Carlyle ni Danny Romano ne savaient. Ni l'un ni l'autre n'avaient d'ado, encore moins d'enfant. Pas le temps, le boulot, la police de New York, vous bouffait la vie. Mais c'était franchement pas grave, rapport à ce qu'ils voyaient tous les jours.

« Vous faites quoi comme métier, monsieur Caprese ? demanda Shelley.

— J'ai une petite entreprise de démolition à Newark.

— Ça doit pas mal marcher, en ce moment.

— Je me plains pas. »

Shelley hocha la tête, faisant le tour de l'appartement. Meublé sans surcharge, repeint à neuf. Des fleurs sur la table du salon, une cuisine colorée, coquette. Ça non plus, elle n'avait pas eu le temps de voir hier. Rien ici ne transpirait la tragédie. Tout avait eu lieu dans l'annexe, un grand grenier aménagé, cloisonné. Chambre, petit salon pour la télé et jeux vidéo.

Et salle de bains, bien sûr.

Interdit d'y entrer sans combinaison, gants et masque.

« Dylan ! appela de nouveau le père. J'ai voulu l'envoyer retrouver sa mère, mais il m'a dit que la police lui avait demandé de ne pas quitter la ville. Je suppose que s'il était soupçonné de quoi que ce soit, il serait dans vos locaux, alors je suppose que… »

L'homme n'arrêtait plus, une logorrhée. M. Caprese était dépassé par les événements. Quant à son fils, il n'était a priori coupable que d'avoir invité des potes chez lui pour le Nouvel An. On avait trouvé de l'alcool sur place, mais rien d'affolant. Et pas de substance illicite.

La mine de Dylan apparut dans l'encadrement d'une porte. Y restait une impression d'épouvante que le sommeil n'avait pas effacée. C'est lui qui avait appelé les secours.

« Bonjour, Dylan, dit Shelley, enfilant son costume de Gentille Flic. Comment te sens-tu ? »

L'adolescent haussa une épaule molle.

« Il va falloir que tu nous racontes encore, enchaîna abruptement Méchant Flic.

— J'ai déjà tout dit hier soir.

— Hier soir, tu étais sous le choc, fit Shelley en lançant un regard de travers à Danny. C'est mieux de tout revoir aujourd'hui. Tranquillement.

— Elle est… en prison ? Madeline. »

Il avait la tête du type qui essaye de se persuader que ce qu'il dit est vrai. Un exercice qui mobilisait son cerveau au point d'abandonner le contrôle de ses mains, qui entraient et sortaient de ses poches comme si elles avaient une vie propre. Shelley considéra son tee-shirt trop grand et son bas de survêtement tire-bouchonné sur une paire de savates à carreaux, et capta que le concept même de la prison – et surtout, d'une fille en prison – lui était difficilement assimilable.

On aurait dit un gamin de 12 ans. La peur le rendait tout petit.

« Oui, elle est en prison, répondit Danny.

— Où ça ? À Rikers ?

— Non, au centre correctionnel de Manhattan, pour le moment, dit Shelley. Asseyons-nous, tu veux bien ? Monsieur Caprese, vous pouvez nous laisser ? »

Le père obtempéra, sa silhouette d'honnête travailleur ployant sous le poids d'une sidération colossale.

Ils s'installèrent sur les deux canapés bourgeois du salon, tout en velours et coussins beiges. Dylan dut sortir ses mains de ses poches et ne sachant qu'en faire, il les coinça entre ses genoux, avançant le buste, plissant les yeux, tel un élève moyen qui veut tout bien comprendre de ce qu'on va lui demander.

« Quel âge as-tu, Dylan ? commença Danny.

— 19. Pour l'alcool, on avait demandé au frère…

— On s'en fiche, de l'alcool. »

La bouteille de vodka était à peine entamée, et le nombre de bouteilles de bière vides était proportionnel à celui des participants. En comptant celle de la salle de bains. Les analyses pratiquées sur Madeline Oxenberg mettaient en évidence une ivresse légère, pas de quoi se rouler par terre – ni, a fortiori, massacrer sa meilleure amie.

« Tu les connaissais bien, Madeline et Estrella ? reprit Shelley.

— Je connaissais plus Estrella. On traînait avec des potes. Madeline, je ne l'ai pas vue souvent, mais elle était… agréable, je sais pas comment dire. C'est vraiment la dernière personne que… (Il secoua la tête.)

— Et elles, elles se connaissaient depuis longtemps ?

— Je sais pas trop. (Dylan haussa une épaule.) Je dirais un an, un an et demi.

— Et comment qualifierais-tu leur relation ? »

Les mains se frottèrent entre les genoux, les doigts s'entrecroisant, les jointures blanches. Les yeux dans le vide, tourné à l'intérieur de lui-même, il cherchait à comprendre. « J'en sais rien. Ça me regarde pas. Tout ce que je sais, c'est qu'elles étaient tout le temps ensemble, en dehors des cours. Elles n'allaient pas à la même école, évidemment.

— Que faisait-elle avec vous à Hell's Kitchen, Estrella ? Elle habitait dans le Bronx, c'est pas à côté.

— Avec sa mère, oui. Mais Estrella, elle préfère traîner à Manhattan. (Il se reprit.) Elle préférait traîner à Manhattan. Elle venait jouer au base-ball à Central Park, c'est comme ça qu'on s'est rencontrés, avec les potes. »

La mère, ils ne l'avaient pas encore vue. Une équipe assistée d'une psychologue était allée sonner à l'adresse indiquée sur la carte d'étudiante de la victime, dans la lumière mortifère de l'aube, il n'y avait personne. L'Unité spéciale pour les victimes du Bronx avait pris le relais, stationnant devant la maison. Il s'agissait de prendre la presse de court. Au matin, l'affaire serait dans les journaux. Ce n'était pas une manière d'apprendre la mort de son enfant.

« Qu'est-ce qu'elle fait, sa mère, comme métier ? reprit Shelley, professionnelle, chassant de son esprit ce deuil en sursis.

— Je crois qu'elle travaille dans une maison de retraite.

— Et le père ? demanda Danny.

— Y en a pas. »

Un malheureux de moins, se dit Méchant Flic en rayant un mot sur son carnet.

« Bon, parle-nous de Madeline Oxenberg. » Shelley amenait doucement le pauvre garçon vers son pic de tension – le moment où il aurait de nouveau à raconter ce qu'il avait vu hier soir. Pour le moment, il était plutôt réactif, concis. Il ne fallait pas le perdre en route.

« Une fille de riches, mais pas du genre à se montrer. Ce que j'ai vu d'elle, c'est une fille douce, gentille. Réservée. Dans l'ombre d'Estrella, qui est… qui était beaucoup plus exubérante.

— Elle avait déjà eu un comportement étrange ? Des crises de colère, ce genre de chose ?

— Non. Je vous ai dit : douce, gentille. J'aimais bien discuter avec elle, même si c'était pas souvent. On avait l'impression qu'elle écoutait vraiment, pas comme les autres qui se marrent tout le temps pour tout.

— Et hier soir ? »

Boum. Hier soir. Sous le coup, Dylan Caprese recula sur le canapé, coinça de nouveau ses mains entre ses cuisses. Les frottant, encore, triturant ses doigts. « Normale, lâcha-t-il.

— Normale jusqu'à quel moment ? s'impatienta Danny.

— Je sais pas. (Dylan secoua la tête.) Elle… elle est venue avec moi dans la cuisine mettre des trucs à manger dans des bols. Les autres étaient en haut.

— Rappelle-nous leurs noms. Pour notre rapport.

— Ben Adelstein, Monty Palmieri… André Jefferson. (Il eut l'air de vouloir s'enfoncer les pouces dans les yeux.) Des potes, quoi. On devait être une dizaine.

— Il nous faudra tous les noms, fit Shelley en arrachant une page de son carnet. Tu les noteras pour nous ?

— Je vais chercher un stylo.

— Tout à l'heure. Dis-nous, Estrella était restée là-haut aussi ?

— Oui.

— Et ensuite ?

— Madeline est remontée, j'ai suivi une minute après, le temps de démouler des glaçons. Et quand je suis arrivé, les filles étaient dans la salle de bains.

— Vous les entendiez parler ?

— On avait mis de la musique. Et mon père a isolé le mur avec de la laine de verre sous du Placo, parce que sous le toit il fait chaud l'été et trop froid l'hiver, alors… »

Il s'arrêta brusquement. L'opacité du Placo, le cloisonnement : il s'imaginait que l'hydre était confinée. Celle-ci avait deux têtes angéliques, une brune, une blonde. Dylan Caprese n'avait absolument pas envie de raconter la suite. Il voulait rester du bon côté de la cloison isothermique, s'abritant derrière la fonction du matériau. Il en aurait dépiauté le moindre filament pour les enquêteurs, pour leur expliquer l'intelligent entremêlement qui faisait que ni lui ni ses potes ne pouvaient être une séquence de ce cauchemar.

« On ira voir Ben et… (Shelley jeta un œil sur son carnet) Monty et les autres après toi. Ils nous raconteront aussi et pour eux, aussi, ce sera difficile, Dylan.

— C'était pas chez eux, se redressa Dylan. Eux, ils peuvent partir et oublier. (Il planta son index dans sa poitrine.) Moi, j'habite là. C'est ma salle de bains. Jamais plus j'y mettrai les pieds.

— C'est pour ça qu'il faut que tu partages ce que tu as vu, Dylan. Le poids sera moins lourd. »

Le garçon se frotta vigoureusement les yeux du plat des mains, le rouge lui montant aux joues. Entre lui et le cauchemar, il n'y avait plus que l'épaisseur d'une paume, aucun composite qui puisse l'isoler de son atrocité.

« On a entendu un cri, dit-il, la mâchoire serrée. Puis un autre. C'était Madeline qui criait le nom d'Estrella. La porte était verrouillée. Je ne… (Il respira.) Je ne sais plus qui l'a enfoncée. Monty, je crois, c'est le plus costaud…

— Qu'est-ce que tu as vu ? Dylan ?

— J'ai vu… »

Dylan fit « non » de la tête, puis il eut une espèce de raclement de gorge rauque – celui qu'on a lorsqu'on fait un gros effort, et puis encore un, et qu'on se dit que cette fois-ci on va y arriver, putain.

« Madeline était penchée sur Estrella, complètement affolée. Il y avait du sang partout… »

Dans l'histoire, coupées, les têtes de l'hydre renaissaient sans cesse.

– 7 –

Juin 2016, Sag Harbor

Se réapproprier le périmètre. Investir à tâtons le champ des possibles. Procéder par cercles excentriques.

En prison, à l'approche du bon de sortie, Mad s'était isolée, encore davantage que d'habitude. Allongée sur sa couchette – celle du haut, toujours –, elle s'était entraînée à aborder l'infini en fixant le plafond. Un monde sans mesure, voilà ce qui l'attendait.

C'était une perspective immense. Inenvisageable, *stricto sensu*.

Des trente-huit années qu'elle avait vécues se retranchaient d'office les trois premières, celles où la mémoire n'est que procédurale ou sémantique, utile pour empiler des cubes ou reconnaître sa maman, mais où le souvenir épisodique, daté et associé à une émotion n'a qu'une vie limitée.

Les sept ou huit suivantes – disons jusqu'à l'âge de 10-12 ans – étaient passées sans ressenti particulier, à ces âges-là on se laisse vivre. Bien se tenir, ne pas prendre froid comme uniques responsabilités. Seule la mise en pratique du « choisir, c'est renoncer » devant mille parfums de glace à l'Ice Cream Factory ou deux poupées de chez American Girl avait valeur de question existentielle.

À cela il fallait encore enlever vingt ans de prison – soit, par une impitoyable construction mathématique, ôter en tout plus de trente ans à ses 38.

En bas de ce solde débiteur ne restaient plus que quatre ou cinq ans que Madeline Oxenberg avait vécus en conscience.

Elle qui, à 17 ans, craignait tant de vivre une vie inutile.

Voilà pourquoi, vue de sa couchette, l'immensité grise du plafond, juste des granules gris comme du sable dans un désert, ne lui avait au final apporté rien d'autre qu'un écran sale. Elle n'avait aucun sens de la perspective. Aucune image à y projeter. Transformer les granules bétonnés en brins d'herbe, en vagues atlantiques ou en autoroute, son cerveau n'avait pas su le faire.

Elle se doutait qu'il serait difficile de sortir de ce périmètre. De ne plus demander la permission pour tout, mais, surtout, d'avoir celle de se déplacer, simplement.

Voilà à quoi elle était confrontée, ce premier matin de liberté, dans le silence de la maison de Sag Harbor.

Jusqu'où pouvait-elle aller ?

À partir d'où était-ce trop loin ?

Alors que le jour pointait à peine et que le silence de la maison occupait tant de place qu'il prenait une vraie consistance, Madeline choisit la plage.

La plus proche était Havens Beach, elle s'en souvenait. Une plage sauvage, où l'on pouvait étendre sa serviette, mais pas se baigner. Existait-elle toujours ? Ou avait-elle été indexée par un nouvel hôtel de luxe, mise aux normes, lissée, plantée de parasols assortis et de maîtres-nageurs bien triangulaires ?

Lorsqu'elle referma la porte derrière elle, sa main tremblait. Fort. Le souffle lui manquait. Trop d'air à l'extérieur, pas assez dedans. Les échanges se faisaient mal. Madeline sentit son cœur gonfler comme un ballon de foire, oppressant ses poumons désertés. Et ça s'emballait, et ça faisait un sacré vacarme là-dedans.

Mad avait vu bien des filles subir des attaques de panique, en prison. Elle en avait fait elle-même. C'était impressionnant, ça ressemblait à un infarctus, la détenue exhalait qu'elle allait mourir, on la faisait souffler cinq minutes dans un sac en plastique ou, au pire, on lui enfonçait une aiguille dans le bras, et finalement tout rentrait dans l'ordre. C'est ce qu'elle se dit, là, sur le perron d'une coquette maison plantée dans une des stations balnéaires les plus huppées de la côte est. Si on ne mourait pas de ça en prison, ça n'arriverait pas ici.

Elle resta un instant agrippée à la poignée de porte, du cuivre rond et lisse qui épousait parfaitement sa paume. C'était réconfortant. Un ultime ancrage. Mad savait que quand elle se retournerait, elle se prendrait le ciel en pleine tête.

Pas de clôture électrifiée, pas de limite, pas de surveillance, rien.

L'insoutenable infini du champ de vision.

Dorénavant, elle était sa propre prison. Il fallait qu'elle le comprenne, sinon elle n'arriverait à rien, elle ferait comme tant d'autres, la première connerie possible pour retrouver ses murs, son contenant.

Respire, Mad.

Elle ne voulait pas que Mira se réveille et la découvre là, chétive et recroquevillée sur la précieuse poignée de porte qui la maintenait des deux mains au monde, comme si un vortex allait l'absorber.

Alors l'urgence bouscula la panique. Mad râla, serra les dents, proféra une insulte à voix basse, et son souffle lui obéit, son cœur lui obéit, et ses poumons aussi, comme son esprit et son corps lui avaient toujours obéi, à force de les invectiver. *Mange, Mad, digère, Mad, force-toi, va pisser, fais tourner la machine, arrête de penser.*

Retourne-toi, Mad.

La bouche arrondie sur le filet d'air qui se régulait, elle ôta une main, laissant l'autre bien agrippée, par sécurité, et fit face au vent léger qui apportait les grains iodés de l'océan.

Elle se passa la langue sur les lèvres, pensant y attraper du sable. Il n'y avait rien d'autre que des petites peaux sèches et un épithélium olfactif débordé d'émotions.

Elle lâcha la poignée.

Et ce geste si banal signa son véritable bon de décharge.

Havens Beach existait toujours, avec son sable beige tracé de volutes caillouteuses et planté de seigle de mer dont les bosquets épars faisaient comme de fragiles remparts au vent – les longues herbes étaient souvent couchées.

À l'état sauvage, presque, ce qui était une façon inattendue de déboucher du quartier résidentiel qui la bordait.

Mad avait marché à pas réguliers, automatiques, à travers Hampton Street, une des artères principales du village qu'on surnommait « Wall-Street-sur-Mer ». Des billets verts, il y en avait partout. Dans les boutiques chics du centre-ville, sortes de bungalows mignons comme des maisons de poupée. Ici, on faisait dans la fausse simplicité architecturale, il ne fallait pas s'y tromper, dans les petites vitrines le prix du bikini s'évaluait à trois chiffres – jamais d'étiquette. Si vous rentriez dans le magasin, c'est que vous en aviez les moyens, la facture n'était qu'un épisode assez vulgaire.

Les dollars se comptaient par millions dans les manoirs de bois blanc flanqués de colonnades, les jardins arborés, les allées bordées de campanules.

Mad ne savait pas combien de temps elle avait marché, sans limite elle n'en avait pas la notion. Pour aller de la maison à Havens Beach, il fallait tracer tout droit et ensuite tourner à droite vers la baie. Son cerveau avait turbiné sec, et sa mémoire paresseuse lui avait renvoyé cette information.

Alors elle avait regardé devant elle, se concentrant sur la prochaine ruelle à traverser, comme dans un couloir dont les murs étaient tapissés d'affiches colorées – une voiture rouge, une autre verte, d'autres voitures, et puis des vélos, des jupes corolles, des bacs à fleurs débordant de clématites violettes, voilà quels étaient ses repères anodins.

Il y avait une multitude de bruits, très fins, très différents, le tintement d'une sonnette de vélo, le feulement des roues sur l'asphalte, et les bribes de conversations, allègres. À cette heure-ci, les touristes qui avaient eu la bonne fortune de trouver une chambre d'hôtel dans les environs, buvaient leur *americano* accompagné d'un donut maison sous les auvents des coffee-shops. Mad en captait les arômes de cannelle, de café et d'huile de friture.

En arrivant sur la plage, elle tourna un peu la tête. Ce n'était pas encore l'océan, seulement le fleuve Peconic, mais c'était déjà beaucoup, beaucoup d'eau d'un coup. Il lui fallait un temps d'adaptation. L'océan, elle le verrait plus tard, quand elle serait prête, à Montauk par exemple.

Elle aperçut l'aire de jeux sur la plage. Les toboggans jaunes. Les balançoires. Elle s'y était amusée, enfant. Elle eut la sensation vague de l'oscillation, du vertige joyeux.

Il était tôt, seul un petit garçon grimpait l'échelle et glissait sur la pente du toboggan – « Pas à plat ventre, Timmy, tu vas te casser le menton ! » criait sa mère accourue, son sac en raphia sur l'épaule.

Des enfants, Mad n'en avait pas vu depuis plus de vingt ans. Elle en prit conscience, fit un pas en arrière. Elle avait vu toutes sortes d'adultes, des souris, des chiens – à Bedford Hills l'administration pénitentiaire proposait aux détenues un programme d'entraînement de chiens, mais Mad en avait peur, ils étaient trop grands. Elle avait vu des chats sauvages, aussi, qui parfois passaient à distance des grillages. Mais pas d'enfants. Quel monde, en dehors de la prison, était un monde sans enfants ?

Celui-ci était blond, avec une coupe au bol, et ses cheveux qui voletaient autour de son visage bronzé peignaient mille nuances, comme un champ de blé des Grandes Plaines. Quel âge pouvait-il avoir ? Fascinée, elle l'observa monter et remonter l'échelle, glisser dix fois, tomber huit, les genoux dans le sable, ravi. Puis elle eut peur d'avoir l'air étrange et se détourna, reprenant son chemin vers l'eau.

Ni elle ni Estrella n'auraient jamais d'enfant.

Son esprit pataud ne s'attarda pas sur cette réflexion, bien trop complexe.

Arrivée à un point, pas trop près du bord, pas trop loin du chemin de plage, Mad s'arrêta.

Là, c'était bien.

Elle regarda à droite, à gauche. La mère et l'enfant étaient partis, il n'y avait plus personne. Le panneau

« BAIGNADE INTERDITE » lui sauta aux yeux. N'était-elle pas trop près de l'eau ?

Mad portait un jean, un tee-shirt, les mêmes qu'hier. Personne ne pourrait la soupçonner d'avoir l'intention de nager. Mais elle renonça à ôter ses baskets, par précaution.

D'où elle venait, le qui-vive avait longtemps été le dogme. Elle avait fini par se dégourdir, mais les habitudes qui vous tiennent debout vous colonisent aussi, surtout si vous étiez très jeune la première fois où on vous a dit de faire gaffe – *gaffe aux surveillants, gaffe aux lignes sur le sol, gaffe à l'autre teigne qui veut te piquer ta bouffe ou te coincer dans le placard à balais*.

Mais ici, il n'y avait personne. Pas de ligne sur le sol.

Il n'y avait qu'un petit groupe de fous de Bassan silencieux qui, au loin, glissaient dans les airs, et l'odeur de l'eau.

Mad se détendit, laissant un peu de Madeline remonter à la surface. Madeline et ses questions d'enfant. Jusqu'où va le ciel ? Pourquoi l'horizon se courbe-t-il sur l'Atlantique ?

Pourquoi les étoiles ?

Non, cette question-ci, elle avait cessé de se la poser. La dernière réponse qu'elle avait obtenue était tracée dans une flaque de sang.

Estrella veut dire étoile.

Elle gratta machinalement sous son sein gauche, retira sa main comme si elle sentait quelque chose, une boursouflure sur sa peau, alors que cela faisait si longtemps…

Pourquoi l'océan sent-il l'océan ? Madeline se concentra, huma le vent léger. Les eaux calmes du Peconic étaient cousines de l'Atlantique, un peu moins salées, mais regorgeant de palourdes, d'huîtres, de coquilles Saint-Jacques et de ces phytoplanctons dont les coquillages se nourrissaient et dont les gaz de décomposition donnaient ce parfum iodé, à nul autre pareil. Mad avait retenu cela de ses études d'horticulture, les microalgues étaient des plantes et leur vie valait bien un chapitre.

Pendant un moment, elle s'accrocha à ces bouées, ces choses qu'elle avait apprises et rapportées de Bedford Hills. Parce qu'à part cela, à elle la prison n'avait pas été utile. Elle l'avait été aux autres.

Enfermée, Madeline Oxenberg n'avait rien fait qu'elle n'aurait pu faire dehors.

Sa repentance, elle l'aurait faite n'importe où. Mais ce n'était pas une chose moralement entendable, n'est-ce pas ?

Elle n'était pas dangereuse, ne l'avait jamais été, ne le serait jamais. En vingt ans, confrontée à toutes sortes de situations où elle aurait pu l'être, elle avait réussi à s'en persuader.

Finalement, Mad ôta ses chaussures.

– 8 –

1er janvier 1996, le Bronx

« Avez-vous quelqu'un qui puisse venir vous tenir compagnie, madame Molinax ?

— Non. Merci. »

Combien de fois dans une journée dit-on « merci » ? Merci à la caissière du Duane Reade d'à côté, non merci au démarcheur qui a toqué à votre porte. Il y a tant de mercis qui volettent dans le monde, à la même seconde, comme des nuées d'oiseaux légers. Des ondes multidirectionnelles de mercis sans foi ni sens.

Aujourd'hui, Sofia Molinax disait merci parce qu'on venait de lui annoncer la mort de sa fille de 17 ans.

Sous le poids de cette effroyable politesse, ses jambes se plièrent et elle se pressa de sourire parce que c'est ainsi qu'on accompagne un merci.

La femme en face d'elle ne la quittait pas des yeux. Des yeux d'une accablante gentillesse, tels les yeux des vieux dont Sofia Molinax prenait soin, quand la résignation se fait douce. Mais cette femme-là était bien droite, solide, jeune.

Cette nuit du Nouvel An, Sofia l'avait passée à Sycomore House, à répartir des gélules dans des piluliers, à couvrir les tables en Formica de nappes en crépon, à donner la becquée s'il le fallait. Il y avait du filet de poulet à l'ananas coupé en petits morceaux et de la purée de patates douces au menu, et aussi des cheese-cakes au chocolat avec des mini-feux d'artifice plantés dans le glaçage qui avaient suscité une vaguelette de roucoulements chez les pensionnaires. On avait mis de la musique. Arabella Smith, 77 ans, avait esquissé un one-step sur *Hit the Road, Jack* avec Robert Willard, 73 ans.

À minuit, les résidents les plus fragiles, les moins psychologiquement présents, étaient couchés, mais il restait les insomniaques – un des prix à payer au grand âge. Alors Sofia et ses collègues avaient poussé les fauteuils roulants devant la baie vitrée, pour qu'ils aperçoivent au loin les fusées de Pelham Bay Park, et, en installant confortablement les plus valides – un petit châle sur les épaules, un verre de lait de poule dans une main –, elle s'était posé les mêmes questions que tous les ans : qu'éprouvaient-elles, ces personnes dont le temps était compté, en voyant le calendrier basculer d'une année sur l'autre ? Était-ce la satisfaction d'avoir encore terrassé 365 jours, 52 semaines, 12 mois ? Quelle valeur avait ce cycle, pour elles ?

Ou alors était-ce le pressentiment que cette année serait leur dernière, puisque la flamme fragile qui subsistait pouvait s'éteindre à tout moment ? Se faisait-on à cette idée, en continuant à s'émerveiller devant les étincelles roses et bleues qui se frayaient un chemin tout droit vers l'inconnu, à travers la neige ?

Sofia Molinax avait aidé les pensionnaires à se mettre au lit, au creux d'une duveteuse nostalgie, elle avait balayé les cotillons et clos les rideaux, salué de ses vœux l'équipe de relève.

Elle avait marché une partie du chemin avec une collègue, frissonnant sous le manteau enfilé par-dessus son uniforme et ses épais collants d'aide-soignante – en passant par Wilkinson Avenue et en tournant sur Mayflower, elle arrivait au jardinet auquel était adossée sa maison, 194e Rue.

En ouvrant la porte de derrière, elle avait repensé à Arabella Smith et Robert Willard, dans les bras l'un de l'autre. Peut-être étaient-ils amoureux ? S'autorisait-on à l'être encore, à leur âge ? Peut-être que les papillons étaient toujours là, dans le ventre, juste un peu engourdis.

Sofia Molinax avait vérifié que tous les volets étaient bien fermés pour que le jour ne la réveille pas, vérifié aussi que le téléphone était bien branché, qu'il n'y avait pas de message, elle s'était endormie, et lorsque plus tard elle avait rouvert les volets sur une rue que les chasse-neige avaient bordée de congères d'un gris sale, deux policiers étaient venus lui dire que sa fille de 17 ans était morte.

« Je vais rester un peu avec vous », lui dit la femme aux yeux doux. Sa main sur son épaule était chaude. Sofia ne portait encore qu'une vieille robe de chambre sur son pyjama, il était midi passé et cela ne se faisait pas.

« Je vais me changer, dit-elle. Faudra-t-il qu'on parle ? »

Elle s'était entendue poser la question. C'était pour savoir, c'est tout.

« Seulement si vous êtes prête, répondit la femme en jetant un œil à son collègue, un homme noir et jeune, comme elle. L'inspecteur Morris va nous laisser, je vais rester un peu pour m'assurer que tout va bien. Votre déposition peut attendre.

— Je prends mon service à 3 heures.

— Madame Molinax, votre employeur comprendra, nous allons l'appeler. Sycomore House, c'est bien ça ? »

La jeune femme échangea à nouveau silencieusement avec son coéquipier, qui hocha la tête et referma la porte.

« J'ai demandé à faire des heures supplémentaires.

— Madame Molinax… »

La femme flic ne continua pas, son regard parlait pour elle. La pression sur son épaule, aussi. Ce langage corporel, cette tête inclinée sur le côté comme lorsqu'on veut convaincre un enfant réticent, tout disait : « vous resterez chez vous aujourd'hui ».

La femme flic avait raison, bien sûr. Sofia pourrait même rester chez elle demain et tous les autres jours. Si elle faisait des heures sup, c'était pour que le frigo soit plein, que le chauffage soit payé. C'était pour Estrella.

Dorénavant, ce ne serait que pour elle – autant dire pour personne.

Sofia Molinax s'excusa, alla enfiler un pantalon de survêtement propre, un pull, se passer de l'eau sur le visage et réunir ses cheveux un peu gras en queue-de-cheval.

« Je suis prête », murmura-t-elle. La femme flic la regarda comme si elle allait tomber.

« Asseyez-vous, dit-elle en la guidant par le bras.

— D'accord. »

Pas de larmes, pas de cris, rien. C'était habituel en pareilles circonstances. Le choc émotionnel était intolérable au point que tout ne relevait plus que de la simple mécanique : le cerveau se rabattait du cortex en panne sur le système orthosympathique, freinant les sensations physiques de la douleur. Le dispositif d'urgence d'un avion un plein vol, un moteur basculant sur un autre.

Sofia Molinax savait que sa fille était morte.

Elle savait où elle était morte.

Elle savait que ce n'était pas un accident.

Les données étaient simples, on aurait pu mettre un tiret devant chacune d'entre elles et un enfant de 5 ans aurait compris.

Pas une mère.

La mère, il lui faudrait décortiquer les mots, les déconstruire, les triturer, fouiller derrière.

La femme flic savait cela.

« Je m'appelle Calixta, dit-elle doucement.

— Oui ? C'est un joli prénom… Original… Comme celui de ma fille. Estrella. Cela veut dire "étoile", en espagnol. (Son regard se perdit.) On parlait encore espagnol quand ma famille a quitté les Philippines… maintenant… (Sofia tressaillit, semblant reprendre d'un coup ses esprits.) Mais je suis en règle, vous savez. J'ai ma carte verte depuis la naissance d'Estrella.

— Madame Molinax, intervint Calixta alors qu'elle allait se lever. Restez assise, Sofia – je peux vous appeler Sofia ? Je n'ai pas besoin…

— Mais Estrella n'était pas un bébé-ancre, vous savez ? balbutia Sofia. Pas un de ces bébés qu'on met au monde pour les papiers, vous savez ?

— Peu importe, Sofia…

— Elle n'était pas prévue. J'avais 17 ans. »

17 ans. Le même âge qu'aurait toujours sa fille.

Calixta expira doucement. Jamais elle ne se ferait à la douleur des victimes collatérales d'un meurtre. Certains y parvenaient. Il en fallait, des morts à annoncer, avant cela.

« Le père d'Estrella n'est pas là ?

— Il n'y a jamais eu… »

Sofia Molinax s'interrompit, redressa la tête. À quoi bon, maintenant ? Tout ce qui n'était pas aujourd'hui était anecdotique.

« Il n'y a pas de père, dit-elle fermement. Je ne connais pas son nom. »

Calixta soutint son regard, quelques secondes, le temps d'un message, d'une femme à une autre. Dans les yeux bruns cernés de bistre, ces yeux secs sans plus d'éclat qu'une étoile avalée par un trou noir, l'inspectrice vit la colère sombre, la fatalité, l'humiliation – tout ce qui, au dernier moment, pousse une femme du côté opposé au poste de police où elle était venue déposer une plainte. Des victimes comme Sofia Molinax, Calixta en avait déjà vu beaucoup, avait tenté d'en convaincre, de les rattraper en leur promettant une vie réparée. Dans le Bronx, elles étaient socialement fragiles, psychologiquement abandonnées, alors elles faisaient demi-tour.

Comme l'avait probablement fait un jour cette mère, aujourd'hui en deuil d'une enfant née de la violence. Les douleurs s'additionnaient, dans une espèce de logique dégueulasse.

« Il y avait eu une enquête ? demanda-t-elle doucement.

— Non. »

Calixta hocha la tête. Sofia n'irait pas plus loin. Au moins, la révolte la tenait debout. Et, à ce moment précis, ce n'était pas plus mal.

« Sofia, quand avez-vous vu Estrella pour la dernière fois ?

— La dernière fois ? (La mère déglutit les mots comme une capsule de cyanure.) Hier. Matin. (Elle fronça les sourcils.) Quand je me suis levée. Alors ça devait être en début d'après-midi. J'ai voulu lui faire à manger, elle m'a dit qu'elle avait pris un petit déjeuner. Des Weetabix dans du lait. Elle était pressée.

— Vous saviez ce qu'elle avait prévu ?

— Je ne la vois pas beaucoup, à cause de mon travail, mais elle me dit tout. Enfin, je crois ? (C'était une question.) Pourquoi a-t-elle fait ça ? Sa copine. Pourquoi elle a fait ça ?

— Vous la connaissez bien, Madeline Oxenberg ?

— Elles sont pas du même monde, c'était pas une fille pour elle. Je lui ai jamais dit mais je le pensais… Non, je ne la connais pas bien.

— Vous l'avez rencontrée ? »

Sofia regarda autour d'elle, à la recherche de quelque chose qu'elle ne trouverait pas. Un paquet de cigarettes. Elle avait arrêté il y a longtemps, quand elle avait eu ce boulot à Sycomore House. La cigarette et les personnes âgées, ce n'était pas possible. Avant, quand elle était aide à domicile, elle trouvait toujours un moment entre deux visites… « Vous avez une cigarette ? » demanda-t-elle.

La femme flic en avait, qu'elle extirpa de la poche de sa parka. La femme flic avait tout ce qu'il fallait à une condamnée. Sofia ses mains tremblantes autour de la flamme du briquet, pour la protéger d'un vent imaginaire. Elle avait froid jusqu'aux os.

« Je les ai emmenées l'été dernier à Orchard Beach. On a pique-niqué. Mais la copine ne parlait pas beaucoup.

— Comment était Estrella avec elle ?

— Je ne sais pas. Elle avait l'air timide, alors… (La mère tira une bouffée de sa cigarette tremblotante.) Ma fille, elle est très bavarde, vous savez. Très gaie. »

Elle sourit, et l'inspectrice craignit la bascule. L'emploi du présent marquait souvent l'instant où l'on perdait le témoin. Mais l'effroi finit par dominer, et le visage de Sofia Molinax s'assombrit, d'une façon graphique.

« Pourquoi elle a fait ça ? répéta-t-elle.

— C'est ce que nous cherchons à comprendre, Sofia. C'est pour cela que vous nous aidez beaucoup. Voyez-vous une raison ? Une dispute qu'Estrella vous aurait rapportée ?

— Non, rien… Elle a dit qu'elle l'avait fait ?

— Madeline Oxenberg ne l'a pas nié. Et il y a des témoins. Nous faisons notre enquête, Sofia. La seule question qui reste semble être pourquoi.

— Ma fille a souffert ? Est-ce qu'elle s'est vue mourir, dites ? »

L'inspectrice vit arriver la collision, le moment où la mère rentrerait dans le mur de douleur et s'effondrerait. Elle se leva du canapé et alla s'asseoir à côté d'elle, enlaçant la silhouette maigre secouée de spasmes.

« On va tout faire pour comprendre », répondit-elle, à côté de la terrible question.

Oui, selon les premières constatations du légiste que ses collègues de Hell's Kitchen avaient rapportées à l'USV du Bronx, Estrella Molinax s'était vue mourir. Il y avait trop de sang perdu, et pas assez de temps pour les secours.

Cela n'avait même pas duré une minute.

Le temps prenait toute sa mesure. Une minute, ce n'est rien, pas même le temps d'une chanson. Que peut-on faire, en une minute ? Se brosser les dents avant de sortir, ou faire chauffer de l'eau pour un thé ? De toutes petites choses de la vie.

Mais, à la fin, lorsque cette toute petite minute était la dernière, ça devait être très long.

– 9 –

Juillet 2016, Sag Harbor

« Comme vous vous ressemblez ! »

« Vous êtes si différentes ! »

L'une ou l'autre de ces réflexions, lancées comme ça en l'air.

Il y avait ces deux façons de comparer deux sœurs, comme si ce miracle génétique qui fait que deux personnes distinctes peuvent être fabriquées par les mêmes individus méritait au moins une étude rapide. Madeline, elle, n'avait aucune idée de l'aune à laquelle aurait pu être mesurée sa parenté à sa propre sœur. Maintenant, c'était assez évident, elles étaient très différentes, dans la mesure où l'une avait passé plus de la moitié de sa vie en prison pour meurtre à New York et que l'autre était décoratrice d'intérieur à Los Angeles.

En dehors de cet état de fait, Madeline ne connaissait pas Sarah. Vingt ans auparavant, elle avait quitté la petite sœur qu'on déteste, collante, curieuse, rapporteuse. Voleuse, même, puisqu'elle l'avait prise en train de descendre son flacon d'*Angel* de Mugler qui venait de France.

C'était déjà idiot de piquer du parfum, mais celui-là en plus, dont le jus praliné tapissait l'ascenseur bien après que la gamine avait tourné les talons sur la 53e Rue. Donc, Sarah était idiote, par-dessus le marché.

Et Madeline n'avait pas eu le loisir de découvrir autre chose d'elle qui la lui rende aimable, au sens premier du terme. Les rires complices, la solidarité, les discussions, le cheminement parallèle de deux femmes adultes, tout cela, elle l'avait loupé. Sarah aussi, par la même occasion. Toutes deux étaient filles uniques – et l'autre davantage que l'une, probablement. Logiquement.

Des tas de questions n'avaient jamais été posées, de part et d'autre. Dont les « Pourquoi Los Angeles ? » et « Pourquoi tu l'as tuée ? ». Madeline se doutait de la réponse à la première, puisque partir était souvent la solution, et n'aurait pas répondu à la deuxième. Elle n'aurait pas rempli sa part de sororité. Alors il n'y avait pas vraiment eu de dialogue, les rares fois où Sarah était venue au parloir après toutes les fouilles d'usage, dégradantes.

On condamnait aussi une famille, il ne fallait pas l'oublier.

Aujourd'hui, sous le soleil argenté de Long Island qui donnait cette lumière si particulière, comme une photo surannée, Sarah avait de l'or dans ses cheveux auburn, du cuivre sur ses pommettes, elle respirait le soleil et l'air libre, et Mad se sentait à sa place – une souillon tout juste sortie de l'ombre.

Cachée derrière le rideau du salon, elle regarda un moment sa sœur par la fenêtre, l'observant régler le taxi, récupérer sa valise au vanity assorti et caler ses lunettes Jackie sur ses boucles parfaites. Puis elle se résolut à aller au-devant d'elle, sans aucune idée de quoi lui dire.

« Encore ces vêtements ? » lui lança Mira en tordant le nez, la main sur la poignée de la porte d'entrée.

Mon Dieu, est-ce qu'elle sentait mauvais ?

Depuis deux jours, elle n'avait quasiment pas quitté son jean et son tee-shirt de touriste. D'une certaine manière, ces nippes sorties de prison étaient des objets transitionnels. Cela la sécurisait, l'assurait d'un endroit où retourner facilement. Il suffirait d'enfreindre la loi, ce qui était à la portée de tous. Ce jean et ce tee-shirt formaient un signe rassurant de non-appartenance au monde extérieur, si la liberté qui le régissait était trop vorace et lui demandait plus que ce qu'elle pouvait donner.

Et puis, elle avait perdu l'habitude de décider comment s'habiller. A priori, c'était quelque chose qui ne lui manquait pas.

« Va te changer, Madeline », fit Mira, retrouvant son autorité devant sa fille de 38 ans. Les confitures, les conserves, l'artisanat, OK, c'était nouveau. Mais il y a des principes qui ont valeur d'axiomes, entre Park Avenue et Sag Harbor. L'hygiène et la tenue ne sauraient être contredites.

« Mira, je ne vais pas accueillir ma sœur dans ses propres vêtements. »

Mad avait eu un recul, un mouvement d'humeur. Jusqu'où lui faudrait-il aller pour ne plus du tout exister ?

« Prends ton temps, je lui dirai que tu es sous la douche. Ce qu'il faudrait que tu fasses, de toute manière. »

Mad serra les poings, sentant un vertige l'emporter. C'est ainsi qu'elle avait appris à combattre la tristesse profonde, en mobilisant tous ses muscles, ses organes vitaux dans un immense effort intérieur qui l'emmenaient au bord du malaise. Son ventre, ses poumons se contractaient, son cœur précipitait un flux qui lui brouillait la vue.

Comment aurait-il fallu réagir à ce reproche maternel ? Pleurer comme une gosse, se révolter comme une vieille ado ? Elle puait, de toute évidence. Ses cheveux n'étaient pas propres. Sa peau, rapidement frictionnée au savon, tirait.

« J'y vais », murmura-t-elle.

À cet instant, Mad fut tentée – terriblement tentée – de traverser la maison et de s'enfuir par la porte de derrière. Elle serait rentrée dans le premier putain de magasin de luxe et aurait fait retentir l'alarme en ressortant avec un paquet de maillots de bain à 500 dollars entre les mains, et les flics auraient été les bienvenus – ces figures familières. Fin de l'histoire.

Mais c'était là sa première épreuve. Une simple histoire d'hygiène. Mad ne voulait pas retourner en taule pour une simple histoire d'hygiène à laquelle elle n'aurait pas su se plier.

« … et puis le chat est passé sous l'échafaudage et tout s'est écroulé, la figure de proue en a perdu son nez et le bout d'un sein. Saleté de bestiole. »

Mira avait décidé que l'on s'installerait dehors pour déjeuner, estimant probablement qu'une certaine quantité d'air serait nécessaire pour dissoudre l'embarras – parce qu'on ne fêtait pas les retrouvailles avec l'enfant prodige qui revenait d'un tour du monde, se dit Madeline en saluant *in petto* les efforts de sa sœur pour paraître enjouée.

Elle avait pris une douche rapide, stressante, réuni ses cheveux humides en chignon et enfilé une robe tee-shirt en coton noir dénichée dans un tiroir, et que Sarah avait eu le bon goût de ne pas remarquer.

On ne parlait de rien de profond – un riche amateur de bateaux qui avait confié la déco de son palace à Sarah, une figure de proue du XXIe siècle représentant une sirène érotique et un chat facétieux – et Mad restait spectatrice du gymkhana enquillé par mère et sœur : il s'agissait de faire preuve d'adresse, de contourner les obstacles comme un pilote sur sa moto – en gros, il s'agissait de ne pas lui demander de ses nouvelles.

Tout sujet de conversation devait faire l'objet d'une étude préalable, silencieuse, pour en évaluer la sensibilité.

Un simple « Comment vas-tu ? » aurait pu voir s'enchaîner un manifeste sur les conditions de détention dans les prisons américaines ou un comparatif détaillé entre une chambre à Sag Harbor et une couchette au matelas aussi confortable qu'une planche de contreplaqué.

On prenait le risque que Madeline raconte sa première nuit de liberté, aussi incommode que sa première nuit en prison. Elle aurait soupiré sur la mollesse du matelas, la sensation de s'enfoncer et d'étouffer, et les douleurs dans le dos.

Elle aurait avoué avoir fini par prendre un oreiller pour aller dormir sur le tapis.

Mad essayerait de nouveau le lit ce soir. C'était un de ces petits défis qu'elle devait garder pour elle – comme rester un peu plus longtemps dans la salle de bains.

« Comment… Comment il s'appelait, le propriétaire ? s'entendit-elle demander.

— Le propriétaire de la maison ? Euh, Carson. Tim Carson.

— Ah. »

Embarrassée, Madeline lissa sa serviette sur ses genoux. Mira et sa sœur la regardaient en silence, attendant une suite qui ne viendrait pas. Elle avait demandé n'importe quoi, pour participer.

« Bien, lança Mira. Madeline, finis tes crevettes, tu es maigre comme un coucou.

— Oui. »

Elle intercepta le regard de Sarah. Dangereux, ça, la réflexion sur le poids. Cela aussi pouvait ramener à Bedford Hills, à Taconic, aux plateaux-repas dégueulasses, et qu'est-ce que tu mangeais là-bas, tu nous as jamais dit, qui cuisinait, vous aviez des desserts ? Ce genre de choses.

Mad mâcha une crevette, sentit l'iode et le citron vert lui piquer les yeux tandis que sa sœur arrosait généreusement sa coupelle de Tabasco.

« Tiens, en parlant de décoration, reprit Sarah d'un ton léger, que penses-tu du jardin, Madeline ? Je n'arrête pas de dire à Maman qu'il aurait bien besoin d'un coup de neuf. »

Surprise, Madeline avala sa crevette, prit soin de s'essuyer le coin des lèvres. Et tiens, Sarah appelait Mira « Maman », l'avait-elle toujours fait ?

Elle regarda autour d'elle, sentant un sentiment qui ressemblait à la reconnaissance rosir ses joues. C'était gentil de la part de Sarah. Le jardin était un terrain neutre où elle pourrait être mise en valeur.

« Eh bien… C'est bien entretenu.

— Un jardinier vient une fois par semaine tondre la pelouse et tailler les bosquets, fit Mira.

— C'est toujours le vieux de chez Joli Bouquet ? demanda Sarah. Pas étonnant que ça manque de fantaisie, tu ne trouves pas, Madeline ?

— Joli Bouquet est le fleuriste le plus réputé des Hamptons. Oscar sait ce qu'il fait, objecta Mira avec humeur.

— Il est fleuriste. Pas horticulteur. Madeline est horticultrice, n'est-ce pas, Madeline ? Explique à Maman la différence, s'il te plaît, elle me désespère.

— Eh bien…, fit de nouveau Madeline. Eh bien, un fleuriste compose des bouquets de fleurs coupées, un horticulteur les plante. Il cultive les jardins.

— Mais ce n'est pas un paysagiste, rétorqua Mira, de mauvaise foi.

— Non, mais un horticulteur saura quelles plantes, quelles fleurs, quels fruits s'adapteront à tel ou tel terrain, lesquels se marient le mieux. Donc il peut composer un jardin de façon pratique, mais aussi de façon esthétique, pour cela il suffit d'avoir un peu de goût, c'est tout. C'est ce que je faisais à Bedford Hills », osa Mad, rompant le pacte tacite qui s'était noué autour du service de table à 20 dollars l'assiette.

Mon Dieu que c'était salvateur de maîtriser enfin quelque chose.

« C'est chouette, s'enthousiasma Sarah, comme si elle lui parlait d'un camp de vacances. Du coup, pour le jardin de Maman, qu'est-ce que tu ferais ? »

Ne sois pas lourde, pensa Madeline en jetant un rapide coup d'œil à sa mère. *Il ne faut pas s'installer. Mais c'est un début de socialisation.*

Mira ne l'encourageait pas, qui était là à rassembler la vaisselle, dans les starting-blocks pour un repli urgent vers la cuisine.

Mad prit le temps qu'il fallait pour étudier sommairement le terrain. L'herbe courte, les massifs d'hortensias redondants, les magnolias au garde-à-vous au bord du chemin de graviers blancs tracé au cordeau.

« Je ne sais pas, fit-elle mine d'hésiter. Je mettrais peut-être des cassiopes par ici. (Elle tendit le bras là où les lattes en bois de la véranda s'arrêtaient abruptement dans le gazon.) Ce sont des buissons nains qui donnent de petites fleurs en forme de clochettes. De la famille des fougères, cela résiste au froid. Et puis des campanules, pour faire un joli désordre. Il ne faut pas que le sol soit trop calcaire, sinon les fleurs jaunissent, mais j'en ai vu dans le quartier. Et tu as de très jolis magnolias qui ont les mêmes restrictions, donc ça devrait aller. Et puis sur la petite dune à l'ombre de l'érable, je verrais bien un tapis de bruyères. Elles deviennent rouges à l'automne. C'est très beau. »

Elle s'arrêta, gênée. Elle était partie dans son monde, celui où on oubliait le regard qu'on posait sur vous. Et, soudain revenue à la réalité, elle ne savait pas comment interpréter celui de sa mère et de sa sœur. Ce serait probablement toujours ainsi.

– 10 –

2 janvier 1996, tribunal de Manhattan

Le statut de prisonnière vous permettait d'être introduite dans le tribunal par l'entrée des artistes. Dans l'attente de la décision du juge lors de l'audience de libération sous caution, on vous épargnait la montée des marches – en soi, cette ascension sous les flashs des photographes et les yeux du public aurait déjà valeur de déclaration liminaire, ces marches-là étaient très difficiles à descendre.

On n'y était pas encore. Mais maître Kenneth Leonardi, qui enfilait les couloirs tête la première comme un bison à l'attaque, précédant sa frêle cliente encadrée par ses gardiens.

Flottant dans une combinaison orange dont elle avait dû roulotter les jambes et les manches pour ne pas s'empêtrer davantage, ses poignets et ses chevilles entravés l'obligeant à faire de curieux pas de souris, Madeline n'avait cependant pas eu droit à des vêtements aussi discrets que l'était son entrée. Le tailleur repentant était réservé aux grandes occasions – le procès, le verdict, la condamnation.

Sautillant plus qu'elle ne marchait, elle était complètement désarticulée, dépassée. Rien de ce qui l'entourait, des carrelages historiques aux plafonds ornés de mosaïques byzantines et de filigranes en bronze, ne lui parlait de ce qui l'y avait amenée. Tout était si beau, si lumineux, rien pour annoncer le sordide, l'horreur, la mort qui s'invitait sur les bancs de chêne soigneusement vernis, derrière les murs marbrés des salles d'audience.

En entrant par la petite porte dans la chambre 108, au rez-de-chaussée, Madeline eut un mouvement de recul. Un tel monde, un tel brouhaha. Du couloir on ne le devinait pas. Il y avait là des prisonniers comme elle, des avocats, du public, et tout ce monde échangeait, discutait comme on négocie le prix du bétail sur un marché dans les westerns. Sur sa chaire, la juge trônait, abattant son petit maillet sur son socle, estimant un chiffre, tranchant sur le prix à payer. Cela semblait sortir de sa bouche comme une enchère, adjugé, vendu, *boum*.

Juge Edith Maxwell, lut Madeline, s'attachant à tout ce qui pouvait lui faire prendre conscience de ce qu'elle était en train de vivre. Elle n'avait pas dormi depuis bientôt trois jours. Pas mangé. Comment aurait-elle pu ?

Au centre de détention de Manhattan, elle n'était qu'une chiffe dans un carton refermé. Dans son cerveau le processus d'imagerie mentale s'était stoppé, sollicitant un autre réseau pour empêcher les pensées spontanées : dans sa tête, Madeline récitait, faisait travailler sa mémoire des mots. De Margaret Wise Brown à Henry Longfellow, tous les auteurs pour enfants passaient par là, dans une rassurante régression.

Sous la lumière violente de sa cellule, elle fermait les yeux et murmurait « Bonsoir chambre, bonsoir lune, bonsoir vache sautant par-dessus la lune, bonsoir lampe, bonsoir ballon rouge, bonsoir oursons, bonsoir les chaises… » en boucle jusqu'à « Bonsoir les étoiles », où sa gorge se nouait. Elle finissait par crachoter de la bile dans le petit lavabo vissé au mur. Madeline passait vite à un autre poème, puis recommençait celui-là du début, comme si elle avait oublié.

Estrella veut dire étoile.

Madeline sentit une légère poussée dans son dos – c'était son tour. Maître Leonardi la fit discrètement pivoter face à la juge, et la bulle autour d'elle éclata, les sons furent catapultés dans ses oreilles.

« Affaire 01-084, l'État de New York contre Madeline Katherine Oxenberg », entendit-elle.

C'était vrai, c'était elle.

La juge effeuilla ses papiers, remonta ses lunettes et fit dégringoler son regard sur l'enfant délicate perdue dans sa combinaison. « Quelle est la qualification ? demanda-t-elle, pour bien y croire.

— Meurtre au premier degré, Votre Honneur, intervint une femme élégante d'une voix désincarnée.

— Nous contestons l'accusation, Votre Honneur. Les faits ne sont pas établis et il n'est en aucun cas question de préméditation.

— Vous réglerez ça au tribunal, maître Leonardi. Si vous jugez raisonnable d'y aller.

— Il n'est pas question d'accord pour le moment, objecta la femme élégante.

— Nous verrons, lança l'avocat. En attendant nous demandons la libération sous caution. Ma cliente est jeune et n'a pas de casier judiciaire.

— Compte tenu de la gravité des faits qui lui sont reprochés, le ministère public s'y oppose, Votre Honneur.

— Ma cliente appartient à une famille connue et respectée par la communauté, ses parents seront garants de sa discipline durant l'instruction. Elle ne sortira pas de chez elle sauf pour se rendre aux convocations.

— Il s'agit d'un meurtre barbare, Votre Honneur. Et la famille de la prévenue a les moyens de la soustraire à la justice…

— Le ministère public intente un procès d'intention à des gens très respectables… »

Le reste se perdit dans un duo sonore d'invectives policées, et Madeline crut entendre la voix de Papa derrière elle – *Ça va aller, je suis là, je suis là…* Le sol se dérobait sous ses chaussons trop grands – les mêmes qu'elle portait pour ses cours de gymnastique, c'était tellement idiot.

Le maillet s'abattit sur son socle, la faisant se redresser dans un spasme.

« La caution est fixée à un million de dollars. »

Madeline vit tout tourner autour d'elle – l'avocat qui remerciait rapidement la juge, la juge qui nettoyait ses lunettes et adressait un signe de tête à la substitut du procureur, la substitut du procureur qui réunissait ses papiers, indifférente, prête à passer à l'affaire suivante. C'était donc réglé.

Elle se retourna, Papa était là qui se penchait vers elle, essayait de toucher son bras, son gentil regard embué semblant vouloir désespérément lui envoyer les bonnes ondes.

Madeline sentit de nouveau une pression sur son dos – « Allons-y, dit maître Leonardi.

— Je ne veux pas ! »

Elle entendit sa propre voix, noyée dans le bouillon de son crâne. Le maillet s'abattit : « Maître, faites sortir votre cliente.

— Je ne veux pas ! »

Madeline se dégagea de l'emprise de l'avocat, échappant au regard bouleversé de Papa, réunissant ses forces pour tenir droite, ne pas avoir l'air d'une folle. Pas loin, les policiers en uniforme se tenaient prêts à l'évacuer, elle n'était qu'à quelques secondes de l'esclandre.

Il fallait être claire, calme. C'était le moment de se reprendre.

« Votre Honneur, je refuse, dit-elle d'une voix forte.

— Que refusez-vous, mademoiselle ?

— Madeline, s'empressa l'avocat, c'est terminé, tout va bien…

— Silence ! coupa la juge. Mademoiselle ?

— Je ne veux pas être libérée sous caution, Votre Honneur. »

Madeline n'écoutait plus l'avocat, elle n'écoutait plus les appels étouffés de Papa, seul un *Bonsoir les étoiles* virevoltait dans sa tête comme une pensée de secours.

Il n'y avait plus face à elle que la juge, et Estrella qui voulait dire étoile et qui était morte.

Elle ne rentrerait pas chez elle. C'était impossible. À cet instant, elle acceptait son avenir.

« Votre Honneur, je veux aller en prison. J'ai tué mon amie…

— Madeline !

— … j'ai tué mon amie et je ne veux pas rentrer chez moi.

— J'aurais tendance à vous dire, mademoiselle, que ce n'est pas à vous de décider, mais en l'occurrence votre contestation est assez inédite.

— Madeline, commença l'avocat d'une voix forte.

— Maître Leonardi, l'interrompit la juge, il semble que vous avez un problème à régler avec votre cliente, mais cela ne se fera pas dans mon tribunal. Je ne vais pas me substituer à vous et me battre pour faire rentrer votre cliente chez elle alors qu'elle est accusée de meurtre, ce serait un comble. Je lève donc la caution et ordonne l'incarcération immédiate de Mlle Oxenberg en attendant son procès. Affaire suivante. »

Le maillet rebondit et le brouhaha reprit de plus belle. Madeline se fit sourde, aveugle, convoquant dans sa tête tous les poètes qui voudraient bien l'aider et, encadrée par les policiers, sortit de la salle d'audience en récitant à voix basse les vers d'Emily Dickinson qui lui étaient venus les premiers à l'esprit.

Je ne suis personne ! Qui êtes-vous ?
Êtes-vous personne aussi ?

« Elle est timbrée, fit Méchant Flic en descendant les marches du tribunal.

— Pas sûr, répliqua Gentille Flic. Elle m'a eu l'air assez consciente de ce qu'elle faisait. »

Ils étaient venus assister à l'audience, chose qu'ils ne faisaient pas souvent. Des affaires comme celle-ci ils n'en avaient jamais au sein de l'écosystème de Hell's Kitchen. En général on regrettait peu la victime d'un règlement de compte, on ne défendait pas plus le coupable, et les deux s'oubliaient aussi vite.

Là, c'était autre chose. Les inspecteurs Carlyle et Romano avaient passé les trente-six heures précédentes à retranscrire les dépositions des témoins du meurtre d'Estrella Molinax, une bande de jeunes qui paraissait tout à fait fréquentable. Étudiants en business du sport dans un nouvel établissement du quartier, dans la droite ligne de la politique de renouveau. Aucun casier judiciaire. Ils étaient cinq. Sous le choc. Rien à dire de spécial. Les inspecteurs avaient enfilé les témoignages en soupirant presque. Les mêmes haussements d'épaules, les mêmes silences plats, les mêmes regards sidérés.

Seul l'un d'entre eux avait éveillé un peu d'espoir. Un dénommé André, noir, athlétique, séduisant. « Avec Estrella, on flirtait », avait-il lâché, effondré. Un flirt comment ? Marrant, torride, avec la langue ou pas ? avait failli demander Danny Romano, soudain éveillé. « On restait discrets, on n'était pas tout seuls. » La définition pré-millénaire du flirt échappait à l'inspecteur : qu'est-ce que c'était, le flirt, maintenant, des discussions privilégiées sur les cours ou le dernier film qu'on avait vu à la télé ?

Bref, André et Estrella « flirtaient » incognito pendant que les autres établissaient la playlist de la soirée, Madeline et Dylan étaient descendus à la cuisine puis remontés l'un après l'autre avec les trucs à manger, ensuite les filles étaient allées à la salle de bains. Combien de temps avant le cri ? Oh, trois minutes, même pas.

Voilà ce qu'ils avaient tous à raconter. Cela tenait sur une feuille simple. C'était cohérent – ou du moins, facile à retenir si on était convenu d'un plan commun, se disait Romano en poussant un peu le bouchon.

Mais alors quoi ?

Mais alors rien.

L'autopsie n'avait pas relevé de violences, ni de trace de viol en réunion, par exemple. Il fallait envisager n'importe quoi, puis tout éliminer.

« Tu veux que je te dise, dit Shelley en claquant la portière de la voiture. Cette histoire, c'est entre les deux filles et uniquement elles. Et si Madeline décide de passer un accord et de faire sa peine sans broncher, eh ben, on ne saura jamais rien. »

– 11 –

Juillet 2016, Sag Harbor

Grandissait-on, en prison ?

Non, on ne faisait que vieillir, de façon organique.

Une partie de vous, la partie sociale, apprenait, s'adaptait. Elle donnait le change, mais cette expérience n'était qu'une digression et n'avait rien à voir avec l'Expérience, celle qu'on respecte, qui fait de vous quelqu'un qu'on écoute dans le monde extérieur.

Pour le reste, la prison vous avalait et vous recrachait tel quel, alors qu'une impitoyable accélération temporelle avait englouti vos ovaires, votre capital osseux et votre taux de collagène. Vos cellules étaient entrées en sénescence alors que dans votre tête vous n'aviez que 17 ans.

Bien qu'elle affiche sur le papier trois ans de plus que Sarah, et probablement bien davantage physiquement, Madeline avait l'impression d'être sa petite sœur.

Sa vieille petite sœur.

Sarah était une femme, Mad ne l'était pas, ne l'avait jamais été et ne le serait plus, car ses vingt années hors du monde n'étaient pas valables au-delà de cette limite. On aurait dû écrire l'avertissement en toutes lettres sur la porte de sortie de Taconic : *ATTENTION, vos années ne sont pas valables au-delà de cette limite*.

Sarah avait expérimenté toutes les affres, tous les émois de la féminité – la perte de sa virginité, l'amour, le choix d'avoir ou pas des enfants, la bague au doigt, le couple, les engueulades, et maintenant le divorce.

Madeline, elle, était vierge, assentimentale, elle n'avait même pas ses règles.

« Viens, on va faire un tour », avait dit Sarah, et Madeline n'avait pas osé refuser alors qu'elle n'en avait pas du tout envie. Après le déjeuner, elle aurait voulu se retrouver seule, se reposer sur l'impression que ses compétences en horticulture avaient fait d'elle une personne ordinaire, pendant un bref instant. Elle se savait incapable de fournir le moindre effort supplémentaire de normalité.

Mais, comme pour tout le reste, elle n'avait pas le mode d'emploi du Non. Là d'où elle venait, on avait peu d'occasions de le pratiquer.

Alors la petite Madeline calait son pas sur celui de sa sœur, rassurée que ses baskets qu'elle avait pu jusqu'ici cacher sous la table soient correctes et propres. Sarah avait de plus grands pieds que les siens, les sandales qu'elle avait laissées n'allaient pas, et Mad dépendrait de sa morphologie quelques jours encore.

Madeline dépendrait d'elle pour la conversation aussi, elle le savait en s'engageant dans cette balade en duo. Quel sujet aborder, une fois qu'on aurait épuisé le glossaire des fleurs que Sarah soulevait de son joli doigt manucuré, le long de l'allée qui les conduisait vers le chemin côtier ?

« Qu'est-ce que c'est, ça ?

— *Cistus salviifolius*. Elles ont dû arriver ici avec le vent, on voit qu'elles n'ont pas été plantées. Les petites fleurs blanches ne durent qu'une journée, mais il y en a toujours de nouvelles.

— Et ça ?

— Du lilas des Indes.

— Ces couleurs roses, c'est un peu criard, je trouve. Ringard, non ?

— C'est parce qu'ils ne sont pas entretenus, c'est dommage.

— Et celles-ci ?

— Des santolines. C'est assez rare ici, il leur faut plutôt de la terre sèche et caillouteuse. Elles sont mal en point… »

Madeline humait les pompons d'un jaune odorant, regrettant que l'humidité des Hamptons les fasse tant souffrir. Il aurait fallu les déplacer de quelques mètres pour leur offrir le plein soleil, sinon les petits buissons au feuillage vernissé mourraient cet hiver. Le fleuriste de Sag Harbor n'avait pas la main verte.

« Oscar préfère les fleurs quand elles sont coupées et ligotées, confirma Sarah. Il fait de magnifiques couronnes mortuaires. »

Madeline sourit à demi. Bien sûr, ce n'était que de l'humour, comme tout le monde en fait, mais chaque mot, chaque trait, avait une densité différente dans son monde à elle. Faudrait-il qu'elle en mesure chaque fois la portée ?

« Tu te souviens de cette maison ? » demanda Sarah. Elles venaient de déboucher sur le chemin de ronde qui encerclait le territoire des privilégiés, dont les petits palais de vacances étaient entretenus à l'année par toute une flotte de femmes de ménage et de jardiniers locaux. En l'absence des propriétaires retenus par leurs affaires à Manhattan, on ouvrait les volets le matin, on revenait les fermer le soir, on bichonnait le vide, en quelque sorte. Certaines de ces maisons ne vivaient que quelques semaines dans l'année, autour du 4 juillet quand la chaleur accablait la ville, à Noël quand les flocons de neige saupoudraient les cèdres comme dans les vitrines animées de Saks sur la 5e Avenue.

Ainsi celle-ci, une bâtisse mi-grecque, mi-coloniale, assise au bord d'une pelouse millimétrée. On en était donc aux souvenirs d'enfance, en terrain aussi neutre que l'art floral.

« Le joueur de tennis ? fit-elle.

— Mais oui, Cameron ! rigola Sarah. Mon Dieu, quel crétin celui-là. Il s'entraînait la nuit parce qu'il craignait les coups de soleil. Toute la nuit, avec cette fichue machine à renvoyer les balles, il se les prenait en pleine poire.

— On le regardait par la fenêtre, sourit Madeline.

— Cameron, le champion du monde, au secours ! Il avait au moins 35 ans et chaque année il nous disait qu'il aurait une *wild card* pour l'US Open à Flushing Meadows.

— L'invitation qu'on refile aux joueurs sur le retour, et il ne l'avait même pas.

— Comment aurait-il pu ? »

Mad avait ri, et se retrouvait les bras ballants, avec le sentiment d'une inconfortable transgression. Elle n'avait jamais été de celles qui rêvent d'évasion – plus pour niquer le système que pour le plaisir de se retrouver en cavale dans des appartements pourris, d'ailleurs. Non, elle était de celles qui acceptent leur peine. Et le fait de s'autoriser à rire, déjà… Elle aurait bien pris quelques années de plus, pour être sûre de mériter l'insouciance.

Sarah, elle, semblait à l'aise. Peut-être parce qu'elle était sur son territoire. En tout cas, il n'y avait plus rien en elle de la femme blême et fermée qui n'osait pas poser ses mains sur le zinc du parloir. À chaque visite elle était restée quoi, vingt minutes ? Le temps de parler de la pluie de Westchester et du beau temps de Los Angeles…

« Alors tu divorces ? »

C'était sorti comme ça. Comme un besoin d'être désagréable, pour remettre les choses à leur place.

Sarah remonta ses lunettes sur son nez et eut un geste du menton vers le chemin bordé de sassafras qui longeait la côte, gardant le silence un moment, le temps pour sa sœur indigne de mesurer l'illégitimité d'une telle question. N'attendant aucune réponse, Mad se focalisa sur la rangée d'arbres qui faisait comme une dentelle, ajourée de petits éclats de soleil et d'eau verte du Peconic. Elle n'avait pas de lunettes de soleil et ses yeux piquaient.

« Oui, dit finalement Sarah. Quatorze ans de mariage.

— Je suis désolée pour toi.

— Oh, ne le sois pas. C'est comme ça. Il y a des couples qui fonctionnent, d'autres qui ne résistent pas au temps. Au bout d'un moment, on s'ennuie, et on ne sait pas si c'est normal, s'il faut faire un effort, se battre pour son couple, comme on dit. J'ai jamais compris ça, ce truc de se battre pour à tout prix rester ensemble. Si c'est une bataille, c'est que ça ne va pas, non ? »

Ça, Mad était bien incapable de le dire. Elle avait une idée de la souffrance qu'on reçoit et qu'on rend, mais elle ne l'aurait approfondie pour rien au monde.

Et puis elle n'y connaissait absolument rien aux hommes. Rien de rien. Définitivement rien. Elle aurait voulu. Elle savait qu'elle aurait aimé les hommes, si elle avait pu. Les femmes ne l'intéressaient pas charnellement, malgré toutes les rumeurs qui avaient circulé sur son histoire. Inutile d'en convaincre qui que ce soit.

« Il fait quoi, ton mari ?

— Il est scénariste.

— C'est cool.

— Oui, enfin, des scénaristes, à Los Angeles, il y en a autant que des traders à New York. Il collabore sur des séries télé, il se débrouille pas mal.

— Comment il s'appelle, déjà ?

— Steven. Steven Barnett. Mais il n'est pas connu, je te dis, des scénaristes il y en a plein, c'est un boulot comme un autre, là-bas.

— Il est comment ?

— Comment, il est comment ? Son caractère ? Ou physiquement, tu veux dire ? » fit Sarah en haussant les sourcils par-dessus ses lunettes.

Madeline fut elle-même déroutée par sa question. Oh, merde, elle aurait voulu la retirer, mais c'était trop tard. La vérité était qu'elle était avide de savoir. Avide, oui, et il fallait avouer que ce n'était pas bien sain. Sa sœur lui offrait bien malgré elle l'occasion d'effleurer le mythe de l'homme, celui qu'on choisissait, avec qui on vivait et on faisait l'amour. Un fantasme.

Honteuse, elle fit mine d'écarter un moucheron de son visage comme si elle pouvait chasser ce qui la préoccupait. « Non, je ne sais pas, articula-t-elle.

— C'est vrai que tu ne l'as pas connu », dit doucement Sarah. De façon inattendue, la gêne changeait de camp. « Eh bien, Steven est plutôt... agité, si tu veux savoir. Il est non violent, comme il dit, mais il s'agace facilement. Il faut que tout aille vite, pour lui. Il ne sait pas profiter. Ça me fatigue. J'aimerais de temps en temps partir en vacances sans entendre parler de son boulot, mais il n'y a que ça qui le préoccupe. »

Sarah semblait se parler à elle-même, régler ses comptes à haute voix. Il y avait tant d'animosité dans sa voix. Et Madeline se disait que c'était curieux, finalement, cet impératif qu'avaient les humains à se coller ensemble si c'était pour se mettre dans des états pareils.

La mutation culturelle d'un truc biologique. Les gens ne savaient donc pas la chance qu'ils avaient de ne rien avoir à diviser, négocier, subir.

Évidemment, elle ne pouvait envisager toute structure sociale que sous cet angle fermé, alors que dans l'angle mort il y avait bien d'autres graduations qu'elle ignorait – le partage, le dialogue, l'amour, tout simplement. Mais rien n'était simple pour Mad.

« En tout cas, soupirait Sarah, c'est ce qui fait son charme, cet enthousiasme permanent, du moins au début. Tu te dis que vivre avec un homme pareil, ça va être une sorte de parc d'attractions tous les jours. (Elle lui jeta un coup d'œil.) En plus il est séduisant, genre Robert Redford dans *Jeremiah Johnson*, tu vois ?

— Non.

— Blond, les yeux bleus, la barbe et les cheveux un peu longs. Je l'engueule pour ça, quand même.

— Ah bon ? »

Encore une réaction qui lui échappait. Elle n'imaginait pas sa sœur avec ce genre de type. Elle aurait plutôt vu un homme carré, bien rasé, bien coiffé. Un prototype de l'*upper class* californienne. Dans son monde, Sarah ne releva pas son étonnement. Il y eut un moment de silence, tandis que Mad faisait son possible pour ne pas marcher au pas, aller à son propre rythme et se décontracter un peu. Elle ne voyait pas le bout de cette promenade et cela la perturbait. Elle avait l'habitude de faire demi-tour, au bout d'un moment.

« Et tes enfants ? » demanda-t-elle, pour penser à autre chose qu'à son souffle qui devenait court. Bien sûr, elle avait vu des photos, puisque au parloir de Taconic les enfants étaient le deuxième sujet de conversation acceptable après les écarts météorologiques entre L.A. et Manhattan. Un garçon, une fille. Mad ne se souvenait plus de leurs noms. C'était compliqué, de retenir des informations aussi étrangères dans le brouhaha du poulailler.

« Tom et Meryl, sourit Sarah. Meryl, parce que mon bientôt ex-mari a une fascination pour Meryl Streep, et ça, déjà j'aurais dû mal le prendre parce que je ne suis pas aussi classe. 13 et 10 ans. Bon, Tom est un peu pénible en ce moment, mais il entre dans l'adolescence, alors… Et puis le divorce, ça n'arrange…

— Pourquoi tu ne les as pas amenés ? »

Mad n'avait pas voulu être aussi coupante, mais une fois de plus ses mots avaient été plus rapides qu'elle, parce qu'elle commençait à étouffer, que tout cela lui demandait trop d'efforts pour faire comme si tout était normal, trop de phrases à construire, trop de pas à compter.

Et puis d'un coup, l'absence de ceux qui étaient sur le papier, ses neveu et nièce, lui apparaissait comme la preuve que cette balade, les confidences, la complicité, n'étaient que simulacre. Que la réalité des sentiments était perceptible, comme les éclats d'eau du Peconic qui apparaissait sporadiquement entre les feuillus vernissés.

« Euh, je les ai laissés chez l'amie qui nous reçoit, à Long Island, fit Sarah, gênée. Ils sont assez perturbés par le divorce, alors…

— Alors tu ne veux pas en rajouter.

— Madeline, ce n'est pas ce que tu crois.

— Bien sûr que si. Mais je ne peux pas t'en vouloir.

— Je t'assure. »

C'était, au contraire, dit d'une voix si peu assurée. Mad regarda sa sœur qui faisait mine d'ôter une brindille coincée sous sa semelle – « Zut, zut… »

Et à ce moment précis, elle eut la certitude que ses neveu et nièce n'avaient jamais su qu'elle existait.

– 12 –

10 janvier 1996, cimetière de Woodlawn, le Bronx

Parce que la douleur est sans fond et que parfois elle ne peut qu'en entraîner une autre, et encore une autre, Sofia Molinax s'était résignée à l'idée que sa fille Estrella, sa petite étoile, termine sa trajectoire fulgurante sur Hart Island.

Hart Island, c'était une verrue de New York, l'une de ces îles qui résistent à l'océan, une scorie dont on n'avait su que faire et qui était devenue un fatras immonde, mais nécessaire. Pour les morts indigents, les morts inconnus, ceux qu'on ne réclamait pas. L'île des fosses communes, où les adultes étaient enterrés par piles de trois cercueils, et les enfants par cinq.

Sofia Molinax s'était posé la question : à 17 ans, était-on encore considéré comme un enfant ?

Enclouée par cette obsession qui l'empêchait de bouger et paradoxalement de prendre le moindre repos, qui la faisait parler toute seule, debout dans sa chambre aux volets clos, elle aurait tout donné pour que sa petite soit déjà grande – seulement trois cercueils, mon Dieu, seulement trois, et qu'elle repose dans celui du haut de la pile. Qu'elle puisse respirer comme respire l'âme des morts.

Hart Island, c'était la plaie ouverte du Bronx, celle où on avait précipité les premières victimes du sida dans les années 1980, les rejetés. Rejetés même par la terre, car on racontait que certains squelettes exhumés par les tempêtes au fil du temps avaient glissé dans l'océan Atlantique.

Les prisonniers de Rikers Island étaient chargés du transport des corps sur l'île. Et parce que la douleur apporte la douleur, et que le cynisme ne tenait aucun compte des conventions morales, Estrella Molinax, assassinée, serait-elle enterrée par un meurtrier ?

Un meurtrier étranger, qui ne l'aurait pas connue, pas touchée, qui n'aurait pas pris sa vie à elle. Un meurtrier illégitime, en quelque sorte. Le cynisme, comme la douleur, n'a pas de fond.

Sofia Molinax n'avait plus de famille aux États-Unis. Son père ne s'était pas fait au pays, veuf et malade il était retourné à Manille pour y mourir. Sofia n'avait que des collègues, des connaissances.

La caissière de la supérette 7-Eleven, où l'on vendait aussi les journaux, lui avait conseillé tout de go de réclamer l'argent des funérailles à la famille assassine. Mais ce serait bien trop long, et comment faire cela, comment une mère pouvait demander que ces gens-là, à sa place, offrent une sépulture à sa fille ?

Et puis elle ne voulait pas penser à l'autre. Cette Madeline elle ne savait plus comment. Ne pas y penser. Pas se demander pourquoi elle avait fait ça. Qu'est-ce que ça changerait, dites ?

D'où elle venait, la curiosité n'allait pas de soi. C'était dangereux, la curiosité, là-bas. La dictature de Marcos, la loi martiale, voyez-vous. Il y avait les puissants et vous autres. Ici, Park Avenue et le Bronx.

Aussi, dans ce qui lui restait de sa culture, la mort faisait partie de la vie, pas comme ici où on la décortiquait, la négociait. À Manille, des familles pauvres logeaient légalement dans les tombeaux monumentaux du plus grand cimetière de la ville, en échange de leur entretien. Les vivants se faisaient une place à côté des morts. Les uns respectaient les autres, et les fantômes ne faisaient pas peur, même pas aux enfants.

Alors que vouliez-vous que ces riches Américains comprennent à la mort, quel dialogue mercantile entre cette famille et Sofia Molinax aurait seulement été possible ?

Échanger un trou pour un autre, c'était tout ce dont il se serait agi, pour eux.

Il y avait eu l'église de l'université Fordham, où Estrella suivait un programme pour les étudiants défavorisés. Elle était douée en sciences. Elle voulait être vétérinaire au zoo du Bronx, tout proche. Ou même, simplement nettoyer les enclos et donner à manger aux animaux. Estrella avait pour seule ambition de se lever heureuse chaque matin.

Il y avait eu les familles des copains, à Hell's Kitchen, avec qui elle jouait au base-ball. Comme si ces pauvres gosses n'avaient pas déjà payé leur part à la sidération.

Il y avait eu les collègues de Sofia, à Sycomore House, et ces personnes âgées dont elle prenait soin depuis si longtemps.

Au bout du compte, on lui avait fait passer une enveloppe : Estrella reposerait à Woodlawn, cette colline verdoyante qui dominait le Bronx et accueillait Miles Davis, Duke Ellington, Herman Melville, Joseph Pulitzer et quelques Vanderbilt, Hearst, Woolworth et Guggenheim, les plus grosses fortunes de New York.

Estrella, la petite étoile de 17 ans, dormirait dans un cercueil blanc. Ce n'est pas sa mère qui l'avait choisi, la directrice de Sycomore House l'avait fait à sa place. Sofia avait d'autres douleurs essentielles, ontologiques, à traverser, auprès desquelles celle-ci, celle du choix de la boîte qui renfermerait sa fille, paraissait bien matérielle.

Sofia avait dû reconnaître le corps. Il le fallait, lui avait doucement expliqué la gentille policière. Il y a des pourquoi qui n'ont pas de réponse acceptable. Estrella avait ses papiers sur elle, ses amis la connaissaient, mais il fallait qu'un parent la reconnaisse, c'était comme ça.

En voilà une douleur : ce visage blanc dévoilé, ces lèvres pâles, muettes, pas à elle. Estrella était bavarde. Coquette. Rieuse. C'est ainsi qu'aurait été son fantôme, si l'on n'avait pas soulevé le drap.

Et en voilà une autre : la penderie dans laquelle étaient alignés ses vêtements, qui sentaient encore son odeur, les bras ballants de la mère devant le choix qu'on lui demandait de faire. Comment une jeune fille, une petite étoile de 17 ans, aurait-elle voulu s'habiller pour mourir ?

Fallait-il quelque chose de classique pour faire bonne impression au bon Dieu ? Un déguisement. Sofia Molinax avait sorti de l'armoire un jean troué au genou et un tee-shirt siglé Nirvana, parce que sa fille les adorait – et parce que depuis quelques jours elle emmerdait le bon Dieu.

Parce qu'il y avait cela, aussi, comme dernière douleur : tous ces gens qui souhaitaient que son étoile « repose en paix ».

Avaient-ils seulement conscience de leurs propos ?

Comment pouvait-on souhaiter à une jeune fille pleine de vie qu'elle repose en paix ?

On aurait dû lui souhaiter de danser, embrasser, s'amouracher, se fâcher, faire toutes ces choses de son âge, et ensuite en faire d'autres, beaucoup d'autres.

Seigneur, comment peux-tu accepter cette ineptie ? Seigneur, on souhaite le repos à une personne très âgée, qui a beaucoup vécu, qui a parfois trop souffert, comme les pensionnaires de Sycomore House.

À ceux qui accompagnèrent Estrella ce jour-là dans la division 8 du cimetière de Woodlawn et prononcèrent ce vœu inique, Sofia Molinax témoigna sa reconnaissance pour l'avoir sauvée des tréfonds boueux de Hart Island.

Mais, absolument seule sur le remblai, elle garda ses mains dans les poches de son manteau noir, à serrer ses clés si fort qu'elle en saignait.

– 13 –

Juillet 2016, Manhattan

Dans le Long Island Rail Road qui la transportait d'East Hampton à Manhattan, Madeline avait fini par relever la tête.

Au bout d'un moment, le roulis du train conjugué à la vision permanente de ses genoux tremblotants sous l'imprimé de sa jupe lui avait donné envie de vomir.

Une cotonnade à ramages, des sortes d'oiseaux stylisés sur fond vert pomme. Avec un chemisier blanc à manches courtes, c'était l'ensemble le plus habillé qu'elle avait trouvé dans l'armoire de sa sœur qui regorgeait de vêtements de vacances. Des shorts en lin, des robes tee-shirts, des trucs comme ça. Les trucs d'une femme qui pour gagner sa vie travaillait en robe chic ou pantalon de lin, et qui faisait péter les armatures, les ceintures et les épaulettes quand elle prenait ses congés.

Sarah, elle, n'était pas maigre comme un clou, et Madeline avait dû coincer le chemisier dans sa culotte pour qu'il ne bâille pas, et coudre comme elle pouvait un bec dans la bande élastique de la jupe. Elle avait déjà surjeté des pantalons de chantier, mais ce n'était que des points à la machine, tout droits, sur du tissu épais. À l'atelier, on ne faisait pas vraiment dans la fioriture. Alors elle espérait que tout son harnachement, la culotte, les pans dedans, le bec au-dessus et tout le bordel tiendrait jusqu'à Harlem. Pour arriver jusqu'au centre d'aide à la réinsertion, il lui faudrait prendre le métro après le LIRR, une épopée.

Heureusement, la mystique new-yorkaise sacralisait le port des baskets dans n'importe quelles circonstances. Les siennes, celles qui allaient avec le bon de décharge, étaient ironiquement blanches comme l'innocence – cela allait avec le chemisier.

Mad n'avait aucune idée de ce à quoi elle ressemblait. Si c'était correct, guindé, décalé. Elle ne savait pas s'habiller. Et ces putains d'oiseaux sur ses genoux lui filaient la gerbe. On aurait dit qu'ils bougeaient.

Alors elle avait relevé la tête. Il y avait beaucoup de monde, pas mal de bruit – enfin, elle ne savait pas trop ce qu'on considérait ici comme simplement sonore ou vraiment bruyant.

Mais cela ne la gênait pas, bien au contraire : elle craignait le silence, par-dessus tout. Le silence, c'était comme si un gros doigt la pointait aux yeux de tous. Le bruit – le glissement des roues sur les rails, le crissement des freins à chaque approche de gare, les rires des gamins dissipés et le grondement sourd des parents – le bruit, c'était l'anonymat.

Le wagon était blindé de vacanciers, mais personne n'était venu s'asseoir à côté d'elle. Peut-être à cause du sac qu'elle avait posé sur le siège. Peut-être à cause d'autre chose qu'elle dégageait.

Mad appuya son front sur la vitre. Si c'était possible, le verre était encore plus froid que l'air climatisé. Mad en avait la chair de poule. D'habitude, au mois d'août, elle crevait de chaud partout où elle était. Dans sa cellule, à l'atelier, sous la serre, au réfectoire.

Elle essaya de fermer les yeux, d'ainsi se nicher à l'intérieur d'elle-même, et à cet instant l'idée de ses quatre murs à Taconic lui apparut aussi désirable que le serait un bungalow sur une plage mexicaine pour un *yuppie* débordé par son boulot.

Sa nausée épaissie par une nostalgie poisseuse, Mad prit conscience de ce terrible paradoxe et s'appliqua à regarder défiler le paysage, les maisons tranquilles, alignées en contrebas de la voie ferrée, les voitures modernes, les gens, la vie.

La vie, et tout ce qu'il y avait dedans : un travail, un couple, des projets, des enfants.

« Les deux jours les plus importants de votre vie sont celui de votre naissance et celui où vous découvrez pourquoi. » À la bibliothèque de Bedford Hills, Mad avait dévoré les romans, les essais et les lettres de voyage de Mark Twain. Au milieu d'un océan de citations sarcastiques elle en avait retenu de plus graves, dont celle-ci qui faisait atrocement écho aujourd'hui.

Elle était née pour le pire, voilà pourquoi elle était née, rien à découvrir de plus. Sinon qu'elle n'appartiendrait jamais à la vie, telle qu'elle la voyait par une fenêtre frappante de clarté.

Qu'avait-elle cru ? Que revoir l'océan, respirer à nouveau l'air du large, marcher sans contrainte, sans marquage au sol ni horaire à respecter, suffirait à lui donner le goût d'après ?

Le cœur au bord des lèvres, elle se dit que tout cela était bien trop vaste, bien trop libre pour elle, qu'elle n'avait aucune envie des jours qui viendraient, et que si, à ce moment, elle s'était trouvée sur le quai, elle se serait jetée sous le train.

Elle le ferait, elle se jetterait sous le métro, une fois arrivée à Manhattan. Si elle avait déjà besoin de mourir ici, dans un wagon anonyme, se retrouver là-bas serait insoutenable, Mad en avait la certitude.

Elle avait préjugé de son aptitude à la vie.

Lorsqu'elle descendit à Penn Station, Mad passa du glacial au brûlant, la foule la happa, et tout ne fut plus qu'urgence. L'écart stupéfiant de température entre le wagon et le quai avait cet effet – vous pousser à avancer sans réfléchir à rien d'autre qu'au pas suivant qui vous rapprocherait de la sortie.

À vraiment rien d'autre que suivre les flèches ou les numéros de lignes de métro, peu importait ce qui se passait dans votre vie à ce moment et qui vous étiez, les boyaux new-yorkais ne sollicitaient que votre cerveau reptilien. Un comportement basique, comme manger quand on a faim ou boire quand on a soif, c'est tout ce dont vous étiez capable.

Là, il fallait bouger. C'est tout.

Dans ses pensées morbides, Mad avait négligé une chose – et pas une petite : la force occulte de Manhattan. Sa constance dans la pression. Son grouillement sorcier. Alors elle oublia tout le reste et fit comme tout le monde : elle avança, saisie par la nécessité.

Le souffle court, elle chercha sur les panneaux la ligne 2 ou 3 qui la conduirait à Harlem, enfila les couloirs, les goulets, les marches, tout ce qui faisait le canyon cryptique de la ville, et se précipita dans un wagon, les cheveux collés au front, le cœur à la renverse.

Elle ne s'était pas jetée sous le train. Sûrement le ferait-elle un jour.

Mad noya son visage entre ses mains, respirant l'air trafiqué de la climatisation entre ses doigts tandis que la voiture tanguait et l'emmenait à une vitesse folle là où elle n'avait pas envie d'aller – puisqu'elle n'avait envie d'aller nulle part ailleurs qu'à Taconic.

Une étape après l'autre, se dit-elle en redressant la tête. Au moins, ce soir, pouvoir dire à Mira qu'elle partirait bientôt. De quelle manière, ça, c'était son problème. Un boulot. Un foyer.

Ou les rails.

En face d'elle, une dame âgée la regardait d'un air inquiet. Madeline étira une petite grimace qui pesait des tonnes : « J'ai le mal des transports », lui dit-elle d'une voix qu'elle eut peine à entendre elle-même. Dans ce wagon presque vide en ce milieu de matinée, il s'agissait d'être urbaine, d'obéir à un code depuis longtemps oublié. Au moins, il s'agissait de ne pas paraître inquiétante.

La dame la regarda peut-être deux ou trois secondes. Est-ce que deux ou trois secondes suffisaient à la juger mal fagotée – sûrement –, mal coiffée – bien qu'elle eût tressé ses cheveux sur un côté, pour ne pas faire vieille gamine –, mais surtout : est-ce que deux ou trois secondes suffisaient à l'estimer illicite, complètement timbrée, condamnée pour meurtre, sortie de taule depuis pas plus de quatre jours ?

La dame fouilla dans son sac, Mad pensa qu'elle allait en sortir une de ces petites bombes à poivre pour la lui vaporiser dans les yeux.

« Tenez, cela devrait vous soulager. »

Interdite, Mad fixa le petit flacon qu'elle lui tendait. Un petit flacon bleu, et par-dessus, un bon sourire, un visage café au lait et de jolies boucles argentées – bêtement, Mad se dit : *Voilà, j'aimerais avoir cette couleur de cheveux et cette... joliesse qui va avec.*

« C'est de l'alcool de menthe, ça pique, mais il suffit d'une goutte sur la langue. Vous pouvez le respirer, aussi, tenez. »

Et ce geste, encore, vers elle. Ce don. Ce léger élan de la main, c'était cela, un don, au sens immatériel.

Jamais depuis vingt ans une personne n'avait eu pour elle cet élan-là, fondateur des relations humaines, sans retour obligé.

De l'alcool de menthe, simplement. Et Mad eut les larmes aux yeux.

« Oui, c'est un peu fort, je vous avais prévenue », sourit la dame.

Mad hocha la tête. Mais ce n'était pas ça. Ce qui lui donnait envie de pleurer, c'était cette nouvelle trahison à laquelle elle s'abaissait en partageant ce petit flacon avec une bonne âme qui ignorait tout de la noirceur de la sienne.

« Respirez calmement, ma jolie, vous allez voir, ça va aller mieux. »

– 14 –

Mars 1996, prison de Bedford Hills

Personne n'avait rien compris.

Ni les témoins, les Dylan, Ben, André, Monty, ni les inspecteurs Shelley Carlisle et Danny Romano, ni Calixta, leur collègue du Bronx. Ni Sofia Molinax, la mère.

Ni l'avocat Kenneth Leonardi, qui en avait pourtant vu d'autres.

Ni la juge Edith Maxwell, qui avait entériné l'accord passé entre l'accusée et le procureur.

Si on avait mis tous ces gens dans un amphithéâtre, Papa et Mira au premier rang des incrédules, aucun n'aurait été capable d'avancer une quelconque explication au geste fou de cette jeune fille de 17 ans.

Madeline Oxenberg avait tué, tout le monde le savait, et elle ne niait pas. La question était pourquoi.

On n'aurait jamais la réponse. Du moins, aucun des gens de justice, qui dès demain seraient passés à l'affaire suivante.

Aux autres, elle parlerait peut-être, un jour, si cela pouvait soulager un peu leur peine. Si on lui expliquait qu'elle le leur devait. Pour le moment, elle n'était apte à intégrer ni la douleur des autres ni la sienne.

Madeline avait accepté la proposition du procureur, accepté sa condamnation. De vingt à vingt-cinq ans de réclusion.

Maître Leonardi avait été privé de sa bataille. Il avait pourtant préparé tout son argumentaire, fondé sur l'irresponsabilité, la folie passagère. Madeline n'en voulait pas. Elle entrait dans une vie de culpabilité, dont elle refusait qu'on lui ôte la moindre part.

« Il ne faut pas craindre le procès, avait-il tenté de persuader cette cliente qui n'en était déjà plus une. Un avocat n'a pas à prouver quoi que ce soit, il ne s'intéresse qu'à réfuter certaines preuves qui lui sont présentées… Et mes questions et celles du procureur sont plus importantes que tes réponses. Les "objection Votre Honneur" ne sont que des foutaises, le jury ne juge pas l'accusé mais le talent de l'avocat. »

Madeline avait serré ses mains si fort sur le rebord de la table du parloir que les jointures de ses doigts en étaient devenues transparentes. Le talent de cet avocat-là était-il prééminent au point de réduire la mort à une simple anecdote ?

L'année dernière, d'autres ténors comme lui avaient réussi à faire acquitter un homme aussi coupable qu'elle, quitte à balancer aux oubliettes ses deux victimes, tout ça grâce à un cinéma autour d'un gant prétendument trop petit. Si ce n'était pas O.J. Simpson, qui avait tué son ex-femme et ce serveur de restaurant ayant eu le malheur de se trouver au mauvais moment au mauvais endroit ? Tout le monde s'en foutait, parce que ses avocats étaient formidables. Point barre.

Madeline ne voulait pas être O.J. Simpson. Elle ne voulait pas qu'on efface Estrella.

De plus, il y avait eu ce changement, violent, dans la rhétorique familiale : Papa, ce papa admirable, doué, ne demandait plus « Mais qu'as-tu fait, ma fille ? », non, il s'était mis à demander « Mais qu'est-ce qu'elle t'a fait, cette fille ? ». Et ça, c'était insupportable. On dit que la décence s'arrête là où commence le désespoir. Non, on ne le dit pas ? Pourtant, Mira aussi, qui sortait rarement de l'hébétude où cette horreur si grotesque l'avait plongée, avait foulé les égards dus aux jeunes filles assassinées : « Je savais bien qu'elle ne t'apporterait que des ennuis. »

Alors Madeline ne voulait pas de ce spectacle au tribunal, ce cirque à trois pistes où la troisième était celle des monstres.

Elle était le monstre. Il n'y avait rien d'autre à démontrer.

Elle arriva à Bedford Hills sans peur ni curiosité. Il faut comprendre qu'à certains moments, la vie se limite à ne pas être morte. C'est uniquement ce qu'elle était : pas morte. Pas enterrée au cimetière de Woodlawn.

Dans sa frustration de lion à qui on avait retiré son combat nourricier, maître Kenneth Leonardi s'était jeté sur quelques miettes de négociation : vingt ans, parce qu'il ne s'agissait pas d'un meurtre prémédité, n'importe quelle personne de l'entourage de Madeline Oxenberg et Estrella Molinax aurait pu en témoigner. Et qu'on la sorte de la prison de Manhattan, cette forteresse en pleine ville. Quant à Rikers, cet enfer, ce n'était pour personne, et surtout pas pour une gamine de Park Avenue.

Elle n'avait que 17 ans, bon sang, il fallait envisager une reconversion. Bedford Hills, au milieu de sa forêt du comté de Westchester, était plus appropriée. On y dispensait aux détenues des formations en cosmétologie, imprimerie, horticulture. On y dressait même des chiens. Est-ce que Madeline aimait les chiens ? Elle avait secoué la tête : elle n'aimait personne.

Maître Leonardi avait obtenu Bedford Hills. « Tu verras, ce sera mieux, Bedford Hills. »

Madeline ne s'en était pas aperçue tout de suite. Elle n'avait pas la notion du *mieux* en matière carcérale.

Elle arriva un matin de fin janvier, là où l'hiver est au plus fort, dans un fourgon rien que pour elle.

« Détenue Oxenberg ? demanda une gardienne, main levée sur son carnet.

— Oui. »

L'officier en uniforme, une femme plutôt jeune sous son chignon strict, cocha quelque chose sur son papier.

« Entrez là. »

Et ce fut le tout premier claquement de verrou qu'elle entendit à Bedford Hills, là où elle allait passer ses vingt prochaines années.

Aucun son ne ressemble à un claquement de verrou en prison. Cela résonne dans un vide sidéral, comme si tout l'air autour avait été nettoyé. Il n'y a pas d'écho. C'est une détonation unique, instantanée. Un coup de feu dans un hangar désert.

Mad s'y habituerait, comme on finit par s'habituer au grincement d'un ascenseur mal réparé dans un HLM, comme on s'habitue au bruit mat de l'impact d'un sac dans le vide-ordures. Il y a des choses du quotidien, comme ça, qui ne vous font même plus sursauter.

« Tenez-vous dans le carré jaune au sol », dit une nouvelle gardienne derrière un guichet protégé par une vitre en Plexiglas. Celle-ci était plus âgée, les cheveux courts. Madeline apprendrait vite à être physionomiste, cela lui serait vital, et cela commençait maintenant.

Elle cala ses pieds bien au milieu du carré, avec l'idée que si elle dépassait d'un centimètre, elle serait abattue sur-le-champ.

« Votre nom complet, mademoiselle. »

Ne te trompe pas. N'inverse pas. Dis tout bien dans l'ordre.

Elle avait déjà suivi ces directives – le carré jaune, la récitation – lorsqu'elle avait été amenée au centre correctionnel Manhattan, au petit matin du premier jour de l'année. Mais à ce moment-là, elle était dans un état de conscience modifiée que l'on atteint par la transe ou l'hypnose. Probablement l'avait-on tenue debout dans le carré. Peut-être n'avait-elle murmuré que des borborygmes, rien à voir avec son patronyme, mais personne ne l'avait frappée ni tuée. Elle bénéficiait encore de la stupeur des autres – et peut-être même de la présomption d'innocence.

Là, c'était différent. Elle vivait tout. Vraiment. Elle était condamnée. Elle sentait le danger, la consistance épaisse de la trouille qui s'insinuait dans chacun de ses pores.

« Madeline Jacqueline Katherine Oxenberg. » Que des prénoms en « ine ». Pas compliqués à retenir, mais faciles à mélanger. La gardienne hocha la tête : c'était bon.

« Date de naissance ?

— 3 janvier 1978.

— Ton anniversaire est passé ? Félicitations, ironisa la gardienne en levant son stylo. Tu ne devrais pas être ici. Tu devrais être à l'école. »

Madeline baissa la tête en veillant à bien rester au milieu du carré. Elle ne savait pas que la leçon de morale d'une inconnue derrière une vitre faisait partie de sa condamnation.

« Bref, fit l'autre en se levant péniblement. Empreintes. Tous les doigts. » Elle fit passer une fiche et un tampon encreur par la fente.

Ne pas dépasser du carré jaune. Ne pas dépasser des petits carrés sur la feuille. Ne pas se tromper de doigt.

« Photo. Recule contre le mur. Face, OK. Profil droit. Non, le droit, miss. »

À côté de la toise, comme dans une chambre d'enfant, un flash dans les yeux, les doigts pleins d'encre. Madeline se souvenait de cela aussi, au petit matin du premier jour de l'année.

Pas de la suite.

« Déshabille-toi. Sous-vêtements compris. Mets tes vêtements dans la pochette plastique. »

Pourquoi ? Elle portait déjà un survêtement gris de l'administration pénitentiaire, rien qui serve de pièce à conviction. Puis elle vit le paquet roulé, posé sur l'espèce de comptoir d'accueil. Orange. Il lui faudrait passer à l'orange, voilà pourquoi. On ne s'évade pas, en orange. Même un satellite vous apercevrait au milieu du vert de la forêt qui entourait Bedford Hills.

Nue, Madeline n'osa pas relever les yeux. Elle aurait vu de quelle manière cette femme la regardait, et n'importe lequel de ses regards l'aurait déchirée en deux. La fraîcheur de son corps qui ne serait plus. Sa dimension sexuelle, sa perspective séductrice. Les défauts qu'elle cachait. Sa valeur intrinsèque, son intime absolu. Tout cela mourait sous les yeux de cette femme qui en avait vu d'autres, des corps petits, gros, longs, abîmés, toutes ces histoires de chair et d'os dans ce lieu symbole d'une norme impossible – cette norme que l'on cherche tant à atteindre dans le monde extérieur.

L'image atroce du si joli corps d'Estrella se défaisant sous terre traversa l'esprit de Madeline comme un jet glaireux, et elle se plia à tout ce qu'on lui demandait.

« Pose tes pieds sur les empreintes jaunes au sol.

Penche-toi en avant.

Tends les mains derrière toi.

Étends les bras et tousse fort. Trois fois.

Rapproche tes doigts de ton vagin.

Étends les bras.

Tousse fort. Trois fois. »

C'était facile. Rien que des gestes. Il fallait juste n'y accorder aucune importance. Que rien ne vous remonte au cerveau.

« Habille-toi. Face au mur. Retourne-toi. Je vais t'expliquer quelque chose, et tu vas bien le retenir : en prison, les mains sont considérées comme des armes. Quand tu croises du personnel pénitentiaire, tu tiens toujours tes mains devant toi, coincées dans ton pantalon. C'est compris ?

— Oui, madame.

— Bien. »

La gardienne appuya sur un bouton et une autre femme en uniforme apparut. Jeune, brune, sans expression.

« Allez, lui dit-elle en ouvrant une porte. C'est là-haut. »

Et Madeline Jacqueline Katherine Oxenberg de Park Avenue, Manhattan, monta les marches avec ses sabots en plastique, vers le chaudron de la prison pour femmes de sécurité maximum de Bedford Hills, les mains coincées dans son pantalon orange et le reste de son paquetage sous le bras.

– 15 –

Juillet 2016, Harlem

Mad ne reconnaissait pas Harlem. D'ailleurs, l'avait-elle seulement connu ?

À son époque, c'était une zone qui n'était pas celle de Madeline Oxenberg. Un peu moins effrayante que le Bronx, bien sûr. En fait, la logique sociale de New York s'étirait verticalement : plus on montait, plus on descendait. En bas, il y avait Wall Street, et pas très loin en face les tours jumelles du World Trade Center. Puis Greenwich Village, Washington Square, Union Square et ensuite le cœur battant de Times Square.

Il fallait monter vers Central Park pour respirer, le longer à gauche où vous trouviez le mythique Dakota Building et le Muséum d'histoire naturelle, ou, encore plus chic, à droite, sur la 5e Avenue bordée de tous ces hôtels particuliers ayant appartenu à des générations richissimes – ou des potentats venus des Émirats.

Et puis d'un coup, après Central Park, vous dégringoliez. Harlem, c'était le début de n'importe quoi – le Bronx en étant le résidu.

Mad ne reconnaissait pas Harlem, donc. Il y avait toujours les vendeurs à la sauvette qui vous fourguaient des imitations huileuses de parfums parisiens, mais les tee-shirts sur les présentoirs de rue, sur la 125e, semblaient mieux taillés. Et tout du long, au milieu des traditionnels marchands de perruques afro et de maquillage à quelques dollars, avaient poussé tous les magasins possibles, les H&M, les MAC Cosmetics et compagnie. Les mêmes qu'à SoHo, le quartier bobo de Manhattan.

Beaucoup de vitrines étaient décorées en mauve, l'Apollo Theater arborait encore un message de deuil sur son fronton : Prince était mort en avril. Mad se souvenait que sa codétenue avait pleuré. On pleure rarement, en prison, faut pas croire, en tout cas pas de douleur physique, jamais, ni d'humiliation. Mais on pleurait pour un chanteur mort. C'était un rêve en moins dans votre vie qui n'en avait pas beaucoup.

En sortant du métro, Madeline avait suivi des yeux la vieille dame qui avait soigné son mal des transports – et beaucoup d'autres choses qu'elle ignorait, la pauvre. Elle avait encore le piquant de l'alcool de menthe sur la langue.

La vieille dame avait tourné à gauche sur la 125e, était entrée chez Marshall, ce magasin où l'on vend des vêtements de marque à prix cassés. Madeline avait failli la suivre, avec les 200 dollars qu'elle avait dans son sac. Mais sa jupe avait résisté au voyage aller, elle résisterait bien au retour. Le principal était qu'elle reste en place pour son rendez-vous, ensuite elle pouvait lui tomber sur les chevilles, elle n'était plus à ça près.

Mad déplia le plan qu'elle avait tracé à la main sur un carnet, trouva l'adresse, mais ce n'était pas la bonne, si ? « C'est au-dessus », mâchonna un costaud penché derrière une murette repeinte en noir brillant. Il était occupé à graver la cheville d'une jeune blonde.

Un atelier de tatouage.

Mad porta la main sous son sein gauche. Elle se souvenait de la sensation. La douleur du trait, un cérémonial païen qui vous remplissait d'une joie étrange. Pour elle, cela n'avait pas duré. Il n'y avait plus que l'impression de la douleur, au point qu'elle ne s'était pas regardée nue dans un miroir depuis vingt ans.

Madeline dut marquer un temps d'arrêt qui ressemblait à de la terreur, plantée au milieu de l'échoppe la main sur le cœur, car les copines autour de la blonde, des gamines en short à franges et top en macramé, s'esclaffèrent dans une langue étrangère.

Elles ne savaient pas, ces connes, que ce qu'elles faisaient, c'était pour la vie. Mad évacua d'un souffle profond le trouble putride qui l'avait engluée là, et dépassa le groupe, bousculant l'une de ces pétasses au passage. « Pardon », marmonna-t-elle.

En haut de l'escalier, il y avait une machine à café avec un seul point clignotant – *espresso* –, deux chaises en plastique devant une porte grise. On avait essayé de faire les choses bien. La moquette kaki était propre, au mur un poster offrait aux regards des oiseaux multicolores parfaitement assortis à sa jupe.

Une femme blanche, d'à peu près son âge, sortit du bureau sans la regarder, escortée par une jeune Noire aux cheveux tressés, et descendit lourdement l'escalier, serrant un cahier dans ses mains.

« Vous êtes Madeline ? » demanda la réceptionniste – ou l'assistante sociale, en fait quel rôle avait-elle ? – dans un silence traversé par le crincrin de l'appareil du tatoueur. Mad hocha la tête, la suivit jusqu'au bureau, un coin aménagé dans le couloir d'un appartement. Il y avait quelques plantes arrosées d'un reste de soleil filtrant par une porte mi-close. Une table, deux chaises, un vélo d'enfant appuyé contre le mur jaune.

Et un détail d'importance, sur la table : à côté d'un ordinateur massif, un distributeur de mouchoirs en papier.

C'était dire qu'il n'y avait pas grand-chose à espérer de cet endroit, homologué nulle part.

« Madeline, je m'appelle Sondra. On va commencer par quelques questions. Depuis quand êtes-vous sortie ?

— Quatre jours.

— Combien de temps, votre incarcération ?

— Vingt ans. »

La jeune femme tapa quelque chose sur son clavier. « Qui est votre agent de probation ?

— Je n'en ai pas. Je ne suis pas en conditionnelle. J'ai fait ma peine jusqu'au bout. »

Sondra leva les yeux de son clavier, impassible. « La non-possibilité de conditionnelle était-elle dans votre condamnation ? Ou vos demandes ont été rejetées ? »

Peut-être commence-t-elle à se méfier, se dit Mad. Voir ses demandes de conditionnelle rejetées n'était pas un bon signe de réinsertion. « Je n'ai pas fait de demande. (Mad soupira.) Ne tournons pas autour du pot, demandez-moi pourquoi j'ai été condamnée et pourquoi j'ai voulu exécuter ma peine jusqu'au bout. »

Cette fois, Sondra abandonna son clavier et recula sur sa chaise, les mains croisées.

« Madeline. Avez-vous entendu parler du *Ban the Box* ? C'est une campagne qui a visé à supprimer la case à cocher sur le passé judiciaire d'un demandeur d'emploi. Depuis l'année dernière, dans l'État de New York, il est interdit à un employeur de se renseigner. Ici, nous adoptons le même principe. Nous allons chercher comment vous aider. (Elle se pencha de nouveau sur son ordinateur.) Avez-vous passé des diplômes, en prison ?

— Lettres anglaises, puis horticulture.

— C'est très bien. Je ne vous cache pas que vous aurez des difficultés à trouver un emploi avec un diplôme de lettres anglaises, mais l'horticulture peut être une piste intéressante. »

Sondra garda un long moment les yeux rivés sur l'écran, remplissant des espaces, appuyant rageusement sur la même touche. « Pardon, finit-elle par dire, ici on n'est pas très bien équipés. Pas aidés. Bref. Qui vous a recommandé de venir ?

— L'assistante sociale, à Taconic.

— Formidable. Depuis le temps qu'on attend un agrément et des moyens corrects pour aider les ex-détenues, on nous les envoie quand même, allez trouver une logique là-dedans. »

Nerveuse, Mad réunit les pans de sa foutue jupe à oiseaux, prête à s'envoler elle aussi.

« Non non non, la retint Sondra. Ne vous méprenez pas, vous êtes la bienvenue. Toutes les ex-détenues sont les bienvenues, mais il faut toujours qu'on… (Elle eut un geste agacé vers l'ordinateur.) Je vais vous expliquer quelque chose, Madeline : ce que nous faisons pour toutes les femmes, par sororité, l'administration et l'État le font pour les hommes de façon tout à fait encadrée et officielle. Le GOSO. *Getting Out and Staying Out*. Sortir et rester dehors.

— J'aurais passé l'âge, de toute façon.

— Oui, parce qu'il faut avoir entre 16 et 24 ans. Mais le problème n'est pas là, au même âge les jeunes femmes n'y ont pas droit, et croyez-moi, j'en reçois beaucoup. Les jeunes hommes bénéficient d'un support éducatif, de conseils d'avocats fournis par le système judiciaire. On les envoie en stage, ils apprennent les métiers qui leur conviennent. Il y a même un gala annuel du GOSO. (Sondra secoua la tête, désabusée.) Bilan des opérations, moins de 15 % des participants au programme retournent derrière les barreaux, contre une moyenne nationale de 67 % dans leur groupe d'âge. Ces chiffres, je les connais par cœur, et je m'en réjouis pour eux. Mais les femmes, Madeline, on considère qu'elles n'ont qu'à se mettre en couple, faire des gosses pour se réinsérer. Elles sont juste une variable d'ajustement… (Elle s'interrompit.) Voulez-vous un café ? C'est de la pisse de rat, mais parfois c'est bizarrement réconfortant. »

Sondra se leva dans un flottement de tunique rose, et Mad se demanda quel âge pouvait avoir cette jolie fille, soignée jusqu'au bout de ses ongles vernis, patiemment coiffée. Et ce qui l'avait amenée ici.

« Bon, fit Sondra en posant devant elle un gobelet fumant planté d'une touillette. Finissons-en avec les hommes, pour que vous compreniez mieux dans quelle situation vous vous trouvez. Après le GOSO, si donc ils ont plus de 24 ans en sortant de détention, en gros ça devrait être mort pour eux, mais non, ils se débrouillent toujours pour trouver du boulot. Même avant *Ban the Box*, il faut croire que le casier judiciaire d'un homme a toujours été plus acceptable que celui d'une femme. Maintenant que je vous ai expliqué tout ça, passons à vous. »

Sondra avala une gorgée de son café, eut l'air étonné. « Il est meilleur qu'hier, mon frère a dû changer l'eau. Mon frère. Le tatoueur d'en bas. C'est lui qui prête le couloir de son appart.

— Ah. Oui.

— Vous, Madeline, continua Sondra en se rappuyant contre le dos de sa chaise. J'allais vous dire que vous avez eu tort de ne pas demander une libération conditionnelle. Ce n'est peut-être pas ce que vous souhaitiez, parce qu'en conditionnelle on n'est pas complètement libre, comme vous l'êtes maintenant. Mais, au moins, vous êtes fliquée par un officier de probation. Il peut vous aider à trouver du travail, et veiller à ce que vous vous comportiez bien pour ne pas le perdre. Moi, je ne peux pas vous fliquer.

— Mais peut-être m'aider à trouver du travail ? »

Au bord du vertige, Mad commençait à s'impatienter.

« Je vais regarder si je vous trouve quelque chose en rapport avec l'horticulture, hésita Sondra, mais je ne vous cache pas que dans n'importe quel métier, on cherche rarement quelqu'un qui, à votre âge, ait zéro expérience, ma belle. Même en jardinage.

— Ce n'est pas seulement du jardinage, lâcha Mad, démoralisée. C'est de l'horticulture. De l'expérience…

— J'ai bien compris, coupa Sondra. Écoutez, cette association, ou je ne sais pas quoi puisque nous n'avons pas d'existence légale, s'appuie sur les réseaux créés en prison, alors on va voir ce qu'on peut faire. (Elle la regarda bien dans les yeux.) Moi, j'ai fait douze ans de taule, depuis mes 20 ans. Et j'y serais probablement retournée si je n'avais pas partagé le même dortoir que Latifah, à Rikers. Elle était junkie et pute, comme moi. Elle est sortie avant moi, a retrouvé ses enfants élevés par sa mère, et s'est juré de ne jamais remettre les pieds sur un trottoir sinon pour aller leur acheter des corn-flakes. Maintenant, ça fait six ans que je travaille comme prothésiste ongulaire avec elle. Et que je l'aide à aider les autres. Vous voyez, Madeline, c'est ce que nous faisons. Et parfois, ça marche. Une fille qui est venue nous voir bosse à Walmart, au rayon pâtisserie. Une autre est serveuse au Lynn's Dinner. (Elle eut un petit rire.) Une autre, la pauvre, a épousé mon frère. »

Madeline eut un sourire poli, mais se dit qu'elle ne pourrait épouser personne qui ne connaisse déjà son casier judiciaire. Parce que sinon, comment avouer ? À quel moment ?

« Alors voilà ce que nous allons faire. Il va falloir se débrouiller ensemble. Nous, on va chercher quelque chose, même sans rapport avec le jardinage, pour vous assurer l'ordinaire, vous êtes d'accord ? Bien sûr, ce sera plus facile dans le coin, à Harlem, ou au pire dans le Bronx. »

Non, pas le Bronx… Estrella… Woodlawn…

« … je peux vous trouver une place en foyer, ça prendra du temps mais…

— J'habite à Sag Harbor.

— Pardon ?

— Sag Harbor, dans les Hamptons.

— Les Hamptons ? (Sondra était éberluée.) Qu'est-ce que vous foutez dans les Hamptons ?

— Chez ma mère. Maison de famille. En attendant. »

Il y eut un silence, comme si Sondra repassait dans sa tête tous les faits divers célèbres des vingt dernières années.

« Eh bien, fit Sondra. Eh bien, voilà votre part du travail : vous allez coller des annonces partout dans les Hamptons, là-bas les gens ont des putains de jardins à entretenir, si je peux me permettre. »

Mad hocha la tête. Ce n'était pas une mauvaise idée.

Sinon, il y aurait le foyer.

Ou se jeter sur les rails du métro.

En sortant, elle traversa le salon de tatouage où le frère costaud de la délicate Sondra fumait un joint accoudé au comptoir, entra dans une de ces boutiques de perruques et de maquillage pas chers, et trouva ce qu'elle cherchait : un petit flacon bleu d'alcool de menthe.

Cela lui donnerait du courage pour le retour.

Peut-être que l'alcool de menthe ôtait l'envie de mourir.

– 16 –

Mars 1996, prison de Bedford Hills

« Vous resterez en cellule individuelle quelques semaines, ensuite on vous installera avec une autre détenue. Ne croyez pas que ce soit une faveur, mademoiselle Oxenberg. C'est seulement que votre affaire a fait un peu de bruit, et que vos futures camarades n'ont pas l'habitude de cohabiter avec une jolie poupée blonde de Park Avenue. Je ne veux pas d'émeute dans ma prison. »

Jolie poupée blonde. En temps habituel, Madeline aurait rigolé à ce qui ressemblait au compliment bien pourri d'un julot de Hell's Kitchen.

Là, assise sur une chaise en tubulaire devant le bureau métallique d'une femme aux cheveux gris et drus, elle n'avait même pas envie de pleurer. Elle voulait bien être une poupée, un cadavre en plastique ou une meurtrière en sang. Elle voulait bien être n'importe quoi, si l'on décrétait qu'elle l'était.

Celle qui décrétait, maquillée à la truelle sous sa couronne argentée, c'était *Melina Rubirosa, directrice*. Les mains coincées dans son pantalon, Madeline gardait les yeux rivés sur la plaque gravée qui la fixait en retour. À côté, une collection de chats en céramique semblait avoir été alignée là exprès – les chats, libres et narquois.

« Vous prendrez vos repas dans votre cellule, mais il vous faudra descendre une heure dehors avec les autres sur votre temps libre. Pour faire connaissance. L'unité 6 est la moins peuplée de Bedford, vous pouvez bénir l'accord passé avec le procureur. »

La directrice recula dans son fauteuil à roulettes et se mit à tapoter son estomac de ses griffes vernies de rouge, comme un Raminagrobis satisfait de son bon repas : « Cependant, les femmes que vous rencontrerez dans la cour de l'unité 6 sont isolées des autres en raison du caractère gravissime de leurs crimes et de la publicité qui en a malheureusement été faite. Et j'ai le regret de vous annoncer que certains de ces crimes dépassent même le vôtre. Comme il n'y a pas concours, je vous conseille d'éviter les conversations qui tournent autour de vos actes respectifs, certaines peuvent y prendre goût. (Madame la directrice marqua un silence pour ménager son effet.) Le couloir de la mort est au troisième étage du bâtiment 5. Il est inoccupé pour le moment, mais j'espère que cette proximité géographique vous fera méditer votre chance. »

Madeline s'en foutait, du couloir de la mort. Tout ce qui surnageait dans ce discours d'accueil était une simple expression, tout à fait courante dans un monde prosaïque : « Y prendre goût. »

J'ai pris goût au piano.

J'ai pris goût à la musique grunge.

J'ai pris goût aux eggs on a roll *bien gras pour le petit déjeuner.*

J'ai pris goût au vert, alors qu'avant je n'aimais pas les couleurs sur moi.

« Madeline Oxenberg n'est pas une psychopathe », avait conclu le psychiatre. Hypnotisée par le regard violet de la directrice sur elle, ensuquée par les médicaments qu'elle avalait trois fois par jour depuis… un jour au centre correctionnel de Manhattan – que s'était-il passé, déjà, dans sa cellule, qu'elle voulait oublier ? Ben justement, elle avait oublié, formidable –, Madeline sentait ses paupières s'alourdir, et pensa au serpent Kaa dans *Le Livre de la jungle* qu'elle avait regardé tant de fois petite fille. Tout ce qu'elle voulait, c'est être une petite fille. Ou Mowgli, plutôt. Mowgli, oui. Qu'on ne lui demande pas de tousser trois fois en écartant les lèvres de son vagin avec ses doigts. Mowgli ne faisait pas ça.

Elle n'était pas dangereuse, le docteur l'avait dit. Mais on l'enfermait avec des femmes qui prenaient *goût* à l'horreur. Comment pouvait-on *prendre goût* à l'horreur ? Son horreur à elle la faisait vomir toutes les nuits, à peu près à la même heure.

« N'oubliez pas que Bedford est une prison de sécurité maximale. Donc, encore une fois, si vous êtes dans cette partie du centre, c'est pour y être davantage surveillée. C'est à la fois un avantage et un inconvénient pour vous. Un avantage, parce que le personnel y est renforcé et évite les bagarres. Je vous laisse deviner l'inconvénient. »

L'inconvénient ? Quel inconvénient ? La prison en elle-même pouvait être considérée comme un gigantesque inconvénient. Alors ce dont parlait madame la directrice, ce n'était tout de même pas d'une évasion ? Madeline avait vu les murs colossaux en brique rouge, les bois denses de la forêt autour, coincés entre l'autoroute 684 et la voie rapide de la rivière Saw Mill. À quel esprit dérangé pouvait-il venir l'idée de s'évader d'ici, en combinaison orange ?

« Je ferai ma peine, dit-elle.

— Pardon ? (Cette fille s'autorisait donc à parler ?)

— Je ferai ma peine, madame la directrice. Sans poser de problème. »

Il y eut un silence acéré, comme les yeux fardés de noir, soulignés de noir, de *Melina Rubirosa, directrice*. « Combien de fois avait-elle entendu cette bêtise ? » laissait-elle tomber en silence de la commissure de ses lèvres ridulées où le rouge à lèvres filait.

Toutes les filles d'ici voulaient en partir, d'une manière légale ou d'une autre.

« Vous n'avez pas le choix, mademoiselle Oxenberg. À la première incartade, c'est le trou. Au bout de trois fois, vous changez de prison. C'est simple. »

Madeline hocha la tête. Très simple. Trois fois le trou, et ce serait un aller direct pour Rikers, « l'enfer », selon ce qu'avait plaidé maître Leonardi auprès de la juge.

« Vous savez, dit la directrice, faisant mine de se radoucir. Une directrice de prison se doit de faire aussi office de psychologue. (Elle haussa un sourcil, se pencha par-dessus son bureau.) D'être à l'écoute. »

Nouveau hochement de tête. Madeline avait mal aux mains. Sa ceinture élastique la serrait. Du bout des doigts, elle pinçait les petits bourrelets de son ventre pour se rassurer, pour se dire qu'elle existait encore, puisque le renflement autour de son nombril existait et que la sensation existait.

Ainsi, voilà comment cela se passerait, ici. On lui soufflerait le froid puis le tiède, en permanence. *Je peux vous jeter au trou, mais je suis à votre écoute.* Une baffe, une caresse.

« Une gardienne va vous emmener à votre cellule. Elle vous expliquera tout ce qu'il y a d'autre à expliquer. Les horaires, les ateliers, etc. »

La discussion au sommet était close. On le lui signifia en la tirant de sa chaise par les épaules.

Aussi large que haute, la gardienne avançait en chaloupant dans un couloir borgne qui ne méritait pas autant de grâce nonchalante. Elle avait un visage avenant, et Madeline eut à ce moment-là un besoin terrible de gentillesse, presque une envie de la supplier. *Juste un sourire, s'il vous plaît.*

Elle triturait son ventre comme de la pâte à modeler, sans même plus y prêter attention, et son paquetage tomba. « Laisse, fit la gardienne en se penchant pour le ramasser. C'est mal attaché, ce truc. Tu as des sous-vêtements de rechange, mais je ne te garantis pas qu'ils soient neufs. Pour les tailles, c'est un peu au pif. Tu as une serviette, aussi. On les change toutes les semaines. La buanderie fonctionne tous les jours, alors si tu as un accident, faut le dire. Tu as aussi des tampons et des serviettes hygiéniques dans le sachet en plastique. »

Elle se releva en soufflant. *Tyra Washington*, lut Madeline sur sa plaque. *S'il te plaît, Tyra Washington, continue à être gentille.* Elle avait épuisé son taux de résistance.

Elle y était vraiment.

Elle était vraiment en prison.

Pour vingt ans, au moins.

Et Estrella était vraiment sous terre, pour toujours.

La conjonction de ces deux faits irréversibles lui grilla d'un coup le cerveau, le réduisant à la taille d'une noix, et Madeline se retrouva au sol, repliée en fœtus, les mains toujours coincées dans sa ceinture, les larmes jaillissant comme les torrents de la rivière Bronx.

« Respire, ma belle, respire, ça fait ça à tout le monde, sauf aux vraies tarées, disait la gardienne au-dessus d'elle, lui massant l'épaule. C'est une attaque de panique, ça va passer, tu vas pas mourir, ta cellule est pas loin, tu peux y arriver. Si ça ne va pas, on appellera quelqu'un à l'infirmerie. »

Madeline entendait des geignements, des bruits que font les tout petits enfants, et puis cette voix chaude par-dessus, ces mots qui signaient la réalité des choses. « Tu n'as plus le choix, ma belle, il faut y aller, sois courageuse. »

Était-ce ce qu'on disait aux condamnés à mort lors de leur dernière marche ? Madeline n'avait rien dit de gentil à Estrella, en la tuant, elle ne l'avait pas rassurée, ne l'avait pas encouragée, son amie n'avait pas eu droit à une seule des syllabes que prononçait cette inconnue.

Alors relève-toi, honte à toi, relève-toi puisque tu le peux.

Elle se retrouva sans trop savoir comment allongée sur un lit après avoir entendu un cliquetis et la voix de sa gardienne qui parlait toute seule, la tête penchée sur une radio fixée à son épaule.

« Le médecin va venir. Il arrive. »

Et puis les bras puissants qui luttaient pour la maintenir droite sur la couchette, alors que ses membres cherchaient à se recroqueviller dans des convulsions qui la conduisaient vers la mort, c'était sûr, c'était vrai.

« Crise de tétanie. Pincez sa mâchoire. Avale ça. »

Ensuite, un goût terriblement amer, un souffle au ralenti, une détente. Doucement.

Tout doucement.

Puis un visage penché sur elle, des lunettes, une barbe courte, rouquine, un crâne chauve.

La gardienne, la gentille gardienne, était toujours là, debout à côté de la porte ouverte.

« Je suis le docteur Hockney, dit l'homme. Médecin en chef de la prison. Tu te sens mieux ?

— Oui. Je ne sais pas.

— Je t'ai donné 30 mg de Valium. C'est plus que ce que tu prends d'habitude. (Il tourna une page d'un dossier posé sur ses genoux.) Je vois que tu es sous benzodiazépines depuis le… 6 janvier. Trois fois 50 mg par jour. Il va falloir ralentir en douceur. Au bout d'un moment ça n'a plus d'effet, c'est pour cela qu'il faut augmenter les doses. Mauvaise stratégie. Il faut en envisager une autre. »

Madeline s'essuya le front du dos de la main. Elle était trempée jusqu'aux os, une sueur grasse, sale. Elle chercha le regard de la gardienne – comment s'appelait-elle, déjà ? Ah oui, Tyra, c'était écrit – et Tyra lui sourit discrètement. Il y a des gens, comme ça, qui sont juste gentils, c'est dans leurs gènes, se dit Madeline.

Le médecin leva son crâne chauve de son dossier.

« Je lis ici que ta première crise a été déclenchée par tes règles.

— Le sang. »

C'était ça : le sang. Au fond de sa culotte. Le sang.

Madeline avait envie de dormir.

« Plus de sang, chuchota-t-elle. Plus jamais de sang, s'il vous plaît.

— Je vais te prescrire une pilule. La progestérone t'empêchera de saigner. Si là est le problème, c'est mieux d'essayer de le résoudre ainsi plutôt qu'avec des anxiolytiques. Tu la prendras en continu.

— Oui.

— On va voir si tu te sens mieux.

— Oui. »

Oui. Oui. On aurait pu lui prescrire du cyanure qu'elle aurait dit oui.

Ensuite, elle sombra. Tranquillement. À peine entendit-elle la porte se fermer, le tour de clé.

Madeline était seule. Enfermée. Coupable.

Dans un état semi-conscient, le murmure s'imposa à elle.

Bonsoir chambre
Bonsoir lune
Bonsoir vache sautant par-dessus la lune
Bonsoir lampe
Bonsoir ballon rouge
Bonsoir oursons
Bonsoir petits chats
Et bonsoir les gants
Bonsoir la pendule
Bonsoir les chaussettes
Bonsoir maison de poupée
Et bonsoir la petite souris
Bonsoir peigne
Et bonsoir brosse
Bonsoir personne

Bonsoir mon étoile.

– 17 –

Juillet 2016, Sag Harbor

« Un foyer ? Où ça, un foyer ? »

Mira était là, son tablier ajusté, sa spatule en suspens au-dessus du confiturier.

Mon Dieu, se dit Madeline, comment a-t-elle pu tant changer ? Est-ce que passer de *socialite* de Park Avenue à artisane dans une presqu'île, certes huppée, mais tellement loin de ses *personal shoppers* et de ses traiteurs la satisfaisait ? Elle avait une bonne mine, moins figée que dans sa jeunesse.

« Je ne sais pas. Là où il y aura de la place. À Harlem, certainement.

— Un foyer… Mon Dieu, Madeline. »

Mira balança sa spatule dans l'évier, détacha son tablier. Tout en elle semblait dire : « Quand est-ce que cela s'arrêtera ? »

« Tu peux rester ici autant que tu veux, dit-elle.

— Enfermée dans ma chambre ?

— Arrête, Madeline. La maison est suffisamment grande et elle est entourée d'un grand jardin. Toi qui aimes les jardins, tu es très bien ici.

— Mira, la prison, un foyer ou ici, c'est la même chose. Ce sera toujours la même chose. Autant être dans un endroit où je ne gêne personne.

— Tu ne me gênes pas.

— Je gêne ceux que je pourrais rencontrer et à qui tu devrais me présenter : oh, vous vous souvenez de Madeline, ma chère fille meurtrière ? »

Mira ne répondit rien – ce qui voulait tout dire, non ?

« Tu vois, fit Mad. (Puis, impulsive comme elle l'était souvent :) Je vais prendre mes affaires. »

OK, mais pour aller où ? Les mille et quelques dollars qu'elle avait de côté lui payeraient à peine une semaine dans un hôtel à touristes désargentés et un repas au self – et encore, en échange d'une pipe dans les toilettes avec le gardien de nuit. Elle n'y pouvait rien, c'est ainsi que son cerveau voyait la vie.

Mira était toujours silencieuse, comme si elle savait que de toute façon, elle ne partirait pas. Pas ce soir. Il y avait finalement dans son regard quelque chose de… rassurant.

Madeline passa d'un pied sur l'autre, sentant la tension de la journée desserrer l'étau autour de sa tête. Elle allait monter dormir, et ce serait tout pour aujourd'hui.

Mais elle ne comprenait pas une chose, cette réflexion qui avait déclenché la dispute : « Un foyer ? Mon Dieu, Madeline… » En quoi était-ce pire au regard de Mira d'emménager dans un foyer plutôt qu'être incarcérée ?

« Mira, les enfants de Sarah ne savent même pas que j'existe. Que leur avez-vous raconté, toutes les deux ? Que j'étais partie en voyage au bout du monde ? Que j'étais morte à la naissance ?

— Non. (Mira s'appuya des deux mains sur l'évier.) On leur a simplement dit que tu étais en prison pour meurtre. »

Madeline hocha la tête. Comment pouvait-on asséner ça à un enfant ? À quel âge était-ce entendable ?

« Vraiment ? Et leur avez-vous dit aussi que j'étais responsable de votre chute financière, et de la maladie de Papa ?

— Rien de tout ça. Ton père a eu un cancer du pancréas, foudroyant, comme malheureusement beaucoup d'autres gens. Quant à maître Leonardi, effectivement il nous a ruinés. Pour pas grand-chose. Juste ton entêtement.

— J'aurais pu être condamnée à mort, si j'avais été jusqu'au procès et si on avait été dans un autre État. Ce qui n'aurait pas été plus mal. Tout ça serait fini depuis bien longtemps.

— Nous ne sommes pas au Texas, Madeline. Et tu aurais été acquittée. Maître Leonardi aurait réussi cela. Je ne sais pas ce que t'avait fait cette fille… »

Ah, la grande question qui dépassait l'entendement, et dont elle seule avait la réponse, si bête.

Pouvait-on comprendre que parfois les choses définitives ne mettaient pas une minute à se commettre ?

Pouvait-on comprendre qu'un meurtre n'était parfois qu'une question de contexte ?

Que si Estrella et elles s'étaient trouvées en plein après-midi dehors, il ne se serait agi que d'une simple engueulade ?

Non, on ne le pouvait pas.

Madeline resta dormir là, dans la maison de Sag Harbor.

Sur le tapis.

Elle resta manger en silence devant la grande table en bois, avec l'impression terrible de glaner son repas. Trop salé, trop épicé, trop bon. Trop loin de Mira, qui essayait d'animer un semblant de conversation devant la télévision heureusement allumée. « Trump, il ne va pas être élu, ce n'est pas possible d'être aussi sexiste et immoral et de représenter les États-Unis. On aura la première femme Présidente en novembre, et ce ne sera pas trop tôt. »

Madeline ne savait pas autant d'énergie à sa mère, autant de colère et de féminisme.

Et puis un matin le téléphone sonna. Elle avait un boulot.

Pas de place en foyer pour le moment, lui dit Sondra, la fille de la sororité au-dessus du tatoueur de Harlem. « Mais je te conseille d'accepter le job, si tu peux te trouver un moyen d'hébergement en attendant. »

Non, pas de moyen d'hébergement autre qu'à Sag Harbor. Alors OK, faire trois heures de LIRR chaque soir, trois heures le matin, ça lui allait, à Madeline. Même pour aller passer la serpillière dans un immeuble de bureaux en pleine nuit. Elle n'avait aucun moyen mental de mesurer l'invraisemblable.

Mais elle était dehors, et elle savait que ce que tout être humain était capable de faire, il le devait.

Ça ne pouvait pas être pire que de vivre derrière des barreaux.

– 18 –

Avril 1996, prison de Bedford Hills

La désintoxication aux benzodiazépines avait produit une douleur physique que Madeline n'aurait jamais imaginée.

Son estomac n'était plus qu'un sac à vider. Elle vomissait de la bile sur ses genoux, hagarde, à bout de souffle.

Elle était parvenue au stade où l'humain est un animal doté de l'instinct primaire qui lui ordonne de survivre. Plus rien ne comptait que la minute d'après.

Le médecin n'était pas revenu. Elle avalait la pilule qu'il lui avait prescrite, tous les soirs, au moment où les nausées étaient les plus gérables. Elle en faisait une obsession : *Ne recrache pas, sinon tu verras le sang*.

Alors elle retenait la pilule en elle, déglutissant, absorbant, se collant les paumes fort sur la bouche, à s'en étouffer.

Le matin à 6 heures, elle entendait la voix dans le micro : « Mesdames, il est 6 heures, vos cellules sont ouvertes. » C'était une voix métallique qui ne l'atteignait pas.

Qu'est-ce que ça pouvait lui foutre, de toute façon, que sa cellule soit ouverte ? Sa tête était fermée, il n'y avait rien à faire contre ça – surtout pas un dérisoire coup de clé dans la serrure.

Elle avait la vague conscience d'être parfois dehors, assise contre le mur sale sur lequel elle frottait son dos.

Personne ne lui parlait, mais tout le monde la regardait. Madeline ne voyait que des yeux, toute une collection, bruns, bruns, encore bruns, rarement bleus. Le kaléidoscope de la réalité carcérale.

Ensuite, quelqu'un la relevait. Peut-être Tyra Washington, la gentille gardienne. Le soir, elle faisait tremper machinalement son tee-shirt orange dans un bain d'eau tiède, dans le petit lavabo de sa cellule, et l'étendait au bout de sa couchette. Et elle décapsulait méticuleusement son tout petit cachet de son emballage en alu.

Et puis elle s'allongeait, tremblant sur sa couchette, tirant sur elle cette serpillière en guise de couverture, battant sa coulpe et récitant *Bonsoir lune* jusqu'à se perdre complètement dans l'espace.

« T'es la psycho de Park Avenue ? »

Accroupie dans un recoin de la cour, Madeline sentait précisément ses rotules sous ses doigts, ces os qui bougeaient mais n'avaient plus rien d'utile.

« De quoi ? »

Sa bouche était si pâteuse qu'elle avait l'impression d'essayer de mâcher de la pâte à modeler.

Plus haut, le visage d'une fille d'à peu près son âge, couvert d'acné, et d'autres visages autour, cette profusion d'inconnues qui lui tombait sur la gueule.

La psycho de Park Avenue. Oui, elle l'était, alors elle répondit : « Oui. »

Le groupe sembla se mouvoir d'une façon drolatique, d'une hanche sur l'autre, comme dans un clip de Grandmaster Flash and The Furious Five.

Don't push me 'cause I'm close the edge
I'm trying not to lose my head...
(Me pousse pas parce que je suis proche de ma limite,
J'essaye de ne pas perdre la tête…)

Il s'agissait de ça, ici : essayer constamment de ne pas perdre la tête. C'était une occupation.

« Ah oui ? Du coup, comme ça, t'es la riche qui tue les pauvres ? T'es une grosse connasse ? Tu te prends pour qui, espèce de pute ? T'es bien tombée, on va t'apprendre la vie. »

Madeline fit glisser le talon de sa chaussure en plastique sur le gravier de la cour. Il y avait une sorte de fascination à suivre du regard la trace qui creusait une ligne devant elle. Cette ligne était parfaite. Directe.

Il se passerait ensuite ce qu'il se passerait. Elle n'avait aucune angoisse. Elle y allait tout droit.

« Tue-moi, dit-elle à l'acnéique. Éclate-moi la tête. Vas-y. Je n'ai plus peur de rien. Je ne suis plus riche de rien. »

Les filles se regardèrent.

« T'es vraiment une malade, toi. T'es folle. Tu portes bien ton nom. T'es Mad. »

Et puis il y eut comme un éclair, des cris de joie.

Et Madeline fit son baptême de prison, voyant ses cheveux blonds coupés tomber sur sa combinaison orange.

Les mains écartées comme pour recevoir la dernière offrande.

Celle de son nouveau prénom :

Mad.

La Dingue.

Comment pouvait-on avoir accès à des ciseaux en prison ?

« Ma pauvre, on a accès à tout. Absolument tout. Si tu as les bons contacts, on peut même te livrer un chat en plastique bourré de cocaïne. Tu sais, ceux qui font coucou avec la main ? Les trucs qu'on vend aux touristes à Chinatown, sauf que ceux-là sont vides. »

La fille, une Asiatique, qui l'avait prise en pitié au point de terminer le travail entamé dans la cour, pour lui donner une coupe correcte, l'avait attirée dans un coin.

« Va falloir rentrer, maintenant. Tu as passé l'épreuve du feu. Moi, j'étais coiffeuse, avant. Elles m'ont fait la même chose, et après elles m'ont foutu la paix. C'est comme ça. Une fois qu'on t'a bien rabaissé la gueule, normalement on te fout la paix. Tu pourras même te faire des copines de filles qui t'ont fait ça. Une bonne nuit, et c'est bon. »

Prostrée, Madeline en doutait. Mais ce qui lui restait d'éducation la poussa à être polie.

« Merci, dit-elle. Comment tu t'appelles ?

— Lin. J'ai tué mon mac, au cas où tu te demandes. Je lui ai explosé les couilles avec une batte de baseball, ça lui a éclaté la rate, je l'ai pas fait exprès mais je l'ai pas loupé, ce connard. Mais je suis innocente, comme nous toutes ici. »

Lin eut un petit rire en lui époussetant l'épaule. C'était une situation tellement improbable. Être avachie là, à quelques mètres des femmes qui jouaient avec ses mèches blondes, se les collant sur la figure, s'en faisant des moustaches. Et elle qui se faisait rectifier les pointes par une tueuse de maquereau.

Les gardiennes passaient, au loin, sans avoir rien vu – juste un groupe qui rigolait, voilà ce qu'elles avaient aperçu. C'était toujours ça de pris. Toujours ça de moins. À partir du moment où personne ne hurlait, on fermait les yeux. Madeline l'apprendrait rapidement. Peut-être même se rendrait-elle complice de ces bizutages. C'était ça, son avenir.

Peut-être qu'elle deviendrait pire que ce qu'elle était – et que ça la sauverait.

– 19 –

Août 2016, Sag Harbor

Après quelques semaines passées dans le jardin à tailler et repiquer, et dans sa chambre à rédiger des affichettes qui disaient qu'elle savait le faire – à les réécrire, les déchirer, puis recommencer –, Madeline avait un emploi du temps à la renverse.

Tous les soirs, elle attachait le vélo de Mira devant la gare de East Hampton et prenait le LIRR de 17 h 16. Il paraît que cela ne s'oublie pas, le vélo, mais elle avait bien failli se casser la gueule deux ou trois fois.

Ensuite, elle changeait de train dans le Queens, à Jamaica où elle se mêlait aux voyageurs de l'aéroport Kennedy, puis à Pennsylvania Station, à Manhattan, c'était la ligne 3 du métro, pour aller jusqu'à Harlem.

Elle remontait à la surface sur la 125ᵉ Rue et voyait cette chose extraordinaire à laquelle elle n'avait pas prêté attention lors de son précédent voyage à Manhattan, tête baissée : les gens, tous – absolument tous –, accrochés à leur téléphone portable. À son époque – enfin, l'époque où elle était vivante –, Papa lui avait offert un de ces trucs encombrants. Avec, elle ne pouvait appeler personne, puisque personne qu'elle aurait voulu appeler n'en avait.

Estrella n'en avait pas, par exemple.

Il faudrait qu'elle s'en achète un avec sa première paye – apparemment on ne pouvait plus vivre sans. Surtout pas quand on cherchait un foyer et des petits boulots, lui avait glissé Sondra quand elle lui avait dicté le numéro du fixe de Mira qui sonnait dans le corridor de la maison de Sag Harbor.

En prison, les téléphones portables faisaient l'objet d'un trafic au même titre que les drogues de toutes sortes. Mais c'était compréhensible, il fallait faire la queue pendant des siècles devant les appareils agrippés aux murs, les conversations étaient limitées et couvertes par les invectives. Mad n'avait jamais cherché à obtenir un portable. Elle n'avait besoin d'aucun contact à l'extérieur. Et maintenant qu'elle y était, c'était une dépense dont elle n'avait aucune envie.

Mais c'était probablement ainsi pour la majorité des gens, se disait-elle avant de s'engouffrer dans le bâtiment où elle embauchait, en voyant la foule des travailleurs qui fermaient boutique ou rentraient chez eux : une paye, un bref moment de satisfaction – puis des dépenses dont on n'a pas envie.

La porte refermée, elle ne voyait plus personne. La solitude totale, pendant quelques heures. De véritables montagnes russes psychologiques.

Les couloirs de la société où elle faisait le ménage, sur Malcolm X Boulevard, étaient vides, longs, plongés dans le noir. Elle ne savait même pas ce qu'on fabriquait ici – était-ce une agence de placement, de voyages, de publicité ?

Elle allumait les lumières pièce après pièce, passait l'aspirateur, vidait les poubelles, touchait à peine à ce qu'il y avait sur les bureaux de peur qu'on l'accuse d'avoir volé quelque chose – une boulette en papier de temps en temps, un chewing-gum mâché enveloppé dans son emballage. Il n'y avait même plus de cendrier à nettoyer. Dans ce nouveau monde, on n'avait plus le droit de fumer.

Elle éteignait bien derrière elle. Quand elle partait, le jour se levait et cela sentait le propre.

Cela lui allait très bien, ce job, tranquille, sans personne sur le dos. Elle aurait été terrorisée d'avoir à faire face à des cohortes de clients dans un fast-food, en plein jour, et à se tromper dans les commandes.

Puis Madeline remontait dans le métro 3, à 6 h 45 ou 6 h 52, pour rejoindre Pennsylvania Station, puis le LIRR.

Dans le LIRR du retour, vide dans ce sens-là, elle luttait contre le sommeil. Il lui faudrait vraiment un de ces foutus téléphones qui faisaient tout pour vous, cela lui servirait de réveil, parce qu'un jour elle louperait l'arrêt d'East Hampton, c'était sûr.

Madeline récupérait le vélo accroché à un poteau devant la gare et refaisait le trajet jusque chez Mira. On était en plein été, mais cet hiver ce serait impossible. D'ici là, il lui faudrait un lit d'un foyer, bien dur, avec une couverture bien rêche – un où elle pourrait dormir, dans un dortoir un peu bruyant.

Ou, plutôt, un second boulot, pour pouvoir louer un studio à Harlem. Ça, ce serait une vraie nouvelle vie, où elle ne serait pas un parasite.

« Il faut que tu rappelles maître Leonardi. »

Ce matin-là, Mira prenait son petit déjeuner sur la terrasse quand elle déposa le vélo contre la barrière.

« Maître Leonardi ? Je ne l'ai pas vu depuis au moins cinq ans. »

Madeline se massa les mollets, jeta un œil sur les pots de confiture et les œufs brouillés sur le plateau.

Elle était tellement crevée qu'elle ne savait pas si elle avait faim.

« Madeline, monte prendre une douche, mange un peu et rappelle l'avocat. Ce matin.

— C'est grave ? »

Nom de Dieu, avait-elle fait une bêtise ? Quelqu'un l'avait-il accusée de vol, là-bas où elle travaillait ?

« Non, absolument pas. Il veut juste te parler, c'est important.

— Mira, c'est une plaisanterie ? Il n'a jamais vraiment été mon avocat. Il n'était même pas là à ma sortie, il se fiche autant de moi que moi de lui.

— Madeline, tu ferais mieux de ne pas discuter, pour une fois. »

Encore cet air indéfinissable. Mira leva sa tasse en porcelaine, avala tranquillement une gorgée de café. Cela sentait bon. Mad avait l'odorat bien aiguisé, elle se serait bien servi une… « Ce matin, Madeline. Le mieux serait que tu le voies à son bureau de Manhattan avant ton travail, ce soir.

— Je ne travaille pas aujourd'hui. Si tu veux tout savoir, j'avais compté dormir un peu et ensuite aller coller des affiches.

— Des affiches ? s'étonna Mira.

— Oui… J'ai rédigé des petites affiches pour proposer mes services de… jardinière. Cela me ferait une rentrée d'argent en plus. (Finalement, elle attrapa la cafetière et remplit un verre.) Mais rassure-toi, pas à Sag Harbor. J'irai à Napeague ou à Montauk, le plus loin possible.

— Bon. Eh bien, fais donc cela, et préviens Leonardi que tu le verras en fin d'après-midi.

— Je n'aurai pas assez de ma journée…

— Eh bien, ne dors pas. Il y a des jours où c'est inutile. »

Le café – un, puis deux, puis trois – l'avait complètement réveillée. Madeline prit une longue douche, termina sur un jet froid, puis renfourcha le vélo, le paquet d'affichettes dans son sac. Elle avait bien fait d'investir dans une carte d'abonnement au Long Island Rail Road, elle passait plus de temps dans le train que n'importe où ailleurs. Cela lui avait coûté 120 dollars pour la semaine, en attendant une place en foyer. Elle espérait ne pas avoir à le faire de nouveau la semaine prochaine – on était déjà jeudi, et toujours pas de nouvelles de l'association de réinsertion.

Combien étaient-elles donc, ces filles sorties de prison, à avoir besoin d'un abri ? Alors que « les hommes, ça se démerde toujours », lui avait dit la codétenue qui lui avait refilé le numéro de Sondra. « Ils se dégotent vite fait une gonzesse chez qui squatter, y en a qui trouvent que sortir de taule donne du prestige, comme qui dirait. »

Bref, partie comme elle était, elle aurait mieux fait de payer directement la carte d'abonnement mensuel au LIRR – à 340 dollars, elle aurait économisé *50 % sur chaque trajet sur la base de 42 jours*, comme disait le panneau au-dessus du guichet.

Et il était évident que quarante-deux jours passaient plus vite à l'extérieur qu'en prison.

Parce que la fatigue commençait de nouveau à la plomber, physiquement et moralement, elle attendit le terminus pour descendre, somnolant dans le wagon à moitié rempli de touristes. Ces gens-là avaient un travail, des congés, un foyer – dans le sens rassurant du terme. C'était un simple constat qu'elle faisait, sans se dire « j'aurais donné cher pour avoir ça » ou ce genre de chose qu'on se dit devant un objet de collection, par exemple. Parce qu'elle ne pouvait pas raisonner ainsi, à travers l'envie et la convoitise. Le pragmatisme était le seul luxe de sa pensée.

Elle descendit à Montauk.

Et à l'instant même où elle posa la pointe de sa basket blanche sur le sol granité roux, devant les deux modestes bâtisses de bois blanc dont les toits triangulaires imbriqués faisaient comme un pic au ciel dans ce paysage parfaitement vert et bleu, il se passa quelque chose. Quelque chose en elle qu'elle n'avait pas ressenti depuis une autre vie.

On appelait Montauk « la Fin ».

Alors que les rues commerçantes chics de Sag Harbor, dans leur perfection un peu minaudière, pouvaient évoquer la Main Street de Disneyland, que la Meadow Lane de Southampton était surnommée « l'avenue des milliardaires », que Sagaponack était considéré comme le village le plus cher d'Amérique, que tout sur la péninsule n'était que luxe, calme, volupté, polo et Ralph Lauren, il restait à Montauk une âme qui vous serrait le cœur. L'âme qui avait inspiré Edward Hopper dans ses tableaux, celle qui avait uni le couple Jackson Pollock et Lee Krasner, tous deux enterrés à East Hampton. Les peintres de cette époque, l'après-guerre, avaient saisi l'authenticité sauvage des Hamptons, héritée des Indiens montauks, ses habitants d'origine, bien avant la folie financière des années 1980 qui avaient vu migrer une toute nouvelle élite.

Oui, Montauk était devenu l'endroit à la mode. Quelle merveilleuse folie, n'est-ce pas, que de se ressourcer dans une bicoque de pêcheur lorsqu'on s'appelle Mick Jagger ou Andy Warhol.

Mais Montauk avait cette âme qui la protégeait, comme la langue algonquienne parlée par les Indiens qui lui avaient laissé son nom, une langue forte et multiple qui unissait les peuples natifs contre les envahisseurs.

Alors les flots de touristes avaient beau se déverser jusqu'au phare Point Light, le premier de l'État de New York, Montauk restait sauvage, stoïque. Peut-être parce que après lui, il n'y avait plus rien.

On appelait Montauk « la Fin ».

Pour Madeline, c'était un début.

Ça doit être ici, se dit-elle, laissant les voyageurs la contourner. Ce genre de certitude mystique qui vous plante sur place, elle ne l'avait eue qu'une fois dans sa vie. Un après-midi d'août à Central Park, il y a longtemps, quand elle s'était abritée sous un arbre à côté d'une fille aux longs cheveux noirs et aux yeux en amande. Il s'était abattu une pluie violente, imprévue, comme New York en a le secret. Et elle avait su que cette fille-là ferait partie d'elle-même. Elle ne s'était pas doutée à quel point.

Dans la grande naïveté que sa vie marginale lui avait laissée, à bientôt 40 ans elle s'imaginait que c'était la même chose avec un homme. Quand on rencontrait le bon, on le savait. On savait pour l'amour, le mariage, les enfants avec lui.

Sur le quai de Montauk, ce sentiment-là l'étreignit si fort qu'elle s'engagea dans les ruelles bordées de maisons de bois vert et azur, où étaient adossées des planches de surf, d'un pas dont elle redécouvrait la mécanique : leste, dégourdie. Il lui fallait faire vite. Elle avait négocié un rendez-vous de milieu d'après-midi avec la secrétaire de maître Leonardi. Elle n'avait pas envie de voir Manhattan de nuit.

Alors, elle irait jusqu'au petit port, qui, dans ses souvenirs d'enfance, se trouvait au bout de cette rue-ci, puis elle remonterait dans le train pour trois longues heures. Elle avait pris un livre dans la chambre de Sarah, un guide de voyage pour l'Europe qui l'empêcherait de dormir.

Madeline entra dans une boutique d'articles de pêche, une autre de souvenirs où le phare Point Light se déclinait en toutes tailles, demanda s'il était possible de laisser son affichette derrière les comptoirs où quelques-unes étaient déjà punaisées : du baby-sitting, des heures de ménage, la vente d'une moto ou d'une voiture ancienne, mais surtout, de bateaux.

La sienne, qu'elle avait refaite dix fois, n'avait pas de photo. Quelle photo aurait-elle pu mettre, celle de son *mugshot* face et profil ? À la place, elle avait dessiné – elle savait faire, elle avait beaucoup appris par elle-même et par ennui, ces dernières années. Des fleurs vives, un râteau, une bêche. Et puis un simple texte : *Horticultrice passionnée, je peux m'occuper de votre jardin à l'année, de la création complète au simple entretien.* Suivait le numéro de téléphone fixe de Mira. La semaine prochaine, elle s'achèterait un portable et viendrait changer les affichettes. Cela lui donnerait l'occasion de vérifier si elles y étaient toujours.

Les commerçants furent bien aimables, à installer son œuvre et à lui souhaiter bonne chance – au point que cela parut suspect à la Mad qui, dans un coin de sa tête, surveillait tout et tout le monde.

Et puis elle arriva au bout de son chemin, débouchant sur le ponton et les petits bateaux de pêche. Elle aurait voulu rester là, assise par terre sur un *catway*, sentant le bois flotter tranquillement entre deux enroulements de corde.

Mais il y avait ce petit restaurant, ce dernier coin de rue avant l'océan. Et, justement, comme Montauk il s'appelait « La Fin » – The End. C'était écrit en lettres de bois toutes de traviole, sur des planches vernies de bleu, au-dessus d'une large fenêtre où pendait toute une collection de fourchettes anciennes qui, en s'entrechoquant, faisaient chanter le vent léger.

Madeline entra, en sueur. À cette heure, il n'y avait encore que quelques hommes attablés, bruyants, rieurs, pas apprêtés. Des pêcheurs, se dit-elle.

Elle eut juste le temps de se dire que c'était un chouette endroit, typique, qui sentait bon le poisson grillé et l'œuf frit, qu'elle avait faim mais qu'il fallait qu'elle reparte, et puis un type apparut derrière le comptoir, un bandana noué autour du front.

« Bonjour, est-ce que… » et la demande habituelle, et la réponse habituelle, « Bien sûr », mais avant d'accrocher l'affichette sur le panneau juste à côté des menus, le type prit son temps pour la regarder. « C'est joli, dit-il. C'est vous qui avez dessiné ça ?

— Euh, oui. »

Madeline était gênée. La politesse allait lui faire louper son train, s'il engageait la conversation.

« En plus d'être fleuriste, vous êtes peintre, alors ?

— Je ne suis pas fleuriste… »

Bon sang, cette fierté mal placée aurait toujours raison de tout, même des horaires du LIRR.

« Ah oui, horticultrice, pardon.

— Pas grave.

— C'est quoi, la différence ?

— Les fleuristes coupent les fleurs, moi je les fais pousser. »

Il la regarda et un grand sourire sur sa courte barbe brune éclaira son visage mat. « OK, dit-il. Je vais mettre cette œuvre d'art bien en valeur, parce que vous êtes peintre aussi.

— Merci, c'est vraiment gentil.

— De rien. Bon, excusez-moi, je suis le cuistot, je suis obligé de… »

Il termina sa phrase en tendant la main derrière lui, d'où montaient des crépitements et un fumet qui manquèrent de la faire défaillir, au point que Madeline ferma brièvement les yeux comme pour en emprisonner le souvenir. « Vous voulez vous attabler ? demanda-t-il. Avant que la foule arrive. »

On aurait dit qu'il sentait sa faim.

« Non. Non, je dois prendre le train.

— Une minute. »

Il leva un doigt autoritaire, disparut, et Madeline se dit que tant pis, elle allait se tirer vite fait sinon c'était foutu, mais cela ne prit même pas vingt secondes avant qu'il ne réapparaisse avec un sac en papier : « Un sandwich à l'espadon, tout juste grillé, pour votre voyage. J'ai mis un peu de citron. Vous aimez ça ?

— Oh, oui, je… (Elle tendit la main vers son sac.)

— Non non non. En échange de votre œuvre d'art. Bon voyage ! »

Puis il disparut derrière son comptoir.

Courant presque dans les rues, son sandwich à la main, Mad n'avait pas ressenti autant de joie pure depuis longtemps.

La gentillesse des gens.

Même si, comme la vieille dame dans le train avec son alcool de menthe, le cuistot de The End ignorait qu'elle ne la méritait pas.

– 20 –

Avril 1996, prison de Bedford Hills

« En fait, ici c'est comme qui dirait le quartier VIP. On a du bol d'y être, moi je te le dis. Il paraît que les filles dans les dortoirs du bloc 6 ont des punaises de lit et qu'elles trouvent des chiures de rat dans leur bouffe. »

En voyant la fille en face d'elle engloutir sa plâtrée de haricots à la tomate, Madeline se dit qu'elle y accordait une telle indifférence que si la saucisse marron qui baignait dedans avait été une crotte de chien, elle l'aurait avalée sans sourciller.

Depuis quelques jours, elle prenait ses repas au réfectoire, avec les autres. « Un seul plateau », crachotait invariablement le haut-parleur – comme si on avait envie d'en prendre un deuxième une fois que le contenu compartimenté du premier avait passé les trois épreuves – olfactive, visuelle, gustative. Du graillon de la viande reconstituée jusqu'aux légumes et au pain, tout avait un goût de lessive. Madeline flottait dans sa combinaison orange.

En à peine un mois, depuis qu'elle était sevrée des anxiolytiques, elle avait pris conscience du paradoxe de la prison : l'univers carcéral dans son entier

– le bruit permanent, les odeurs, la promiscuité qui vous laissait toujours sur vos gardes – vous colonisait l'esprit au point que vous oubliiez la raison pour laquelle vous étiez condamnée.

C'était comme un règlement de compte dans le Bronx : un dealer tuait un autre dealer, mais une fois mort l'autre ne savait plus qu'il était mort, non ? C'était débile, comme punition. Cela ne valait que les trois petites secondes de trouille du condamné face au revolver, vraiment pas grand-chose.

Madeline en venait à se dire que pour la prison, c'était pareil : cela ne valait que les quelques secondes de la condamnation. Comme pour le dealer mort, ce qui était nécessaire était de vous abstraire du monde.

Mais ensuite, l'acte fondateur, le crime, la victime, l'horreur, tout disparaissait dès lors qu'on était occupé à simplement vivre avec des filles de tous âges qu'on n'avait pas choisies. Dangereuses, pour la plupart.

« Il paraît que les dortoirs, c'est le pire, renchérit la fille en léchant sa cuillère en plastique. Un gardien m'a dit une fois : imagine quarante filles qui ne s'entendent pas à une soirée pyjama. »

Et elle se gondola, jetant l'emballage vide de sa *jelly* chimique sur son plateau vide. « La Lolita de Long Island », voilà comment les journaux avaient surnommé cette brunette trop maquillée lorsque quatre ans auparavant elle avait tiré sur la femme de son amant, un carrossier de presque vingt ans son aîné. La balle du pistolet semi-automatique de calibre 25 avait atteint la victime en plein visage, elle y avait survécu, sourde et défigurée.

Fort justement accusée de tentative de meurtre avec préméditation, Amy Fisher avait plaidé coupable, et il lui restait un nombre considérable de plateaux-repas à avaler puisqu'elle avait encore plus de dix ans à tirer.

L'amant, lui, venait d'être condamné pour viol sur mineure – elle-même. « Bien fait pour sa gueule », disait Amy chez qui le désamour et la *jelly* framboise fluo avaient fait leur œuvre.

Tout le monde à New York connaissait l'histoire d'Amy Fisher et de Joey Buttafuoco. Madeline supposait qu'on la lui avait donnée comme camarade de cellule parce qu'elles avaient le même âge au moment de leur crime – 17 ans –, par une espèce d'esprit pratique dont l'univers carcéral avait le secret, pour éviter le foutoir total. Elle le découvrait tous les jours : les Hispaniques avec les Hispaniques, les Noires avec les Noires, les récidivistes aguerries à la prison ensemble et les vieilles toutes seules, dans la mesure du possible.

Des « vieilles », il y en avait deux qui imposaient le respect – alors qu'elles n'étaient que quinquagénaires. Kathy Boudin et Judith Alice Clark avaient participé au braquage de la Brink's, en 1981. Il n'avait pas été question de profit personnel mais d'« expropriation révolutionnaire » dans le but de payer l'hypothèque d'une clinique d'acupuncture et de soins aux toxicomanes à Harlem.

L'assaut altruiste avait tout de même fait trois morts. Boudin avait plaidé coupable et s'en était sortie avec vingt-deux ans qu'elle mettait à profit en étudiant et en publiant des ouvrages psychosociaux, Clark à trois peines de vingt-cinq ans pouvant aller jusqu'à la perpétuité. Elle avait conspiré pour s'évader il y a quelques années, mais participait maintenant à des ateliers d'écriture et servait de conseil aux mères incarcérées.

Donc, respect.

Les autres n'étaient que des ordures, avait dit Amy à Madeline de sa voix de gamine. « Mais je te raconterai plus tard. »

Et surtout pas au réfectoire, où tout le monde entendait tout le monde, où l'on notait tout dans sa tête pour déclencher une bagarre un jour d'ennui. Il fallait toujours être en action, pour meubler le temps. Toujours s'engueuler pour un rien, rigoler trop fort pour rien non plus. Bouger, monter, descendre les marches de la salle commune, tricher aux cartes, claquer les portes des cellules ouvertes la journée. Exister dans le vacarme.

Madeline était plutôt tranquille. Depuis le bizutage dans la cour et sa coupe de cheveux à l'arrache, il y avait eu plusieurs menaces, assez ridicules, dans la douche, aux toilettes des parties communes dont les portes ne fermaient évidemment pas. On aurait dit que c'était plus un jeu qu'autre chose. Toujours pareil, être dans l'action, tromper l'ennui. À chaque fois, elle avait répondu : « Vas-y, fais ce que tu veux, je m'en fous. »

C'était une réaction inintéressante, alors on lui foutait la paix. De l'avis général, cette gosse avait un gros problème psy.

Mad. Mad la Timbrée.

« Qu'as-tu fait à tes cheveux ? »

De l'autre côté de la table en alu scellée au sol, Papa ne savait que faire de ses mains habiles de chirurgien. Pour une fois, elles étaient inutiles, rendues à la fonction moite de l'organe préhensile effecteur qui ne sait ni quoi prendre ni quoi effectuer.

« Pas de contact », avait aboyé le gardien, coupant son élan vers elle – et Madeline avait été bouleversée de cette autorité sur lui bien plus qu'elle ne l'était de son regard sur elle.

« C'est plus pratique », lui dit-elle d'une voix assurée. *Ne pas l'inquiéter*. Il secoua la tête : « Mon Dieu, j'ai l'impression de te voir entrer au couvent.

— C'est drôle que tu dises ça. Comme si ça avait été plus grave. »

Elle tentait de prendre un ton léger, par-dessus le bourdonnement sourd des conversations multilingues du parloir. C'était une grande pièce grise et carrée à laquelle on avait voulu rendre une convivialité relative en peignant une fresque tout autour, probablement lors d'un atelier créatif comme il y en avait souvent ici, paraît-il. Elle ne s'était pas encore penchée sur la question. Évidemment, la fresque représentait des arbres et des oiseaux – la liberté n'avait-elle donc pas d'autres symboles ? Madeline doutait que les détenues de Bedford Hills, comté de Westchester, aient ce bucolique rêve d'absolu. Si elles avaient réfléchi un peu, si elles s'étaient écoutées davantage, elles auraient dessiné une fresque de burgers et de Dunkin' Donuts, allons.

Madeline, elle, aurait peint la mer. Et des étoiles.

C'était la première fois que Papa venait ici. Les visites n'étaient pas autorisées durant le premier mois, pour que la détenue s'adapte à son nouveau milieu. Il avait fait des efforts pour se noyer dans le décor. Lui, l'homme si élégant, s'était engoncé dans un pantalon kaki et un pull marine que sa fille ne lui avait vus que les week-ends où il était vraiment fatigué de sa semaine.

Et elle s'émouvait davantage à l'imaginer devant le miroir du dressing, à hésiter entre plusieurs tenues. Quel bordel ça avait dû être dans sa tête. Déjà, de ce détail vestimentaire Madeline était responsable.

Alors, il ne fallait pas en rajouter. « Franchement, je préfère être ici que chez les bénédictines », ajouta-t-elle. C'était trop, c'était forcé, elle le savait, mais il lui fit la grâce d'un sourire.

« Tes camarades sont sympas ? »

Il entrait dans son jeu. C'était aussi une manière de lui demander si on lui faisait du mal, bien sûr. Sa coupe de cheveux, par exemple.

Madeline se pencha en avant : « Devine qui est ma colocataire ?

— Je ne sais pas. Dois-je m'attendre au pire ?

— Amy Fisher.

— Quoi ?

— Amy Fisher, la Lolita de Long Island.

— Tu plaisantes ?

— Je te jure.

— Mais cette fille est folle !

— Un peu, mais dans le genre marrant.

— Amy Fisher… (Papa secoua la tête.) Et vous partagez la même… cellule ?

— Oui oui.

— C'est comment ?

— La cellule ? »

Que lui dire ? Cela aurait été fonction de ce qu'il attendait, redoutait, espérait, mais elle ne le savait pas. Alors elle continua sur le même ton : « Eh ben, c'est pas vraiment une chambre du Peninsula ou du Mandarin Oriental…

— Tu ne peux pas savoir, tu n'y as jamais dormi. Avoue que ça aurait été idiot en habitant Park Avenue. »

Madeline rit, sincèrement. Ils arrivaient à se caler, tous les deux. Si ça continuait comme ça, l'ironie – voire le cynisme – édifierait un rempart contre les douleurs indicibles, les questions impossibles, et les visites de Papa seraient récréation plutôt que contrition. De toute façon, à quoi cela aurait servi ? Tout était déjà fait.

« Bon, continua-t-elle, la literie est correcte, mais le service d'étage pas terrible. Au début, j'étais dans une chambre simple et on m'apportait mes repas, mais ils arrivaient froids.

— Et maintenant, la chambre double ?

— Des lits superposés. J'ai celui du haut, Amy a le sommeil agité et elle est tombée plusieurs fois.

— Ça n'a pas dû arranger son cas, médicalement parlant. Vous avez une fenêtre ? (À cet instant, il eut l'air de faiblir.)

— Oui, une fenêtre, le rassura-t-elle. Qui donne sur le bois. C'est beaucoup mieux que la voie rapide. Aussi, il y a un bureau. Je pense l'utiliser pour… enfin, je vais voir pour poursuivre mes études. Il y a plusieurs programmes, ici.

— C'est ce qu'il faut faire, Madeline. Utilise ton temps. Pense déjà à ta sortie. Elle arrivera certainement plus tôt que prévu, avec les conditionnelles. »

Il redevenait sérieux. Autour de la table, une bulle de silence au milieu du brouhaha. Madeline ne voulait pas penser à ça – à demander une faveur. Elle était condamnée parce qu'il fallait qu'elle le soit.

Ils discutèrent encore un moment, avide qu'était Papa de connaître le quotidien de sa fille, de s'y couler – le lever à 6 heures, l'ouverture des portes, le rang pour le réfectoire, la cour avec ses panneaux de basket, la salle commune où étaient empilées les boîtes de jeux de société, celle de la télévision où étaient alignées les chaises, comme au cinéma.

Elle lui raconta tout ce qu'elle savait déjà. Elle n'avait pas encore accès à la bibliothèque, par exemple. Ni aux ateliers. Il fallait d'abord qu'elle prouve sa capacité à vivre dans cette société-là sans y foutre le bordel.

Mais elle ne lui raconta pas l'angoisse qui la faisait mourir chaque soir, à l'extinction des feux, qu'elle ne pouvait calmer qu'en récitant à voix basse *Bonsoir chambre, bonsoir lune, bonsoir les étoiles...*

Et la Lolita de Long Island qui, d'en dessous, balançait un grand coup de pied dans son matelas en gueulant : « Mais tu vas la fermer ta gueule, la Timbrée ? »

– 21 –

Août 2016, Manhattan

Manhattan avait été amputée des deux bras. À leur place, une immense tour de verre, un boutefeu dressé au ciel.

Madeline se souvenait du 11-Septembre comme s'il s'était agi d'un film. Une fiction devant laquelle s'étaient agités gardiens et détenues dans la salle de télévision, un scénario invraisemblable mais ficelé comme un blockbuster. À un moment, le bruit avait couru que la prison serait peut-être évacuée, mais cela avait été le seul rapport à la réalité de ce jour-là – et il avait été rapidement contredit.

Cet après-midi, en sortant de la station de métro City Hall, la réalité était juste un peu plus loin, en l'air. Madeline resta un moment le menton levé, les yeux en plein soleil. Puis, aveuglée, reprit sa marche, comme une pénitente. Elle n'avait jamais mesuré son amour pour sa ville. Elle n'en avait pas eu le temps. C'était sa ville, c'est tout.

Là, les sirènes, le feulement de la vapeur s'échappant des bouches d'égout, l'odeur flambée des *lamb over rice*, du *chicken over rice* ou de n'importe quoi sur du riz vendu par les marchands ambulants à tous les coins de rue lui collèrent la plus grande claque de sa vie : elle n'avait pas été là quand sa ville souffrait. Elle n'avait pas été là pour aider.

Elle sortit un billet de sa poche et acheta une paire de lunettes de soleil à 5 dollars sur l'étal d'une jeune femme installé à l'entrée du chemin piétonnier du pont de Brooklyn. Elle n'avait aucune envie de montrer à maître Leonardi ce qu'il avait envie de voir – les ravages du regret, celui de ne pas l'avoir écouté et ainsi de ne pas avoir été là, le 11 septembre 2001.

Elle avait une petite heure devant elle. Le LIRR qui partait de Montauk ne s'arrêtait pas à toutes les gares, du moins pas aux heures creuses, manifestement. Elle avait eu le temps de lire son guide de voyage, de visiter Paris, Londres et Florence, d'attraper un métro express puis elle était arrivée.

Elle se souvint que plus haut, sur Mott Street qui séparait Chinatown de Little Italy, il y avait des petits salons de coiffure tenus par des Chinoises. Estrella y allait souvent. Estrella avait de magnifiques cheveux, longs, noirs, brillants. Estrella disait : « Un shampooing, ça coûte même pas 10 dollars, et ce qui est super c'est que comme elles parlent pas l'anglais, eh ben, t'es pas obligée de faire la conversation. »

Estrella revenait, elle revenait, elle revenait par bouffées, par une voix longtemps tue, par ces gestes qui n'appartenaient qu'à elle – cette façon qu'elle avait de gratter son épaule en disant des choses importantes.

À Manhattan, Estrella était partout. Elle était inévitable.

Il faudrait que Madeline apprenne à vivre de nouveau avec elle – ou il lui faudrait aller là où Estrella n'était pas. *À Montauk*, entendait-elle dans sa tête.

Elle pressa le pas, et les salons étaient bien là. On l'accueillit les mains jointes, avec le sourire et sans mot dire, dans une odeur de propre et un vrombissement de sèche-cheveux.

Ses cheveux, c'était quelque chose. Une fois détachés, un entrelacs de mèches châtain et gris.

« *Shampoo ?* demanda la coiffeuse.

— Oui, merci. »

Madeline s'assit devant le miroir.

« Ouch », fit la fille en déroulant sa tresse. On était en plein mois d'août et cela lui tombait dessus comme un manteau. La jeune Chinoise eut un geste salvateur, mimant une paire de ciseaux de son index et son majeur, les sourcils levés.

« Oui », dit Madeline. Et, d'un éclair coupant, elle montra ses épaules. Puis elle ferma les yeux pour ne pas faire face à cette femme dans le miroir, qu'elle ne connaissait plus depuis longtemps – elle-même. Le contact des doigts de la coiffeuse sur son crâne la fit tressaillir, mais elle se ressaisit : elle pouvait se détendre, s'abandonner à quelqu'un avec confiance.

Après tout, maître Leonardi pouvait attendre. Elle n'en avait franchement rien à foutre de ce qu'il allait lui dire.

« Ton père t'a laissé 50000 dollars sur la plus-value de l'appartement de Park Avenue. »

C'était absurde.

Madeline était là, avec ses lunettes fumées et sa nouvelle coupe de cheveux, un rouge à lèvres beige qu'elle avait étalé du bout du doigt au Duane Reade du coin, prélevé sur le produit de démonstration. Par fierté, quitte à choper un herpès. Elle avait aussi étiré sur ses cils, en tremblotant, un vieux reste de mascara premier prix dans le même rayon, ce qui lui vaudrait probablement une conjonctivite, mais elle avait besoin de se sentir digne devant ce dinosaure pénal auquel elle avait refusé toutes les batailles.

Ce qu'il venait de lui dire n'avait aucun sens. Il était là, vieilli, indifférent, à tourner les pages d'un dossier qui avait pris la poussière. C'est qu'elle lui en avait fait, cette gosse, à le castrer tout le temps. Quel dossier bandant que le sien, qu'elle avait gâché en le rendant d'une simplicité crasse.

« Ils ont été judicieusement placés, nous en sommes donc à 64 000 et des poussières. La seule condition qu'il a imposée dans son testament est que cet argent te revienne pour t'aider si tu – je cite – montrais *une réelle capacité de réinsertion, sans usage de stupéfiants ou de médicaments que cet argent pourrait financer*. (Il ferma le dossier.) Miranda m'a averti de tes efforts. Ta mère et moi sommes tombés d'accord sur le fait que tu respectais les termes du testament de ton père. Il est donc inutile d'attendre davantage. Ce n'est pas une grosse somme, mais elle te permettra de redémarrer. »

Ce qui était ironique, dans cette histoire de fric qui ne la touchait absolument pas, c'était le prénom de Mira – ce fut la première chose idiote qui se fraya un passage dans l'esprit embrouillé de Madeline. *Miranda*. Pourquoi ? Parce que Mira, qui avait donc appelé maître Leonardi pour donner à sa fille une certaine forme de liberté, s'appelait comme les droits qu'on récite au cours de toute arrestation.

Les droits Miranda : « Vous avez le droit de garder le silence. Si vous renoncez à ce droit… »

Ensuite, on vous claquait les menottes et on vous posait une main sur la tête pour entrer dans la voiture de police.

Les droits Miranda étaient l'héritage d'un type qui n'avait absolument rien à voir avec une princesse juive de Brooklyn Heights. Ernesto Miranda était un crétin violeur. On était en 1965. Il avait avoué. Mais un avocat pinailleur avait jugé que le niveau intellectuel de Miranda n'étant pas stratosphérique, il n'avait pas compris à quoi ses aveux l'engageaient – à savoir qu'il ne rentrerait pas chez lui ce soir et *basta*.

D'où le droit de garder le silence, qui devrait à l'avenir être clairement énoncé à toute personne arrêtée.

Quand elle était perdue, Madeline aimait bien se plonger dans ces histoires qu'elle avait apprises en prison et qu'elle pensait être la seule à connaître.

Du coup, cet abruti d'Ernesto Miranda se retrouvait aujourd'hui dans sa tête à flotter dans la même eau que Miranda Oxenberg, L'arrestation et la libération.

« Je n'en veux pas, dit-elle, s'éclaircissant l'esprit.

— C'est ton héritage, Madeline. La volonté de ton père.

— Donnez-les à Mira.

— Elle n'en a pas besoin. Toi, oui. (Il soupira.) Ne commence pas à me fatiguer, petite, voilà vingt ans que tes parents me font travailler pour rien, respecte au moins les dernières volontés de ton père. »

Mad recula sur sa chaise, bras croisés, têtue.

« Je veux faire des dons.

— Encore une fois, arrête tes bêtises. Tu as 38 ans et tu sors de prison. Et ce que tu as fait cette semaine, ces trajets invraisemblables en train pour des heures de ménage, c'est de la folie.

— Beaucoup de gens le font, quand ils ont besoin de bosser, dit-elle. Vous croyez vraiment que pour moi c'est une épreuve ? Votre problème, c'est que vous n'avez jamais eu à relativiser, dans votre vie.

— Je crois que si, fit tranquillement l'ex-gamin qui avait grandi dans le dos de la statue de la Liberté.

— Je vais vous faire une liste de personnes, vous allez trouver leurs comptes en banque et verser l'argent dessus. Pour commencer, la moitié à Mme… (Elle déglutit difficilement.) Mme Molinax. Et ensuite Dylan Caprese. Je vous dirai pour les autres. »

L'avocat gratta son crâne exceptionnellement lisse pour son âge – 70, 75 ans, combien ? Et il travaillait encore. Il avait de la couperose. On aurait dit qu'il allait exploser.

« Dis-moi, petite, c'est de cette façon que tu crois achever ta peine ? Aller jusqu'à perpétuité en t'empêchant de vivre correctement ? Je te rappelle que Mme Molinax a obtenu un million de dollars au pénal, et qu'elle a fini par les refuser. (Il fulminait.) Bon sang, Dieu sait que j'aime le fric, dont je n'ai jamais eu le temps de profiter, d'ailleurs, mais ça ne vaut que ce que tu peux payer avec. Ton loyer, ta nourriture. Ça n'achète que du concret, le fric, Madeline, ça n'achète pas le pardon. Fous-toi ça dans ta tête de dinde et commence une autre vie. L'autre est finie. »

Il avait pointé un doigt sur elle, comme s'il la condamnait une deuxième fois – mais à tout l'inverse de sa première peine : la liberté perpétuelle.

« La somme a été versée sur ton compte ce matin.

— Je n'ai pas de compte.

— Bien sûr que si. Crois-tu que les banques lâchent si facilement leurs clients ? Bank of America. »

L'avocat lui tendit un relevé. « Débarrasse-moi le plancher et va leur demander une carte de crédit. Je suppose que la tienne est périmée. »

Et puis, alors qu'elle se levait, il eut ce geste inattendu, contradictoire avec l'agacement qu'il manifestait depuis plus de vingt ans : il l'attrapa par la taille, et lui planta un baiser sonore sur le front.

– 22 –

Juillet 1996, prison de Bedford Hills

Ce garçon, elle le connaissait à peine.

Et il était là, tout gauche sur sa chaise.

En passant pour aller voir un de ses admirateurs au parloir, Amy Fisher lui avait lancé un clin d'œil. Sûr qu'elle lui en parlerait ce soir, une fois les lumières éteintes, pour retrancher un moment à la nuit qui débutait toujours trop tôt.

« Salut », dit-il.

Dylan Caprese avait l'œil humide – on attache beaucoup d'importance aux détails quand on est au parloir. Un détail, ça vous faisait la journée. Il avait l'œil humide, et Mad passerait quelques heures à se demander pourquoi. Avait-il de la tristesse pour la copine assassinée ou pour lui-même, que des images terribles poursuivraient toute sa vie ?

Pas pour elle, en tout cas.

Était-il venu lui demander des explications pour ce qui avait transformé sa salle en bains en cauchemar ?

« Je suis désolée », dit-elle.

Comment se lancer autrement dans cet échange impromptu que Mad n'avait aucune envie d'avoir avec ce joli garçon, sain, qui vivait à l'extérieur ?

« Tu vas bien ? demanda-t-il.

— Non. »

On n'était pas à chipoter au salon de thé du Plaza. À Bedford Hills, la conversation n'avait rien d'un art. On était dans l'économie des mots, dans le cash.

Il hocha la tête, et Mad lui en fut brièvement reconnaissante. Au moins, il ne faisait pas semblant. Elle coinça ses mains sous ses fesses, pour se tenir en équilibre, parce qu'elle s'attendait à ce que Dylan Caprese lui envoie un grand coup dans le menton pour la faire tomber encore plus bas.

Mais ce fut tout le contraire.

« Tu as besoin de quelque chose ? demanda Dylan. Je peux t'apporter…

— Non, tu ne peux pas. »

Personne ne pouvait. De son statut de princesse de Park Avenue, Madeline Oxenberg avait dégringolé au même niveau que toutes les hôtes du parloir. Qu'on soit du Bronx ou de l'Upper East Side, c'était pareil. À moins de trafiquer, on n'avait droit à presque rien qui vienne de l'extérieur.

Papa avait voulu – évidemment – lui donner de l'argent, pour « cantiner », comme on disait ici, acheter des chips ou des nouilles lyophilisées à l'espèce de boutique que tenaient à l'entrée des détenues ravies de leur promotion.

Madeline avait bien vu que c'était à ce moment-là, où l'on avait refusé sa petite liasse, que Papa avait ressenti le garrot de l'administration pénitentiaire. Il avait dû en extirper deux billets de 50, c'est tout – et c'était déjà beaucoup.

« Dylan, tu ne peux même pas m'acheter plus de deux Snickers au distributeur, sinon ce serait considéré comme du trafic.

— Oui, on m'a dit. »

Que lui avait-on dit, aussi, avant de le livrer aux vérifications d'usage – poches, bouche et Dieu savait quoi d'autre –, qu'on ne pouvait pas déposer trop d'argent sur le compte d'une détenue, parce que tout se savait, et qu'elle pourrait se faire racketter dans la cour pour un paquet de tampons hygiéniques en rab ?

Ce garçon qu'elle connaissait à peine avait peut-être dû tousser trois fois en se penchant en avant, le slip sur les genoux, rien que pour venir lui dire bonjour. Ce qu'on demandait aux visiteurs à l'entrée était un tabou au parloir. Peut-être qu'on s'imaginait des choses bien plus terribles qu'elles ne l'étaient.

Dylan Caprese. La première fois qu'elle l'avait vu, elle y avait à peine prêté attention. C'était à Union Square, où Estrella l'avait emmenée jouer aux échecs avec un de ces SDF qu'elle connaissait. Elles étaient tombées sur Dylan, assis sur les marches où un type jouait de la guitare.

Tout ce qu'elle en avait retenu, c'est une photographie rapide : Dylan était grand, brun, il avait l'air cool. Puis ils s'étaient revus quelques fois, en groupe, où elle avait eu l'impression de n'être pas totalement acceptée, compte tenu de ses origines. Mais ce garçon avait l'air d'être le plus ouvert de la bande. Elle était à l'aise avec lui.

La dernière fois qu'elle avait vu Dylan Caprese, Madeline ne voulait pas s'en souvenir. Elle en avait pourtant des bribes, inévitables, insoutenables.

Et maintenant, il était là, à se frotter les genoux tant il n'osait pas lui demander ce qu'il était venu lui demander, après une heure de train.

« Madeline, se lança-t-il. Je ne te poserai qu'une fois la question, et quelle que soit ta réponse je te promets que je reviendrai te voir et qu'on n'en parlera plus, si tu as besoin de compagnie. »

Bien sûr, Mad s'y attendait. C'était un droit qu'il avait. Dylan reprit son souffle – peut-être que les jacassements autour d'eux l'aidaient comme ils avaient aidé Papa. Parfois le bruit vous installe dans une sorte de bulle.

« J'aimerais savoir, parce que ça s'est passé chez moi et que ça me hante. (Il eut une crispation de mâchoire.) Pourquoi tu as fait ça ? Qu'est-ce qui s'est passé dans ma salle de bains, Madeline ? »

Par réflexe, Mad recula sur son tabouret et manqua tomber. Elle se rattrapa et regarda Dylan en face, muette. Elle aurait voulu dire un mot qu'à ce moment précis elle en aurait été incapable.

« Est-ce que… je ne sais pas, moi, est-ce que c'est parce qu'elle flirtait avec André et que tu… Tu vois, je me posais la question…

— Que je quoi ? »

Elle avait retrouvé sa voix. Au moins elle voulait que cette chose-là soit dite, éclaircie.

« Tu penses que j'étais jalouse et amoureuse de… d'elle ?

— Je me suis posé la question, répéta-t-il, gêné.

— Non. (Elle secoua la tête.) Ce n'était pas ça, entre nous. C'était autre chose.

— Quoi, alors ?

— Je ne sais pas. »

La seule chose qu'elle savait, c'est qu'Estrella Molinax était la fille la plus libre qu'elle ait jamais rencontrée, qu'elle lui ouvrait un champ des possibles qu'elle n'avait jamais entrevu de sa maison de poupée tout en haut d'un building, et qu'en une minute ce champ s'était effacé comme un dessin à la craie sur un tableau noir.

La psy avait déclaré que Madeline n'était pas une psychopathe, mais qu'elle souffrait d'une carence affective. Il faudrait qu'elle médite sur ce jugement, qu'elle l'affronte un jour, qu'elle y trouve une explication à son acte. Pour le moment, elle n'était pas capable d'introspection. Et elle ne la ferait sûrement pas sur un tabouret scellé au sol du parloir de la prison de Bedford Hills, au milieu du chaos, face à Dylan Caprese.

« Je suis désolée, Dylan, mais je ne peux pas t'expliquer. Parce que je n'ai pas l'explication. Tout ce que je pourrais te dire te paraîtrait idiot.

— Un jour, peut-être ?

— Peut-être.

— Tu veux que je revienne te voir ? Juste comme ça. (Il haussa une épaule.)

— Comme tu veux. Excuse-moi, mais je dois… »

Elle fit un signe vers la porte. Si elle ne sortait pas d'ici, elle allait refaire le coup du premier jour, tomber par terre, convulser. Ses mains tremblaient déjà. Elle salua rapidement Dylan. Elle regrettait déjà de lui avoir répondu « Comme tu veux ». S'il comptait lui rendre visite de temps en temps, il ne faudrait pas que l'habitude tourne à la marotte.

Elle ne voulait pas d'une espèce de fan bizarre comme les collectionnait Amy Fisher, qui se délectait des demandes en mariage qu'elle recevait régulièrement.

Quand elle arriva dans sa cellule, elle n'eut même pas le temps de s'allonger – et c'était heureux, sinon elle ne se serait probablement pas relevée. « Mephista veut te voir, lui lança Amy, occupée à se couper les ongles de pieds au-dessus du lavabo.

— Mephista ?

— La directrice, répondit l'autre, l'air ahuri. Melina Rubirosa, Mephista Ruby-dans-l'cul. Tu sais.

— Oui… »

Non, elle ne savait pas.

« Mademoiselle Oxenberg. Vous avez passé la période de probation. Votre comportement est bon. Je vous autorise donc officiellement à prendre un travail. Vous avez plusieurs options : les cuisines, l'atelier de couture ou le nettoyage de nuit. »

Mad serra les mains entre ses cuisses. C'était beaucoup de choix d'un coup pour quelqu'un qui n'en avait plus d'autre que de déambuler dans la salle commune et la cour de promenade, de dormir ou de piocher dans le chariot de bouquins à l'eau de rose que poussait Carolyn Warmus dans les couloirs – Carolyn Warmus avait tué la femme de son amant, une affaire que les médias avaient comparée au film *Liaison fatale* avec Michael Douglas et Glenn Close. Ancienne institutrice, Carolyn devait être une excellente bibliothécaire, mais ses choix pour le chariot du soir étaient toujours les mêmes, de la lecture facile pour détenues au cerveau ralenti par l'inaction.

Mad avait envie d'autre chose.

« Je voudrais reprendre mes études », dit-elle posément à la directrice.

Mephista tapota son sous-main – encore une contrariété. « Vous ne pourrez pas faire les deux. Toutes les détenues ont besoin d'un travail pour gagner un peu d'argent.

— Eh bien, j'étudierai la journée, et je prendrai le nettoyage de nuit. »

De toute façon, elle ne se voyait pas passer ses journées dans les remugles de cuisine.

« Savez-vous ce qu'est la bourse Pell, mademoiselle Oxenberg ?

— Non, madame.

— Eh bien, c'est que vous n'avez pas envisagé le coût que représentent les études pour une détenue. Cette bourse permettait jusqu'à il y a deux ans de financer les études des jeunes, reliés aux grandes universités. Mais aucune donnée ne permet de savoir si l'éducation en milieu pénitentiaire facilite la réinsertion. Résultat, depuis 1994, plus de bourse Pell.

— Mes parents s'en occuperont », dit faiblement Mad.

C'est ce qu'ils auraient fait si elle était restée dehors, n'est-ce pas ? Mais elle s'était retrouvée là, et il y avait eu l'avocat à payer. Non, elle n'oserait jamais demander à Papa.

« Je peux trouver des manuels pour étudier seule et me présenter en candidate libre.

— Que voulez-vous étudier ?

— Les lettres anglaises.

— Vous savez qu'ici, nous proposons des formations payées par les impôts des citoyens de l'État de New York ? Cosmétologie, imprimerie, horticulture et business. »

L'horticulture lui parlait. Depuis qu'elle était arrivée à Bedford Hills, elle dessinait. Comme elle n'avait pas droit aux crayons de couleur, avec lesquels on pouvait crever un œil ou faire exploser une carotide, elle avait acheté à la cantine une boîte de ces bâtonnets en cire pour enfants, du papier, et elle dessinait des fleurs. Amy trouvait ça « trop cool ».

Alors oui, l'horticulture lui parlait, mais Mad était têtue.

Ce serait les lettres anglaises.

Avant, elle était à la prestigieuse université Rockefeller, spécialisée dans la recherche médicale, pour faire comme Papa.

Il lui fallait prendre le chemin opposé.

« Eh bien, vous vous débrouillerez, conclut Mephista. Je vous inscris au nettoyage de nuit. Vous commencerez lundi à l'extinction des feux. »

– 23 –

Août 2016, Manhattan

Pour une fois, alors qu'il n'était pas loin de 10 heures du soir et qu'elle était une couche-tôt, Mira était là quand sa fille rentra de Manhattan – dans le salon blanc, assise devant la télévision en robe de chambre mordorée.

« Que se passe-t-il ? demanda Madeline, surprise, en déposant ses clés. Un attentat ?

— Non, mais presque, fulmina Mira. Regarde-moi ce Trump qui ose rendre visite au Mexique après toutes les misères qu'il lui promet. Cet arriviste complètement fou ne devrait pas être élu.

— Il ne le sera pas », répondit Madeline, qui n'avait guère le temps et l'envie de suivre l'actualité. Elle ne faisait pas partie de ce monde-là.

« Méfions-nous, poursuivit Mira. Il a accusé Obama et Hillary d'être les cofondateurs de l'État islamique et s'est déclaré en faveur du port d'arme pour chaque Américain. Les *rednecks* du Midwest et des États du Sud sont ravis de ces stupidités, et crois-moi, ils sont nombreux. »

Madeline n'avait jamais entendu Mira se mêler de politique. Dans son adolescence, tout juste avait-elle convenu de sa préférence pour Bill Clinton qui briguait un second mandat, parce qu'elle le trouvait séduisant. Plus tard, elle l'avait entendue défendre le Président lors de l'affaire Lewinsky – « C'est sa vie privée, cela ne regarde personne. »

C'est vrai que lorsqu'on passait devant les kiosques à journaux de Harlem, le soir, la probabilité de voir Donald Trump en Président des États-Unis avait tout l'air d'une blague, mais il faisait en permanence les gros titres. Cela dit, cela n'arriverait pas, nul besoin de jouer les militantes de salon.

Sans doute la vision de ce crétin orange à moumoute provoquait-elle les mêmes réactions épidermiques chez la grande majorité des New-Yorkais, mais Madeline devina que sa mère n'était pas restée éveillée, à cette heure-ci, rien que pour s'énerver devant la télé.

Mira l'attendait.

Cela ne loupa pas. « Au fait, que t'a dit maître Leonardi ? demanda-t-elle en flottant dans sa robe de chambre pour aller éteindre le poste.

— Tu le sais très bien.

— Bon. C'est une bonne nouvelle, je monte me coucher.

— Mira. Je ne veux pas de cet argent.

— Ne sois pas ridicule. (Elle boutonna son col qui bâillait.) Tu ne peux pas continuer à passer le quart de tes journées dans un train. Ce pécule te permettra de trouver quelque chose à louer vers l'endroit où tu travailles. Peut-être pas à Harlem, mais un peu plus bas.

— Dans l'Upper East Side ? » ironisa Madeline.

Touchée, Mira ne répondit pas. Elle savait très probablement qu'avec 64 000 dollars, on ne pouvait louer qu'un sous-sol minuscule dans l'Upper East Side, et encore, pas plus de deux ans. Une petite fortune pour un petit snobisme.

« Harlem, c'est très bien, marmonna Madeline.

— Vraiment ?

— Tu n'y as jamais mis les pieds de ta vie.

— C'est faux. Avec ton père et des amis, nous sommes allés plusieurs fois à la Nuit des Amateurs de l'Apollo Theater, dans les années 1980.

— Seigneur, le grand frisson.

— Ne sois pas cynique. Mais il est vrai qu'à l'époque, il valait mieux réserver un chauffeur fiable qui nous dépose et vienne nous chercher à l'heure à l'entrée. »

Elle eut un léger sourire. La nostalgie.

« Mira, cet argent est à toi.

— Mais que veux-tu que je fasse de 64 000 dollars, enfin ? Que je retourne à Park Avenue ?

— Là, c'est toi qui es cynique. »

Elles se regardèrent un moment sans mot dire, Mira appuyée contre la rampe de l'escalier, Madeline plantée au milieu du couloir. Que se passa-t-il, à ce moment-là, dans l'air climatisé de cette belle maison des Hamptons : la défiance, la menace d'une explosion imminente ? De toute façon, Madeline savait qu'elle ne pouvait rester ici éternellement. Qu'au-delà du beau geste de Papa, cet argent tombé des cieux permettrait à Mira de l'éloigner d'elle, en toute bonne conscience.

Mais il y eut autre chose, aussi, lorsque Mira reprit la parole d'une voix lasse : un peu de douceur.

« Écoute, ma fille. Je n'ai pas besoin de cet argent. Cette maison dans laquelle je vis m'appartient, et contrairement à ce que tu crains, ton père m'a laissé suffisamment pour l'entretenir. Je te rappelle que maître Leonardi n'a pas eu de procès à préparer, et que ce ne sont pas non plus ses rédactions de demandes de libération conditionnelle – que tu as toujours refusées – qui nous ont ruinés. (Elle s'interrompit quelques secondes, ne lâchant pas sa fille des yeux.) J'ai choisi de vivre ici parce que après la mort de ton père, l'appartement de Park Avenue était devenu trop cher et trop grand pour une femme seule. Alors si je peins des galets dans les Hamptons, c'est aussi parce que cela me plaît, et que cela me donne l'impression de gagner ma vie par moi-même.

— Justement, je ne veux pas…

— Arrête, Madeline, la coupa Mira, autoritaire. Fais comme moi : prends la part de l'héritage qui te revient pour t'installer, et gagne ta vie par toi-même. »

La conversation était terminée, elle le signifia à sa fille en lui tournant le dos.

Elle grimpa deux marches et se retourna : « Au fait, il y a eu un appel pour toi. »

Peut-être Sondra, pour le foyer, se dit Madeline. Elle sortit de son sac le téléphone portable qu'elle avait acheté dans une boutique d'occasion en sortant de chez l'avocat. Dans le train, elle avait appelé Sondra de la sororité. Elle pourrait la joindre n'importe quand si jamais un autre travail… Et le foyer… Oui, le foyer… Mad avait besoin de rester dans le couloir qu'on lui avait ouvert, pour garder les idées claires.

« J'ai un numéro, maintenant, personne ne te dérangera plus, dit-elle à Mira.

— Ce sera surtout plus pratique pour toi. C'était un certain… (Elle fouilla dans sa mémoire.) Ezra, je crois.

— Ezra ?

— Je crois, oui. J'ai laissé un papier près du téléphone, tu vérifieras. C'est pour un travail, a-t-il dit. Du jardinage. Bonne nuit. »

Madeline regarda sa mère monter tranquillement l'escalier, médusée par ce que cette journée lui avait apporté. Puis, quand elle entendit la porte de la chambre se refermer, elle alla voir sur la commode. L'écriture fine de Mira. Elle avait écrit :

Ezra. Cuisinier au restaurant The End. Montauk. Pour un travail. Rappeler. Suivait un numéro de téléphone dont tous les chiffres se mélangèrent, parce que Madeline n'avait retenu qu'un mot : Montauk.

Cette certitude qu'elle avait eue, quelqu'un la lui rendait.

L'être humain est ainsi fait qu'il s'habitue à tout – même à un lit deux fois trop large et à un matelas à la densité kg/m^3 parfaitement équilibrée. Au fil des jours, Madeline avait fini par migrer du tapis jusqu'à la literie pur coton et à y dormir correctement. De toute façon, ses nuits de ménage et ses heures de train la lessivaient au point qu'elle s'écroulait sur la pile d'oreillers en ignorant subitement où elle était. Elle aurait pu tout aussi bien s'endormir assise sur une chaise.

Tout de même, ces amplitudes horaires commençaient à ressembler aux ondes d'un électrocardiogramme. Des pics, des creux qui la faisaient passer de l'apathie, comme lorsqu'elle faisait mécaniquement le ménage dans l'immeuble de bureaux à Harlem, à l'hyperactivité, comme dans les rues de Montauk, l'autre jour – ou hier, à Manhattan. Son état général s'en ressentait, bien sûr : elle n'avait pas d'appétit, manquait de vitamines et de toutes sortes de choses essentielles comme le soleil sur sa peau, l'air iodé dans ses poumons.

Elle se leva après dix heures de sommeil, sur une journée qui ne s'achèverait que vingt-quatre heures plus tard : Montauk, d'abord, le LIRR et le métro pour Harlem, ensuite.

Et puis, alors qu'elle avalait un café, Madeline sortit subitement de l'état d'amnésie dans lequel l'avait plongée la nuit.

Elle avait oublié hier.

L'argent.

« Qu'est-ce que tu fabriques ? fit Mira. Laisse-moi aller chercher une balayette et une pelle, ne ramasse pas les morceaux, tu te couperais. »

Stupéfaite, Madeline contempla la tache de café qui s'élargissait sur la nappe blanche, parsemée de fins éclats de porcelaine rose.

L'argent.

Qu'allait-elle en faire ? À ce moment-là, tant de possibilités lui dégringolèrent dessus qu'elle dut se lever en catastrophe comme pour échapper à un essaim d'abeilles.

L'argent changerait tout – un studio à Harlem, terminé le LIRR, qu'est-ce que c'était que ce boulot à Montauk, une maison à Montauk, partir loin, sinon voyager, trouver du boulot ailleurs, changer de ville et de boulot tout le temps, qu'est-ce que…

Tout tournait dans sa tête. Mira s'activait autour de sa silhouette pétrifiée. « Pousse-toi donc un peu, que j'enlève cette nappe.

— Je… je vais la mettre à la machine.

— Sur le programme linge délicat, je te prie, c'est du coton enduit. Si on lave à chaud, le revêtement s'en va. »

Punaise, se dit Madeline soudain revenue à elle, en plus des conserves et des confitures, Mira s'y connaît en tissus. En vingt ans, la princesse juive de Park Avenue avait appris tout ce qu'on faisait auparavant à sa place.

« Aide-moi à débarrasser la table. (Mira lui jeta un œil.) C'est joli, cette coupe de cheveux, au fait. C'est net. Cela te rajeunit. »

Rajeunir, Madeline ne l'aurait voulu pour rien au monde. Elle était un cas rare pour qui ce n'était pas un compliment.

Rajeunir, pour elle, ce n'était que frissons et dégoût d'elle-même. Vieillir serait la meilleure chose qui puisse lui arriver.

Inexplicablement, la profusion de la journée lui avait pour la première fois donné un sentiment qui ressemblait à la liberté, la vraie. Elle avait établi son propre emploi du temps. Et pris – oh, pas du plaisir, n'exagérons rien – un certain soin à coiffer ses nouveaux cheveux en queue-de-cheval et, une chose en entraînant une autre, elle avait prudemment ouvert le tiroir du petit meuble de la salle de bains et y avait trouvé la routine beauté-vacances de sa sœur. Un gel à l'aloe vera, un blush bronzant, un crayon noir, un mascara et un baume à lèvres. Elle avait étalé le gel sur son visage sans trop se regarder dans le miroir, et cela avait piqué un peu. Produit périmé ? Non, vérifia-t-elle sur le tube. C'était seulement que depuis vingt ans, sa peau n'avait reçu comme nourriture que le savon jaune enfoncé sur les supports vissés aux murs de la salle de bains commune.

Puis un peu de crayon, du mascara, du baume arôme cerise – Sarah avait donc toujours ses goûts de gamine. Là, elle avait été obligée de relever la tête. Mais la femme en face d'elle commençait à être différente de celle qu'elle avait croisée dans les miroirs rares de Bedford Hills ou de Taconic. Alors c'était supportable.

Et puis tout ça, ce rituel, c'était un effort à faire pour les autres. Par politesse. Pour le boulot qu'elle aurait peut-être.

Son emploi du temps commençait à Montauk. Elle y arriva en début d'après-midi, pour flâner un peu, parce qu'elle ne voulait pas déranger le cuistot – Ezra ? – en plein boulot. Ensuite elle prendrait directement le train pour aller travailler à Harlem.

Elle n'osa pas aller jusqu'au phare, elle se dit qu'il méritait plus qu'une simple approche – comme une action de grâces dans une cathédrale. Elle en ressentait profondément la symbolique. Alors elle se contenta de regarder voler les surfeurs sur les vagues de l'Atlantique, essayant de fixer son attention sur eux, de capter l'essence de leurs mouvements.

Puis elle traversa tranquillement le village jusqu'à The End, ses effluves grillés, ses peintures azurées.

Une serveuse aux cheveux caramel et au tablier rose essuyait les tables débarrassées, une autre, brune et bronzée, discutait avec les derniers clients. Madeline trouvait que dans la vraie vie, toutes les filles étaient jolies.

« Ezra ? demanda-t-elle à la brune qui passait.

— Ezra ! » lança la fille à travers la fenêtre du comptoir.

Il lui fut tout de suite familier. Ce bandana, ces yeux noirs, cette barbe courte.

« Ah, c'est vous », sourit-il en s'essuyant les mains dans son torchon.

Ezra ressemblait un peu à un pirate.

– 24 –

Octobre 1996, prison de Bedford Hills

Parfois, la nuit, elle entendait Amy se tortiller sur la couchette du dessous, soupirant, gémissant, terminant sur un râle à peine discret. Quand Mad avait compris que sa colocataire ne rêvait pas, elle en avait été gênée, s'était bouché les oreilles. Au bout d'un moment, elle n'y prêta plus guère attention. C'était simplement la vie primitive, transposée en prison. Ici, on devait tout tolérer du « significatif autre », de l'odeur de sa crotte du matin à ses plaisirs nocturnes – avec la notable différence qu'on ne l'avait pas choisi.

Cela ne provoquait rien en elle. Peut-être que les médicaments du docteur Hockney bloquaient aussi son « énergie psychique », selon Freud.

Un matin, Amy tomba nez à nez avec la boîte qui dépassait du dessous de son matelas. « Qu'est-ce que tu trafiques ? piailla-t-elle. Mais… C'est pas vrai, tu prends la pilule en prison ?

— Rends-moi ça ! »

Mad bondit, affolée à l'idée qu'on lui vole ce qui lui était le moins dispensable dans cet endroit où l'on se passait de tout. Amy se tordait de rire, et elle la voyait déjà se précipiter dans le couloir pour partager ce précieux moment de folle distraction, brandissant la petite boîte en tournoyant comme une ballerine du Met sous acide.

Heureusement, il était tôt, les portes étaient encore fermées.

« Rends-la-moi. » Mad s'était immobilisée. La Timbrée était prête à la violence, ça se voyait. Alors l'autre, dans un reste d'hilarité crispé, lui rendit sa boîte. « T'es au courant que t'es pas obligée de baiser avec les gardiens ? se renfrogna-t-elle. À moins que tu comptes demander une faveur en échange. Mais la plupart du temps, ils veulent même pas, c'est un mythe, tout ça.

— J'en avais pas l'intention.

— Alors c'est pour quoi ?

— Ça te regarde pas. »

Amy leva les mains en signe de reddition et retourna s'asseoir sur sa chaise, attrapant sa brosse à cheveux et tout son arsenal de beauté carcérale : un tube de concentré de tomates, un paquet de Cheerios écrasés et un pot de café soluble qu'elle mélangeait avec de la crème hydratante pour s'en faire du rouge à lèvres et du fard à paupières. La « boutique » vendait du mascara et de la poudre qui représentaient des heures de travail à l'atelier de couture, valait mieux se débrouiller. Mephista-en-chef avait un temps interdit les magazines au sein de la prison parce que la bibliothèque les récupérait bizarrement mous et délavés : les détenues s'en servaient comme palettes de couleurs en frottant leurs doigts enduits de crème sur les pages. Les avocats étaient montés au créneau au nom du droit à l'information. Du coup, Amy avait aussi un numéro de *Vanity Fair* ouvert sur les pages mode où les mannequins n'avaient plus de vêtements du tout.

Fatiguée, Mad remonta sur sa couchette et planqua sa petite boîte sous un autre coin du matelas. Elle n'avait somnolé qu'une petite heure depuis qu'elle avait rangé seau et balais dans le placard. Mais Amy était très matinale quand sa libido satisfaite l'avait mise de bonne humeur.

« Ça te manque pas, les mecs ? »

Merde, Mad n'avait pas envie de discuter. Mais il valait mieux collaborer un peu afin de s'assurer que sa colocataire ne retourne pas son matelas pour amuser la galerie pendant qu'elle serait sous la douche.

« Non.

— Le sexe, je veux dire.

— Non.

— Ici, il y a de tout, on m'avait dit : des hétéros, des homos, des qui deviennent bi. Par la force des choses. Mais dans cette unité, j'ai pas entendu d'histoires. On dirait qu'elles sont toutes mortes à l'intérieur, tu vois.

— Mmh. »

À vrai dire, Mad ne voyait pas, non. Parce qu'elle n'avait jamais été vivante à l'intérieur, de ce point de vue là. Elle n'avait jamais eu de « petit » copain – c'était bizarre, cette expression, ç'aurait dû être l'inverse, un « grand » copain, le plus grand de tous, celui qui dépasse les autres. Peut-être qu'elle idéalisait trop.

Elle en avait eu, des occasions. Madeline Oxenberg était jolie, fine et petite comme une porcelaine, un garçon s'était extasié un jour sur ses « yeux de biche » et un autre, plus prosaïque, sur sa « bouche gourmande » – les garçons qu'elle connaissait étaient incapables de la moindre licence poétique.

C'était ça, ou autre chose, qui avait mis le holà à la gaieté hormonale de son adolescence. Peut-être plutôt autre chose, avait conclu la psy qui, dans son rapport, avait évoqué une « sexualité embryonnaire ».

La maladie de Mira.

Quand Madeline avait 6-7 ans, elle l'avait vue dépérir, faire des allers-retours à l'hôpital. Papa avait l'air perpétuellement soucieux. Maman souffrait d'un mal qu'on chuchotait. Sarah était trop petite pour s'en rendre compte, mais quand Madeline avait fini par poser la question, Mira lui avait répondu après une longue hésitation : « C'est quelque chose là, en bas », en faisant un rond vague sur son ventre. On aurait dit qu'elle lui en voulait d'avoir demandé.

Ensuite, tout ce qui concernait cette zone, « là, en bas », était devenu sombre et caverneux dans son esprit. La part d'ombre pernicieuse de son corps.

Quand elle avait eu ses premières règles, très tard, Madeline avait cru mourir, alors qu'elle était informée par ses copines et les guides qu'on distribuait au lycée. Cela avait agacé Mira, parfaitement remise de son cancer des ovaires, qui lui avait vertement demandé de bien vouloir cesser sa crise en la poussant dans la salle de bains.

Alors que Sarah, la même année, était rentrée triomphante de son cours de danse moderne la culotte tachée et que Maman avait eu cette jolie expression : « Oh, ma chérie, tu as tes coquelicots ! »

Mais Sarah était toujours passée à côté de tout, n'avait jamais rien vu du pire.

D'où « Mira » d'un côté, « Maman » de l'autre.

Alors, « là, en bas », Madeline n'avait jamais ressenti quoi que ce soit d'impérieux. C'est pour cela qu'elle aimait Estrella. Parce que avec elle, son cœur battait comme il ne l'avait jamais fait, chaud, envahissant, mais tout était pur. Avec Estrella, elles auraient une vie sans tout ce qui dévastait les autres. « Nous, les étoiles, on a juste à briller », avait-elle déclamé une nuit où elles s'étaient cachées dans Central Park après la fermeture.

Au bord du sommeil, sur sa couchette de la prison de Bedford Hills, la mémoire se faisait traîtresse, lui rapportant ce souvenir. Ce soir-là, elle avait fait croire à Mira qu'elle dormait chez une amie…

« Et ce beau mec qui vient te voir, là, c'est qui, c'est pas ton frère quand même ? »

La voix d'Amy rompit le charme, et, le cœur au bord des lèvres, Mad lui en fut reconnaissante.

« Non, dit-elle en se frottant les yeux. Juste un type que je connais. »

Elle se redressa sur ses coudes, se demandant s'il était judicieux d'ajouter qu'elle connaissait surtout Dylan pour avoir tué son amie-pour-la-mort dans sa salle de bains.

Ici, rien n'était tabou. Parfois, elle jouait aux cartes avec une jolie Jamaïcaine, Donna Hylton, qui dix ans auparavant avait, avec six de ses amis, enlevé, torturé et violé pendant plus de deux semaines un agent immobilier de Long Island, dans l'attente d'une rançon. Le malheureux Thomas Vigliarolo, 62 ans, était mort d'asphyxie.

Alors bon, on était prêt à tout entendre.

« Il m'apporte des livres, dit-elle plutôt. Pour mes études. Et il porte mes devoirs à l'université.

— Même pas un flirt ? fit Amy, dégoûtée.

— Non, pas du tout. »

C'est justement Donna Hylton qui avait débrouillé le problème pour Mad. « Bien sûr que si, Bedford Hills a encore droit à la bourse Pell, si la détenue est éligible, lui avait-elle dit en étalant un brelan d'as sur la table. Mephista essaye juste de te dissuader parce qu'elle ne veut pas se taper la paperasse ! »

Donna était bien placée pour le savoir : l'année dernière, elle avait obtenu sa licence en sciences du comportement avec le Mercy College de New York.

Bien évidemment, maître Leonardi était intervenu.

Et depuis septembre, Mad passait ses journées à étudier les lettres anglaises, ses nuits à balayer les couloirs, une fois sa pilule avalée, toujours à la même heure.

Sa vie était ce qu'elle était, réglée comme du papier à musique.

Aucune place pour le désir, la chair, là-dedans. Il n'y en aurait peut-être jamais, elle n'y pensait pas, et c'était très bien comme ça.

– 25 –

Août 2016, Montauk

Madeline avait dû aller acheter un grand carnet et des crayons de couleur. Dans la boutique dédiée aux artistes que lui avait indiquée Ezra, le cuisinier de The End, elle avait vu les galets de Mira, disposés dans la vitrine avec délicatesse. Il y avait son nom de jeune fille, *Miranda Schwartz*, calligraphié sur un miroir ancien, juste derrière, pour les mettre en valeur.

C'était donc là qu'on les vendait. Pas dans un magasin de souvenirs ordinaires, entre deux reproductions du phare et une boule à neige. Les prix allaient avec, avait-elle constaté en se penchant discrètement sur les petits cartons pliés. De 25 dollars pour une pierre de la taille d'une paume à 60 dollars pour une autre large comme les deux mains. Mais c'était une peinture d'une finesse émouvante. On y voyait l'écume des vagues sur les rochers, les variations du ciel, le phare, bien sûr, mais bien au-delà. Il y avait une âme dans ces peintures, pas juste des coups de pinceau.

Madeline, avec ses dessins, tenait donc un talent de sa mère, et jusque-là elle l'ignorait.

Troublée, elle était retournée à The End – où un entretien d'embauche créatif l'attendait.

« C'est un vieux monsieur, lui avait expliqué Ezra. Il a vu votre annonce. Il possède une belle maison de vacances au bord du lac, donc disons qu'il est plutôt aisé. Beaucoup de terrain, pas d'entretien, enfin voilà, il est reparti sur Manhattan et m'a laissé les photos. »

Une bâtisse évidemment blanche, un perron, des colonnades – *aisé, c'est le moins qu'on puisse dire*, avait estimé Madeline en regardant les images du vaste jardin sillonné d'allées de gravillons calibrés, immaculés comme la gloriette plantée sur un gazon vert pomme. Mais tout cela était désespérément lisse.

« Je ne peux pas aller voir sur place ? » avait-elle demandé. Elle aurait peut-être le temps, avant de prendre le LIRR pour Manhattan. Ezra le cuisinier avait eu l'air amusé : « Si, bien sûr. Mais ce qui a d'abord séduit ce vieil original, ce sont vos dessins sur l'annonce. Ce qu'il veut, avant de vous embaucher, c'est que vous reproduisiez les photos qu'il a prises d'après votre projet. Si ça lui plaît, vous aurez tout l'automne pour planter ce que vous voulez. Sinon, honnêtement, je crois que son jardin, il s'en fiche un peu. »

Puis il avait jeté son torchon sur son épaule, alors qu'elle passait d'un pied sur l'autre comme une gamine sur une estrade à l'école. Déconcertée, elle regarda les photos sans les voir. « Vous pouvez les emporter et me les ramener quand vous voulez.

— Non, je… je vais le faire tout de suite.

— Vraiment ?

— Si ça ne vous ennuie pas, je vais m'asseoir dans un coin et… j'ai pas de crayons… il me faut des crayons de couleur… et du papier et… Je vais le faire. Je vais dessiner son jardin, à ce monsieur. Maintenant. »

Il le fallait. Jamais de sa vie, du moins dans les souvenirs que son cerveau lui autorisait, Madeline n'avait ressenti une telle urgence, un enthousiasme aussi flippant. Si elle ne se lançait pas tout de suite, elle passerait à côté, elle en était certaine. À côté du job, peut-être, mais à côté d'autre chose de bien plus grand et d'indéfini.

Ezra lui avait indiqué la boutique d'artistes – elle aimait bien son sourire, il avait l'air heureux d'être sur terre. Et maintenant elle se trouvait là, attablée dans un coin de The End, au milieu d'un beau bazar de couleurs, de papiers froissés qui frissonnaient sous le vent léger du ventilateur dont les pales en bois tournaient au plafond, et de verres où fondaient des glaçons.

Elle prenait son temps, recommençait. De toute façon, comme le lui avait soufflé Sondra lorsqu'elle avait accepté le boulot à Harlem, qu'elle arrive à 20 heures ou minuit n'avait aucune importance. « Ce qui compte, c'est que les bureaux soient nickel à 7 heures du matin. »

Ce soir, elle couperait la poire en deux, elle y serait à 22 heures, décida-t-elle en traçant le contour d'une haie d'orangers du Mexique.

« Vous êtes dans votre bulle…

— Vous avez besoin de la table ? »

Merde. Quelle heure était-il, se demanda-t-elle en commençant à réunir ses dessins. Elle n'avait pas encore pris l'habitude de regarder sur son portable, enfoui au fond de son sac. « Non non non, s'empressa Ezra en posant sa main sur son poignet. J'ai terminé mon service et j'attends la relève du soir, je viens juste jeter un œil.

— J'ai presque fini. (Elle jeta un œil sur la montre du cuisinier.) Dans un quart d'heure, je range tout, je vous règle les citronnades et je file prendre mon train.

— Laissez tomber pour les citronnades. Un artiste dans un coin de resto, ça attise la curiosité. »

Madeline prit conscience que, oui, elle avait été dans sa bulle tout ce temps-là. À une table voisine, un couple de quinquagénaires très comme il faut tordait le cou pour tenter d'apercevoir ce qu'elle faisait. Maintenant qu'elle y pensait, elle avait eu une vague conscience du va-et-vient dans le restaurant qui de temps en temps se rapprochait.

« Permettez ? » Ezra se pencha sur ses œuvres, attentif, sans rien toucher. Puis siffla, admiratif. « Dites donc, c'est d'une précision… Je pense que si le riche M. Manhattan ne vous engage pas comme paysagiste, il achètera au moins ces dessins à prix d'or !

— Ce sont des croquis, des plans, rien de plus.

— Peut-être, mais toutes ces couleurs…

— Pour figurer des fleurs, bien obligé.

— C'est vrai. (Il sourit.) Bon, je vais me changer pendant que vous finissez vos dessins, et avant de partir siroter mon traditionnel mint julep. Décontractant et rafraîchissant. Ça vous dit ? Vous m'expliquerez vos croquis.

— Mon train…

— Vous allez où ?

— Manhattan. Penn Station. »

Elle le regarda – son sourire heureux d'être sur terre –, regarda le bazar qu'elle avait mis sur la table, une bonne partie de l'après-midi abreuvée à la citronnade maison. Elle lui devait bien ça. Et puis il n'était pas si tard. Elle serait à Harlem à 22 heures.

« Vous changez à Jamaica ? (Madeline hocha la tête, le trajet lui paraissait si long.) Il y a des trains pour Jamaica toutes les demi-heures. N'importe quelle ligne s'y arrête, ou presque.

— D'accord. »

Maintenant qu'elle avait le choix, Mad préférait éviter la compagnie des autres – elle n'était pas faite pour aimer les gens. Mais elle conçut de cet accord autour d'un mint julep un subtil sentiment de transgression qui activa la même source de douce chaleur dans sa poitrine que lorsque la vieille dame du train lui avait proposé de l'alcool de menthe – depuis, elle emportait son flacon partout avec elle, dans son sac, et le déposait au petit matin sur sa table de nuit.

La menthe, peut-être. La menthe déclenchait chez elle de façon médicinale une certaine idée du bonheur. Madeline prit un crayon vert et planta de la menthe en couvre-sol au pied d'un buisson d'abélia, et elle crut un instant sentir leurs parfums mêlés.

Quand Ezra revint, elle le reconnut à peine. Sans son bandana, ses cheveux retenus en catogan aussi noirs que son tee-shirt, il ne ressemblait plus à un pirate cuisinier, mais plutôt à un danseur de tango argentin. On ne l'aurait jamais imaginé avec une casserole entre les mains. À la place, il portait deux verres larges, au cul épais, remplis de feuilles et de glace pilée, dorée. Ça lui allait bien, se dit Madeline, troublée.

« Alors, dit-il, vous m'expliquez ? » Il s'était assis sur la chaise à côté d'elle. Cela n'avait rien de lourd, Ezra était juste un homme fatigué et satisfait de sa journée de travail – mais c'était un homme, et Mad n'en avait pas l'habitude. Elle ne craignait pas les hommes. Aucun ne lui avait fait de mal, tout au long de sa vie, pas même un gardien de prison. À Bedford Hills et Taconic, les gardiens hommes affichaient plutôt une indifférence calculée à l'aune de la supériorité physique qu'ils s'imaginaient avoir – alors que n'importe quelle détenue armée d'une pince à épiler aurait pu leur arracher les couilles. Ils semblaient oublier la motivation, l'imagination dans le crime, qui avaient conduit ces femmes ici. Et s'ils s'aventuraient à dépasser les bornes, il leur en cuisait : en 2004, deux des plus célèbres codétenues de Mad, Carolyn Warmus et Pamela Smart, avaient déposé une plainte pour abus sexuels. Autant Pamela n'avait pas su convaincre, autant Carolyn avait reçu 10 000 dollars de l'administration pénitentiaire.

Il ne fallait pas s'en prendre à ces femmes-là.

Mais Ezra faisait un peu peur à Madeline. Pas parce qu'il semblait dangereux, ou même simplement dragueur, mais parce qu'il était foncièrement différent d'elle, physiquement, hormonalement, sexuellement différent. Mad n'avait jamais eu à composer avec cette différence-là, alors qu'elle s'était accommodée de toutes les autres chez les êtres humains du même genre qu'elle.

En plus, Ezra était un homme de *dehors*.

« Alors, euh… Merci. (Elle avala une gorgée de mint julep, pointa du doigt un détail sur un dessin.) Là, c'est une haie qui restera fleurie presque toute l'année. Le millepertuis donne des petites clochettes dorées tout l'été, l'oranger du Mexique des fleurs blanches à la fin du printemps et au début de l'automne, et les spirées d'été, contrairement à leur nom, fleurissent même après octobre si on coupe leurs petits bouquets roses fanés. En hiver, les feuilles donnent une jolie déclinaison de verts. »

Elle avala une autre gorgée, il lui posa une autre question. Les épis de sauge qui rappelaient la lavande, les buissons de barbe bleue, le soleil vivace de l'hélianthus, le roseau du Japon en bordure d'une mare laissée à l'abandon, qu'elle ferait enjamber par un petit pont de bois, elle avait tout imaginé, et Ezra écoutait tout. Il semblait sincèrement intéressé et, sous l'effet euphorisant de l'alcool, Madeline reprenait vie.

Elle n'avait plus peur.

« J'ai fait plusieurs restaurants, en Californie, en Floride, à Chicago. Mais celui-ci, il est spécial. Tu as vraiment l'impression d'être assis au bord de la Terre, tu vois ? »

Madeline hocha la tête. Il y avait toujours cette bulle autour d'elle, amplifiée par le mint julep, mais maintenant ils étaient deux à l'intérieur. Malgré l'ambiance bourdonnante de la salle qui s'était remplie, l'agitation en cuisine, elle entendait la voix d'Ezra comme s'il était juste à côté, alors qu'en revenant avec leurs deuxièmes verres dans les mains, il s'était civilement installé en face. L'étude minutieuse des dessins, assortie d'explications inspirées, était terminée, et comme ils avaient tout fait à l'envers ils en étaient aux présentations – dangereux, ça, Mad le savait, mais elle avait tout prévu, et pas uniquement à l'intention d'Ezra le cuistot de The End.

Il lui avait raconté le virus de la cuisine transmis par un père cubain qui avait installé l'un des premiers food-trucks dans Little Havana, à Miami, la bougeotte qui l'avait saisi, adolescent, et avait fini par le conduire ici, à Montauk. Rien de très confidentiel, mais Mad attendait son tour comme une promesse de culpabilité.

Les sens en éveil comme un radar qui pivote, elle entendait tous les bruits de manière distincte : le grésillement des poêles, le fracas des assiettes, le tintement des verres.

Les rires si différents, légers, cristallins, éclatants. En prison, les rires étaient tous les mêmes : gutturaux, tonitruants, ils n'arrivaient jamais seuls, mais accompagnés de tout un tas d'invectives ou de gueulantes moqueuses. Dehors, les gens prenaient le temps de seulement rire.

Et, au milieu de tout cela, la question arriva : « Et toi ? »

C'était la réplique la plus simple du monde – deux mots, une seconde de respiration à peine.

« Pareil, dit-elle, j'ai voyagé. J'étais en Europe. »

Paris, Londres, Florence, le guide de voyage de Sarah, lu et relu dans le train, lui était bien utile.

« Versailles et les jardins de Buckingham Palace, c'est toi ? fit-il mine de s'étonner.

— Oui. J'ai peint *Les Tournesols*, aussi, alors que tout le monde pense que c'est Van Gogh.

— Les gens sont idiots.

— Et les véritables artistes manquent de reconnaissance. »

Sa propre voix lui était étrangère. Était-ce ainsi quand on croyait à ses mensonges ? Ce serait si simple. Mais l'alcool aidait à se dédoubler – une fois l'ivresse évaporée, Mad se retrouverait enferrée.

« Bon, il faut que j'y aille », dit-elle un peu fort. Tout cela devenait redoutablement grisant. Cette vie inventée, l'oubli qui menaçait sa repentance – et cet homme séduisant, une espèce inconnue d'elle.

« Ce serait pas mal de manger quelque chose avant, dit-il.

— C'était bon, lâcha-t-elle.

— Quoi donc ?

— L'autre jour, le sandwich à l'espadon que tu m'as donné. Merci. »

La bascule venait de se faire dans son organisme, le mint julep s'y était répandu tranquillement, par capillarité, et elle visualisa dans un petit rire son système veineux en vert fluorescent, version alcoolisée des buissons qu'elle avait passé l'après-midi à dessiner. Mad n'avait pas bu depuis le « pruno » de Lin, l'émasculeuse de mac à Bedford Hills. Lin était une excellente coiffeuse, mais son « pruno » c'était… Ouh ! Mad colla la main sur sa bouche : elle avait ressenti l'élan de raconter cette formidable anecdote à Ezra, le cuistot de The End qu'elle ne connaissait que depuis quelques heures.

Dans une espèce de flou photographique, elle l'imprima qui levait son index d'une façon autoritaire, comme il l'avait fait l'autre fois avant d'aller lui chercher son sandwich, et il s'évapora.

Elle profita de son absence pour siroter le reste de son verre, sentant ses épaules s'avachir un peu. Tant pis, Sondra avait dit qu'elle pourrait être à minuit à Harlem tant que les bureaux… Bref. Ce serait propre demain matin, elle se sentait en forme.

Ezra revint avec deux assiettes, et c'était des *lobster rolls*, des sandwiches au homard, carrément, la spécialité du coin, et c'était super bon, les frites étaient brûlantes, et ça croustillait, et à un moment un autre cuisinier vint trinquer avec eux mais Ezra mit la main sur son verre et lui versa de l'eau à la place, et il lui parla encore de ses voyages et elle ne savait faire rien d'autre que manger et hocher la tête.

Ensuite, tout autour d'elle s'effaça, petit à petit.

– 26 –

Décembre 1996, prison de Bedford Hills

Mad se demandait ce qui avait fait basculer les femmes de l'unité 6. Le crime prémédité était un mystère pour elle, et la prison la meilleure preuve qu'on n'échappait pas à ses actes, alors comment pouvait-on décider de passer les prochaines années de sa vie derrière les barreaux, puisque, inévitablement, c'est ainsi que cela se terminerait ?

Pensait-on vraiment être celle qui s'en sortirait ?

En séduisant un garçon de 15 ans et en le menaçant de ne plus coucher avec lui à moins qu'il ne tue son mari, Pamela Smart pensait-elle vraiment être celle qui s'en sortirait ? Au lieu de cela, elle avait eu droit au premier procès télévisé de l'histoire américaine, il y a cinq ans, au cours duquel elle avait soutenu que le meurtre était du seul fait de l'adolescent, qui ne supportait pas la rupture qu'elle lui aurait imposée pour « sauver son mariage ». Pamela avait écopé de la perpétuité sans possibilité de libération conditionnelle.

En enlevant avec trois copines un agent immobilier pour le compte d'un « parrain », l'affamant, le violant, le torturant jusqu'à la mort, fourrant son corps dans un coffre, Donna Hylton pensait-elle vraiment être celle qui s'en sortirait ? Au tribunal, elle avait déclaré que le « parrain » avait menacé de tuer sa fille de 4 ans si elle ne lui rendait pas ce service. Donna s'était ramassé une peine indéterminée de vingt-cinq ans à la prison à vie.

En vidant le chargeur de son Beretta dans le dos et les jambes de la femme du collègue dont elle était amoureuse, en lui défonçant le crâne à coups de crosse, l'institutrice Carolyn Warmus pensait-elle vraiment être celle qui s'en sortirait ? Carolyn avait elle aussi été condamnée à une peine indéterminée de vingt-cinq ans à la prison à vie.

En se présentant à la porte de la femme de son amant et en lui tirant en plein visage, Amy Fisher pensait-elle être celle qui s'en sortirait ? CQFD.

La satisfaction du crime valait-elle vraiment toutes les années qui suivraient ?

En tout cas, au réfectoire de l'unité 6, au-dessus des plateaux de haricots à la tomate et de *jelly* chimique, il y avait souvent bataille d'ego : Carolyn et Amy avaient toutes deux eu droit à plusieurs téléfilms en leur honneur.

« Je trouve qu'Alyssa Milano me ressemble pas mal, disait Amy, l'air de rien.

— L'actrice de *Madame est servie* ? s'étonnait Mad.

— Ben oui, elle joue mon rôle. Par contre Jack Scalia est bien plus beau que Joey. Joey avait du bide. »

C'était étonnant, en être arrivée là, à lécher le dos d'une cuillère en plastique, par passion pour un type dont le seul souvenir rémanent était qu'il avait de l'estomac. « Je l'ai même pas vu, le téléfilm, en plus, geignait Amy. J'étais déjà là quand il est sorti. L'autre avec Drew Barrymore aussi, la gamine d'*E.T.* avec des couettes, tu te rappelles ?

— Oui.

— Je l'aime moins qu'Alyssa Milano. En plus, elle se drogue et tout. »

Être condamnée pour tentative de meurtre, d'accord, mais se voir interprétée par une actrice portée sur la dope, fallait pas pousser. Mad était médusée par tant de candeur.

Carolyn, elle, se plaignait que le téléfilm où elle était dépeinte en femme fatale débordant de sex-appeal, piétine sa « présomption d'innocence » – pourtant largement entamée après un procès en bonne et due forme.

Mais, en matière de postérité artistique, Pamela Smart les battait toutes : non seulement la romancière Joyce Maynard avait écrit une histoire ouvertement inspirée de la sienne, mais c'est carrément Nicole Kidman qui jouait « son » rôle dans un vrai film, au cinéma. *Prête à tout* avait été salué par la critique, et Nicole Kidman avait remporté le Golden Globe de la meilleure actrice.

Ce que ces femmes avaient en commun, c'était que les horreurs qu'elles avaient commises étaient la queue de comète d'une passion amoureuse. Un passage fulgurant, aveuglant, dont il ne restait plus rien.

Et elles étaient là, à taper le carton et à chipoter leurs plateaux de trucs bouillis qui avaient tous le même goût de plastique chauffé, comme si c'était normal, comme si leur destinée les avait conduites en prison et qu'il n'y avait rien à en dire de spécial.

Parfois, Mad se demandait si elle était la seule à se sentir mal, à se savoir coupable, à se juger sans clémence. Elle savait que la destinée n'avait rien à voir là-dedans.

Elle, c'était une phrase, un petit alignement de mots absurdes qui l'avait déconstruite, en une toute petite minute. Mais les mots ne sont jamais anodins, elle le découvrait en étudiant la fureur de Walt Whitman dans *Feuilles d'herbe* :

Moi, j'avance un instant

Et seulement pour tourner et courir arrière dans les ténèbres

Il fallait que ce soit *aujourd'hui.*

Aujourd'hui, où Mad avait les traits tirés par le manque de sommeil, aujourd'hui où elle avait loupé son tour de douche, c'était *aujourd'hui* que Mira avait choisi de venir lui rendre sa première visite. Elle ne l'avait pas vue depuis presque un an, enfin, elle ne se souvenait pas trop si Mira avait été là, au commissariat, juste après son arrestation, ni à quels moments ensuite. En tout cas, elle n'était pas au tribunal pour la lecture de la sentence. Ça n'aurait pas été possible pour elle.

Ce matin à l'aube, Mad venait à peine de ranger son balai que les portes des cellules s'étaient ouvertes à la volée. « Fouille générale ! » avaient gueulé gardiens et gardiennes dans une typique polyphonie carcérale.

Noël approchait, on recherchait tout ce qui pourrait le rendre un peu plus festif que la dinde congelée qu'on avait livrée aux cuisines. Par exemple des sachets de pilules venus de l'extérieur par les canaux les plus sordides, des cigarettes améliorées ou du « pruno », qu'on appelait entre soi la « potion joyeuse ».

« C'est hyper-simple à faire, lui avait expliqué Lin, la fille qui lui avait arrangé les cheveux après son bizutage. Il faut juste des fruits pour le sucre et de l'eau chaude. Tu mets tout à fermenter une semaine dans un sac plastique, et quand il est prêt à exploser, c'est que c'est bon.

— Bon pour quoi ? » avait demandé Mad en donnant sa part d'ananas au sirop pour la collecte.

Autour de la table, tout le monde avait éclaté de rire. Mad la Timbrée était en fait un perdreau de l'année.

« Bah ça fait de l'alcool, pétasse ! »

Comment Lin arrivait-elle à sortir son rab de fruits du réfectoire, Mad préférait ne pas le savoir, mais apparemment c'était une mission qui requérait du temps et de la patience. Le résultat n'était évidemment pas à la hauteur de tous ses efforts – c'était dégueulasse, mais ça vous saoulait aussi sec qu'un flacon de parfum bon marché.

Du pruno, Mad en goûterait de toutes sortes, et il lui faudrait bien reconnaître que certaines distilleries étaient meilleures que d'autres.

Mais pas ce Noël, en tout cas. Ce matin, le sac de Lin avait éclaté sur le pantalon de la gentille gardienne Tyra Washington quand elle avait mis son matelas par terre. Tyra ne méritait pas ça, de l'avis unanime c'était la moins chienne de toute l'unité.

Faudrait-il raconter cela à Mira ? ironisa Mad en se figeant devant la porte vitrée. Dans quel monde mettait-elle les pieds ?

« Oxenberg, parloir ! » avait-elle entendu, sans autre précision. Ce devait être l'avocat – il l'emmerdait, celui-là – ou Dylan avec ses bouquins – ce serait rapide, elle s'arrangeait toujours pour que la conversation tourne court, les études, tout ça, tu comprends, merci en tout cas.

En dehors de celles de Papa, les visites n'étaient vraiment pas des événements qu'elle attendait avec impatience, contrairement à ses colocataires qui frétillaient et tapaient des mains dans le couloir comme des gamines à l'entrée du Lunapark de Coney Island.

Pour elle c'était tout le contraire : elle n'eut à ce moment-là qu'une envie, celle de faire demi-tour. Papa avait déjà eu du mal à se fondre dans le décor avec ses pantalons de week-end et ses pulls marine, mais alors Mira… Mad pensa au cheveu sur la soupe, à l'éléphant dans le magasin de porcelaine, et même bizarrement à Marvin le Martien – allez savoir dans quels refuges vous emmène le cerveau quand l'angoisse vous détourne du chemin bien tracé du quotidien.

« Avance, la Timbrée, s'impatienta Donna Hylton, ma fille m'attend, putain. » La Jamaïcaine profita de ce que le gardien ouvrait la porte pour la bousculer, et Mad se retrouva face à un vestige de Park Avenue, dépouillé au maximum de ses ornements.

Aucun bijou – pas même ces discrètes perles d'oreilles qu'elle portait les jours où elle ne sortait pas – mais une manucure parfaite, un chignon impeccable et un manteau de cachemire noir comme le deuil, Miranda Schwartz Oxenberg était le grain de beauté de cette salle acnéique, points orange sur trame douteuse.

En s'asseyant en face d'elle, Mad entendit les chuchotements et prit conscience de l'effort immense que cette présence avait demandé, un effort long de plusieurs mois et il n'en aurait pas fallu moins. Encore une fois, la question taboue de la fouille des visiteurs lui traversa l'esprit, mais de façon si particulièrement incisive qu'elle en ressentit une douleur qui empoigna tous ses muscles.

« Madeline, fit Mira. Vas-tu bien ? »

Mad hocha la tête. Sous son maquillage discret – des yeux fardés de gris et de noir, un rouge à lèvres beige rosé –, Mira affichait un air parfait, parfaitement indéfinissable. Mad aurait voulu s'approcher plus près, non pas pour la serrer dans ses bras car ce n'était pas le genre de la maison, mais pour respirer son parfum, les notes épicées et caféinées d'*Opium* d'Yves Saint Laurent. Oh, mon Dieu, que cette drogue était douce, traçant son sillon olfactif dans l'atmosphère oppressée par les relents de transpiration et de détergent bon marché !

Mad avait besoin de beauté, de finesse – de complexité, même. Dans la grossièreté de ses odeurs et de ce qu'elle donnait à voir, la prison étouffait les sens.

« Oui…, inspira-t-elle. Oui, je vais bien, Mira.

— Tu dors bien ?

— Oui, je… Enfin, pas beaucoup. Je travaille la nuit et j'étudie le jour.

— Il faut te reposer.

— Oui… »

Mad avait envie de ces mots-là, qu'on la plaigne, qu'on la gronde – après tout, elle n'était pas tout à fait sortie de l'enfance, elle n'avait jamais été indépendante.

« Tes études se passent bien ?

— Oui, ça me plaît beaucoup. J'ai un petit bureau. Ou je vais à la bibliothèque, c'est tranquille.

— Ton père m'a dit que ce… Dylan Caprese t'apportait des livres.

— Oui, et il emporte mes devoirs quand j'en ai.

— Tu pourrais choisir un canal plus officiel, ton père m'a dit que l'administration pouvait organiser tes études avec l'université.

— Je préfère me débrouiller comme ça. »

Mira fronça ses sourcils parfaits et cela creusa un fin sillon entre ses beaux yeux. Papa avait eu la main juste avec le Botox, c'était très naturel.

« Je trouve cela malsain, Madeline. »

Évidemment, ça avait dû tourner dans sa tête tout au long du trajet de Manhattan jusqu'ici, davantage que ses inquiétudes sur l'état dans lequel elle allait trouver la fille indigne. Les convenances, même en prison. Il aurait fallu que Mira comprenne combien la microsociété qui vivait à l'abri des regards, derrière les murs, avait rompu avec la morale officielle.

« Il ne vient pas souvent.

— C'était ton petit ami ?

— Quoi ? Non !

— C'est chez lui que… ça s'est passé, Madeline. Il y est pour quelque chose ? »

Mira s'était penchée légèrement en avant, le buste bien droit. « Madame la duchesse », salua Amy en passant nonchalamment. Mira la regarda, éberluée : cette insolente, elle l'avait déjà vue quelque part. Et Mad fut reconnaissante à la Lolita télé-poubelle de cet interlude ironique qui remettait chacune à sa place.

« Non, il n'y est pour rien, Mira. Et nous n'avons rien à cacher, Dylan et moi. »

Dylan Caprese était juste un garçon gentil, dépassé par ce qui était arrivé, et qui essayait de remettre de l'ordre dans ses émotions en offrant son temps et sa compassion – Mad avait mis un peu de temps à le comprendre, puis s'était souvenue que la famille Caprese allait à la messe tous les dimanches, ce qui amusait d'ailleurs beaucoup Estrella Molinax, l'étoile du Bronx rebelle à toute convention.

« Tu es venue jusqu'ici pour m'interdire de revoir Dylan Caprese ? lâcha-t-elle, fatiguée. Tu vis dans un autre monde que le mien, Mira, je ne sais pas si tu as remarqué. »

Mad réalisait qu'elle attendait autre chose. Que cette entrevue, elle l'avait longtemps espérée sans vouloir l'admettre. Elle aurait voulu une mère ébranlée, avouant que la simple idée de voir sa fille chérie en prison lui avait ôté toutes ses forces, mais promettant qu'à l'avenir elle serait là. Peut-être même aurait-elle tenté de prendre ses mains dans les siennes, comme Papa l'avait fait, et cette fois le gardien n'aurait rien dit, parce qu'une mère et sa fille, vous comprenez, on peut parfois fermer les yeux.

Au lieu de la visite attendue, il y avait l'inconfortable imprévu, l'absence de préparation d'un côté du mur et d'émotion de l'autre. Mira la regarda quelques secondes sans mot dire, et Mad eut une bouffée d'admiration devant cette capacité qu'elle avait à s'extraire d'un environnement qui lui convenait si peu qu'elle *décidait* simplement de ne pas être là. Tout semblait glisser sur son manteau Donna Karan New York – les murmures fielleux, les rires aigus, les conversations mêlées où surnageaient les « putain » aussi réguliers que la batterie d'un tube grunge.

« Et ton travail ? finit par demander Mira.

— Ça va.

— Que fais-tu ?

— Du ménage, la nuit.

— Mon Dieu, Madeline, ne pouvais-tu pas obtenir autre chose, comme de la couture, par exemple ?

— Si, je pouvais. Mais j'ai choisi de nettoyer derrière les autres. La couture, c'est répétitif et bruyant. Et c'est un travail de jour. Le ménage la nuit, ça me convient. On est plus… libre. C'est tranquille. On peut utiliser les douches et le téléphone sans faire la queue. (Mad grimaça.) D'habitude, je prends une douche, mais ce matin je n'ai pas pu. Quand je suis revenue chercher mes affaires, il y a eu une fouille générale qui a réveillé tout le monde. Je suis désolée d'être… »

Elle ne termina pas sa phrase, tirant simplement sur son tee-shirt aux manches retroussées sous sa tunique, espérant que l'espace qui la séparait de Park Avenue soit suffisamment saturé de l'odeur des autres pour qu'on ne distingue pas la sienne.

« Je n'utilise pas le téléphone », ajouta-t-elle sans savoir pourquoi. Peut-être pour montrer qu'elle ne polluait personne.

« Comment va Sarah ?

— Ta sœur est en Californie, chez votre tante.

— Papa m'a dit. Je suis désolée. »

Mira aurait pu répondre de façon très urbaine « Ce n'est pas ta faute », mais cela aurait été un mensonge gros comme un gyrophare de police. Entre les mots de Papa, Mad avait bien compris que sa petite sœur avait été exfiltrée de New York parce que son affaire avait fait du bruit et qu'on n'arrêtait pas de l'embêter à l'école.

Lui faisant l'économie d'un échange hypocrite, Mira se contenta d'un demi-sourire : « Elle apprécie la plage et le soleil de Los Angeles. Et son lycée est très bien.

— Tant mieux… Et toi, comment vas-tu ? »

Un bref instant, Mira sembla désarçonnée – ce n'était pas le rôle d'une tueuse emprisonnée que de s'enquérir du bien-être de ses parents à l'extérieur. Déjà, en temps normal, la question aurait paru inconvenante avant que le parent n'atteigne un âge canonique, mais là, Madeline Oxenberg roulait carrément à contresens, et à toute vitesse. Tant de garde-fous avaient volé en éclats depuis son incarcération.

« Moi ? Eh bien, je… Je vais bien, merci. » On aurait dit qu'elle s'abaissait à répondre. Puis elle ferma brièvement les yeux, hésitant, se lançant. Même dans son monde feutré dont la devise était calquée sur celle de la reine Victoria – *Ne jamais expliquer, ne jamais se plaindre* –, une année d'absence méritait un éclaircissement.

« Oh, pourquoi mentir, soupira-t-elle. Bien sûr que personne ne peut aller bien en ces circonstances,

Madeline. Les gens sont curieux, on ne sait plus comment reconnaître ses vrais amis, ton père ne sait plus comment reconnaître les vrais patients, l'année a été difficile et c'est un euphémisme. Mais je suppose que nous sommes moins à plaindre que notre fille qui est enfermée… (elle eut un discret mouvement du menton) … ici. Alors que nous n'avons toujours pas compris pourquoi.

— Je suis désolée.

— Bien sûr que tu l'es. Tu n'es pas une de ces… dangereuses sociopathes. (Elle avait baissé le ton.) Le psychiatre l'a confirmé. La prison n'est pas pour toi.

— Que crois-tu, qu'il devrait y avoir une justice de classe ? Cela existe déjà, tu sais. À quoi aurait-il fallu qu'on me condamne ? Une tape sur la main et un million de dollars de dommages et intérêts ?

— Il aurait fallu que tu écoutes maître Leonardi. Il aurait tout arrangé. »

Mad se leva tranquillement. Rien ne changerait.

« Mira, je sais que ça a été difficile pour toi de venir jusqu'ici, dans cet endroit. Mais si tu reviens, il faut que tu acceptes que c'est ma place. Sinon, ne reviens pas. »

Et, en paix, soulagée d'une douleur en trop, Mad se dirigea vers la porte qui l'enfermait, les yeux secs.

– 27 –

Août 2016, Montauk

Mad avait si mal à la tête qu'elle devait serrer les paupières de toutes ses forces pour ne pas exploser. Quelqu'un avait mis quelque chose dans son pruno – les filles faisaient ça, parfois, pour se venger de quelque chose, « un benzo dans le pruno et la tête dans le congélo », disaient-elles. Qu'avait-elle fait pour mériter ça ?

Son ouïe et son odorat ne répondaient plus. Aucun bruit ne lui parvenait, pas plus que l'odeur aigre du détergent au citron industriel.

Et puis si, quelqu'un faisait couler de l'eau. Sa nouvelle codétenue, comment s'appelait-elle, déjà ?

Ouvrir les yeux lui fit l'impression de pousser sur des volets rouillés. Elle entendit distinctement le grincement dans sa tête, gémit, un gémissement de rage, et l'eau s'arrêta de couler.

« Ça va ? »

Putain. La prison lui avait appris le qui-vive. Il y avait des phases de latence par lesquelles son cerveau ne transitait plus, celles de l'éveil avaient été réduites à un mécanisme reptilien : du sommeil profond elle passait directement à la conscience, zappant le sommeil paradoxal. Voilà bien longtemps qu'elle ne rêvait plus. Ou alors elle ne s'en souvenait pas.

Les yeux grands ouverts, l'analyse de la situation fut rapide : des draps bleu ciel, des murs colorés, un ventilateur au plafond, une odeur de café. Elle n'était pas à Taconic. Et elle n'était pas en danger non plus, son instinct le lui affirmait.

Cet homme, souriant, une tasse à la main. Ezra, le cuistot de The End. Pas dangereux ?

« Tu devrais boire ça, attention c'est acide mais ça te fera du bien. Du jus de citron dans de l'eau chaude, le remède miracle. »

Elle n'avait jamais connu ce genre de scène ailleurs que dans les films – une femme et un homme le matin, l'homme qui apporte à la femme son café au lit… D'un coup, une onde glaciale dévala sa gorge, figea ses organes, parce que dans les films cet épisode en sous-entendait toujours un autre. Contenant sa panique, elle passa rapidement sa main sous les draps : sa robe était tire-bouchonnée, son soutien-gorge de travers, mais sa culotte bien en place.

« Tiens », fit Ezra en posant la tasse sur la table de nuit. Par-dessus le café, elle sentit une odeur propre d'eau de toilette, il était habillé – jean et tee-shirt rouge délavé où étaient floqués un petit alligator et le mot FLORIDA, des baskets gris foncé, Mad enregistrait tout très vite. Elle vit son sourire. Tranquille. Cet homme n'avait pas pu lui faire de mal. Mais peut-être n'en avait-il pas eu besoin.

« On a… ? » Elle s'était éclairci la gorge, n'osant pas bouger, les draps pétrifiés entre ses mains serrées. Ezra haussa un sourcil interrogateur, puis comprit. « Ah, mais non ! » Il désigna un canapé, plus loin, recouvert d'un plaid aztèque et sur lequel était roulé un sac de couchage.

« Je ne fais pas ça, rit-il. Enfin, je ne fais pas ça dans ces conditions. »

L'onde glaciale reflua et Mad serra les dents pour ne pas laisser échapper son soulagement. Dans une vie normale, elle supposait qu'elle aurait pu faire cette bêtise – coucher bourrée avec le premier type venu –, mais que ça n'aurait pas été si grave.

Là, ce serait pathétique. Perdre sa virginité à 38 ans sans même s'en rendre compte. Elle n'avait pas vraiment de curiosité pour la chose, mais ç'aurait été la dépouiller d'une part d'elle-même alors que parmi les brisures il ne restait pas beaucoup de morceaux entiers.

De toute façon, se rassura-t-elle, amère, comment un type aussi séduisant qu'Ezra aurait-il pu se rabattre sur une femme abîmée alors que les filles saines devaient défiler au restaurant ? Les touristes, et les serveuses surtout, si belles. Elle était étonnée qu'il ne vive pas avec l'une d'entre elles.

Elle vit le seau propre sur le tapis mexicain à côté du lit, geignit en portant la main à sa tête.

« C'est pas vrai… Ezra, je suis désolée d'avoir été… D'être…

— C'est pas grave, je travaille dans un resto qui sert de l'alcool, je te rappelle. J'en ai vu d'autres, et j'ai fait bien pire.

— Je n'ai pas l'habitude de boire…

— Je n'aurais pas dû te resservir. Bilan des opérations : tout est ma faute, et c'est moi qui suis désolé. Tiens, un ibuprofène. Prends-le avec le jus de citron. »

Mad se redressa sur un coude et avala le tout en grimaçant – parce qu'on lui avait dit de le faire et qu'elle avait l'habitude de faire ce qu'on lui disait.

Ezra s'assit au bord du lit. « Je dois aller travailler. Repose-toi en attendant que le cachet fasse effet, et quand ça ira mieux prends une bonne douche tiède et viens me rejoindre au resto, je te ferai un petit déj réparateur. Tu as de la chance de ne pas bosser, crois-moi, j'ai le crâne tendu comme une peau de tambour. » Il rit et alla récupérer un bandana rouge sur le comptoir de la kitchenette. Madeline vit d'un coup tous ses clignotants s'allumer de la même couleur.

« Quoi ? exhala-t-elle. Mais… quelle heure il est ?

— 7 h 30.

— Merde ! »

Elle bondit hors du lit comme si une guêpe l'avait piquée, trop vite, bien trop vite, et son estomac se retourna. « Non, non ! s'écria Ezra en attrapant son poignet, respire doucement, essaye de garder le médoc, assieds-toi, voilà, respire…

— Mon portable, souffla-t-elle, la main sur la bouche.

— Tiens, ton sac. Il faut vraiment que j'y aille. Je t'attends au resto. Claque la porte derrière toi. »

Fébrile, elle fouilla dans son bazar, écarta le petit porte-monnaie qu'elle avait trouvé dans la commode de Sarah, le flacon d'alcool de menthe, et récupéra son portable.

Un appel, un message, évidemment. Elle ne savait même pas comment faire pour l'écouter. Elle appuya sur lecture, sur stop, enclencha par hasard le haut-parleur, et la voix furieuse de Sondra lui brisa les oreilles. « Mosby Inc. vient de m'appeler, les bureaux sont dégueulasses, le ménage est pas fait. Tu as intérêt à être morte, sinon rappelle-moi. »

Madeline avait honte. On avait voulu l'aider, et voilà comment elle prenait la main tendue – avec un doigt d'honneur. Elle n'avait jamais imaginé valoir mieux que la plupart de ses codétenues, mais elle avait pensé qu'au moins, sa bonne éducation la tiendrait droite.

« Je ne suis pas morte, malheureusement », dit-elle à Sondra. Elle avait rappelé dans la foulée. Elle ne fuirait pas ses responsabilités. Elle ne l'avait jamais fait.

« Tu nous mets dans la merde. Comment veux-tu qu'on soit crédibles auprès des employeurs, c'est déjà assez compliqué d'en trouver. Je vais être obligée de prévenir ton contrôleur judiciaire, pour couvrir la sororité, montrer qu'on ne laisse rien passer.

— Je n'en ai pas.

— Tu… Ah oui, j'avais oublié, t'es ce spécimen extraordinaire qui a refusé la conditionnelle. Sérieux, qu'est-ce qui s'est passé ? »

Madeline aurait pu mentir, inventer une gastroentérite foudroyante, un téléphone déchargé, l'impossibilité de prévenir. Mais elle avait une aptitude au mensonge quasi nulle, exceptionnellement dopée par l'alcool hier soir. Elle avait atteint ses limites, avec sa vie rêvée en Europe et ses petites plaisanteries sur les tournesols de Van Gogh.

« J'avais un rendez-vous à Montauk hier, pour un boulot, dit-elle, les yeux fermés. Ensuite, on m'a invitée à prendre un verre, j'ai accepté par politesse, j'avais le temps. Et puis j'ai trouvé ça agréable, j'ai trop bu, je n'ai pas l'habitude de l'alcool, je me suis effondrée et quelqu'un m'a recueillie. Je viens de me réveiller. »

Elle reprit son souffle. C'était mieux comme ça. Le sermon qui allait suivre serait réconfortant, elle avait besoin de cadre, elle ne savait pas vivre sans. Il fallait qu'on la contienne, comme les murs de Bedford Hills. À la longue, la liberté l'éparpillait – elle en avait eu la preuve éclatante hier soir.

« D'accooord…, fit traîner Sondra. Je te remercie de ta franchise. La personne chez qui tu es… Enfin, méfie-toi des mauvaises rencontres, je me tue à dire ça à tout le monde, mais c'est comme ça qu'on replonge. Ça me regarde pas, c'est ta vie, si tu as besoin de la foutre en l'air, mais c'est mon devoir de te prévenir, sinon je ferais mal mon boulot.

— Non, pas de problème, c'est quelqu'un de fréquentable. Pas de drogue, pas de truc louche, juste un verre de trop pour moi. Et il a dormi sur le canapé, si vous voulez tout savoir.

— Bon. (Il y eut un long soupir sur la ligne.) Je vais dire que tu as été malade dans le train et que tu n'avais plus de batterie. Un truc comme ça. Pour être plus crédible, j'enverrai quelqu'un à ta place ce soir, mais ça te fera deux jours de paye en moins.

— Merci, Sondra.

— Il faut que je te fasse confiance. Tu n'auras pas de seconde chance. Et pour le foyer, je surveille les places qui se libèrent, je pense être sur un coup. Ça t'évitera de traîner au bar à l'autre bout de l'État.

— Ce n'est pas la peine. »

Madeline bloqua sa respiration. Elle avait résolu de ne pas prendre la place de quelqu'un qui en aurait plus besoin qu'elle, mais en disant cela, elle verbalisait l'argent de Papa, entérinait sa décision de l'accepter.

Ce n'était pas seulement y penser. C'était un saut vertigineux vers l'indépendance. La liberté, il allait vraiment falloir qu'elle s'y fasse.

En sortant de chez Ezra, Madeline s'était retrouvée complètement perdue – il avait oublié de lui laisser un plan. C'était curieux de voir de l'extérieur cette maison où elle avait passé la nuit. Une famille habitait au premier, des gosses l'observaient par la fenêtre aux brise-bise festonnés, et elle se demanda s'ils tenaient les comptes des conquêtes du cuisinier.

« Ce n'est pas loin, lui indiqua une passante. Tournez à droite, puis à gauche, puis descendez tout droit. »

Quand elle entra dans The End, elle eut l'impression d'un endroit qu'elle avait toujours connu. Est-ce qu'une cuite accélérait le processus ou désorganisait le cerveau au point de ranger les souvenirs dans le mauvais tiroir ? Debout devant le comptoir, dans une odeur familière de friture et de cannelle, elle observa un moment Ezra sans se manifester, son profil au-dessus d'un saladier de pâte qu'il battait vigoureusement. Il se tourna vers elle et une forme d'intimité, aux contours confus, lui sauta au visage. Il était le premier homme avec qui elle avait littéralement passé une nuit. Cela ferait-il de lui quelqu'un de spécial ?

« Ah ! s'exclama-t-il, te voilà. Installe-toi, je t'apporte le petit déj. »

Troublée, elle hocha la tête et obéit, reprenant sa place de la veille, là-bas au fond. Elle avait besoin de ça, d'une place précise. Au réfectoire, elle s'asseyait toujours au même endroit, contrairement aux autres dont les affinités étaient évolutives. Personne n'aimait les bouts de table, comme elle. On se sentait exclu. C'est précisément ce qu'elle cherchait.

Le jus de citron tiède avait fait son office, lui nettoyant le système digestif, et elle mourait de faim. Ezra posa devant elle des œufs brouillés au bacon, des champignons sautés, une salade de fruits, des… elle ne savait pas par quoi commencer. Le problème du choix, corollaire de la liberté, se posait jusque dans son assiette.

« Thé ou café ? Attention, c'est chaud.

— Café. »

Elle ne buvait plus de thé depuis que quelqu'un avait pissé dans la bouilloire à Bedford Hills.

Ezra jeta son torchon sur l'épaule et sortit un papier de la poche de son tablier. « Tiens, tu devrais commencer par ça », dit-il, content. Elle s'était jetée sur les œufs. « C'est quoi ? demanda-t-elle en s'essuyant la bouche.

— Des clients, pour du jardinage. C'est de l'entretien, pas un chantier comme M. Manhattan, mais c'est toujours ça. Il y en a deux. Il faut que tu rappelles. »

Madeline prit le papier, regarda les notes sans pouvoir les lire. Elle vivait la vie de quelqu'un d'autre.

« J'ai une écriture abominable.

— Non, non…, dit-elle, au ralenti. C'est juste que… (Elle releva la tête.) Ezra, je voudrais une maison. Ici, à Montauk. »

– 28 –

Février 1997, prison de Bedford Hills

En un an, Mad avait appris suffisamment du fonctionnement de la microsociété derrière les murs pour pouvoir y survivre sans trop d'ennuis. Il n'en fallait pas plus, c'était assez basique : tout le monde ici était incapable de faire ce pour quoi on l'avait condamné, les avocats étaient une bande d'incompétents, l'innocence d'une femme était vouée à être bafouée – mais si tu me parles mal je te jure que je t'éclate par terre.

Chacune exigeait le « respect ». Avec « putain », « respect » était le mot qui revenait le plus dans les conversations. Le respect était une notion amphigourique qui variait selon les individus. L'une acceptait sans broncher d'être traitée de « salope noire » mais le terme « poufiasse » déclenchait des représailles. Il fallait être fin connaisseur de la psychologie carcérale pour comprendre que « salope » impliquait une certaine supériorité, une admirable roublardise, alors que « poufiasse » était simplement grossier. C'était manquer de respect.

Une autre exigeait qu'on réponde à ses « bonjour » dix fois dans la journée, mais si elle ne vous adressait pas la parole, le moindre regard sur elle tournait au règlement de compte. Saluer, c'était poli, dévisager c'était manquer de respect.

On ne posait pas de question sur la famille – *T'as un mec ? T'as des gosses ?* –, c'était manquer de respect. En revanche, on avait le droit de traiter sa propre mère de pute. Si une « ancienne » piquait dans votre plateau-repas, on laissait faire – question de respect. Mais on ne partageait pas sa nourriture avec une collègue, on n'était pas des animaux.

Et ainsi de suite.

Ce règlement volatil ne concernait pas celles qui figuraient tout en bas de l'échelle carcérale, à qui on n'aurait même pas fait l'honneur d'un crachat – ç'aurait été comme leur accorder un certificat de présence.

À l'origine de cet ostracisme, une loi universelle bien au-dessus des notions bordéliques du respect : on ne touchait pas aux enfants.

Elles étaient trois à avoir commis l'impardonnable, dont une qui avait fait les gros titres des tabloïds : Marybeth Tinning, une quinquagénaire presque chauve, dont les neuf enfants étaient morts les uns après les autres en l'espace de treize ans. L'hôpital où elle les amenait comateux ne s'était pas alarmé outre mesure, diagnostiquant un syndrome de mort subite du nourrisson pour les premiers, suspectant une maladie génétique pour les suivants et consolant la mère éplorée.

Il avait fallu attendre la neuvième, la petite Tami Lynne, pour que le médecin chargé de l'autopsie finisse par trouver cela bizarre. « Je les ai étouffés, parce que je ne suis pas une bonne mère », dit Marybeth, par euphémisme, à la police.

Son mari – « le gros lard aux culs de bouteille », disaient les autres – venait la voir trois fois par semaine au parloir. Il n'était pas rancunier puisque, par-dessus le marché, Marybeth avait tenté de l'empoisonner avec du jus de raisin agrémenté de phénobarbital, et aussi mis le feu à leur mobil-home.

Les deux autres mères infanticides étaient là depuis bien plus longtemps que tout le monde et on ne voulait même pas savoir leurs noms. Il se disait qu'elles avaient toutes deux empoisonné leurs enfants en les gavant de médicaments de leur naissance à leur mort.

Les trois présentaient le même profil, celui d'un syndrome de Münchhausen par procuration : elles étouffaient, empoisonnaient la chair de leur chair juste assez pour se précipiter à l'hôpital et attirer la compassion du personnel médical. Puis elles ramenaient l'enfant guéri à la maison et recommençaient. Jusqu'à l'irrémédiable.

Observant parfois à la dérobée les trois femmes contraintes à leur unique compagnie, Mad se demandait de quoi elles pouvaient bien discuter. Une conversation banale était-elle seulement possible lorsqu'on est couvert de la même souillure ?

En un an, Mad avait appris que les crimes de femmes tenaient sur trois colonnes : la convoitise, la passion amoureuse, le besoin d'attention.

Problème, elle ne se situait dans aucune des trois. Personne ici n'était comme elle.

« Avez-vous pensé au groupe de prière ? »

Assise sur sa chaise, les mains bien coincées dans la ceinture de son pantalon, Mad se demandait si c'était pour cela que Mephista l'avait convoquée dans son bureau.

« Oxenberg, directrice ! » avait jeté une gardienne alors qu'elle était en pleine rédaction d'un commentaire composé, bien tranquille dans sa cellule au beau milieu de l'après-midi. Le groupe de prière, sérieusement ? Elle qui avait craint une terrible nouvelle tout au long du chemin – et 200 mètres de couloirs et d'escaliers, c'est affreusement long lorsqu'on fait l'inventaire des tragédies qui vous feraient le plus souffrir, au point où vous en êtes – en était à contenir son soulagement. Avec la directrice, le principe universel était d'afficher l'air le plus neutre possible, une mimique mal interprétée pouvant vous valoir deux jours au trou.

C'était aussi une façon de ne lui offrir aucun levier affectif. Mephista Ruby-dans-l'cul n'avait rien à foutre dans votre psyché.

« Le groupe de prière », répéta Mad.

Melina Rubirosa cessa de tapoter son stylo sur son sous-main en cuir et étira un ersatz de sourire bienveillant qu'on aurait pu entendre grincer jusqu'en cuisine.

« Mademoiselle Oxenberg, vous êtes incarcérée à Bedford Hills depuis un an maintenant, et vous ne participez à aucune activité collective. Les activités collectives sont bénéfiques à la réinsertion.

— Je sors dans dix-neuf ans, lui fit placidement remarquer Mad.

— Sur le papier, répliqua Mephista. Je ne doute pas que la redoutable efficacité de votre avocat entrera en compte.

— J'ai été condamnée à vingt ans. Je ferai vingt ans. »

La directrice tordit discrètement les doigts sur son stylo. Cette détenue l'emmerdait, à ne rien vouloir comme les autres – le chaos, les procédures, la liberté et la récidive joyeuse. Chacun dans l'univers carcéral savait qu'il était dans la nature humaine de transgresser les règles. On savait fonctionner en partant de ce postulat – on ne savait fonctionner *qu'en partant* de ce postulat. C'était comme jouer au mahjong : tactique, stratégie et psychologie. Oxenberg, indifférente et renfermée, ne respectait pas les règles. Elle ne se mêlait jamais aux bagarres, on la laissait tranquille. Il n'y avait rien à redire à son ménage nocturne. Elle ne demandait pas à aller à l'infirmerie pour une occlusion intestinale alors qu'elle était constipée depuis la veille.

Mephista aurait adoré l'envoyer au trou pour voir ce que ça aurait fait à son petit cul de WASP de Park Avenue. Mais pas moyen. Oxenberg était polie avec le personnel.

Et voilà qu'elle voulait tirer sa peine jusqu'au bout, cette petite conne. On n'avait aucune prise sur elle.

La directrice joignit les mains et se pencha vers elle, mielleuse : « Ce n'est pas bon pour vous de vous isoler ainsi. » Curieuse façon de voir les choses, se dit Mad. Ainsi il aurait mieux valu pour elle devenir super copine avec des braqueuses, des tueuses, voire des psychopathes, se mélanger allègrement, comploter, s'échanger deux-trois trucs pour ne pas louper son coup la prochaine fois, plutôt qu'être studieuse dans son coin ?

Dans cet univers absurde, il y avait derrière ce bureau la doctrine éclatante qui servait à régler tous les problèmes : il fallait avoir raison, y compris contre toute logique. C'était valable à tous les étages de la pyramide – a fortiori au sommet.

« Je travaille la nuit, j'étudie le jour, fit-elle remarquer.

— C'est vrai. Ce sont deux activités solitaires, ce n'est bon ni pour votre équilibre psychologique, ni pour votre santé physique. (Mephista laissa tomber son stylo et empoigna le clavier de son ordinateur.) C'est réglé, je vous passe dans l'équipe de couture.

— Madame ! »

Non. *Non.*

La directrice coula un regard ripoliné sur elle. Enfin un mot plus haut que l'autre ? Ébranlée, Mad serra les plis de son ventre entre ses doigts, de toutes ses forces, pour reprendre le contrôle.

« Madame, dit-elle calmement. Si je vais à la couture le jour, je ne pourrai pas étudier la nuit. Les lumières sont éteintes et la bibliothèque est fermée.

— Vous trouverez un moment entre les deux. Ce n'est pas comme si vous aviez un diplôme à passer.

— Justement, si.

— Je ne suis pas au courant, vous n'avez pas emprunté le canal habituel.

— Je suis inscrite à l'université de New York en auditeur libre. Je souhaite passer mon *bachelor* de lettres anglaises quand je serai prête.

— Auditeur libre ? (Mephista eut un petit rire.) Avouez que c'est paradoxal. »

À cet instant précis, Mad aurait pu basculer. *Basculer encore une fois ?* se demanda-t-elle, alors que son sang dévalait ses artères. Cela voudrait dire que, comme pour toutes ses codétenues, sa place ici n'était pas la séquelle d'une minute irrationnelle, microscopique à l'échelle d'une vie. Cela voudrait dire que cette minute faisait des ricochets, et qu'elle aussi avait le mal en elle, pathologique.

Elle ne voulait pas être comme ça.

Mais plus encore, elle ne voulait pas qu'Estrella ait été tuée par une personne comme ça. Difficile à comprendre, n'est-ce pas ?

Alors elle pinça plus fort son ventre et sut ce qu'il fallait dire.

« Je pense que je pourrais trouver un moment pour le groupe de prière entre mes études la journée et mon travail de nuit.

— Vraiment ? Bien. Je ne touche pas à votre emploi du temps, alors. Le groupe se réunit trois fois par semaine à 13 h 30. Il est animé par sœur Hillary qui nous vient de la congrégation des sœurs de Saint-Joseph. Êtes-vous protestante, catholique… ?

— Juive non pratiquante. »

L'obliger à livrer ainsi une partie d'elle-même lui donnait envie de frapper. Les murs, les foutus chats en céramique sur le bureau, la directrice. Mais elle ne le fit pas. Ce qui était une bonne nouvelle.

« Cela n'a aucune importance, nous veillons à ce que les réunions soient œcuméniques. (Mephista se pencha, l'air de lui faire une confidence.) En fait de prières, il s'agit surtout d'un groupe de parole.

— Je ne raterai aucune séance, madame.

— Bien. C'est bien. Je vous l'ai dit, une directrice de prison se doit de faire office de psychologue, même si malheureusement mon rôle est limité, par manque de temps. (Elle soupira.) Sœur Hillary prend très bien la relève, elle commencera le travail que vous ferez sur vous-même. »

En quittant la pièce, Mad sortit les mains de son pantalon parce que la gardienne qui la précédait était la gentille Tyra Washington, et qu'avec elle, on pouvait. Elle sentit son ventre se relâcher, lui faisant l'effet d'un énorme hématome qui s'étendait jusqu'à ses cuisses.

« Rien de grave ? lui demanda Tyra.

— Elle m'a fait du chantage pour m'inscrire au groupe de prière.

— Ah, fit la gardienne en ouvrant la porte de l'unité 6. Le groupe de prière, c'est son truc. Mais tu verras, sœur Hillary est très gentille.

— Manquerait plus qu'elle morde », lança Amy qui, sortant des toilettes, attrapait un bout de la conversation au passage.

De retour à son bureau, penchée au-dessus de son commentaire composé, Mad eut, pour la première fois depuis longtemps, envie de pleurer. Sa dette de sommeil était déjà abyssale, et il lui faudrait se lever plus tôt le matin pour étudier, et caser ces foutues séances de torture religieuse.

Jusqu'ici, elle avait pu organiser sa survie en milieu hostile. Aujourd'hui, la prison la rattrapait.

– 29 –

Septembre 2016, Sag Harbor

Les trois jours qui avaient suivi sa cuite, Madeline les avait passés à se flageller d'avoir demandé à Ezra de lui trouver une maison à Montauk.

Qu'est-ce qui lui avait pris ?

Elle aurait dû couper tout contact personnel avec lui. Être amie avec Ezra, ce serait mentir encore, toujours mentir, être sur ses gardes. Il y avait cette phrase de Mark Twain qui semblait être imprimée dans l'air, en transparence, partout où elle posait les yeux : « Lorsque vous dites la vérité, vous n'avez à vous souvenir de rien. » Elle s'était condamnée à perpétuité à se mouiller le doigt pour revenir sur les pages du roman qu'elle avait déroulé à Ezra – et Dieu seul savait les conneries qu'elle avait pu lui raconter après deux mint juleps.

Mais, pire encore : elle condamnait Ezra à la trahison à perpétuité. Cet homme ne méritait pas ça. En passant sur le fait qu'elle était aussi sexy qu'un balai de chiottes, il aurait pu vite fait profiter de sa faiblesse – en prison, on lui avait martelé qu'ils le faisaient tous –, mais, au contraire, il avait été prévenant, gentil, pour des raisons qui lui échappaient.

Peut-être y avait-il à l'extérieur des gens vraiment comme ça. Prévenants, gentils.

Pour le coup de la maison, il avait quand même rigolé : « 60 000 dollars ? Comment veux-tu trouver une bicoque à 60 000 dollars dans le coin ? »

C'est vrai que c'était ridicule. À Montauk, le mètre carré était pavé d'or alors qu'on payait pour la rusticité, genre retour à la nature, embruns et bois flotté – le paradoxe étant la définition même du snobisme.

Mais Madeline savait que sa vie, ou ce qu'il en restait, se trouvait là. Il y avait quelque chose de l'ordre du karma dans cette idée fixe. Ou alors était-ce juste cela, une idée fixe, un point lumineux pour avancer dans la nuit, comme le phare Point Light.

À Bedford Hills, sœur Hillary lui avait appris ça, à « laisser passer la lumière ».

Toujours est-il que renoncer à Ezra, renoncer au mensonge, ce serait renoncer à Montauk. À la lumière.

Elle avait appelé les deux numéros qu'on lui avait laissés à The End, pour son annonce. Un jeune couple de « Web designers » – Madeline n'avait aucune idée de ce que c'était – fraîchement installé, une romancière âgée qui venait de se casser le col du fémur, on avait besoin de ses services pour rafraîchir les massifs, rabattre les fleurs mortes et faire les plantations d'automne. Ce n'était pas grand-chose, mais cela pourrait devenir son univers.

Son univers valait-il un mensonge ?

Et que se passerait-il si, simplement, elle disait la vérité à Ezra ?

Elle se rendit compte que, depuis plus de vingt ans, il était la première personne à qui elle mentait.

Elle n'avait jamais menti à Dylan, il avait été au premier rang de la vérité dans tout son éclat meurtrier.

Et pourtant au bout de vingt ans il était toujours assis en face d'elle, cette fois dans le coin cocon d'un Starbucks, à l'abri d'une pluie d'été qui s'abattait sur les vitres.

« Pourquoi tu ne m'as pas dit le jour où tu sortais ?

— Je t'ai prévenu : ne viens pas en juin, je sors.

— Mais pas le jour. Ne me dis pas que tu l'as appris la veille, ce n'est pas vrai. Je serais venu te chercher.

— C'est pour ça que je ne te l'ai pas dit. »

Dylan hocha la tête. Voilà bien longtemps qu'il s'était fait aux subtilités opaques de la psychologie d'une détenue. Madeline avait certainement une bonne raison de vouloir que personne ne l'attende devant la porte de Taconic. Être exposée ainsi, au soleil, à l'air libre… Bref, ça avait quelque chose à voir avec la pudeur. La sienne, en particulier, parce qu'en vingt ans de visites il avait eu le temps d'en voir, des libérées conditionnelles, se jeter dans les bras de la famille au grand complet sur le parking.

« Tu as pris le train ? demanda-t-il, pratique.

— Ma mère m'a envoyé un chauffeur.

— Non ? »

Dylan éclata de rire, et le ciel tonna en même temps. Madeline sourit. Elle se sentait à l'aise. Dylan était un repère, elle avait grandi, vieilli avec lui, d'une certaine façon. Elle avait vu le joli garçon terminer de bourgeonner, prendre du poil au menton et une certaine épaisseur, elle l'avait vu obtenir son diplôme de business du sport, se marier et récupérer finalement l'entreprise de démolition de son père. Elle avait tout vu de sa vie, alors qu'il était juste assis en face d'elle, une fois par mois.

Elle l'avait vu divorcer, aussi, parce que sa femme voulait des enfants et que lui n'en voulait pas. Et elle s'était demandé dans quelle mesure elle était responsable de ce choix – elle se posait la question de sa responsabilité pour à peu près tout ce qui touchait ses proches. En l'occurrence, avoir un enfant, pour Dylan, n'était-ce pas le risque qu'on vous l'enlève un jour, de souffrir, comme Mme Molinax ?

Ils n'avaient jamais abordé le sujet.

Et Mad s'en était souvent voulu d'avoir été aussi expéditive avec lui, les premières années. Dylan faisait tout ce trajet, lui apportait ses livres, emportait ses devoirs à la NYU, et tout ce qu'elle avait à lui donner en échange était une conversation écourtée sous un prétexte ou un autre.

Là encore, sœur Hillary l'avait tout doucement amenée à s'ouvrir à la lumière, à laisser l'extérieur venir à elle.

Les années suivantes, Dylan avait pu rester plus longtemps. Et elle attendait ses visites non avec impatience – elle n'en avait pour rien –, mais au moins sans déplaisir.

Il n'avait jamais été question de sentiments entre eux. Du moins, pas du côté de Mad, malgré ce qu'avait espéré Amy Fisher durant les deux ans où elle avait partagé sa cellule, pompé son air, troublé son sommeil et piqué son lot de serviettes hygiéniques qui ne lui servaient de toute façon à rien.

Du côté de Dylan non plus – ce n'était pas possible, il connaissait tout d'elle.

Et justement, au-dessus de leur *americano* brûlant, ils en étaient tous les deux à débattre de la thématique qui l'obsédait, et l'obséderait tous les jours d'après : le mensonge.

« Mentir est un péché, sourit à demi Dylan.

— Oh, arrête. Tu n'es pas si religieux que ça.

— Non, je m'en suis éloigné parce que je n'obtenais pas un certain nombre de réponses à mes questions existentielles. Mais mon éducation catholique m'a laissé quelques valeurs. Cela dit, je pense que mentir pour obtenir un boulot dans lequel on est certain de briller, ce n'est pas grave.

— Il ne s'agit pas que d'un boulot, de toute façon *Ban the Box* interdit à l'employeur de demander des précisions sur le passé judiciaire, récita-t-elle.

— Ah ! Voilà une loi formidable à l'époque d'Internet. N'importe qui peut trouver le *mugshot* de n'importe qui rien qu'en tapant son nom dans Google. »

Madeline recula dans son fauteuil, abattue. Elle avait encore beaucoup de choses à rattraper de ce monde qui avait couru bien plus vite qu'elle. Était-elle sur Internet ?

Papa avait joué de ses relations pour freiner la publicité de son affaire. Madeline Oxenberg n'avait pas eu droit au même traitement médiatique que la Lolita de Long Island, ni à son téléfilm, la postérité ne la retiendrait pas comme l'Égorgeuse de Park Avenue, mais la presse n'était pas si facilement muselable quand il s'agissait d'une histoire aussi formidable que la sienne, et on n'avait pu éviter quelques articles dans les tabloïds. Heureusement, à l'époque il n'y avait pas encore ce qu'on appelait les « réseaux sociaux », se dit-elle.

Mais est-ce que tout le monde faisait cela, maintenant ? Est-ce qu'on avait pris l'habitude de se renseigner sur quelqu'un en ouvrant son ordinateur à peine sa connaissance faite ?

Est-ce qu'Ezra faisait cela ?

Elle n'avait pas pensé à changer de nom, prendre celui de sa mère aurait été une extorsion de plus. Elle n'avait pas pensé qu'il fallait le faire.

« Je ne veux pas te faire peur, dit Dylan, navré. Mais c'est la réalité avec laquelle tu dois composer.

— Il ne s'agit pas que d'un boulot, répéta-t-elle. Il s'agit d'une personne privée, que je serai amenée à revoir.

— Tout dépend si tu tiens à cette personne. Tout dépend du temps que vous passerez ensemble et de la tournure que prendra votre relation.

— Dylan ! »

Il n'y avait aucune « tournure » à envisager, le simple fait qu'il l'évoque la mit profondément mal à l'aise. Elle repoussa son café, soudain nauséeuse.

« Il faut vivre, maintenant, Madeline, dit Dylan après un silence. Tu ne peux pas y échapper.

— Ezra n'a rien à voir avec… ce genre de truc. Il n'y a pas de place pour ça, je ne suis pas faite pour ça.

— Tu te dis surtout que tu n'y as pas droit.

— Enfin, je ne le connais pas, Dylan, inutile de s'emballer ! C'est juste un… un copain, je sais même pas, un copain cuisinier grâce à qui j'ai obtenu le job, enfin je te passe les détails. Ce serait une femme, je me poserais la même question, celle du mensonge. Puisqu'il faut vivre, comme tu dis. Je n'ai pas le mode d'emploi.

— Ne t'énerve pas.

— Je ne m'énerve pas », rétorqua-t-elle, énervée.

Madeline reprit son café pour se donner une contenance, se brûla les lèvres avec. Ça aussi, elle avait du mal à s'y faire. En prison, tout était tiède – ce qui devait être chaud était tiède, ce qui devait être frais était tiède. La même température pour tout le monde, pas d'histoires. Dehors, il fallait qu'elle se fasse à la variété thermique qui couvrait les goûts de chacun. Autour d'eux, les gens attablés, tellement plus cool qu'elle, sirotaient leur *chai latte* fumant, avalaient d'un trait leur *espresso*, faisaient tinter les glaçons de leur *frappuccino*. À tel ou tel moment de la journée, on avait envie de ceci ou cela. Dans le nouveau monde de Mad, le simple choix d'une boisson relevait des libertés fondamentales, et ces personnes autour d'elle l'ignoraient, qui riaient candidement au-dessus de leur paille biodégradable.

« Ce sera un test. » Dylan avait interrompu ses pensées.

« Quoi ?

— Quand tu auras besoin de dire la vérité à quelqu'un, eh bien, c'est que ce quelqu'un comptera pour toi. Et si ce quelqu'un accepte la vérité, c'est que tu compteras pour lui.

— Mmh. (Elle se brûla de nouveau, exprès, comme pour se montrer qu'elle avait le choix de le faire.) En fait, je sais que je suis perturbée, parce que Ezra est le premier homme avec qui je partage un peu de temps, même s'il ne s'est rien passé que je puisse regretter. Je ne suis pas dupe, tu sais. Alors ne le sois pas non plus. La question qui se pose, c'est : est-ce qu'un jour je pourrai tisser des liens avec des gens dont j'apprécie la compagnie ? »

Dylan avala tranquillement de longues goulées de son *americano* – pour lui, chaud n'était pas brûlant, la vie normale lui avait accordé une capacité d'appréciation.

« Bien sûr que tu peux, finit-il par dire. Mais toi seule trouveras le bon rythme. »

Le ciel se fâcha de nouveau et un nuage sembla dégouliner sur la vitre. Madeline se souvint qu'elle adorait les orages, petite. En fait, ce qu'elle aimait, c'était être à l'abri. Il n'y avait pas de sensation comparable à cette douce chaleur qui irradiait du creux de son ventre : le sentiment profond d'être en sécurité, spectatrice du danger – regarde, il ne t'arrivera rien.

Ici, dans ce coffee-shop où la pluie les avait précipités après leur rendez-vous sur l'une des chaises colorées de Greeley Square Park, juste avant Times Square, elle éprouvait la même chose.

« Ça a beaucoup changé, dit-elle. Times Square.

— Blindé de touristes. Je crois que c'est devenu l'endroit le plus sûr sur terre. La seule personne que tu verras presque à poil, c'est le Naked Cowboy, en slip avec sa guitare même en plein hiver. À la place des prostituées et des macs, ils ont mis des crétins déguisés en peluches géantes qui posent pour des photos souvenir.

— Ne me dis pas que tu es nostalgique de tout ça.

— Je sais pas. (Il haussa une épaule.) C'est pareil à Hell's Kitchen. Disons que ça manque d'authenticité, même si c'est mieux de ne pas se faire descendre par des dealers dans le métro à 10 heures du soir. »

Il y eut un silence gêné. Il y avait des sujets, comme ça, sur lesquels il était difficile de glisser. Le meurtre, en général.

« Tu vas aller la voir ? » demanda-t-il si doucement qu'entre le staccato de la pluie et le bourdonnement des conversations, elle aurait pu faire mine de ne pas entendre. Et il n'aurait pas répété, elle en était sûre.

Mais puisqu'on y était.

« Un jour », murmura-t-elle. Il lisait sur ses lèvres. Dans ces murmures partagés, elle était là, Estrella – qui voulait dire étoile, mais dont le ciel se trouvait sous terre, puisque c'était cela dont ils parlaient sans le dire : de sa tombe au cimetière de Woodlawn dans le Bronx, et du temps venu de s'y recueillir. Madeline savait que ce serait un chaos essentiel. Elle assumait depuis vingt ans, mais accepter, ce n'était pas pareil. Il lui faudrait pour cela poser ses mains sur la pierre froide.

« Il faut que j'aille travailler », dit-elle, après avoir soigneusement verrouillé tous les muscles de son visage. Elle redoutait d'être rendue à elle-même, en passant l'aspirateur dans les couloirs de l'immeuble de bureaux à Harlem. C'était un travail dangereux pour l'esprit, car il n'exigeait aucune concentration, les pensées se libéraient sans qu'on puisse les circonscrire.

Et aujourd'hui, le dispositif enrayé de son cortex avait du grain bien noir à moudre. Le mensonge. Le recueillement nécessaire.

Cette double vie qui se déroulait devant elle, comme un tapis d'épines.

Et la culpabilité pour tout – mais ça, ce n'était pas nouveau.

– 30 –

Juin 1997, prison de Bedford Hills

« Quand ma petite Jennifer est morte d'une méningite foudroyante…

— Méningite ? Tu l'as tuée, connasse.

— Amy ! Tu sais qu'il ne faut pas interrompre, et si tu le fais c'est pour encourager la personne qui a du mal à parler. Dans ce cas, surveille ton langage. Continuez, Marybeth. »

Sœur Hillary n'avait rien de ce qu'on pouvait imaginer d'une nonne, enfin, de ce que Mad pouvait imaginer d'une nonne, une longue chasuble, une cornette et un chapelet serré entre les doigts – elle avait une conception assez horrifique de la religion, allez savoir pourquoi. *L'Exorciste*, peut-être, sur lequel elle était tombée un soir, tard, en allant faire pipi, et que Mira regardait avec une de ses amies. Les deux femmes étaient collées l'une à l'autre sur le sofa, la main contre la bouche.

Madeline ne savait pas ce qui l'avait le plus perturbée : le prêtre sur l'écran qui psalmodiait devant une gamine baveuse, ou le fait que Mira ait une amie si proche qu'elle puisse faire avec elle des trucs aussi juvéniles que des soirées vidéo pour se faire peur.

Mira l'avait aperçue dans l'embrasure de la porte, s'était projetée hors du canapé, comme la fille possédée dans le film, et l'avait reconduite à sa chambre en lui serrant le bras trop fort.

Papa était agnostique – il disait que beaucoup de médecins l'étaient – et Mira juive non pratiquante, elle ne savait pas pourquoi ce schisme. Quand Mad avait dit à Papa que Mephista l'obligeait à intégrer un groupe de prière, il avait voulu prévenir maître Leonardi. Mad avait refusé – pas besoin de faire de remous, elle se contenterait d'assister aux séances et de penser à autre chose.

Alors oui, c'était chiant de prendre une heure trois fois par semaine pour ça, mais ce n'était pas du tout ce qu'elle avait imaginé. Sœur Hillary, d'abord : une jolie femme d'une quarantaine d'années, portant parfois un pantalon, et dont l'appartenance religieuse ne se manifestait que par une discrète croix en or qui jouait avec le col de son chemisier. Madonna en avait arboré de bien plus grosses.

De ses cheveux bouclés réunis en chignon, des mèches folles d'un blond cendré s'échappaient, et cela lui donnait un air doux. On pouvait faire confiance à sœur Hillary, c'était un sentiment qui vous étreignait paisiblement dès qu'elle prenait vos mains entre les siennes et posait sur vous ses grands yeux nus.

Mad, qui s'était attendue à une dévote revêche en costume de Halloween officiant à la baguette dans une pièce truffée de micros connectés au bureau de Mephista, en avait été pour ses frais.

La séance, ensuite. On ne priait pas, on se contentait de parler – même si les réponses de sœur Hillary, avec la repentance, la paix de l'âme, la miséricorde et tout, avaient une connotation biblique certaine.

On était là, assises en rond, les stores à demi fermés et des bougies allumées sur une table qui diffusaient des parfums régressifs, genre chocolat chaud-cannelle ou sundae fraise. C'était l'idée qu'on aurait pu se faire d'une réunion de teenagers accros-au-soda anonymes.

À la fin de la séance, on mangeait des petits biscuits faits par les sœurs de la congrégation Saint-Joseph, et on buvait du jus de fruits. La plupart des détenues volontaires ne s'étaient inscrites que pour ça.

Mad n'avait pas ouvert la bouche depuis la première séance, et personne ne le lui reprochait. En revanche, petit à petit, elle avait cessé de réviser ses cours dans sa tête et appris à écouter les autres.

Aujourd'hui, c'était Marybeth, le syndrome de Münchhausen par procuration, l'étouffeuse d'enfants, qui prenait la parole – puisque c'était le seul endroit où elle pouvait le faire et où les autres étaient bien obligées de noter sa présence.

« Jennifer a eu une méningite foudroyante, dit-elle tranquillement à Amy. Je ne lui ai rien fait.

— Ah ouais, et aux huit autres non plus ?

— Amy, c'est la dernière fois que je te le dis, laisse Marybeth s'exprimer sans l'interrompre.

— Elle ne devrait même pas avoir le droit de parler de ses gosses, ma sœur.

— Tu connais la règle, Amy : dans ce groupe, on n'évoque aucun crime. On essaye de mieux comprendre les raisons qui nous ont amenées ici, et quel travail faire sur soi-même pour retrouver le bon chemin. Marybeth ? »

Amy leva les mains en signe de reddition, et Mad observa les autres, dans leur majorité, soupirer, croiser les bras ou murmurer une insanité. Marybeth Tinning était le Typhée de leur mythologie carcérale, une malfaisante entité primitive soufflant un vent fétide sur leur organigramme à géométrie variable – les vieilles braqueuses politisées au sommet, les fatales vengeresses à l'étage intermédiaire, les jeunes en désintox au pied de la pyramide, en attente de validation.

Mad ne savait pas où elle se situait, probablement dans une zone grise entre le crime passionnel et la vengeance. Elle avait depuis longtemps renoncé à rectifier ce qu'on imaginait de son geste.

« Quand ma petite Jennifer est morte d'une méningite foudroyante, reprit l'infanticide au crâne déplumé, pour la première fois de ma vie les gens m'ont entourée. Mon mari Joe, Dieu le bénisse, a grand cœur, mais… »

Elle haussa une épaule massive et tremblotante, et ce fut parti. Voilà comment cela se passait, au sein du groupe de prière de sœur Hillary : une main – innocente, comme on dit – tirait un des petits papiers pliés dans une boîte à biscuits, lisait le mot écrit dessus, on faisait silence quelques minutes pour y réfléchir et celle pour qui cela évoquait quelque chose se lançait.

Les autres étaient priées d'écouter et de rebondir. Cela pouvait être des mots aussi banals que « fenêtre » ou « cuisine », mais curieusement, on trouvait toujours des tas de choses derrière.

Le mot d'aujourd'hui était « études ». Mad s'était demandé si ce n'était pas une perche que la religieuse lui tendait, si le sort était aussi innocent que la main qui le tirait – peut-être que tous les papiers étaient les mêmes, et le thème du jour soigneusement choisi par sœur Hillary.

Mais c'est Marybeth Tinning, jamais avare de sa participation, qui avait saisi la perche.

Voilà comment ça se passait, donc : un mot, un seul, le clair-obscur de la pièce et le parfum réconfortant des bougies amenaient d'autres mots. Des maux, aussi.

« Quand j'étais gamine à Duanesburg, ma mère avait pas de temps pour moi, alors qu'elle en avait pour mon petit frère. Je voyais bien que ça les embêtait que je sois là. Mon père était militaire. Il était presque jamais là, mais quand il y était… (Marybeth émit un drôle de rire de gorge.) Quand je me tenais mal, il me frappait avec une tapette à mouches, parce qu'il avait de l'arthrite alors il pouvait pas trop se servir de sa main.

— Ne vous sentiez-vous pas maltraitée, Marybeth ?

— Ah ben, non, mon père était quelqu'un de juste, je le méritais. Quand vraiment j'étais insupportable, avec ma mère ils m'enfermaient dans le placard, mais j'étais pas mal. Je le méritais, répéta-t-elle, convaincue.

— Quel rapport avec le mot "études" ? intervint une détenue au cou entièrement tatoué, et dont Mad avait oublié le nom et le pedigree.

— Laisse Marybeth dérouler sa pensée, Tiffany. Continuez, Marybeth.

— Le rapport c'est que quand j'ai épousé Joe, il travaillait à General Electric et j'étais diplômée du lycée de Duanesburg, je travaillais comme assistante infirmière et j'aurais bien voulu reprendre mes études mais j'ai pas pu.

— Rien à voir avec ta gosse morte d'une méningite, connasse.

— Amy, tu sors.

— C'est vrai, ma sœur, la défendit la tatouée pendant qu'un murmure de réprobation s'élevait. On est obligées d'écouter ces conneries d'enfance malheureuse et d'études ratées pour justifier le fait qu'elle a tué ses neuf gamins ?

— La méningite foudroyante, c'était pas moi ! »

Comme le brouhaha s'élevait, Mad craignit qu'un lynchage s'ensuive et qu'elles se retrouvent toutes au trou. Sœur Hillary, elle, ne bougeait pas, bien droite, selon le principe qu'elle l'avait vue plusieurs fois mettre en pratique : ignorer le tumulte, ne pas parler plus fort pour se faire entendre afin de ne pas mettre d'huile sur le feu, voilà ce qui déstabilisait les détenues, voilà ce qui leur faisait tendre l'oreille.

« Calmez-vous », dit-elle doucement.

On s'agitait, on invectivait Marybeth, on bougeait les bras dans tous les sens, mais on ne se levait pas. Ici, par une opération du Saint-Esprit, on restait en toutes circonstances le cul collé à sa chaise.

Mad, comme sœur Hillary, croyait avoir compris le rapport que les autres n'avaient pas vu, entre l'enfance terne, le mariage terne, les études ternes de Marybeth Tinning, et le syndrome qui l'avait conduite à l'impardonnable : les femmes comme elle avaient besoin d'une place dans la société. Et le personnel des hôpitaux où elle emmenait ses enfants agonisants, en lui accordant compassion et attention, lui offrait sans le savoir sa terrible place – celle d'une mère en souffrance.

La méningite de la petite Jennifer, qui n'était effectivement pas de son fait, avait lancé le sinistre engrenage. Huit enfants étaient morts parce que leur mère avait besoin qu'on s'occupe d'elle.

« Calmez-vous, répéta sœur Hillary.

— Je m'en vais, fit Marybeth, de nouveau renfermée. J'ai couture.

— Bien. Merci pour votre effort, Marybeth. »

Et tout le monde se calma.

L'une d'entre elles n'avait pas bougé. Pommettes hautes, yeux vifs, lunettes sur le nez, Kathy Boudin observait les autres avec le même intérêt que d'habitude.

Dans ce groupe hétérogène, l'ex-braqueuse de la Brink's était une figure tutélaire qui faisait office de psychologue plutôt que de chef de gang. Depuis quinze ans qu'elle était incarcérée, Kathy avait publié plusieurs articles dans la *Revue sur l'éducation* de la prestigieuse université Harvard. Elle s'intéressait aux mères en prison, et avait même cosigné le *Journal des maisons d'accueil pour les parents incarcérés* avec l'administration de Bedford Hills.

Alors quand Kathy parlait, on l'écoutait.

« Tout ce qui touche à la maternité vous intéresse, vous touche, vous met en colère, analysa-t-elle. Et c'est normal, parce qu'en tant que femme, une détenue est condamnée à une double peine, celle que lui infligent ses ovaires. Un homme, quand il sort, quel que soit son âge, peut devenir père. Une femme, après 40 ans, c'est pratiquement foutu. »

Sœur Hillary hochait la tête, et les autres murmuraient leur révolte. C'est vrai, se dit Mad. Ce qu'elle dit, c'est vrai. Double peine. Non que cela la touche personnellement, elle n'avait jamais envisagé de sa courte vie avoir d'enfant, pas comme sa petite sœur Sarah et ses idiotes de copines qui avaient déjà fait leur liste de prénoms pour un garçon, de ceux pour une fille – elles auraient les deux, bien sûr.

Mais c'était acté : des enfants, elle n'en aurait pas.

Elle n'aurait pas le choix.

« C'est injuste ! s'exclama Amy. Une femme devrait avoir droit à des parloirs spéciaux, intimes, quoi.

— Qu'est-ce que t'en as à taper, fit la tatouée, au pire tu sors dans quoi, deux ans ?

— Et puis toi ce qui t'intéresserait surtout dans ces parloirs, c'est de baiser », lança Donna Hylton, et tout le groupe éclata de rire.

Comme d'habitude, Mad zappa les biscuits et le jus de fruits, mais elle sentit le poids plus lourd du regard de sœur Hillary sur elle. Cette fois non plus, elle n'avait pas réussi à la déverrouiller. Mad en tira une certaine fierté.

Mais, dans le couloir qui la reconduisait à ses chères études, elle perçut le petit trou que cette séance avait percé dans sa carapace : ce qu'elle avait fait à Estrella trouvait-il sa source dans son enfance ? Avait-elle été une petite fille prise en considération ? Et si non, est-ce que ça avait quelque chose à voir ?

Papa n'était jamais là, mais il l'aimait, elle n'en avait pas douté. Mira n'avait rien de méchant, mais elle préférait Sarah, enfin, ce n'était pas grave, c'était un fait acquis. Sarah la parfaite, la joyeuse, la mignonne. Sarah qui fabriquait des guirlandes de cœurs en papier rose pour la Saint-Valentin, et qui piquait consciencieusement des clous de girofle dans les oranges pour Noël.

Madeline, elle, n'aimait pas Noël et les fêtes imposées, fermait la porte de sa chambre pour écouter Nirvana. Elle ne faisait pas de jolis caprices comme Sarah, ne braillait pas au moindre bobo comme Sarah, mais elle avait pleuré le jour où Kurt Cobain avait été découvert suicidé à Seattle.

Sarah ne posait jamais de questions. Madeline, elle, avait l'impression d'être une éponge émotionnelle, de voir ce que les autres ne voyaient pas.

Le cancer de Mira. L'amie avec qui elle regardait *L'Exorciste*, ce soir-là, collée à elle sur le sofa du salon de Park Avenue, la main sur la bouche.

Et à travers ces images indéfinissables, peut-être, un besoin d'absolu qui l'avait conduite à donner la mort.

Peut-être.

Elle chassa ses pensées en ouvrant un livre, faisant comme un courant d'air, et se plongea dans la lecture complexe de *La Terre vaine* de T.S. Eliot.

Oserai-je

Déranger l'univers ?

Une minute donne le temps

De décisions et de repentirs qu'une autre minute renverse.

– 31 –

Septembre 2016, Sag Harbor

Le week-end arriva sans nouvelles de Montauk, et avec lui revint Sarah.

Avec ses enfants.

Les voyant sortir de la voiture – un SUV de location aussi incongru sur ce territoire balisé qu'un pare-buffle à Manhattan –, Madeline se figea derrière la fenêtre de sa chambre. Qu'allait-elle bien pouvoir leur dire, à part « Salut, ouh que t'es grand, que tu es mignonne » ?

Elle ne savait même pas quelle langue parlaient les ados d'aujourd'hui, quels rituels ils avaient, quelle musique ils écoutaient. Est-ce que Michael Jackson leur disait encore quelque chose, ou le génie avait-il été remplacé dans l'inconscient juvénile par une espèce de poupée horrifique ? Est-ce que Nirvana était encore subversif ? Musicalement parlant, 2016 était une année bien pourrie : David Bowie était mort, Prince était mort, Glenn Frey des Eagles était mort, Maurice White d'Earth Wind and Fire était mort, Billy Paul était mort, ils étaient tous morts, putain, mais avaient-ils jamais chanté dans le

Walkman de ce garçon tout long, tout maigre, qui se baissait pour embrasser sa grand-mère ?

Et puis, apparemment, il n'y avait même plus de Walkman. Il n'y avait plus de vinyles, ni de CD, ni de chaînes stéréo, on écoutait tout sur son téléphone. Ce monde virtuel la dépassait.

Mais ce n'était pas le sujet, évidemment. Le sujet était qu'on allait encore passer l'après-midi à éviter LE sujet.

Mira ne l'avait pas prévenue de cette visite, alors qu'hier elles avaient comme d'habitude partagé le déjeuner, puis le thé sur la terrasse avant que Madeline parte faire le ménage à Harlem – « Tu gardes ce travail ? — Pas pour longtemps, j'ai des plans à Montauk. — Tu vas tomber d'épuisement, avec ces trajets », voilà quelle avait été la teneur de la conversation, avant de passer à la culture des rhododendrons en sol sableux.

Madeline enfila un short en jean et un tee-shirt en lin beige qu'elle avait achetés la veille au H&M de la 125e Rue, chaussa sa paire de tennis en toile qu'elle ne se résolvait pas à remplacer, comme si elles lui imposaient de garder les pieds sur terre. Devant le miroir, elle coiffa ses cheveux propres en queue-de-cheval, le rose aux joues. Le teint coloris endive-Taconic-spécial avait vécu, il fallait croire.

« Tu as bonne mine ! » confirma Sarah, quand elle se présenta en bas de l'escalier comme une étudiante terrorisée avant le grand oral. Madeline sourit, hocha la tête pour remercier, les mains jointes – tout bien comme il faut.

Puis elle attendit que Mira ait fini ses effusions. C'était un spectacle inédit. La caresse dans les cheveux de la petite fille, les yeux brillants, les rires complices avec le grand garçon – qui effectivement avait « tellement grandi ».

« Tom a pris 15 centimètres en à peine neuf mois, renchérit Sarah. Sa carcasse a eu du mal à le supporter, il est toujours voûté, on a craint la scoliose, tiens-toi droit, Tom, au nom du ciel !

— C'est bon, Mam'. »

Mira en « Granny » – c'est ainsi que les enfants l'appelaient, apparemment –, Sarah en « Mam' », c'était une chose à laquelle on ne pouvait pas se préparer en cinq minutes, alors Madeline resta muette, verrouillée à double tour, le sourire plaqué sur un visage en feu. Malgré ses efforts surhumains pour la planquer sous le tapis, son appréhension se voyait-elle comme le nez au milieu de la figure ? se demanda-t-elle en voyant le grand garçon s'approcher.

« Salut, dit-il en lui tendant la main.

— Bonjour, répondit-elle, la serrant mollement.

— Tom, tu es mieux éduqué que ça, intervint Sarah. Un "bonjour" est plus adapté quand on fait la connaissance de quelqu'un.

— C'est bon, je suis sa tante, après tout », lâcha Mad.

Elle pressentait le bras de fer, et toute son appréhension s'envola : elle avait l'habitude de ce genre de rapports, elle savait naviguer dans ces eaux-là.

Tout cela dans le regard du gamin. Allez comprendre.

« Ne te fie pas à son faux air de Justin Bieber, s'amusa Sarah, Tom est un vrai scientifique.

— Vraiment ?

— Oui, il est dans les meilleurs de son lycée, il veut faire médecine, n'est-ce pas, Tom ?

— Oui. Je veux être chirurgien esthétique. Comme Papy. »

C'est en passant par des moments comme celui-ci que Mad avait acquis la conviction qu'elle n'était pas une psychopathe incapable de gérer sa violence.

Cette seconde aiguë où elle matait la pulsion. Elle aurait pu saisir ce gosse par le col de son polo Ralph Lauren et lui fracasser la tête sur le buffet du couloir, rien que parce qu'elle avait le sentiment qu'il la provoquait en évoquant Papa. C'est ainsi que cela se passait en prison – le fameux manque de « respect ».

Mais Mad avait appris à se satisfaire de la simple idée de la violence, cela lui avait évité bien des histoires et un nombre appréciable de jours de trou.

Alors, au lieu de ça, elle sourit et dit :

« C'est chouette. C'est lui qui t'a transmis sa vocation ? Vous en avez beaucoup discuté, tous les deux ?

— J'étais trop petit quand il est mort.

— Ah oui, il me semblait bien… Tu avais quel âge ? 3 ans, quelque chose comme ça ?

— Ouais.

— Tu ne l'as pas connu. C'est dommage. »

Attendrie, Sarah passait à côté de la bataille comme elle l'avait toujours fait.

« Meryl, ma chérie, viens dire bonjour à ta tante ! »

La petite fille, timide et lumineuse, renvoya son frère à sa pénombre, et Madeline reconnut sa sœur en elle, à son âge : l'innocence incarnée.

Étrange, ce goûter.

Suffisait-il qu'on ne parle pas des choses pour qu'elles n'aient jamais existé ?

Évidemment, il aurait été inconvenant de monopoliser la conversation avec des « Mmmh, ben c'est meilleur que la compote qu'on nous servait à Bedford » ou « Une fois, vous allez rire, j'ai trouvé un poil pubien dans mon pudding à Taconic ». Bref. Mais la persévérance avec laquelle tout le monde s'extasiait sur les nouveaux talents de pâtissière de Mira et hochait la tête pour délivrer son satisfecit semblait au contraire souligner en gras tous les sujets à éviter.

On naviguait à vue, on voguait à la surface d'une mer trouble en prenant bien garde de ne pas y tremper un pied.

« Meryl veut être vétérinaire, hein, Meryl ?

— Oui.

— Elle adore les animaux. Hein, Meryl.

— Oui.

— On a un chien, mais il a fallu le laisser à L.A. Il est trop grand pour voyager en cabine avec nous, il aurait fallu le mettre en soute et j'ai craint qu'il pique une crise, il est un peu fou-fou. C'est un goldendoodle, un croisement de golden retriever et de caniche. Dis à ta tante Madeline comment il s'appelle, Meryl.

— Gordon, rigola la petite. Trop marrant.

— Gordon, c'est le nom de mon ancien patron, un vrai con, pardon. Alors j'ai adoré l'idée d'enfin pouvoir donner des ordres à un Gordon : Gordon, va chercher ! »

Et la mère et la fille de s'esclaffer, sous l'œil blasé de Tom. Attention, Sarah, se dit Madeline, s'il fait du mal à Gordon, qu'il met le feu aux poubelles et qu'il pisse au lit, ton fils a trois sur trois à la triade Macdonald qui définit les sociopathes.

Elle sourit à Meryl, remarquant le soin que la gamine avait apporté à sa tenue – un jean sobre, un lumineux tee-shirt blanc –, à ses cheveux d'un blond parfaitement lissé et à son visage – une pointe de mascara et un baume à lèvres rose. Elle était à cet âge où l'on a hâte d'être plus grande mais où on ne veut pas le montrer, pour éviter les remarques gênantes et les gros pinçons sur la joue. Oh, elle commence à être coquette, ma petite Poucette ! Des trucs comme ça.

Madeline aurait voulu avoir 10 ans. Porter un jean neuf et promener un chien qu'elle aurait appelé Mephista aurait à ce moment-là suffi à son bonheur.

« Du coup, Gordon est en pension chez une copine à Venice, il a toute une plage privée pour lui, le chanceux. Mais on rentre lundi, il nous manque, cet abruti de chien. Hein, Meryl ?

— Oui. »

Et l'on se resservait de la tarte aux prunes, sucrée, acide, parfaite. Mad rééduquait ses papilles.

À un moment, la conversation dévia prudemment vers elle. Il le fallait bien, et c'était un art auquel on était rompu sur Park Avenue : parler pour ne rien dire du reste, accorder le même intérêt poli à tous les convives.

« Maman me disait que tu allais exercer tes talents d'horticultrice à Montauk ?

— Qu'est-ce que c'est ? demanda Meryl.

— L'horticulture, c'est faire des plantations, organiser des jardins.

— Vous avez appris ça comment ?

— Tom ! »

Sarah foudroya son fils du regard. Du coin de l'œil, Madeline vit Mira serrer la main sur son rond de serviette en rotin. C'était le passage obligé, le virage serré à négocier.

« Ça va, Sarah, fit-elle tranquillement. J'ai appris comme tout le monde, Tom. J'ai planté des fleurs, je les ai étudiées, et j'ai obtenu un diplôme.

— En prison ?

— Tom !

— Sarah, je t'assure, il n'y a pas de mal à demander. (Mad se tourna de nouveau vers Tom.) Dans la première prison où j'étais, on pouvait suivre diverses formations, en imprimerie, commerce, cosmétologie et horticulture, donc. On avait un bout de terrain et une serre, des jardineries partenaires du projet nous livraient des bulbes et des plantes en motte. C'était très sérieux.

— Un peu comme un internat, quoi, sourit à demi le garçon.

— Si tu veux. »

En face d'elle, Mira repoussa un morceau de prune dans son assiette.

« Et Montauk, alors ? fit Sarah avec un enthousiasme largement exagéré.

— J'ai déjà deux demandes. Et surtout, j'attends une réponse pour un grand projet de jardin. Si ça marche, je vais peut-être m'installer là-bas.

— Où ? s'étonna Mira.

— Je ne sais pas. Je vais trouver. Quelqu'un regarde pour moi.

— Ah bon ? Qui ça ?

— Un cuisinier d'un restaurant où j'ai déposé mon annonce.

— C'est lui qui a appelé l'autre jour ?

— Oui. Il est très gentil. »

La conversation tournait au dialogue à deux voix, comme si un couloir aérien s'était ouvert entre elles. Au bout, Madeline vit Mira secouer discrètement la tête au-dessus de sa tasse de thé, et elle sut la confusion que cela trahissait : dans sa situation, pouvait-elle se permettre de sympathiser avec quelqu'un ? Se rendait-elle compte de ce que cela engendrait, du bazar qu'elle mettrait dans la vie des autres ?

« Oh, je suis sûre que tout ira bien pour toi », pépia Sarah avec son ingénuité habituelle. Et l'on débarrassa la table dans un grand élan de bonne humeur surjouée, évacuant les miettes et l'embarras par la même occasion.

Et puis, à un moment où ils étaient seuls sur la terrasse, Tom tendit la pile d'assiettes à Madeline, et par-dessus un bout de pâte à tarte laissé de côté, il lui demanda :

« Quelle impression ça vous a fait ? »

Elle s'y attendait, tout le temps que ce gosse avait investi à l'observer ne pouvait pas être vain. Tom Machin – elle ne se souvenait plus du nom de l'heureux père scénariste – ne regagnerait pas la chambre d'ami qu'il occupait à Long Island, et où il devait gravement s'ennuyer, sans un os à ronger.

Mais, même attendue, la question était redoutable.

« Quoi donc ? » demanda-t-elle, pour voir jusqu'où il pourrait aller. Elle pliait soigneusement les serviettes, sentant son regard pointu lui forer l'omoplate. « Je sais pas, dit-il.

— Si, tu sais. » Elle s'était retournée, le fixant froidement. Il haussa une épaule, nonchalant. « Viens par ici », dit-elle en descendant les trois marches qui menaient au jardin.

Madeline avait fait glisser la jolie nappe brodée, virginale, de la table en bois, elle fit signe au garçon d'en attraper deux coins et renvoya un sourire à Sarah, qui affichait une mine ravie dans l'encadrement de la fenêtre de la cuisine. Mais oui, regarde comme il est serviable, ton fils, il m'aide à plier.

Le grand con se mélangea les pinceaux avec ses coins de nappe, Mad se rapprocha pour lui montrer comment faire et le relança : « Alors ? Tu as perdu ta langue ? Que veux-tu savoir ?

— Je sais pas, un peu tout.

— De quelle impression parles-tu ? L'impression que ça fait d'avoir tué quelqu'un, d'être interrogée par les flics comme dans les films, d'être en prison ? C'est ça ? C'est cool d'avoir une tante comme moi, non ?

— Ouais. »

Mad s'éloigna en tendant le tissu pour le défroisser. Elle s'en foutait, elle n'avait pas peur de répondre, c'était sa vie. « Approche-toi, donne-moi tes coins et récupère l'autre bout. Je préférerais avoir été tuée qu'avoir tué. Les flics que j'ai connus n'étaient pas des balèzes à flingues, ils faisaient juste un boulot administratif. La prison, ça pue, c'est bruyant, la bouffe est dégueulasse et tu ne peux pas demander à sortir quand tu en as marre. C'est pas un putain de jeu. (Elle tira sur le tissu.) Ça répond à tes questions ? »

Il avait laissé échapper ses coins de nappe et se retrouvait là, avec son demi-sourire et ses longs bras ballants. « Je sais pas. Pas tout à fait, je dirais.

— Désolée de te décevoir, mais il n'y a rien à raconter de plus. J'aurais bien voulu te régaler avec des histoires de baronne de la drogue dans une cellule quatre étoiles, le respect, tout ça, comment c'est jouissif ce pouvoir de vie ou de mort, mais ce serait juste un film.

— Pourquoi tu l'as tuée, la fille ? »

Inévitable. Mad ne savait pas jusqu'à quel point Sarah était entrée dans les détails, mais cela n'avait plus d'importance, comme le lui avait dit Dylan : Internet était là pour faire le sale boulot.

« Ça, c'est ma vie privée. Qui ne te regarde pas. (Elle soutint son regard en lui tendant la nappe bien pliée.) Va demander à… Granny si tu dois mettre ça dans le panier de linge sale. Et, Tom, si tu rêves de couteau ou de revolver, il faut que tu apprennes un truc (Mad baissa la voix, prit le ton de la confidence :) c'est phallique. Alors achète-toi un magazine porno et vérifie que tout est bien fonctionnel. »

Elle vit un tic faire tressauter les trois poils de moustache sous le nez de l'ado, le demi-sourire qu'il s'efforçait de faire tenir en place, et lui lança un clin d'œil : « C'est cool d'avoir une tante comme moi, non ? ».

Puis, en passant pour rejoindre la terrasse, elle reprit son sérieux : « Mais dis-toi que moi, je regrette chaque seconde que j'ai passée sur cette terre depuis vingt ans. Réfléchis-y avant de trouver ça cool. »

– 32 –

Mai 1999, prison de Bedford Hills

Amy Fisher avait obtenu sa libération conditionnelle. L'une des plus célèbres détenues de l'État de New York franchissait la lourde porte dans l'autre sens, et c'était toute une histoire.

« Amy veut simplement du temps pour se détendre avec sa maman et se familiariser avec la vie normale privée. Pas de contrat de livre ni de folie médiatique », avait assuré son avocat au *New York Times*. La commission des remises en liberté avait apprécié, et, chose plus notable encore, Mary Jo Buttafuoco, sa victime défigurée, sourde d'une oreille, une balle toujours fichée dans le cou parce que trop dangereuse à retirer, avait appuyé le plaidoyer. Elle voulait avancer. « Et pour avancer, vous devez pardonner », avait-elle déclaré.

« Cette conne n'existe pas, avait lâché Amy à Mad. Et moi, en sortant, j'ai un poste de journaliste au *Long Island Press*. Ils me laissent toute une colonne. Si tout se passe bien, après tout ce bordel je vais pouvoir me payer une Ferrari. »

C'était donc ainsi, normalement, s'était dit Mad. *Normalement*, la criminelle haïssait sa victime jusqu'au bout – et même après. *Normalement*, la criminelle ne regrettait rien, comme Amy. *Normalement*, la criminelle se foutait du pardon. Comme Amy.

Elle regardait autour d'elle, et elles étaient toutes comme Amy. La persévérance dans la hargne et la rancœur était une position acceptable, derrière les barreaux. Celles qui regrettaient étaient des faibles.

Mad, elle, aimait sa victime. Elle n'aurait jamais son pardon, parce qu'elle ne croyait pas à tout ce qu'enseignait sœur Hillary et qui sous-entendait qu'Estrella était là à voleter autour d'elle dans un cosmos lénifiant. Mais elle se serait tuée si Mme Molinax le lui avait accordé pour sa fille.

Pendant qu'Amy frétillait de modestie devant une forêt de micros qui, par une curieuse télépathie, avaient collé un énorme bouton de fièvre à Mephista, Mad était enfermée dans une pièce avec vingt-deux autres filles. Sous la surveillance de quatre gardiens et d'un professeur dépêché par le Mercy College de Manhattan, elles passaient leurs examens dans le but d'obtenir un diplôme.

Des épreuves écrites du concours d'éducatrice canine à ceux d'esthéticienne, d'horticultrice ou de lettres anglaises, il y avait de tout, des jeunes détenues dont les mollets tressautaient d'angoisse sous la table aux habituées studieuses comme Kathy Boudin, elles étaient toutes différentes mais avaient le même espoir : transformer l'ennui, le terrible ennui, le mortel ennui, en quelque chose de palpable, un simple papier qui leur dirait que le temps n'était pas vain.

Mad planchait sur le commentaire d'un texte de Thomas Hardy : « *Pour définir son caractère, d'après la gamme de l'opinion publique, j'ajouterai que, selon l'humeur morose ou gaie de ses semblables, il passait pour méchant ou bon.* »

Cette phrase, dans la description initiale du fermier Oak, avait valeur de thèse à part entière, alors que Mephista et son gros bouton de fièvre se débattaient entre la porte de sortie obstruée par la presse à scandale et la salle d'examen où vingt-trois détenues observaient un silence assourdissant.

Le titre de l'ouvrage d'où l'université avait tiré l'extrait était lui aussi de circonstance : *Loin de la foule déchaînée*.

Mais, quoi qu'on fasse à Bedford Hills, tout ne vous ramenait-il pas toujours à ce qu'il s'y passait ?

Mad était en prison depuis trois ans et demi.

Quand Mephista la convoqua un lundi pour lui remettre son diplôme, elle resta les mains bien coincées dans sa ceinture, à regarder la grande enveloppe ouverte. Elle aurait voulu découvrir son résultat elle-même, comme n'importe quelle étudiante, mais cette salope de directrice lui avait volé son privilège.

Abattue, se triturant le ventre du bout des doigts, elle ressentait cela comme un viol moral. Certes, décacheter un courrier dans l'ombre d'une cellule ne valait pas un lancer de *mortar* devant une assemblée tout acquise à votre gloire, mais… Mais SI, putain, justement, cela valait plus, cela valait bien plus, puisque c'était la seule chose absolument personnelle qui lui restait, le seul moment où elle aurait senti son cœur vivant dans sa poitrine, son souffle se raccourcir sous l'effet de l'espoir, tandis que son pouce tremblant aurait glissé sous le rabat en papier kraft.

« Félicitations. Vous pouvez le prendre », lâcha Mephista en passant aussitôt à un autre dossier de la pile. Mad se pinça plus fort, attrapant le pli de peau sous son nombril, cherchant à y enfoncer ses ongles trop courts, pour dévier la douleur.

« Merci, madame, dit-elle poliment. Mais j'ai toujours respecté le règlement. Peut-être que l'officier Washington pourra prendre ce courrier pour moi et le déposer dans ma cellule ? »

Mephista leva les yeux derrière ses lunettes en écaille d'où pendait une chaîne dorée. Elle la fixa, déposa son stylo, et la chaîne frémit sur ses épaules. Attention, danger.

« L'officier Washington n'est pas employée aux services postaux, répliqua-t-elle. Et vous avez raison, il vous faut appliquer le règlement et laisser vos mains là où elles sont. Je rangerai donc ce document dans un tiroir, en espérant qu'il ne se perde pas. Ce qui ne serait pas un drame, parce que entre nous, je ne vois pas bien à quoi pourra vous servir un diplôme de lettres anglaises.

— Mon avocat viendra le récupérer pour moi. »

À ce moment, Mad vit la place qu'aurait pu occuper Mephista à Bedford Hills – la vraie : celle d'une détenue de droit commun, condamnée parce que son sang n'aurait fait qu'un tour au lieu de passer par le bon aiguillage qui contenait son tempérament naturel. Le poste de directrice n'était qu'une vocation contrariée.

« Je peux le prendre, intervint Tyra Washington. Si vous le permettez.

— Je le permets. »

La vipère avait craché, mais Mad sut que le venin serait long à se répandre. Elle le sut quand Tyra la précéda dans les couloirs en tenant son enveloppe en évidence devant ses larges hanches, un sourire à peine perceptible sur les lèvres. Elle le sut quand ses codétenues lâchèrent quelques exclamations sur son passage : « Hé, la Timbrée, t'as réussi ? Trop forte ! »

Oui, elle avait été trop forte. Beaucoup trop. Elle le paierait sûrement.

« Bravo ! la félicita sœur Hillary quand elle arriva en retard à la réunion. Vous êtes trois dans le groupe à être diplômées. Trois sur les trois qui ont passé leur examen. Kathy, Madeline, Teresa, c'est votre jour, nous vous avons préparé de quoi porter un petit toast. »

Elle avait tout prévu, sans doute était-elle au courant depuis le matin, elle aussi, mais Mad n'avait plus le courage d'en vouloir à personne.

Il y avait des bulles dans le soda exceptionnel, et même si ce n'était pas aussi radical que du pruno, les bulles avaient le don de vous mettre l'esprit en fête, parce que les bulles ça bouge, ça pétille, avec cette verticalité qui vous sort de votre contenant. Comme le gaz des bulles, *pop*, les pensées mornes du quotidien se dissolvaient dans l'air sitôt parvenues à la surface.

Alors on oubliait les murs, on trinquait, on glanait un moment de paix en picorant les Jelly belly, Twizzlers, Skittles, tous les bonbons que sœur Hillary avait étalés sur la table dans un délire coloré.

Et, mettant de côté les représailles qui peut-être arriveraient, Mad se déridait, s'ouvrait un peu pour une fois.

« Que comptes-tu faire, après ? lui demanda Kathy Boudin.

— Après ?

— Pas après ta peine, après maintenant. J'en suis à mon cinquième cursus universitaire, et j'ai appris qu'il fallait raisonner au présent. Pour se construire, il n'y a pas que la foi, même si je trouve formidable ce que fait sœur Hillary avec nous. Il te faut un projet. Toujours un projet. »

Avec son regard profond, ses vagues de cheveux argentés et son sourire épanoui, Kathy dégageait tant de bienveillance que personne n'aurait pu l'imaginer attendre sur un parking que ses compagnons du Weather Underground et de la Black Liberation Army, lourdement armés, aient attaqué un fourgon de la Brink's pour piéger ensuite les policiers qui ne s'attendaient pas à ce qu'une frêle jeune femme blanche soit mêlée à une action revendicative noire.

C'est pourtant ce qu'elle avait fait. Les flics avaient baissé leurs armes devant elle, et les complices de Kathy les avaient canardés.

« J'écris de la poésie, dit-elle. La poésie nous emmène ailleurs. Sur quoi as-tu passé ton écrit ?

— Un extrait de *Loin de la foule déchaînée*. Sur le fermier Oak.

— Thomas Hardy. Mon Dieu, j'ai détesté *Tess d'Uberville*. Sous prétexte de dénoncer les conventions sexistes avec son héroïne sacrifiée, Hardy a couché ses fantasmes au sujet d'une jeune laitière qui l'obsédait. Tu le savais ? »

Mad secoua la tête, attrapant un bonbon : « Non, mais peu importe d'où un écrivain tire son inspiration, pour moi. Ce qui compte, c'est ce qu'il éveille en moi.

— Et qu'est-ce que Tess éveille en toi ?

— Je ne sais pas. (Mad réfléchit, mâchant lentement son Twizzler.) Cela m'apprend qu'il ne faut jamais être la personne que l'on plaint.

— Je te rejoins là-dessus. Cette pauvre fille fait son malheur toute seule.

— Ça, je ne sais pas.

— Alors, la suite ? (Kathy sourit.) Peut-être devras-tu t'atteler à un doctorat ?

— Je ne sais pas si j'en suis capable.

— Ici, on est capable de tout. »

Kathy s'interrompit un moment, regardant autour d'elle toutes ces filles qui devisaient, riaient poliment comme si elles étaient à un cocktail. Marrant comme les circonstances peuvent agir sur vous, comme si l'on vous avait, pour un petit moment, offert le rôle de votre vie.

« Mon fils, dit-elle, mon fils Chesa a ton âge. Le jour du braquage, je l'avais confié à une amie. Son père est en prison à Wende. Il a été adopté par des dirigeants du Weather Undergound, qui s'en sont mieux sortis que moi tout en continuant la bataille pour leurs idéaux. Chesa est en quelque sorte mon ex-fils. (Elle lui jeta un œil furtif.) Voilà pourquoi je m'occupe autant des mères en prison. Lui n'a pas connu une enfance tranquille, mais il a tout compris : actuellement, il fait son droit et veut se spécialiser en pénal et en politique latino-américaine. C'est son truc. Il sait qu'il y a d'autres moyens de se battre que ceux qu'il a toujours connus. Les études, Mad, c'est la meilleure façon de se battre ici. »

Mad hocha la tête. Bien sûr qu'il lui fallait continuer. Ou faire complètement autre chose qui tiendrait son esprit debout alors qu'il ne demandait qu'à s'allonger.

Elle devait trouver son chemin, comme le professait sœur Hillary. Son cœur battait. Ce sentiment que tout ne se terminait pas avec un joli bout de papier, qu'elle avait encore la possibilité d'un choix, la transcendait presque.

« Tout va bien, Madeline ? demanda la religieuse, arrivée jusqu'à elle avec une discrétion toute spirituelle.

— Oui, ma sœur, tressaillit Mad. Je vais… Je dois retourner en cellule. J'ai un peu mal à la tête.

— Cela doit être le champagne orange chimique…

— Oui, sourit Mad. Sûrement. »

Elle s'éclipsa. Toujours cette crainte qu'elle l'approche. Sœur Hillary était trop forte pour elle. Comme une mère. Elle n'en voulait pas.

Le lendemain, Mephista la retira de l'équipe de nettoyage de nuit. « Puisque vous avez terminé vos études », lui dit-elle.

Puis elle l'inscrivit à l'atelier de couture.

– 33 –

Septembre 2016, Montauk

C'était une grande maison carrée comme on les affectionnait ici : derrière la simplicité des lignes de bois et d'ardoise fumée, on devait trouver des papiers peints entièrement décorés à la main et des lampes Tiffany aux liserés d'or pur. La salle à manger était probablement meublée dans un style fermier chic, tons crème sur un plancher en bois foncé, le salon d'inspiration nautique avec des touches d'azur – mais les canapés signés Herman Miller ou l'un de ces grands designers minimalistes hors de prix.

Madeline imaginait très bien. Elle se souvenait que Papa, qui aimait la beauté sous toutes ses formes, était un passionné de mobilier au point qu'il avait pensé en faire son métier, bien avant la chirurgie, lui avait-il raconté. Alors elle voyait l'intérieur de cette maison avec le regard de Papa, qui, là où il était, pouvait traverser les murs.

Elle ne le pouvait pas. Son territoire se cantonnerait au jardin, une surface d'un vert uniforme tondue au cordeau et creusée d'une mare à la surface roide.

M. Manhattan lui avait dit au téléphone, d'une voix un peu cassée : « Seule la femme de ménage a la clé, elle vient secouer les housses deux fois par semaine, nettoyer les voilages tous les quinze jours. »

Et c'était bien dommage de savoir cette maison anesthésiée pendant six mois, ses meubles drapés de blanc figés dans leur vanité. « Mais vous pourrez vous reposer sous le porche dès que le besoin s'en fera sentir, avait-il ajouté. La cuisine d'été est tout à fait fonctionnelle. »

Madeline considéra les chaises Adirondack aux coussins bleus derrière la rambarde de bois poli, l'appentis et la verrière qui abritaient la cuisine d'été juste derrière, et se dit que, ma foi, elle se serait bien contentée de cet espace tout le restant de sa vie.

Elle avait le job. Un grand terrain où tout était à imaginer, sans personne sur le dos, sans piquets de délimitation tous les dix pas. Elle n'aurait pas à retrouver ses plantations de la veille déterrées et repiquées dans le mauvais sens du soleil après qu'une main innocente y eut planqué ses sachets de MDMA, de cannabis ou de Dieu sait quoi. Elle n'aurait pas à jeter la moitié des plants que les jardineries du comté de Westchester livraient en vrac, déjà fanés. Elle avait le job, elle avait une cabane de jardin avec tous les outils nécessaires, elle avait carte blanche et un budget « illimité ».

C'était le seul hic, le budget. M. Manhattan ne connaissait pas Madeline – ou alors il était féru d'Internet et, au contraire, voyait très bien de quoi elle était capable – et il avait trouvé plus raisonnable de verser l'argent dont elle aurait besoin sur le compte de The End, un restaurant bien implanté qui ne risquait pas de se barrer avec.

Ce qui, en gros, faisait qu'elle dépendrait d'Ezra pour acheter ses hortensias.

Elle avait le job, un salaire hebdomadaire de 500 dollars, l'obligation d'envoyer un compte rendu et des photos de l'avancement des travaux chaque vendredi.

Elle avait le job, elle avait trois mois avant l'hiver et puis elle aurait un mois ensuite pour les plantations de printemps. Tout devait être beau en mai prochain, quand la maison reprendrait vie.

« M. Manhattan est riche, il aime tes dessins et je ne doute pas qu'il adorera ton jardin, lui dit Ezra lorsqu'elle revint au restaurant. Il n'a qu'un défaut, c'est d'être l'un des financiers de la campagne de Trump.

— Vraiment ? Je pensais que les New-Yorkais votaient démocrate.

— Les nantis de l'Upper East Side prétendent seulement le faire, j'en suis sûr.

— Ma mère ne supporte pas Trump. »

Elle avait parlé sans réfléchir. C'était difficile de simplement participer à une conversation quand on n'avait aucune référence, aucune culture politique. Alors l'algorithme du cerveau sortait ce qu'il avait de plus cohérent.

Derrière le bar, Ezra prit le temps de croiser les mains derrière sa nuque et de faire quelques mouvements pour détendre ses épaules, tandis qu'elle priait intérieurement pour qu'il change de sujet.

« Et donc ? demanda-t-il en grimaçant de douleur.

— Et donc quoi ?

— Ta mère… Nom de Dieu, je me suis froissé un muscle. Oui, ta mère est de l'Upper East Side ?

— Il y a longtemps qu'elle n'y vit plus. Elle est à Sag Harbor. C'est un torticolis, ce que tu as. Il faut monter tes épaules jusqu'à tes oreilles en inspirant. Ensuite tu relâches en expirant. »

Elle le regarda se désarticuler en soufflant, ravie de la drôlerie du spectacle et, surtout, d'avoir dévié la conversation.

« Ça va mieux ?

— Oui, c'est vraiment pas mal, comme technique. Tu es kiné, en plus ?

— Non, mais j'ai eu beaucoup de torticolis. Le jardinage. »

Ça, au moins, c'était vrai. Il y avait eu aussi les heures de couture et le matelas en béton, mais c'était la partie sombre de l'histoire, tout comme l'exil de Mira.

« Alors tu es kinésihorticultrice, déclara Ezra. C'est un métier rare. On va en parler à M. Manhattan, je suis sûr que Trump aura quelques tensions au lendemain de l'élection.

— Il ne va pas passer ?

— Tu veux rassurer ta mère ? Bien sûr que non, Trump ne passera pas. C'est une baudruche. Les gens de ce pays ont élu Barack Obama, ils ne peuvent pas tomber si bas ensuite. Viens, on va manger.

— Je dois faire une liste de plants à acheter…

— Eh bien, tu la feras en mangeant. Katie, tu nous apportes des soupes aux clams et un panier de frites ? Je prends ma pause. »

La belle serveuse brune leur sourit, et Madeline se demanda ce qu'elle pouvait bien penser. Elle oscillait entre le malaise et un curieux bien-être nés d'une habitude qu'elle n'avait pas envie de prendre. Être là, comme chez elle, et prétendre être quelqu'un d'autre. Elle craignait que ce soit plus facile qu'elle ne l'avait pensé.

Elle fit sa liste, elle se brûla avec sa soupe, dessina pour Ezra l'allée d'hortensias imaginaire qui lui avait sauté aux yeux dès qu'elle avait mis les pieds sur la propriété près du lac. Du bleu, du violine, du rose, et encore du bleu plus clair, un dégradé céleste. Même

Katie, la belle serveuse brune, vint se pencher par-dessus son épaule.

« J'irai demain à la jardinerie de Hither Woods, dit Mad.

— Je te donnerai la carte de crédit. Tu rapporteras juste les notes pour la comptabilité du pointilleux M. Manhattan. Déjà ça que Trump n'aura pas. »

Voilà, c'était simple. C'était sa nouvelle vie. Elle mettrait le vélo de Mira dans le train, demain, pour aller jusqu'à Hither Woods. Et puis elle s'en achèterait un, un vélo trapu, solide, qui adhère bien au sol. Elle irait ainsi de la propriété du lac aux petites maisons où on lui avait demandé de menus travaux d'entretien, elle irait partout où on lui demanderait d'aller.

Elle avait appelé Sondra de la sororité pour la prévenir qu'elle ne ferait bientôt plus le ménage dans les bureaux de Harlem, enfin, c'était un préavis, elle continuerait tant qu'il le faudrait. « Ne t'inquiète pas, lui avait répondu Sondra. Des filles qui cherchent un job, j'en ai une liste longue comme le bras. »

C'en était donc terminé des interminables périples en LIRR. Peut-être que, plus tard, elle se rendrait compte à quel point cette période avait été « invraisemblable », comme le lui avait dit maître Leonardi.

« Tu veux toujours une maison à Montauk ? » demanda Ezra en attrapant une frite. Ce faisant, il avait touché sa main au-dessus de la panière, sans le faire exprès, et elle le regardait, l'esprit en fuite. Ces frites, parfaites, chaudes, croustillantes, salées comme il le fallait, elle n'en avait jamais mangé d'aussi bonnes de toute sa vie. Cette musique pop qui flottait sur les effluves de poisson grillé, ces refrains syncopés, elle ne savait pas qui chantait, mais elle adorait.

« Lady Gaga, dit-il, alors qu'elle ne s'était pas entendue poser la question. Tu ne connais pas Lady Gaga ?

— Non.

— C'est pas vrai ? »

Cet homme-là, avec sa barbe de pirate et son bandana rouge, elle aimait son sourire.

Alors, Montauk ? Elle n'allait tout de même pas passer le reste de sa vie ici à mentir, pour une poignée de frites et un refrain pop ? La chanson parlait d'une *poker face*, et c'était le visage qu'elle devrait offrir aux autres tous les jours, si elle installait ici son imposture : impassible, en toutes circonstances.

« Et pourquoi ne pas simplement louer un petit appart ?

— Hein ? »

Elle avait perdu le fil. Face à elle, Ezra montait et descendait ses épaules, au rythme de la musique. Il était si agréable. Il était si innocent.

« Je me disais, garde tes 60 000 dollars, loue un petit appartement, maintenant que tu as du travail, et fais des économies pour acheter quelque chose de plus correct, plus tard.

— Je veux quelque chose à moi.

— C'est si important ? »

Oh, oui, ça l'était. Elle voulait ses murs à elle. Qu'elle pourrait casser, percer, peindre comme elle l'entendait. Ce n'était pas une question de propriété. C'était une question de liberté.

« Moi, dit-il, j'ai vécu toute mon enfance avec mon père dans un food-truck. Alors j'ai du mal à m'implanter. J'aime bien savoir que je peux rendre la clé et reprendre mon chemin demain.

— Il était comment, ton père ?

— Cubain.

— Et tu es devenu cuisinier comme lui.

— Oui, enfin… À la base, il était dans la recherche médicale. On ignore souvent que Cuba est depuis des années à la pointe, dans ce domaine. À une époque, elle échangeait même ses médecins avec le Venezuela contre des barils de pétrole !

— C'est vrai ?

— Tout à fait vrai. Mon père était un universitaire spécialisé dans la recherche contre le cancer. Mais ses opinions anticastristes ont fuité. (Il eut un petit sourire.) Alors on ne l'a pas échangé contre un baril de pétrole, mais on a chargé des barbus de venir discrètement me foutre la trouille à la sortie de mon école, à La Havane.

— Mon Dieu, qu'est-ce qu'ils ont fait ?

— Rien, ils ont dit, plutôt, et de façon très convaincante. J'avais 6 ou 7 ans, mais je me souviens encore de leurs mots. "Dis à ton père que les orphelinats de la république sont les meilleurs au monde."

— Où était ta mère ?

— Bel et bien là, mais castriste. On suppose que c'est sa famille qui s'est plainte de mon père aux barbus. Techniquement, s'il était arrivé quelque chose à mon père je n'aurais pas été orphelin, mais le message était clair.

— Mon Dieu, Ezra… »

Décidément, elle ne savait dire que ça, « Mon Dieu », alors que même sœur Hillary n'avait pas réussi à lui donner la foi, et que le concept de mort occupait une si grande place dans sa vie qu'elle n'en avait pas peur. Mais il y avait tant de façons d'être malheureux, surtout pour un enfant, qu'on n'en ferait jamais le tour.

« Alors, vous êtes partis ? devina-t-elle. Toi et ton père.

— Une nuit, il m'a mis dans un bateau, et on est arrivés à Miami le lendemain. Je me souviens, il faisait grand soleil, il y avait ces buildings qui se rapprochaient dans la baie, j'avais l'impression qu'ils allaient me tomber dessus. (Il rit.) C'était tellement différent. La Havane est une ville merveilleuse, d'après les souvenirs que j'en ai. Mais tu sais que tu dois y rester. Ici, ce n'est pas pareil. Tu bouges.

— Ton père n'a pas pu continuer à exercer ?

— Oh, non, il aurait fallu qu'il passe une équivalence, alors qu'il était certainement plus compétent que la plupart des médecins de Miami Beach. Ça coûtait cher, c'était long, j'étais là… (Il s'interrompit, comme s'il voulait lui transmettre la conscience qu'il avait d'avoir été un poids.) Il savait cuisiner, et en Floride on adore manger exotique. Alors il a acheté un mobil-home et il en a fait un food-truck, l'un des tout premiers, si ce n'est le premier !

— C'est génial.

— Oui, rit-il, ça l'était. Maintenant, il y en a tellement. Tu peux manger des hot-dogs, des gyros, des chich kebabs, des fallafels… Le monde sur roulettes. Dans le food-truck de mon père, il y avait le choix : c'était sandwich cubain ou sandwich cubain. Tu as déjà mangé un sandwich cubain ?

— Non, explique ! »

Ezra se cala sur sa chaise comme s'il se préparait à un grand spectacle et, se penchant vers elle, l'œil pétillant, l'invita au voyage, traçant chaque étape du revers des mains : « Voilà comment ça se passe. On met le four en marche. On étale du beurre sur des petits pains, des deux côtés. On badigeonne avec de la moutarde, pareil, des deux côtés. Ensuite, sur un seul côté, on empile des tranches de rôti de porc, du jambon, du cheddar et des cornichons. Bien fines, les tranches, et bien dans l'ordre. Pour finir, on badigeonne de beurre de tous les côtés, et on met au four. »

Madeline, qui venait de dévorer une merveilleuse soupe aux clams et la moitié d'un panier de frites, en avait la mâchoire qui tombait sur la poitrine.

« Tu as énormément de talent pour évoquer un sandwich cubain, dit-elle, alors qu'il tapait dans ses mains, satisfait.

— Ça, c'était le *cubano*. Et je peux te raconter aussi le *pan con minuta* avec de petites daurades et des oignons, la *frita*, bœuf, effiloché de porc et chorizo avec des frites très très croustillantes, la *croqueta*, au jambon, à l'écrevisse, ou au crabe…

— Tais-toi…

— … le *bocadito* avec de la purée d'olives, du thon et du fromage frais…

— Arrête ! »

En joie, elle fit mine de lui mettre de petites claques sur les avant-bras. C'était un moment parfait, oublieux de toutes les contingences, oublieux de tout le reste. Elle était dans son monde à lui.

« Mais tu es infernale, s'exclama-t-il, tu viens de manger, tu ne t'arrêterais donc jamais !

— Non, jamais !

— Je te cuisinerai tout ça quand tu prendras ta pause de chantier à midi.

— D'accord.

— Et, du coup, cette maison à Montauk ? Tu la veux toujours ? »

On descendait du food-truck. On revenait au réel, à l'avenir, à l'engagement. Au mensonge, aussi.

Elle verrait tout ça. Elle avait su s'accommoder de plein de choses. Elle avait su se défier, se confronter. Elle le ferait encore. En essayant de faire le moins mal possible.

Alors elle répondit : « Oui.

— Avec 60 000 dollars, tu veux un endroit à toi ?

— Oui.

— Bon. (Il hésita, mais son œil pétillait.) Alors je crois que j'ai quelque chose pour toi. »

– 34 –

Décembre 1999, prison de Bedford Hills

Sur les murs, Mad s'était construit son palais mental.

C'était la seule des prescriptions de sœur Hillary qui l'avait travaillée. Le reste, les conneries comme « Êtes-vous tombée où vous penchiez, réfléchissez pourquoi… » ou « Ce moment définit-il qui vous êtes ? Écrivez qui vous êtes », ces trucs psys censés vous sauver de vous-même, elle n'y croyait pas. Ce qu'elle savait, elle, c'est qu'il fallait assumer d'avoir été un monstre, c'était le minimum.

« Construisez-vous un palais mental. »

Ça, ça lui parlait, va savoir pourquoi. Certainement parce qu'on a toujours besoin de quelque chose qui nous contienne, de quelqu'un qui ait connaissance de vous. Ici, on avait besoin d'ailleurs.

Elle avait pensé demander des photos de famille à Papa, puis s'était ravisée, jugeant qu'il était peu judicieux de convoquer Sarah, qu'elle n'avait pas vue depuis bientôt quatre ans, Mira et Papa sur les murs gris de sa cellule.

Alors, qui fallait-il aimer, de qui fallait-il se souvenir au point de s'endormir en le regardant ?

Il n'y avait qu'Estrella. Il n'y avait personne d'autre qui lui fût aussi intime.

Le palais mental n'aurait eu qu'elle, Estrella, comme princesse. Mais l'instantané qu'elle en gardait était plein de sang et la petite étoile ne pouvait se résumer à cela.

Alors Mad s'était remise à dessiner. Elle avait tracé de longs cheveux noirs et des yeux en amande, pour qu'Estrella voie où elle était. Pour qu'elle la voie payer ce qu'elle lui avait fait. Pas de bouche, parce qu'il en était sorti les mots qui avaient tout déclenché.

Non, juste des yeux et des cheveux noirs.

Et puis, autour, elle avait disposé des croquis des endroits qu'elle aimait : la fontaine Bethesda à Central Park, les statues de lions qui veillaient sur la Public Library, la promenade Riegelmann et la Wonder Wheel à Coney Island, et le phare de Montauk. Tout de mémoire. Cela lui permettait d'entretenir sa capacité à se concentrer, qu'elle craignait de voir s'amenuiser depuis qu'elle avait arrêté d'étudier.

Et puis, bien sûr, elle avait calligraphié et illustré *Bonsoir lune*, qui l'accompagnait toujours dans son endormissement, même si elle se contentait maintenant de l'articuler sans émettre un son.

Depuis qu'Amy Fisher avait été libérée, on lui avait collé une autre compagne de cellule. Toni était à peine plus âgée qu'elle, mais elle était édentée, parcheminée. La drogue.

Elle aurait pu être magnifique avec sa peau noire, ses dreadlocks qui lui battaient le dos, sa silhouette callipyge, comme Beyoncé, la chanteuse des Destiny's Child qu'on voyait dans les magazines de la bibliothèque.

Tous les soirs, tandis que Mad avalait sa pilule contraceptive, Toni devait consciencieusement soulever la langue pour prouver à l'infirmière de garde qu'elle ne stockait pas la méthadone et les benzodia-zépines qu'on lui refilait pour sa désintox. Elle aurait pu en faire commerce et continuer à consommer autre chose, venu de l'extérieur. Son mari – elle avait un mari, un grand type habillé comme le prince de Bel-Air – avait été interdit de visite après qu'on avait trouvé deux boulettes de cocaïne dans ses conduits auditifs. La gardienne avait trouvé bizarre qu'ils ne communiquent que par écrit alors qu'ils étaient assis à un mètre l'un de l'autre.

Apparemment, Toni allait mieux. Mais après son passage au trou, sa peine avait été alourdie.

« Ça ne me gêne pas, dit-elle un soir à Mad alors qu'elle la regardait dessiner un parterre de tulipes au milieu de Park Avenue. La désintox, c'est difficile, mais si je n'étais pas en taule je serais morte dans la rue.

— Et pourquoi gardes-tu ce mec, s'il est dangereux pour toi ?

— Parce que je l'aime. »

À voir ce sourire ravagé, il était difficile de croire que la réciproque fût vraie. Comment pouvait-on laisser quelqu'un se mettre dans un état pareil et pousser le vice jusqu'à se taper le trajet entre le Bronx et Westchester, des boulettes de dope enfoncées dans les oreilles ? Ce type, avec ses pantalons à plis et ses vestes à épaulettes chamarrées, devait être de ceux que la déchéance des autres rassure.

« J'ai peur qu'il soit plus là quand je sortirai. Il peut divorcer dans mon dos ?

— Non, je crois pas. Mais ça vaudrait peut-être mieux pour toi. »

Un silence.

« J'aime bien ce que tu dessines.

— Merci.

— Tu devrais faire des portraits, pour que les filles le donnent à leur mec. »

Mad la regarda en biais. Elle savait qu'elle pourrait évoquer à grands traits clairs-obscurs la beauté enfouie de Toni la camée. Mais pas question qu'elle en offre les vestiges à son mari.

« Ma mère m'a eue à 15 ans, fit la fille, sautant du coq à l'âne. Elle faisait la fête, c'est normal, elle était jeune. Elle m'emmenait. Je lui servais ses verres, j'étais fière, elle était trop belle, et super populaire. Au début, j'en buvais un peu parce que j'avais soif, et puis après parce que j'aimais ça. Leandro, mon mari, m'a sauvée de ça.

— Et maintenant, grâce à son traitement de substitution à la dope, il faut que tu te sauves du reste, ironisa Mad.

— C'est qui, la fille que tu as dessinée ? »

C'était toujours ainsi : Toni n'avait aucune mémoire immédiate, elle ne relevait rien de ce qu'on lui disait, changeait de sujet de conversation de sa voix éraillée. Mad releva les yeux sur Estrella, au milieu de son palais mental. L'avantage de Toni, c'est qu'on pouvait tout lui dire. Son cerveau était plein de trous, alors…

« C'est l'amie que j'ai tuée.

— Pourquoi ?

— Parce que je l'aimais. Comme ton mari t'aime, tu vois.

— Tu dessines bien les fleurs. Tu devrais faire des jardins, dans la cour de la prison. »

Mad posa son stylo, silencieuse. C'était la première chose cohérente sortie de la bouche de sa codétenue. Dessiner des jardins. Elle regarda sans la voir Toni ouvrir son lit et se blottir sous les draps tout habillée, sans même être passée par la case douche.

Elle vit la machine à coudre aussi maniable qu'un tank allemand sur laquelle elle se cassait le dos tous les jours, elle entendit le vacarme que faisaient les pieds-de-biche en enfonçant la toile épaisse des pantalons de chantier qu'elle surjetait par dizaines depuis sept ou huit mois.

Toni avait raison. Mad avait terriblement besoin de beauté. Elle était comme Papa.

L'horticulture. Il y avait un programme pour ça, et peu d'élèves. La cour de la prison, grande surface en terre battue, était le morne contraste à la forêt luxuriante qui entourait Bedford Hills.

L'horticulture. Pourquoi n'y avait-elle pas pensé plus tôt ? Parce que peut-être son esprit devenu trop cartésien ne trouvait aucune logique à plonger les mains dans la terre après avoir obtenu un très intellectuel diplôme de lettres.

Alors qu'il y en avait une, de logique : le beau, encore une fois.

Demain, elle irait voir Mephista. Elle ne pourrait pas le lui refuser.

« C'est d'accord, mais il faudra attendre le printemps, commencer du jardinage en plein hiver n'a aucun intérêt, avait dit la directrice.

— De l'horticulture, madame.

— Si vous voulez.

— Je peux commencer le programme par l'étude des plantes dans les livres. Il y en a beaucoup à la bibliothèque, puisque l'horticulture fait partie des formations proposées par l'administration pénitentiaire. »

Mephista l'avait considérée en haussant un sourcil en forme de virgule : encore des emmerdes. Mad se garda bien de soutenir son regard, les mains convenablement serrées dans sa ceinture. Elle ne savait pas à quel point la directrice pouvait lui mettre des bâtons dans les roues, mais cette fois elle ferait intervenir maître Leonardi, s'il le fallait.

Elle gardait cependant une chose à l'esprit : depuis que l'officier Tyra Washington l'avait précédée dans les couloirs en tenant son diplôme bien en évidence devant elle, on ne l'avait plus revue dans l'unité 6. La gentille gardienne avait été déplacée. Alors Mad la Timbrée pouvait très bien se retrouver dans un autre endroit de la prison, elle aussi, un endroit plus moisi où la compagnie serait moins tranquille que celle de Carolyn Warmus, Kathy Boudin, Donna Hylton, Pamela Smart et les autres VIP. D'après Toni la toxico, il y avait même des dortoirs où l'on regrettait de ne pas partager le même air que Margaret Tinning, la débonnaire infanticide.

« Oh, et puis faites comme vous voulez, lâcha finalement Mephista. Avec ce millénaire qui arrive je n'arrive plus à tenir personne. L'an 2000, Seigneur, qu'est-ce que ça va changer, pourquoi tout le monde se met-il dans des états pareils ?

— Je ne sais pas, madame.

— À croire qu'un vaisseau extraterrestre va se poser au beau milieu de la cour. »

La seule chose qu'elle savait, Mad, c'est que les dates n'existaient plus pour elle depuis un autre 31 décembre. Ni celle de son anniversaire ni Thanksgiving, alors comment voulez-vous que l'an 2000 lui évoque quelque chose ?

Elle se souvenait bien avoir fait comme tout le monde, quand elle était petite : *En l'an 2000, j'aurai 22 ans*, avait-elle calculé, *et j'achèterai une voiture volante*.

Sans voiture volante, l'an 2000 ne voulait plus rien dire du tout.

– 35 –

Octobre 2016, Montauk

« Un mobil-home ? Mais tu ne vas tout de même pas habiter un mobil-home ? »

Pour Mira, l'image panoramique des *trailer parks* où s'alignaient ces logements rectangulaires abritant des familles désargentées dans des banlieues tristes, s'imposerait tout de suite. 22 millions d'Américains vivaient dans ces conditions précaires. Le prix de la maison, dont la jupe cachait des roues, n'excédait pas celui d'une voiture, mais le commerce des bouts de terrain qui leur étaient dédiés s'avérait particulièrement fructueux pour des consortiums sans trop de scrupules.

Mais Mad n'allait pas vivre dans un *trailer park*, non, c'était bien autre chose que ça.

Le mobil-home était planté au milieu d'un ancien vignoble qui n'avait pas résisté à l'ouragan Sandy. Les ceps avaient été étouffés par le sable, et le propriétaire démoralisé avait préféré se consacrer à ses plantations de Jamesport, plus abritées à l'ouest et relativement épargnées.

Depuis 2012, le vent océanique y avait apporté des herbes folles et des graminées, on se prenait les pieds dans ce qui restait des racines de la vigne, mais la vue était belle sur le phare et le parc Camp Hero, nommé ainsi parce qu'il occupait une partie d'une ancienne station de l'Air Force.

Et le mobil-home n'était pas un mobil-home comme les autres. C'était un ancien food-truck – le food-truck du père d'Ezra.

Encore une façon de s'attacher au cuistot de The End. Décidément, s'était répété Mad, dépassée. *Décidément, décidément.* On aurait dit que la vie la poussait dans ses retranchements, testait son aptitude à l'imposture.

Mais au lieu de refuser immédiatement, comme elle aurait dû le faire, un fond de masochisme en elle l'avait poussée à accepter la visite. Pour voir ce qui aurait été possible, ce qui était possible ou qui ne pourrait jamais l'être.

Quand Ezra avait ouvert la porte de ce qui ressemblait à une grande roulotte en bois, Madeline avait été saisie.

Quand Ezra avait ouvert les stores sur la grande baie vitrée baignée de ciel et d'océan, Madeline était cuite.

« Il est stationné là depuis mon arrivée à Montauk, il y a trois ans, lui avait-il expliqué. Du provisoire qui a duré, et je ne suis pas sûr que le moteur résisterait à un nouveau voyage. Et maintenant, le vigneron veut vendre son terrain. Alors, direction la casse.

— Oh non, Ezra, il est… il est extraordinaire ! »

Elle avait fait le tour des banquettes qui formaient un petit salon face à la baie vitrée, était entrée sur la pointe des pieds dans la chambre isolée par une cloison vernie, s'était arrêtée devant la cuisine évidemment très équipée, et qui donnait sur un auvent abritant l'ancien comptoir. Cuisiner n'était pas son truc, par la force des choses, mais l'idée l'avait traversée qu'ici on pouvait apprendre : il suffisait d'aimer manger, et elle aimait ça, passionnément.

Elle n'avait pas le temps de réfléchir à pourquoi Ezra l'avait emmenée ici, à ce qui allait se passer ensuite, elle était trop occupée à se voir vivre dans cet espace pile à sa taille. Une maisonnette comme celle-ci était un rêve pour quelqu'un qui, comme elle, avait tant besoin d'un contenant, d'une fenêtre sur l'horizon, de paix.

« Évidemment, personne ne voudrait d'un mobil-home qui ne soit plus mobile, continuait Ezra. Alors, j'ai eu une idée, mais je ne sais pas si tu vas l'aimer. »

Le cœur battant, elle était sûre que si, tandis qu'elle le voyait hésiter. Comme elle avait été sûre de Montauk lorsqu'elle y était revenue cet été. Il y a des choses, comme ça, qu'on n'essaye pas de comprendre, parce que cela ramène à un Dieu auquel on ne croit pas, à un destin avec lequel on est pourtant très en colère. Mais on tente de leur donner une chance.

« Je me disais : je te vends cette minuscule maison pour une bouchée de pain. Et avec le plus gros de ton argent, tu achètes le terrain au vigneron. Bien sûr, il faudra défricher, planter, mais tu sais faire. Le terrain est le plus important, dans l'histoire. Et dans quelques années, une fois que tu auras fait fortune dans l'horticulture, tu remplaceras le mobil-home par une vraie maison. Qu'en dis-tu ?

— Oui !

— Quoi ? Tu… Il y a une douche, un raccordement à l'eau et à une fosse septique, parce que c'était l'emplacement d'une cabane pour les vendangeurs, et j'y ai vécu quelques mois en arrivant, tout est fonctionnel, pour l'électricité c'est un généra…

— Oui !

— Ah bon ? »

Voilà comment ça s'était passé. En à peine quinze minutes.

Ezra était là, à lui énumérer tous les trucs techniques comme un représentant de commerce, parce qu'il pensait son idée géniale, mais qu'après tout, il ne connaissait pas Madeline et était-ce vraiment quelque chose pour elle ?

Madeline aussi était en panique. C'était une occasion qu'elle n'aurait refusée pour rien au monde. Même pas pour un mensonge au long cours.

Ce matin-là, à travers les fenêtres du mobil-home, elle avait suivi les vagues du bout de ses doigts tremblants, et, dans le silence, avait fait valoir son droit à l'oubli.

Mira était au moins d'accord avec cela : ne rien dire à qui ne savait pas déjà. Elle le lui répéta le soir même, à la table du dîner qu'elle quitterait bientôt, une fois remplies les formalités avec Ezra et le propriétaire vigneron.

« Ne dis rien à qui ne sait pas déjà. »

Était-ce pour le bien de sa fille ou pour se protéger elle-même des ragots ?

« J'ai vu tes galets dans le magasin d'artistes, dit Madeline une fois qu'elle eut encaissé l'histoire du mobil-home. Ils sont vraiment très jolis.

— Merci. Mais ne change pas de conversation.

— Justement, je n'en change pas. En les voyant, en voyant leur finesse et la patience que ça avait exigé, j'ai compris que c'était bien plus important pour toi que le simple fait de mettre du beurre dans les épinards. »

Mira prit le temps de se tapoter le coin des lèvres avec sa serviette. Encore ce soir, elle avait cuisiné une soupe délicieuse, avec les dernières tomates de l'été et du basilic. Ezra et elle auraient eu beaucoup de recettes à échanger, se dit Madeline, le nez dans son assiette.

« Ça l'est, fit Mira. Disons que j'ai pu explorer des talents que je ne me serais jamais découverts si j'étais restée dans mon salon sur Park Avenue. Et donc, quel est le rapport ?

— J'ai vu aussi ta signature, avec ton nom de jeune fille. Je comprends. Il y a toutes ces histoires d'Internet, Dylan m'a expliqué.

— Tu as revu ce garçon ?

— Oui, Mira. Dylan ne fait pas partie de ceux qui ne savent pas déjà, comme tu viens de le dire. Avec lui, je me sens complètement libre. Mais revenons à nos galets. J'ai bien réfléchi. Je ne dirai rien à personne sur mon passé, à Montauk. Je ne veux pas que tu te traînes encore cette… tragédie, que ce soit dans le magasin d'artistes ou à ta banque, ou au marché bio. Ne t'inquiète pas. Et même si l'on tapait mon nom sur ce putain d'Internet… (Elle reposa sa cuillère en prenant bien soin de ne pas la heurter sur la porcelaine.) Eh bien, regarde-moi, Mira, je ne suis pas sûre d'avoir grand-chose à voir avec la vieille photographie d'école d'une gamine de 17 ans, ne trouves-tu pas ? »

Mira la fixa un moment, et Madeline crut voir une rotation dans son attitude. De l'inquiétude convenue elle passait à une sorte de tristesse inconnue.

« Le problème n'est pas moi, Madeline. Le problème c'est comment tu peux t'attacher aux gens et leur mentir. »

Elle avait déjà eu cette conversation avec Dylan, mais le point de vue de Mira l'intéressait. Le mensonge, qu'il soit omission ou construction de toutes pièces, la ramenait à des choses anciennes, rangées dans son esprit derrière un rideau occultant.

« Mentir à ceux qu'on aime, c'est une bataille de tous les instants. Voilà à quoi tu t'exposes, ma petite fille. »

Derrière le rideau, il y avait le cancer. Il y avait l'éternelle mélancolie de Papa. Il y avait ce mariage, qui, sans qu'elle puisse définir pourquoi, n'allait pas.

« Et parfois, tu crois les protéger en leur mentant, mais tu leur fais du mal.

— Alors que faudrait-il que je fasse, selon toi, comment faudrait-il que je vive, pour ne pas faire de mal aux autres ? Faudrait-il que je m'exile, que je les fuie ? Ou que je reste ici, chez toi, enfermée, à faire fructifier mon compte en banque ? Tu sais, j'ai plutôt l'impression que c'est moi que je protège en mentant, égoïstement. Pas les autres. »

Elle s'écoutait parler, veillant au double sens de ses paroles. Parce que des mots importants en avaient un, comme si sa propre vie faisait miroir à celle de sa mère : *mensonge, aime, bataille*.

Parce que les vraies questions auraient dû être : aimais-tu vraiment Papa ? As-tu joué à aimer la vie avec nous ?

Et, surtout, Mira, qui était cette femme sur le canapé du salon, que je ne me souviens pas avoir jamais revue ? Pourquoi a-t-elle fait qu'un jour, tu n'as plus su me parler ?

Mais Madeline n'était pas prête. Elle avait vécu aujourd'hui plus d'émotions qu'elle pouvait en supporter, elle qui en avait été si longtemps privée.

Alors elle choisit l'ignorance.

« Je n'aimerai personne au point que mes mensonges le fassent souffrir. Je me garderai de ces choses-là, l'amitié, l'amour, tout ce qui mène à l'intimité. Je n'en suis de toute façon pas capable. Alors ne t'inquiète pas, Mira, je ne ferai plus de mal à personne. (Elle se leva de table.) Pas même à moi. »

Mira la retint par le bras un moment, serrant fort Madeline qui sentit ses ongles autrefois soigneusement manucurés la marquer de leur courte empreinte.

« Je n'ai pas la solution, ma fille, dit-elle. Je ne l'ai jamais eue. Je suis désolée. »

– 36 –

Mars 2000, prison de Bedford Hills

Dans les couloirs, au fil des mois, Mad avait appris tant de termes psychiatriques qu'elle aurait pu écrire une version carcérale de *Gray's Anatomy*.

Une telle était « complètement bipolaire », l'autre une « espèce de schizo », celle-ci une « grosse boulimique », celle-là une « tarée de sociopathe ». Selon l'humeur du temps, tout le monde était plus ou moins toxico ou nympho, parano ou mytho, la rhétorique des prises de bec ne s'écrivait jamais loin de l'infirmerie où le minéral docteur Hockney prescrivait des « benzos » avec une régularité admirable.

Un benzo pour le mal de dos, un benzo pour la crise de nerfs, un benzo pour avoir la paix cinq minutes. Il fallait juste ne pas revenir trop souvent, sinon c'était l'addiction et la cure de désintox obligatoire, à base d'eau du robinet et de bouillon de poulet.

Mad aurait bien voulu savoir ce que le bon docteur dessinait dans son calepin – une galerie de timbrées avec des petits bâtons en face, où elle devait être parmi les moins annotées malgré son surnom qui disait le contraire.

Toni, sa colocataire, était, elle, atteinte de trichotillomanie : elle tirait sur le bout de ses dreadlocks et se mangeait les cheveux. Au début, en la voyant faire, Mad était prise de nausées. Maintenant, elle n'y faisait plus attention.

Ici, on s'habituait facilement aux maux des autres alors qu'on était peu tolérant aux siens. On s'habituait aux insultes, aux odeurs, aux cheveux gras, à la pâleur, aux boutons, aux mycoses, au moche.

Aussi, lorsque au parloir elle vit Sarah, pour la première fois depuis plus de quatre ans, Mad fut empêtrée dans une telle sidération qu'elle chercha toutes sortes d'explications improbables à la présence de cette jolie fille blonde, bronzée, saine, aux côtés de Mira.

Une journaliste venue l'amadouer ? Une actrice passionnée par son histoire ?

Par quelle magie une telle fraîcheur avait-elle pu franchir les murs nébuleux de Bedford Hills ?

Sarah avait 17 ans.

C'était l'âge où Madeline avait tué Estrella.

L'âge où Amy Fisher s'était prostituée, et avait tiré une balle dans le visage de la femme de son amant.

L'âge où Toni la toxico avait commencé à se manger les cheveux.

L'âge où elles étaient devenues sombres.

Cette fille, là, devant elle, dans tout l'éclat de ce qu'elles auraient pu être, était leur portrait inversé.

« Sarah ?

— Madeline…

— Non, on n'a pas le droit… de se tenir les mains. »

Sarah avait prestement rangé les siennes sous la table, mais avait-elle vraiment envie de toucher cette grande sœur détraquée dont le dernier souvenir qu'elle avait était probablement un regard méprisant jeté sur ses 14 ans ?

Par un flash tordu comme le cerveau tout-puissant en a le secret, Mad vit Sarah, le dos de Sarah, s'éloigner dans un couloir. C'était dans l'appartement de Park Avenue, le 31 décembre 1995, dans l'après-midi.

Si elle avait su à quel point cette image était symbolique. Peut-être aurait-elle rattrapé sa petite sœur, lui aurait-elle offert le parfum qu'elle lui piquait tout le temps, peut-être auraient-elles passé la soirée du réveillon en pyjama devant un Disney, comme elles le faisaient pas si longtemps avant.

Avant Estrella.

« Je ne suis pas venue te voir avant parce que…

— Tu étais trop jeune, Sarah, coupa Mira. Madeline le sait bien. »

Mad hocha la tête. Sarah regarda autour d'elle, les tables familiales, la fresque colorée sur les murs, la bonne humeur trompeuse qui retomberait sitôt la porte du parloir franchie dans l'autre sens. On s'attendait presque à ce qu'elle s'étonne : « Mais pourquoi, c'est un chouette endroit, ici », un sourire candide au-dessus de son tee-shirt blanc tout simple.

« Je suis en Californie, à l'université, dit-elle, comme si c'était la bonne excuse.

— Oui, je sais. C'est comment ?

— L'UCLA, c'est dur mais c'est cool. J'ai ma chambre là-bas, maintenant.

— Ta coloc est sympa ? La mienne se bouffe les cheveux.

— Madeline ! » gronda Mira.

C'était un essai assez périlleux pour détendre l'atmosphère.

Mais Sarah rit. Elle aurait ri de tout, cette heureuse jeune femme pour qui la vie était un tapis de sable blanc.

« Non, ma coloc est normale. Elle étudie l'art, comme moi. Ses parents sont dans le cinéma.

— À Los Angeles, tout le monde est dans le cinéma, non ? Et toi, tu veux faire quoi, plus tard ? »

Mad avait l'impression de parler à une petite fille. Elle n'arrivait pas à trouver le bon ton. Elle ne savait même pas si son expérience personnelle faisait d'elle quelqu'un de toujours plus âgé que sa sœur, ou au contraire si elle était retombée dans les limbes embryonnaires. La prison n'abolit pas grand-chose, c'est même pour ça qu'on y va.

« Je voudrais me lancer dans la décoration d'intérieur.

— Oh, c'est super ! Papa sera content. Tu vas pouvoir réviser toutes les marques de meubles dans ses gros catalogues de collection.

— Oui ! »

Mad eut un pincement au cœur. La jalousie, c'est vrai. Si elle avait été dehors, peut-être que ç'aurait été elle, tranquille sur le canapé à tourner les pages avec son père. Et Sarah aurait fait autre chose. Là, elle avait l'impression qu'elle lui prenait sa place.

« Et toi, tu vas étudier les fleurs, m'a dit Maman ?

— L'horticulture, rectifia Mira.

— Oui, enfin, j'ai déjà commencé la théorie. On a une bonne bibliothèque. Pour la pratique, j'attends qu'on ait terminé de construire une serre, et de préparer un bout de terrain. Les premières plantations, ça devrait être pour cette semaine, je pense.

— Vous êtes nombreuses à faire ça ?

— On sera six. Mais je ne connais pas les autres filles, elles sont dans d'autres unités.

— C'est cool.

— J'espère. Ici, tu ne sais jamais sur qui tu tombes. »

Du coin de l'œil, Mad vit Mira changer subtilement de posture sur sa chaise, ce qui signifiait qu'on s'engageait sur un terrain qui ne conviendrait pas à une jeune étudiante californienne.

Alors, quoi d'autre ? Mad ne savait plus quel sujet aborder. Sarah avait-elle un petit copain, un fiancé ? Non, ça non plus, elle ne pouvait pas en parler. Est-ce que les fêtes des sororités étudiantes étaient aussi débridées que ce qu'on promettait ? Non plus.

Alors on discuta un peu de sa chambre sur le campus, de son permis de conduire et de la voiture qu'elle venait d'avoir pour ses 17 ans.

Puis Mira regarda sa montre, et par un magnifique synchronisme, la sonnerie qui sifflait la fin de la récré familiale retentit.

Et, comme cet ultime après-midi de décembre, plus de quatre ans auparavant, Madeline regarda dans le couloir le dos de sa sœur s'éloigner – mais cette fois, c'est une autre version d'elle-même qu'elle eut le sentiment de voir définitivement partir.

Quand, le lendemain, Mad mit pour la première fois les mains dans la terre, elle n'aima pas du tout ça.

Elle vit filer l'humus noir entre ses doigts, s'insinuer sous ses ongles, et cela lui fit penser à un cimetière. Celui de Woodlawn, dans le Bronx. Celui de la vie foutue. Sans doute était-ce parce qu'elle était toujours sous le coup de la visite de Sarah, hier, et de cette fille qu'elle-même aurait pu être. De cette fille qu'Estrella aurait dû être. Bien loin de l'odeur mouillée, amère, des mottes de fleurs fanées qu'on venait de livrer à la nouvelle classe d'horticulture.

De mauvaise humeur, elle adressa à peine la parole à ses compagnes de jardinage, cinq filles en combinaison orange aux genoux déjà tachés.

« Faudra demander des tabliers, bougonna l'une, sans âge, massive et tatouée jusqu'au cou.

— Ils en donneront pas si y a des liens pour les attacher, rétorqua une petite blonde aux cheveux ras.

— Qu'est-ce qu'ils croient, qu'on va s'étrangler avec ? Si on voulait s'entre-tuer, y a assez de pelles et de bêches.

— Mesdames ! » fit mollement la gardienne assignée au jardin.

La plus âgée de toutes, une petite chose maigre au chignon gris, leur distribua des sachets de graines.

« Tu fais des trous trop profonds, dit-elle à Mad. Les feuilles de tes hortensias vont pourrir.

— Ça, des hortensias ? s'agaça Mad en considérant les boules vertes qui tenaient à peine droit.

— Il faudra les soigner, fit quelqu'un d'autre. Les fleurs sont vivantes, tu sais, Madeline. »

Accroupie, Mad se crispa, ferma brièvement les yeux. Elle connaissait cette voix. Sœur Hillary. Qu'est-ce qu'elle foutait au jardin ? Décidément, elle la poursuivait.

Sans se retourner, elle haussa une épaule et termina de tasser la terre autour de la motte.

« Tiens, prends ces graines d'onagre, fit la religieuse. Le principe est le même qu'une insémination artificielle : il faut planter plusieurs graines pour être sûre que l'une prenne. »

Mad se retourna, rigolarde : « Dites donc, pour une bonne sœur vous êtes plutôt calée en matière d'insémination. » Quelqu'un derrière elle éclata d'un gros rire, et sœur Hillary eut son fameux sourire compassionnel.

« Vous êtes notre prof, ou quoi ? s'agaça Mad.

— L'une de vos profs.

— Eh ben, nom de Dieu, vous êtes partout. »

Elle se releva, essuyant ses mains souillées sur sa combinaison en grimaçant.

« Tiens, répéta sœur Hillary sans relever le blasphème. Les petites graines. Je vais même aller plus loin dans cette histoire d'insémination, et c'est une idée pour chacune d'entre vous : donnez un prénom à chaque plante que vous ferez naître. Cela vous aidera à les aimer, et à aimer la terre. »

Mad ne savait pas si elle aimerait la terre, ni la moindre fleur, quel que soit le nom qu'elle lui donnerait. Il y avait des jours, comme ça, où elle avait juste envie de tomber dans le trou.

– 37 –

Octobre 2016, Montauk

Madeline avait été prise d'une boulimie de travail qu'aucune fatigue n'aurait pu refréner.

Elle voulait « faire ».

Fabriquer, planter, construire, repeindre, bêcher, transporter… Elle voulait expérimenter tous les verbes exprimant une tâche ardue qu'elle pourrait mener à bien, seule.

Alors les haies, pelouses et massifs buissonneux du couple de Web designers et de la romancière âgée au col du fémur cassé n'avaient pas fait un pli. Effectivement, ce n'était que de l'entretien, et elle avait le gros chantier de M. Manhattan à commencer.

Elle s'était acheté un vélo dans une boutique d'occasion, et avait repeint une vieille carriole trouvée sous un appentis dans l'ancien vignoble dont elle était maintenant la propriétaire encore incrédule. Avec son vélo, elle faisait des allers-retours à la jardinerie de Hither Woods, et sa carriole rouge caracolait sur les dunes, ses plants bien alignés à l'intérieur comme des enfants sages.

Madeline passait ses journées devant la grande maison au bord du lac, ses nuits dans son food-truck. D'un côté elle faisait drainer la mare, creusait la terre. « Vous voulez un coup de main, miss ? » lui avait demandé l'un des ouvriers devant le camion-citerne qui évacuait l'eau limoneuse, ébahi par cette frêle jeune femme qui abattait une bêche aussi grande qu'elle. Évidemment que non, elle ne voulait pas d'aide.

De l'autre côté, elle cousait ses rideaux à la main, rembourrait des coussins, vernissait le plan de travail de la cuisine du food-truck.

Elle n'avait jamais aussi bien dormi, comme si l'exact temps de sommeil qu'il lui fallait se concentrait en quelques heures parfaites.

Parfois, elle entrait dans un état d'autohypnose, comme sœur Hillary le lui avait appris : elle s'asseyait au bord de la mare de M. Manhattan dans sa salopette en jean, et faisait le vide sous son chapeau de paille, les bras réunis autour des genoux. Pendant un moment magique, il n'y avait rien d'autre que l'odeur terreuse de ses sabots en plastique, le parfum douceâtre des nénuphars en décomposition, le pot-pourri des pétales de fleurs qu'elle venait de tailler. Cela sentait la vie qui reviendrait.

Elle faisait la même chose le soir, sur son canapé qu'elle avait recouvert d'une housse bleu turquoise, devant sa table en Formica dans la plus pure tradition des *diners* de Floride – puisque c'est de là que venait sa maison sur roulettes.

« C'est pas croyable. Tu es propriétaire d'un food-truck et tu n'es pas fichue de faire cuire un œuf. »

Ezra se moquait d'elle. Elle essayait de ne pas le voir trop souvent, mais il semblait que son vélo soit réglé automatiquement sur le trajet de The End lorsque la faim se faisait sentir après sa journée sur le chantier.

Ce n'était pas très dangereux, pas très impliquant, enfin elle ne croyait pas, elle ne restait jamais longtemps, ils avaient beaucoup de travail tous les deux.

On aurait dit par ailleurs que lui mettait un point d'honneur à ne pas investir son nouveau territoire : le food-truck était à elle, maintenant, il n'avait aucune prérogative. Depuis une dizaine de jours qu'elle y habitait, il n'était venu qu'une fois, pour vérifier que tout fonctionnait, l'électricité, l'évacuation d'eau, ces choses-là.

Mais, au final, depuis sa sortie de prison elle avait passé plus de temps avec Ezra qu'avec n'importe qui d'autre.

Aujourd'hui, Madeline avait envie d'un truc tout bête, chaud et doux. Il pleuvait un peu, elle avait froid. Alors elle avait envie d'une omelette, c'était réconfortant. Avec peut-être des patates, à côté. Et un bol de soupe mexicaine ?

À cette heure-ci, le restaurant était tranquille. Katie, la jolie serveuse brune, avait étendu ses longues jambes sur une chaise et pianotait sur son portable. Une autre passait avec un plateau chargé d'*ice creams* pour une famille nombreuse attablée près des fenêtres. Madeline en frissonna.

« D'accord, rigola Ezra. Tu as attrapé froid, donc ce sera omelette et soupe.

— Et patates.

— Sauf que l'œuf, tu vas te le faire cuire toi-même, dit-il en jetant son torchon. Et ce n'est pas une manière de parler. Allez hop, en cuisine, jeune femme !

— Ezra, je ne sais utiliser que la bouilloire chez moi, parce qu'il faut juste la brancher !

— Et qu'est-ce que tu manges, le soir dans ton food-truck ? demanda-t-il, éberlué.

— Des nouilles… Des nouilles chinoises lyophilisées. Des trucs comme ça. »

Il joignit les mains, leva les yeux au ciel. « Seigneur, Papa, si tu entends ça… Viens, fais le tour. »

Madeline obtempéra, mi-ravie, mi-boudeuse. Cet endroit occulte derrière le bar, tout en alu et acier, lui fit l'effet d'une cabine spatiale. Ezra saisit une poêle, ouvrit un réfrigérateur gros comme un propulseur de fusée.

« Tu vas voir qu'avec quatre ou cinq ingrédients et deux minutes, on peut faire un miracle : une crêpe d'œuf.

— Un crêpe d'œuf ?

— La grande classe, et même toi tu vas y arriver.

— Ça m'étonnerait.

— On commence par le plus facile : tu verses un peu d'huile dans la poêle. Allez. Ne t'inquiète pas, j'ai déjà tourné le gros bouton pour allumer le gaz. »

Dans la salle, on entendit Katie la jolie serveuse éclater de rire : « Mon Dieu, cria-t-elle, s'il commence à se comporter comme un chef, prends vite tes jambes à ton cou ! »

Amusée, Madeline versa l'huile – *hop, pas trop* – et Ezra attrapa son poignet pour faire tourner la poêle et la répartir harmonieusement. On aurait dit un foulard de soie, s'imagina-t-elle, sous le charme de la main qui la guidait – on ne l'avait pas touchée de cette façon depuis combien de temps ?

« Là, le plus difficile. Ceci est un œuf. Et ceci est un tamis. Tu vas poser le tamis sur ce bol et casser l'œuf dedans. Et oh, comme par magie, tu auras séparé le blanc du jaune. »

Nouvel éclat de rire dans la salle. Madeline tira une langue appliquée, veillant à ne pas crever le jaune d'œuf.

« Maintenant, tu verses le blanc dans la poêle. Voilà. C'est joli, ça grésille !

— Imbécile, rit-elle.

— Et maintenant que le blanc a bien pris, tu verses le jaune pile au milieu… Enfin, presque au milieu. C'est pas mal.

— C'est un œuf sur le plat, quoi.

— Rien à voir. Le blanc et le jaune ne cuisent pas en même temps, ignorante. Maintenant, tu t'amuses : du sel, du poivre, du piment, les épices que tu veux sur le jaune. Et là… »

Il enserra de nouveau son poignet de sa main chaude et elle tressaillit : elle aimait ça. C'était dangereux. « … Et là, on replie le blanc sur le jaune, comme une crêpe, et on fait frire des deux côtés. Magnifique. »

La gorge nouée, Madeline observa le lent mouvement de rotation de leurs deux mains jointes.

Voilà ce qu'elle aurait dû vivre.

Voilà ce qui aurait dû être le début d'une histoire.

Était-ce ainsi que les gens normaux se rapprochaient doucement, autour d'un œuf tout bête ? Ou d'une séance de poterie, comme dans *Ghost*, qu'elle avait dû voir dix fois, fascinée, même si elle n'avait jamais cru à l'amour ?

Il y eut un silence indéfinissable lorsque la crêpe eut glissé dans l'assiette et qu'il libéra sa main. Elle sentit le froid revenir dans son dos quand il s'éloigna d'elle, regretta infiniment son contact.

Elle n'avait plus faim.

– 38 –

Juillet 2001, prison de Bedford Hills

« Et toi, t'aurais envie de manger quoi, juste maintenant ?

— J'en sais rien, Toni. Une pizza ? » répondit Mad, au hasard.

Le soir, avant l'extinction des feux, Toni était épuisante, et Mad n'avait qu'une envie : dormir. Les journées au grand air, la satisfaction du travail bien fait, une fatigue bienvenue, alors mon Dieu, elle aurait voulu profiter de l'onirisme de ces moments où l'on glisse vers le sommeil, et l'autre lui gâchait tout avec ses questions en rafales.

Voilà un moment qu'elle n'avait plus eu besoin de se réciter *Bonsoir lune* – depuis qu'elle donnait des prénoms à ses plantes, à vrai dire. Sœur Hillary avait eu raison, cela lui faisait mal de le reconnaître, mais Mad s'endormait en visualisant Alfred le rhododendron ou Maria le rosier pourpre. Pour le moment, Hazel la cassiope était sa plus grande fierté : ses clochettes blanches et ses petites feuilles en écailles résistaient mal à la chaleur, mais à force d'arrosage bien dosé et de vérification minutieuse du pH de la terre de bruyère, l'arbuste buissonnait d'aise.

Toni, elle, s'arrachait les cheveux et faisait des listes – les deux de façon compulsive.

Liste des choses à faire à sa sortie.

Liste des États où elle voudrait aller.

Liste des métiers auxquels elle pourrait postuler.

La liste de sortie ne comportait guère que deux ou trois occurrences – la première étant de retrouver son mari qui n'était pas venu la voir depuis des mois, la seconde de tuer son mari, la troisième de l'enfouir dans la fosse septique de sa mère, cette salope. « Mais je le ferai pas », se reprenait-elle, effrayée.

Non, à la place, elle irait à Hawaï ou en Californie et elle vendrait des glaces et un peu de came.

Bref, Toni avait vite fait de tourner en rond, alors elle revenait inexorablement à une obsession assez générale lorsqu'on remontait du réfectoire le ventre plein de fayots et de graisses saturées : « Liste de ce que je voudrais manger. »

Mad savait que les filles inscrites au programme d'éducation canine, comme Toni, planquaient des croquettes sous leur matelas, juste histoire de retrouver un goût différent, un peu fort, salé. Tournant le dos sur son lit, elle entendait sa colocataire grignoter alternativement une croquette pour chien et ce qui restait de ses dreadlocks. Et elle convoquait de toutes ses forces Alfred, Maria et Hazel.

« Alors, dit Toni en se tortillant d'aise sur le matelas en plastique. Si tu faisais un classement, tu mettrais quoi, de 1 à 5 ?

— Pizza, je t'ai dit.

— En 1, alors ?

— J'en sais rien. J'ai sommeil, Toni. »

C'était inutile, Mad le savait. Toni n'écoutait rien des états d'âme des unes et des autres. La seule chose à faire pour finir par avoir la paix était de se prêter à son jeu. Le temps passerait plus vite jusqu'à ce que les lumières s'éteignent.

« Une salade de mangue, d'avocats et de crevettes, soupira-t-elle.

— En 1 ou en 2 ?

— En 1.

— Moi, en 1, le poulet frit d'Amy Ruth, à Harlem. Tu y as déjà mangé ?

— Non.

— C'est servi sur des gaufres, avec du sirop d'érable.

— Ça doit être bon.

— Et en 2, un chili-dog de Papaya Dog.

— Ça, c'est dégueulasse. »

Et Mad attendait que ça passe, tout en essayant de s'évader dans son palais mental. Il y avait ce dessin d'Estrella, sur le mur où le jour faiblissait. Estrella aussi faisait des listes, elle s'en souvenait, et elle n'entendait plus Toni.

Estrella remplissait des bons de commande dans des catalogues, des produits de beauté, des jolis vêtements. Cela lui prenait des heures, lui avait-elle dit.

Des heures de rêve.

Et à la fin, elle jetait le bon de commande, évidemment. Mais ça valait le coup, ces heures-là, il paraît.

« Tiens, viens on le fait, tu vas voir comme c'est cool de se prendre pour quelqu'un d'autre », l'avait-elle entraînée, un jour de pluie à Sag Harbor. Elles avaient emprunté le catalogue Macy's de Mira et Estrella était si excitée que Madeline en avait été bouleversée.

Alors pour son anniversaire – le dernier qu'elle avait eu –, elle avait récupéré la liste dans la poubelle de sa chambre et avait commandé la moitié des choses pour son amie.

Un rouge à lèvres français, une nuisette, quoi d'autre encore ? Elle ne savait plus, mais Mira, qui surveillait son compte en banque, avait été furieuse.

Repliée sur son lit, son stylo à la main, Toni, elle, rêvait de Papaya Dog.

« Bien, vraiment bien. Le jardin commence à ressembler à quelque chose. Je passe le diplôme l'année prochaine, je préfère prendre mon temps. De toute façon, avec les saisons, les écarts de température dans l'État de New York, si on veut tout découvrir de l'horticulture il faut être patient. C'est la nature qui commande. Et toi, tes études ? C'est bien, le business du sport ? »

C'était une journée ensoleillée, et Mad regrettait que Dylan soit obligé de s'enfermer entre quatre murs au lieu de s'installer sur un banc avec elle, dehors. Peut-être soumettrait-elle cette demande à Mephista Ruby-dans-l'cul : un parloir extérieur. Après tout, depuis qu'elle faisait pousser de jolies plantes avec des prénoms romantiques dans l'enceinte de la prison, la directrice lui foutait une paix royale et semblait même lui jeter des regards sympathiques quand elle la croisait dans les couloirs.

Alors pourquoi ne pas améliorer le sort réservé aux visiteurs et ainsi gagner le titre de prison la plus exemplaire, progressiste et la mieux gérée de l'État ? Et une médaille pour Melina Rubirosa, une !

« J'arrête, lui dit Dylan.

— De quoi ? s'alarma-t-elle.

— Le business du sport. »

Mad réprima un soupir de soulagement. Tout d'un coup, elle avait craint qu'il cesse de venir la voir, et cela l'avait… effrayée. Dylan Caprese, ce type chez qui elle avait commis un meurtre atroce, était le seul venu du monde réel avec lequel elle était parvenue, au fil des années, à mener des conversations normales.

Avec Papa, il fallait toujours marcher sur des œufs pour ne pas approfondir cette blessure qu'elle lui avait infligée et dont il semblait ne jamais pouvoir se remettre. On restait en surface, on maniait l'humour et le sourire forcé. Sarah n'était pas revenue cette année, et avec Mira ce n'était que politesse et non-dits.

Avec Dylan, ça allait. Elle retrouvait chez lui quelque chose de sœur Hillary, de Tyra Washington la gentille gardienne, et de ces gens qui avaient choisi de venir en aide, en toute conscience, aux damnés de la terre.

« Pourquoi ? lui demanda-t-elle.

— Parce que je vais reprendre l'entreprise de mon père. Il en a ras le bol, de bosser dans le New Jersey, et à Manhattan, Hell's Kitchen n'est plus ce qu'il a connu. Alors avec ma mère ils partent au Texas. Un de mes oncles a fait fortune dans la vente de voitures de luxe, ils vont travailler ensemble.

— Mais toi, tu en as envie ?

— De reprendre la boîte ? »

Dylan réfléchit un instant. « Disons que ça me fait plaisir de voir que mes parents ont un beau projet pour eux. »

Les parents.

Papa, Mira, M. et Mme Caprese.

Sofia Molinax.

Le public effaré par la cruauté des faits divers n'y pensait guère, mais leur vie, à ces parents, était bouleversée.

Et ici, en prison, c'était pire, on s'en foutait carrément. C'était comme si les criminelles étaient issues de générations spontanées.

« Mais franchement, le business du sport, c'était peut-être pas pour moi dès le début.

— Pardon ? »

Malgré le bourdonnement habituel qui flottait sur le parloir, Mad s'était perdue dans ses pensées : combien de personnes avait-elle assassinées, d'un seul geste ? Combien de destins contraires ?

Dylan semblait lire en elle comme dans un livre ouvert – il reconnaissait ses plongeons subits dans le doute, tête la première.

« Ça n'a aucun rapport, lui dit-il doucement. Avec ce que tu es en train de te dire.

— Bien sûr que si.

— Mes parents sont très heureux de partir… et de quitter le quartier où ils ont toujours vécu… et moi je ne me voyais pas manier des contrats de joueurs de base-ball tous les jours. (Il se pencha vers elle, pas trop, pour ne pas se faire reprendre par les gardiens.) Écoute, évidemment que ce qu'on a traversé nous oblige à nous remettre en question. Mais moi, ça m'a surtout appris une chose, c'est qu'il faut prendre la vie au fur et à mesure. »

Mad hocha la tête. Ni lui ni personne ne pourraient jamais la convaincre que son geste conduirait à un accomplissement personnel d'aucune sorte.

« Et Mme Molinax ? » lâcha-t-elle tout à trac.

Dylan recula un peu sur son tabouret. Sofia Molinax, c'était autre chose, il le savait. Mad s'était tant appliquée à ne pas penser à la mère d'Estrella, depuis cinq ans, qu'elle en ressentait parfois une douleur physique qui la réveillait en pleine nuit.

« Quoi, Mme Molinax ?

— Elle habite toujours le Bronx ? Elle est en vie ? »

L'un comme l'autre lui paraissaient inconcevables.

« Je ne sais pas, Madeline.

— J'aimerais que tu te renseignes, Dylan. Tu ferais ça pour moi ? »

Il ne posa pas davantage de questions, se contentant de l'observer de ses yeux doux.

Puis il hocha la tête.

Quand elle reprit le chemin de sa cellule, après cela, Mad avait la tête si encombrée qu'elle mit du temps à réaliser que quelque chose ne tournait pas rond dans le cycle bien huilé de l'unité 6.

De prime abord, le coassement sourd de la sirène ne la concernait pas. En la dépassant sur la coursive, deux gardiens la bousculèrent – « Bouge, bouge ! » – et elle faillit s'agacer. Puis elle vit qu'ils couraient la main sur le fourreau de leur ceinture, elle vit aussi Kathy Boudin et sa complice Judith Alice Clark, qui pourtant ne s'en laissaient guère imposer, se plaquer contre le mur à leur passage. Alors, comme les ex-braqueuses de la Brink's elle se projeta sur le côté dans un brouhaha qui lui parvenait enfin, de façon déformée.

« Tu reviens du parloir ? lui cria Kathy.

— Oui, mais qu'est-ce que…

— Toutes dans vos cellules ! » brailla la voix de Mephista dans les haut-parleurs.

Kathy saisit le bras de Mad : « C'est dans la tienne, alors viens plutôt avec moi…

— Quoi ? Non ! »

Sa cellule ? Peu importait ce qu'il était en train de se passer dans sa cellule, c'était son point d'ancrage, là où étaient ses affaires. Comme toutes les autres détenues, elle avait développé un sens jaloux du territoire.

Ensuite, il y eut la bousculade qu'il fallut fendre, l'attroupement d'uniformes devant la porte.

Et Toni, affalée entre le lit et le bureau, les paumes ouvertes vers le ciel, ses dreadlocks tombant en une vague maigre sur son épaule.

Les yeux vides et grands ouverts, on aurait dit qu'elle souriait.

– 39 –

Novembre 2016, Montauk

« Je viens porter mes galets au magasin, avait dit Mira. À Montauk. Si tu as un peu de temps, je me disais que je passerais visiter ton… mobil-home ?

— Je travaille… Mais… Oui, je suppose que je pourrais prendre un moment. »

En raccrochant, Madeline s'était fait l'impression d'une femme d'affaires qui creusait dans son emploi du temps pour faire une petite place à sa famille. Elle qui avait demandé la permission toute sa vie se retrouvait, avec une sorte d'effroi, en position de décider qui elle voulait recevoir chez elle ou pas, ce qu'elle voulait faire ou pas, à quelle heure – ou pas.

C'était le monde à l'envers. Dans tous les sens du terme – elle avait la sensation physique d'avoir la tête en bas.

Cela la plongea dans une confusion telle que son premier réflexe fut d'élaguer la moitié d'un massif de roses qu'elle venait de planter devant le porche de M. Manhattan et d'aller piquer un vase dans la cuisine d'été.

Puis elle abandonna le chantier en vitesse, le vase et les roses dans la carriole de son vélo qui cahota sur le chemin côtier jusqu'à sa propriété à elle – sa maison sur roulettes, son ancienne vigne où l'on se prenait les pieds dans les ceps.

Pour le terrain, il n'y avait pas grand-chose qu'elle puisse changer en une matinée, alors elle misa tout sur le mobil-home. Il ne s'agissait évidemment pas de tenter de le déguiser en résidence de standing, mais de mettre en valeur ce qu'il était : *un putain de mobil-home*, estima-t-elle, plutôt fière, après avoir briqué ce qui était déjà propre, tiré les rideaux et tapoté les coussins rouges sur la banquette turquoise. On avait envie de s'y lover, se dit-elle en déposant le vase rempli de roses sur la petite table du coin salon. Elle avait allumé le petit radiateur, il dégageait une odeur de pain grillé.

Elle cacha ses paquets de nouilles lyophilisées au fond des placards de la kitchenette quatre étoiles et se sentit comme une adolescente fraîchement émancipée ouvrant la porte de son premier appartement à Papa-Maman.

Sauf que Papa ne serait pas là. En voyant Mira grimper seule la petite allée jusqu'à l'auvent, avec son large pantalon de yoga et son panier paysan, Madeline eut un bref vertige qui lui fit porter la main au cœur. Qu'aurait-il dit, Papa, de cette scène surréaliste ? Serait-il venu avec son pantalon cargo et son pull marine du week-end, qu'il portait à chaque visite au parloir ?

Elle était loin, la famille tirée à quatre épingles sous les lampions du sapin de Noël. Mais l'éternelle mélancolie de Papa n'aurait-elle pas pu trouver sa résolution devant la possibilité d'une vie différente ? Peut-être que le mobil-home l'aurait amusé, puis enchanté, littéralement…

Papa aimait Montauk. Madeline s'en souvenait, maintenant.

Mira déposa son panier sur le comptoir et ôta ses lunettes fumées, jetant un œil minutieux sur les murs de contreplaqué joliment peints en jaune soleil, la série de petits tableaux du phare que sa fille avait chinés chez les antiquaires près du port.

Elle passa une tête discrète derrière le panneau du salon où se trouvait la petite chambre, avec son lit bateau, son édredon nuageux et ses tentures dorées – Madeline avait réussi à faire de cet endroit un condensé de ce qu'elle ne voudrait plus jamais quitter : l'océan, le ciel, le soleil même voilé. Et cela prenait une dimension immense, ce paradis de trois fois rien.

Puis elle hocha la tête.

« Madeline, c'est vraiment très joli. Vraiment. »

Elle sortit de son panier des bocaux de confiture et des conserves maison tandis que sa fille servait le thé, secoua la tête en les rangeant dans le placard de la cuisine où trônaient les sachets de nouilles lyophilisées, et elles bavardèrent comme si la vie avait toujours été celle-ci, discutant des projets de plantation de l'une et de la peinture de l'autre.

Un peu plus tard, en la voyant s'éloigner tranquillement dans l'allée, Madeline resta un moment à sa fenêtre, tenant le petit rideau devant ses yeux, essayant de voir sa mère autrement – par-delà son mystère.

Mira avait donc validé le mobil-home où sa fille vivait, et M. Manhattan était ravi du travail de Madeline l'horticultrice, qui, toutes les semaines, lui envoyait des photos du chantier.

Tout allait pour le mieux dans le meilleur des mondes : elle gagnait suffisamment d'argent, était en bonne santé, et savait concocter à la perfection une crêpe d'œuf le soir dans sa kitchenette.

Seule.

C'était là où le bât blessait.

Madeline avait soigneusement évité The End depuis le trouble qui l'avait saisie, l'autre jour avec Ezra. Elle avait préjugé le pouvoir de la prison d'anéantir la connexion émotionnelle aux besoins fondamentaux d'un être humain.

Déjà, elle prenait du plaisir à manger et à planter des fleurs, alors, dans un environnement redevenu propice, le reste devait logiquement suivre, il ne fallait pas se voiler la face.

Quand Ezra avait pris son poignet, elle avait eu la curiosité de la chair. Qu'est-ce que ça lui ferait, d'être nue contre lui ? Qu'est-ce que ça lui ferait, d'avoir cette main bronzée, vivante, habile, sur elle ? Qu'est-ce que ça faisait, de sentir un homme en soi ?

Simple curiosité ? Peut-être un petit peu plus que ça, au jugé du bazar que cela avait mis dans ses hormones, « là, en bas », à ce moment-là. Sa « sexualité embryonnaire » prenait une forme confuse, comme une plante vivace qui pousse dans tous les sens et s'impose.

Elle ne savait pas si cela était dû au fait qu'Ezra était tout bonnement un homme posé là, et qu'à un moment on désire physiquement l'opposé de ce qu'on est.

Mais il y avait aussi l'aspect émotionnel de la chose : sa petite barbe de pirate, son bandana, ses tee-shirts, sa silhouette qui s'activait dans la cuisine, son talent, son histoire cubaine et sa façon de parler, sa façon de la regarder comme s'il était simplement heureux qu'elle soit en vie, elle aimait tout cela. Et c'était beaucoup plus inquiétant qu'une pulsion sexuelle.

Comme Estrella, Ezra avait une espèce de charge romanesque. Madeline avait tout aimé d'Estrella, ses cheveux, ses yeux en amande, sa façon de lui parler et de la regarder, sa façon d'être libre, son exotisme.

Mais avec elle, la connexion émotionnelle et physique ne lui avait jamais serré le ventre.

Alors quand elle vit Ezra s'avancer sur la petite allée qui traversait les ceps desséchés jusqu'à l'auvent, elle eut tout juste le temps de repousser le plaisir qui cherchait à s'imposer – et de se dire qu'elle ne devrait pas profiter de lui ainsi, même s'il était juste une chaste présence. Penser à Ezra de cette manière, c'était le trahir davantage. Il ne fallait pas que, par ignorance, elle lui transmette ce genre de message.

Elle posa dans une soucoupe le pinceau qu'elle avait à la main, s'essuya sur sa salopette déjà sale, les cheveux en bataille, son débardeur fleurant bon la transpiration. De toute façon, son seul aspect était un repoussoir, se rassura-t-elle.

« Je pensais te trouver là, dit-il. Je ne t'ai pas vue passer à vélo, tout à l'heure. »

La surveillait-il par la fenêtre de The End ? L'attendait-il tous les jours ? Madeline s'essuya le front du revers de son poignet, peinant à cacher son trouble.

« Je suis revenue du chantier tôt, dit-elle.

— Tu as pris ton après-midi ? C'est bien, comme tu n'es pas passée au resto depuis un moment, je me suis dit que tu avais beaucoup de boulot.

— Oui. Toi aussi ?

— Un peu moins. La saison se termine. »

Elle hocha la tête tandis qu'il était là, planté en plein soleil, sa main en visière au-dessus de ses yeux, et reprit ses esprits : « Viens, j'ai de la citronnade au frais.

— De la citronnade ? sourit-il. En bouteille plastique ?

— Non, méchant. J'ai coupé les citrons moi-même et j'ai mesuré le sucre avec un verre doseur.

— Magnifique. »

Madeline déplia deux chaises de jardin, sentant déjà le malaise disparaître sans se battre, comme si une félicité supérieure lui bottait le cul. C'était imparable.

« Je m'inquiétais, dit-il tandis qu'elle remplissait les verres glacés. Je me demandais si tu te nourrissais exclusivement de nouilles lyophilisées. Tu sais que c'est plein d'hydrates de carbone et de sodium ? Facteurs de diabète et d'obésité. Très mauvais.

— Non, rit-elle. Ma mère est passée. Elle a rempli les placards de conserves et de confitures maison.

— Ta mère cuisine ?

— Oui. Vraiment très bien. »

Il hocha la tête. C'était un homme réservé, peut-être était-ce dans sa culture, elle aimait aussi cela chez lui – l'impitoyable petite voix de la raison lui soufflait que ça l'arrangeait bien.

Il lui avait raconté son enfance cubaine, son exil, son père, mais jamais il ne lui avait demandé quoi que ce soit sur son passé. Il s'était contenté de manifester son intérêt quand elle l'avait mené en bateau en lui racontant qu'elle avait voyagé en Europe.

Gênée, elle eut le sentiment qu'elle lui devait bien quelque chose.

« Elle s'y est mise tard, ma mère, à la cuisine. C'est assez surprenant.

— Normal, pour quelqu'un de Park Avenue ? »

Parce que oui, elle lui avait tout de même lâché ça. Madeline prit une gorgée de citronnade, se disant qu'elle pouvait aller plus loin, juste un peu…

« Oui, si on veut. On n'était pas non plus les plus riches avec une armée de domestiques. (Elle lui jeta un œil.) Mon père était médecin, ma mère ne travaillait pas, elle s'est mise à la cuisine et à la peinture quand elle est devenue veuve. »

Voilà, ils étaient quittes.

Ezra hocha la tête, étendit ses jambes et soupira d'aise.

« Bon, c'était un bref passage, ma pause est finie. J'aurais bien pris ma journée moi aussi. Franchement, est-ce qu'on n'est pas mieux ici qu'à Park Avenue ?

— Si. Au fait, j'ai réussi à faire des crêpes d'œuf. Comme un chef. »

Ce soir-là, à la lumière voilée de sa petite chambre marine, Madeline recula devant le miroir collé contre la porte de la salle de bains et fit ce qu'elle n'avait pas fait depuis plus de vingt ans : elle prit le temps de se regarder.

Nue.

Le cœur battant à la frontière du malaise, la main en coupe sous son sein gauche, elle observa les années sur ce corps étranger, les hanches un peu saillantes, le léger effet de la gravité sur son ventre, sur ses cuisses – et le mystère, l'ombre, « là, en bas ».

Et, alors que la lueur de la bougie faisait de sa peau un tissu changeant, elle se demanda si ce corps-là susciterait le désir.

Elle était sortie de Bedford Hills avec une prescription pour six mois de pilule contraceptive. Ensuite, il faudrait qu'elle aille voir un gynécologue. Cela toucherait à son intime, la phobie du sang dont on l'avait débarrassée en prison. Dans le monde normal, quelle explication donnerait-elle ?

Pendant son sommeil agité, elle eut une conversation avec Estrella, alors que son amie n'était pas venue la visiter depuis longtemps.

« Tu crois qu'un homme sait quand on est vierge ? » lui demanda-t-elle.

C'était sa voix, c'était son corps de maintenant, et Estrella avait sa voix aussi, parce qu'elle ne se souvenait plus de la sienne.

Estrella, ses 17 ans, ses lèvres qui se retroussaient en un sourire moqueur, et sa propre voix qui disait : « Bien sûr, idiote, qu'il le sait.

— Alors comment faire ?

— Tu es bête. Je sais pas, moi, sers-toi de tes doigts ou d'une carotte de contrebande, comme tes copines en taule !

— Mais ça fera pas tout, hein ?

— Bien sûr que non, ça fera pas tout ! »

Elle se réveilla en sueur, honteuse, condamnée à la solitude du corps.

– 40 –

11 septembre 2001, prison de Bedford Hills

Quand, d'une voix brisée dégringolant dans un silence de mort, Mephista ordonna aux détenues de l'unité 6 de se réunir à la chapelle, Mad fit comme les autres : elle baissa la tête, joignit les mains et pria.

Elle essayait de mimer les paroles de sœur Hillary pour joindre sa voix au chœur, mais elle n'avait jamais eu l'occasion de réciter *Le Seigneur est mon berger* et elle ne pouvait qu'articuler en silence.

Elle essayait de faire sienne l'homélie œcuménique, le message de paix, de tolérance et d'elle ne savait pas trop quoi – sans doute les trucs habituels qu'on entend lors d'une guerre ou d'une tragédie civile. Mais elle avait le plus grand mal à intégrer ce qu'elle entendait.

Sœur Hillary parlait d'effroi, elle parlait de courage et de résilience.

Rien de ce dont sœur Hillary parlait, devant cette clinquante assemblée vêtue d'orange des pieds à la tête comme si le deuil lui était interdit, n'était concret pour Madeline. Son cerveau tentait d'intégrer une mathématique distendue : le vaste monde pleurait New York, alors que le microcosme dont elle faisait partie aurait pu voir par la fenêtre la fumée des tours jumelles, à 75 kilomètres d'ici.

Mais la frontière était infranchissable.

Son esprit se raccrochait désespérément à Toni, pour pouvoir prier : Toni était morte hier d'une overdose dans la cellule qu'elles partageaient depuis presque deux ans – ça, c'était concret. Puisque la justice lui avait enlevé sa ville et donné ces murs et ses camarades d'infortune, Mad n'avait plus qu'une junkie à pleurer. Toni était une folle, une chieuse qui posait des questions sans réponse, une édentée pas très propre qui bouffait ses cheveux et rédigeait des listes à n'en plus finir de choses qu'elle ne ferait jamais, parce que la came était l'amour de sa vie et passerait toujours par-dessus tout – mais Toni était concrète.

Alors, serrée entre Marybeth Tinning, l'infanticide, et une nouvelle détenue dont on disait qu'elle avait tué père et mère, Mad cherchait une explication à la mort de Toni la junkie.

« On ne saura jamais d'où venait la drogue, avait dit Donna Hylton. Ou plutôt, on ne le dira pas. Personne n'a jamais réussi à empêcher ça. Les murs sont poreux. Tout ce qui est mauvais pour nous passe à travers.

— J'avais prévenu Mephista que la place de Toni n'était pas ici mais à l'hôpital, avait renchéri Kathy Boudin. Elle n'a rien voulu savoir, n'a voulu alerter personne, comme d'habitude. J'espère qu'elle se fera virer. »

Non, la directrice ne se ferait pas virer aujourd'hui. Pendant que le corps de Toni partait à la morgue du comté où l'on se demandait bien qui viendrait le réclamer, les avions avaient foncé dans les tours jumelles. Dans ce monde détruit, un désagrément carcéral était bien anecdotique et Mephista sauvait sa peau.

Est-ce que toutes les vies se valaient ? s'interrogeait fiévreusement Mad tandis que dans la chapelle, on faisait silence. Est-ce que certaines étaient inutiles ? Celle de Toni la junkie n'avait servi à rien, à personne, même pas à elle-même.

Chacune de ces personnes, dans les tours, avait construit quelque chose, une famille, une carrière, chacune d'entre elles avait probablement rendu quelqu'un aussi heureux hier que malheureux aujourd'hui.

Mais les gens dans les tours étaient trop nombreux, ils étaient du monde extérieur, et Mad n'arrivait à concentrer son effroi que sur la vie et la mort misérables de Toni. Concrètes.

Elle avait regardé la télé toute la journée, hypnotisée. Elle venait rarement dans cette salle qu'on appelait « la vallée » parce qu'elle se trouvait en contrebas des coursives. D'habitude, les filles étaient rivées à des émissions de télé-embuscade où des présentateurs ripolinés comme Jenny Jones ou Jerry Springer dévoilaient des secrets sordides à leurs invités – votre femme couche avec votre sœur, ton frère est en fait ton père. C'était une forme de catharsis.

Mais aujourd'hui, Mad ne s'était pas assise, n'avait pas mangé, elle était restée dans la vallée avec les autres. Toutes étaient agglutinées devant l'écran comme devant le lâcher de la boule du Nouvel An à Times Square, et, pour une fois, il n'y en avait pas une pour gueuler de changer de chaîne.

C'était irréel.

À un moment, le bruit d'une évacuation s'était répandu et chacune avait brièvement espéré dans cette tragédie une opportunité personnelle – une libération anticipée, peut-être ?

Et puis on avait autorisé celles qui avaient de la famille à Manhattan à passer un coup de fil, en se répartissant exceptionnellement dans les bureaux de l'administration.

Certaines avaient resquillé, une fille avait appelé son copain à Tampa et parce qu'elle se trouvait dans la queue juste derrière elle, Mad avait failli être renvoyée au téléphone public.

Finalement, elle avait eu Papa, une minute seulement.

« Tout va bien, ma chérie, ne t'inquiète pas. Ta mère est à Sag Harbor, je suis à mon cabinet sur Park Avenue. Je ne crains rien. Ne t'inquiète pas. »

Elle avait balbutié quelques mots, puis la gardienne l'avait fait raccrocher.

« Et si personne ne vient réclamer Toni à la morgue, qu'est-ce qu'il se passera ? »

C'était la première phrase construite que Mad arrivait à prononcer, et, face à elle, sœur Hillary en mesurait l'importance.

En bas dans la vallée, on avait éteint la télé exceptionnellement tard, et la religieuse faisait le tour des cellules pour entendre les traumatismes, apporter son réconfort.

Il était plus de 22 heures, et Mad était assise face au lit superposé dont la couchette inférieure était vide.

« C'est ce qui te préoccupe ? » demanda doucement sœur Hillary. C'était une vraie question, pas un reproche sur le mode comment peux-tu penser à un truc aussi futile un jour pareil ?

Mad hocha la tête. La sœur eut un geste vers le matelas de Toni, comme si elle demandait l'autorisation, s'assit, réunissant les pans de son gilet sur son chemisier en soie. À son cou, la petite croix dansa, puis s'immobilisa au creux de son col. Elle joignit les mains entre ses genoux, et regarda Mad : voilà, le lit était occupé.

« Eh bien, elle ira reposer sur Hart Island.

— Là où on entasse les morts. »

Sœur Hillary laissa passer un silence. « Tu sais, ça n'a pas grande importance. Son corps retourne à la poussière, mais son âme est auprès du Seigneur.

— Punaise, ma sœur, rétorqua Mad, railleuse, je croyais que vous m'aviez mieux cernée que ça, pour me sortir vos bondieuseries.

— Parfois, les bondieuseries sont un bon préalable à un débat philosophique. Et je ne cherche à cerner personne, je me contente de voir. J'ai vu en toi un grand questionnement. Tes silences et ton goût pour la lecture le montrent. »

Mad croisa les bras, recula sur sa chaise. « Hart Island, répéta-t-elle.

— Ce n'est pas important. Les gens qui sont morts aujourd'hui sont poussière. Ils n'auront pas de sépulture telle qu'on la considère dans notre société.

— Mais ils sont dans le cœur de leurs proches. Toni n'est nulle part.

— Si, puisque son souvenir est déjà en toi. Tu ne peux pas l'effacer comme si elle n'avait jamais vécu sur cette terre. »

Oui, se dit Mad, mais quel souvenir ? Certainement pas celui d'une fille souriante – il ne valait mieux pas – et pleine de vie.

Comme Estrella l'était.

« Ce que je me demande… (elle jeta un œil furtif à la religieuse), c'est si toutes les vies se valent.

— Bien sûr.

— Celle d'une droguée sans famille vaut-elle celle d'une employée honnête, mère, épouse…

— Tu schématises beaucoup le bien et le mal, ne crois-tu pas ? Une droguée peut être une femme en souffrance, et une honnête mère de famille peut être une harpie au cœur noir. La bonne question est : est-ce que toutes les vies valent d'être vécues ?

— Et la réponse ?

— Je n'ai pas celle que tu veux entendre.

— Et qu'est-ce que je veux entendre, selon vous ?

— Une réponse terrestre où il serait question d'épreuves douloureuses, inutiles. Ma réponse à moi est plus… métaphysique, comme tu t'en doutes. Je pense que ce que nous traversons ici a une signification. Pour après. Le chemin de l'âme. La rédemption. Tout ce que tu trouves idiot.

— C'est sûr, ironisa Mad, alors comme ça Toni reviendra un jour sur terre et vendra des fleurs au marché d'Union Square avec un sourire jusqu'aux oreilles.

— Pas forcément sur terre. Le chemin de l'âme est mystérieux. Il faut accepter de n'être sûre de rien, Madeline. Là est la plus universelle des croyances : l'incertitude. Et la plupart des gens sont péremptoires : je crois en Dieu ou je n'y crois pas.

— Je ne crois pas à la rédemption. »

Sœur Hillary croisa les mains, ses yeux doux où semblait flotter en permanence un demi-sourire toujours sur elle. Pourtant, en aucune façon Mad se sentait mal à l'aise – ni scrutée ni jugée. C'était un échange, pas une leçon.

Il y eut un claquement dans le couloir et les lumières crues des plafonniers s'éteignirent, remplacées par les veilleuses entre les cellules dont les portes n'étaient toujours pas refermées. C'était une drôle d'ambiance. Épaisse, silencieuse. La prison était groggy et l'administration semblait veiller sur ses détenues qui, en échange, étaient exceptionnellement calmes.

Un moment hors du temps.

« Une sœur est arrivée il y a trois ans dans ma congrégation, dit la religieuse. Sœur Francesca. Elle venait de Huntsville, Texas. Sœur Francesca venait d'accompagner Karla Faye Tucker. As-tu entendu parler de Karla Faye Tucker ?

— J'ai entendu son nom. Je ne sais plus.

— Il y a vingt ans, Karla a tué deux personnes à coups de hache et de pioche avec son petit copain aussi drogué qu'elle. Au procès, elle a déclaré que chaque coup donné avait été un orgasme… Durant les quatorze années que Karla a passées dans le couloir de la mort, elle s'est repentie, a trouvé la foi, épousé un pasteur, et son engagement auprès des plus démunis a été tel qu'elle est devenue… (sœur Hillary chercha le mot juste) lumineuse. Elle qui était née d'une mère prostituée et avait commencé à se droguer à l'âge de 10 ans a correspondu pendant toutes ces années avec de jeunes délinquants pour les aider à se sauver d'eux-mêmes. Les plus farouches défenseurs de la peine de mort se sont ralliés à sa cause. Le pape a lancé un appel à la clémence. Le gouverneur Bush, qui est devenu notre Président, l'a ignoré. Et il y a trois ans, Karla a été ligotée pour recevoir l'injection létale. On a exécuté une autre femme que celle qui avait tué, quatorze ans auparavant. (Elle laissa passer un souffle, un battement de cœur.) Sœur Francesca, qui a été la conseillère spirituelle de Karla, croit à la rédemption parce qu'elle y a assisté. Moi aussi, j'y crois, quand je vois par exemple Kathy, ici même, s'occuper des malades du sida et des mères emprisonnées. »

Mad restait silencieuse. La veilleuse du couloir se reflétait dans l'œil de la religieuse, et, mon Dieu, c'était presque une putain de lumière venue des cieux, se dit-elle, vaguement ironique.

Mais sœur Hillary l'avait touchée, en lui parlant de Karla Faye Tucker. Bien sûr qu'elle connaissait son histoire. À l'époque, les détenues avaient fait circuler une pétition, qu'elle avait signée.

Le soir de l'exécution, elle était allée se coucher tôt pour ne pas y penser.

« Moi, ce que je crois, c'est qu'aujourd'hui Toni a offert un dérivatif à ton esprit. Parce que ce qu'il s'est passé dans les tours est impossible à accepter, pour toi comme pour les autres. Parce que toi, Madeline, tu culpabilises d'être en vie, derrière ces murs, alors que tant de gens innocents sont morts. Terriblement morts.

— Je suis en vie parce que je suis derrière ces murs. (Mad sentit les larmes monter, inexorablement.) Je suis en vie parce que je suis coupable, ma sœur, c'est juste, ça ? Avec mon amie que j'ai tuée, on est souvent allées au World Trade Center, on faisait les magasins, on achetait des bijoux en toc chez Poppy's, une petite boutique… (elle renifla bruyamment, s'essuyant du revers de sa manche) … une petite boutique qui vendait des petits parfums pas chers… »

Elle revoyait tout ça, le grand hall, les gens vivants, se focalisait sur la petite boutique rose et vert pomme, sentait l'odeur sucrée des fioles bon marché qu'on collectionnait.

Et sœur Hillary prenait sa tête au creux de ses bras, la berçait comme personne ne l'avait jamais fait – surtout, sans lui dire que ce n'était pas grave, ne pleure plus, tout ira bien.

« Tu es vivante, Madeline », lui murmura-t-elle simplement.

Et aujourd'hui, cela prenait tout son sens.

Lorsque la religieuse fut partie et la porte doucement refermée de ce qui ressemblait, extraordinairement, à une chambre d'enfant, Mad veilla à ne pas bousculer la délicate léthargie dans laquelle elle l'avait laissée. Avec des gestes lents, elle se déshabilla dans la solitude de sa cellule, enfila ses vêtements de nuit et, au moment de grimper sur son lit, toucha du pied un papier plié.

Elle se pencha avec précaution, regardant longuement le pli avant de le défaire, certaine de ce qu'elle allait y trouver.

Une liste.

La dernière.

Le 10 septembre 2001, avant d'avaler ses saloperies de cachets, Toni la junkie avait rêvé d'un chili-dog du Papaya Dog.

Voilà pourquoi elle souriait, dans le monde d'avant.

– 41 –

8 novembre 2016, Election Day, Manhattan

Ils commencèrent la soirée par un restaurant à Union Square.

C'était la deuxième fois depuis sa sortie de prison que Madeline revenait à Manhattan, et il avait fallu qu'elle se fasse violence. Elle se disait qu'elle aurait très bien pu rester dans son mobil-home au milieu des ceps morts, à écouter les commentateurs dans la petite radio vintage qu'elle avait chinée pour son mini-salon aux couleurs de *diner* floridien. Elle aurait été bien. Et peut-être n'aurait-elle même pas écouté la radio. Elle aurait ouvert un de ses livres disposés dans un panier au pied de son lit et aurait laissé le silence faire son œuvre d'imagination – le dernier refuge de la liberté.

Elle aurait pu faire ça. Mais elle savait que cette sortie, au milieu des gens, à attendre la même chose qu'eux, à écouter la même chose qu'eux, à regarder dans le même sens, aurait valeur de véritable retour à la société – cette société qu'elle ne faisait que raser.

Alors elle était là, assise sur la moleskine bordeaux d'un restaurant à l'angle de la 16e Rue, avec Dylan. Au travers de la vitre, son regard ne savait où porter.

Park Avenue trouvait sa racine pas loin d'ici, commençant à monter à droite de la place. Union Square, avec son petit parc, son marché des fermiers, ses yogis illuminés et ses guitaristes d'occasion, c'était le cœur hippie, contestataire, de New York. On y distribuait des tracts, on y haranguait la foule. En ce moment même, Trump en prenait plein la gueule : un type rugissant s'était juché sur une des tables en pierre qui servaient d'échiquier, une petite foule brandissait des pancartes.

Madeline avait beaucoup fréquenté l'endroit. Elle s'était assise sur les marches, avec Estrella, Dylan et les autres. Ils s'étaient partagé des frites dans des barquettes en plastique achetées au vendeur garé en vrac sur le trottoir au milieu des autres. Le gars, un Libanais curieusement nommé Gino, n'avait pas son immatriculation mais arrivait toujours à se faufiler sans que personne ne lui dise rien. De tous ces bouis-bouis ambulants s'échappait une vapeur graisseuse dont le saint esprit avait souvent réveillé Mad la nuit à Bedford Hills, l'estomac gargouillant.

Maintenant, au-dessus d'un supermarché Walgreens, une horloge, œuvre électronique baptisée *The Passage*, décomptait les heures, minutes, millièmes de seconde avant une catastrophe indéterminée.

« Il faut lire les chiffres de droite à gauche par groupe de deux, lui expliqua Dylan. Les chiffres à gauche, c'est l'heure. Ceux de droite, c'est le décompte avant minuit. Ceux du milieu sont aléatoires, je suppose que cela veut dire que le temps nous échappe. »

Madeline hocha la tête. Cela en disait tant de sa vie.

Une toute petite minute, et combien d'années.

Elle avait choisi de passer la soirée avec Dylan. Ezra lui avait bien sûr proposé de venir à The End, où un dîner spécial était organisé : en gros, on mangerait des hot-dogs ou des trucs pratiques pour ne pas lâcher la télé des yeux et compter les scores, comme dans les gradins du Yankee Stadium, et on boirait des Budweiser. Tranquille.

Madeline avait décliné. Depuis la fois où elle s'était retrouvée chez lui avec un seau à vomi au pied du lit, elle craignait une autre soirée festive avec Ezra. Elle n'était plus sûre du tout qu'il ne se passe rien de dommageable la prochaine fois – même si elle restait à jeun. Quand elle était près de lui – et cette semaine, elle ne s'y était pas attardée –, son corps commençait à balbutier et elle s'en rendait compte, et ça tournait dans sa tête, et du coup elle avait un peu mal au ventre, un vrai cercle vicieux.

Il avait eu l'air déçu. Alors elle avait prétexté sa mère anti-Trump qu'elle ne pouvait laisser seule devant un tel suspense. « Il n'y a pas de suspense, avait rigolé Ezra. Pour gagner, Trump devrait obtenir des parts sans précédent des électeurs qui le détestent : les Noirs, les Latinos et les femmes. Hillary sera la première Présidente des États-Unis. »

Hillary. L'ironie du sort. Ça aussi, ç'aurait été perturbant. Et Ezra n'aurait pas su pourquoi.

Puis Dylan l'avait appelée, parce que tu verras, à Manhattan ça va être extraordinaire, elle avait dit oui – alors ce n'était pas vraiment un mensonge qu'elle avait fait à Ezra, si ?

Il ne fallait pas qu'elle culpabilise, s'était-elle répété dans le LIRR. Elle ne dirait rien de sa soirée, c'est tout.

En tout cas, avec Dylan elle était en sécurité, il ne pouvait rien se passer. Même quand il lui avait dit : « Tu sais, j'ai un appartement juste au coin de la 13e Rue, inutile de payer un hôtel », cela n'avait rien d'évocateur, dans sa bouche.

Elle avait tout de même réservé un hôtel, bien sûr. Un petit truc dans East Village, loin de l'Upper East Side et de Hell's Kitchen, des endroits impossibles qui auraient pu l'avaler.

« Mais alors, tu n'habites plus à Hell's Kitchen ? lui demanda-t-elle. Je ne savais pas. »

Elle avala une bouchée de sa salade de crevettes avec difficulté. Comment aurait-il pu rester là-bas ?

« Non, pas depuis mon mariage. Mon ex-femme travaillait juste au coin, tu vois, au Petco. C'était plus pratique.

— C'est une boutique pour animaux ?

— Oui, elle était… enfin, elle est toiletteuse pour chiens. On avait… on a deux loulous de Poméranie. Elle les a emmenés quand on a divorcé. Mais j'ai un droit de visite !

— Tu ne me l'avais jamais dit. »

Parce qu'on n'a jamais parlé que de moi, tous les deux, se dit-elle en repoussant sa salade – c'était un restaurant chic, mais c'était moins bon qu'à The End. Elle n'avait déjà plus très faim. Et puis Trump venait de remporter l'Ohio.

Il y eut une vague de protestations discrètes dans la salle.

« Merde, dit-elle en se retournant comme tout le monde vers la télé.

— C'est pas trop grave, la rassura Dylan. C'était prévu. Il n'aura pas le Wisconsin, ni le Michigan, ni surtout la Pennsylvanie. Ils sont acquis à Hillary, ça lui suffira. »

Madeline était perdue dans cette analyse. Elle avait déjà du mal à différencier Bernie Sanders des démocrates, alors le reste, les grands électeurs, les États pivots, c'était de la physique nucléaire.

Ils terminèrent leur dîner sur une victoire de Hillary au Colorado.

Il faisait frais, dehors, mais les rues étaient illuminées comme en plein jour, ce qui trompait les sens.

Sous sa veste molletonnée, elle avait chaud. Et puis elle étouffait un peu. Elle tira sur son écharpe, fébrile.

« Ça va aller », lui dit Dylan qui la voyait toute petite, comme perdue au milieu de la foule qui commençait à grossir, montant vers le nord, vers Times Square et le Rockefeller Center où les écrans géants étaient installés.

Ils prirent le métro pour éviter de piétiner, débouchèrent dans un Times Square bondé, mais étrangement silencieux. Les néons désynchronisés des pubs géantes roulaient comme un stroboscope sur des visages de fin du monde.

Pendant les dix minutes que Madeline et Dylan avaient passées sous terre, Donald Trump avait remporté le Wisconsin, le Michigan. Et la Pennsylvanie.

Il y avait cette fille, au bar, seule, qui ressemblait à une étudiante. Un pull marine en laine tricotée main, des boots, de longs cheveux auburn qui lui dégringolaient dans le dos. Assise sur un haut tabouret, les yeux levés vers la télé qu'on avait mise en sourdine, elle pleurait.

« Il ne restera pas, tentait de se convaincre Dylan. Il ne s'attendait pas à gagner, c'était qu'un jeu, pour lui. Le boulot de Président des États-Unis c'est contraignant, c'est chiant, cette baudruche va vite dégonfler et retourner à son golf en Floride. »

Madeline hochait la tête en silence. Elle ne se sentait pas légitime pour s'indigner, pas plus qu'elle ne s'était sentie légitime pour aller voter. Pourtant, ses droits avaient été restaurés dès lors qu'elle avait effectué l'intégralité de sa peine – dans l'État de New York, seuls les libérés sur parole devaient attendre la date effective de leur élargissement.

Mais elle n'avait aucune culture politique, même si elle se souvenait avec émotion de la liesse générale en prison quand Barack Obama avait été élu, à laquelle elle avait participé parce qu'elle trouvait ça humainement formidable. Mais était-ce parce qu'il était noir, jeune et beau, ou parce qu'il allait s'attaquer à des choses aussi essentielles que l'iniquité du système judiciaire, la peine de mort et les assurances santé, elle n'en savait rien.

Et huit ans après, elle n'avait pas eu la réponse.

Aller poinçonner un bulletin au milieu des gens normaux lui aurait fait l'effet de débarquer en combinaison orange, braillant des slogans vulgaires, une pancarte à bout de bras. Elle voyait très bien la scène.

Et puis elle était certaine que Hillary serait élue. Elle n'avait pas besoin d'elle. Trump était une blague.

Et pourtant non, disaient les visages atterrés au-dessus de leurs verres. Madeline et Dylan avaient déniché ce pub au cachet irlandais derrière le Rockefeller Center où ils étaient passés s'assurer une dernière fois, sur l'écran géant de NBC, qu'il n'y avait plus d'espoir. Les drapeaux américains de la place flottaient sur un peuple éteint. C'était fini.

Ils en étaient à leur deuxième cocktail, et ni l'un ni l'autre n'arrivaient à se saouler. L'organisme, d'ordinaire si prompt à vous flanquer la tête dans le seau, avait ce soir-là une fâcheuse réponse à ce qu'on lui demandait.

« C'est pas assez fort, ce truc », grimaça Dylan au-dessus de son daïquiri.

Malgré elle, Madeline pensa au pruno de Bedford Hills et eut un demi-sourire. Elle sentait presque le feu dévaler son œsophage. Dans son sac pendu à l'accoudoir du fauteuil, son téléphone bipa. Pas difficile de l'entendre, dans une telle torpeur.

« *Je suis anéanti. J'espère que ça va.* » C'était Ezra. Il était 1 h 30 du matin. Madeline l'imagina ôter son bandana dans la cuisine déserte, s'essuyer le front du revers de la main. Et la première personne à laquelle il pensait après la bataille, c'était elle. Comment était-ce possible ?

« Rien de grave ? demanda Dylan.

— Non non. »

Elle vit à son regard un peu moins sombre qu'il était heureusement surpris qu'elle connaisse quelqu'un d'autre que lui qui soit suffisamment proche pour lui envoyer des messages en pleine nuit – même une nuit pareille.

« Ton copain cuisinier ?

— Oui.

— C'est ton petit ami ? sourit-il enfin.

— Petit ami, qu'est-ce que c'est idiot, cette expression. Et non, Ezra n'est pas mon petit ami.

— Mais ça ne tardera pas. »

Madeline se contenta de secouer la tête. Elle rangea son téléphone sans répondre. À cette heure-ci, elle était supposée dormir à Sag Harbor, ou veiller sur sa mère frappée d'apoplexie.

Et encore un mensonge, un.

« Tu ne lui as rien dit », fit Dylan en s'adossant à la banquette. Ce n'était pas une question.

« Je lui répondrai demain.

— Je ne te parle pas de son message.

— Non, je ne lui ai rien dit. Et ce n'est pas grave, parce qu'il ne se passera rien.

— C'est le contraire, Madeline : il ne se passera rien parce que tu ne lui as rien dit.

— Je ne veux pas en parler.

— OK. »

Il leva les mains en signe de reddition. Madeline plongea le nez dans son verre, un cocktail trop sucré à base de fraises et de rhum dont les glaçons avaient fondu.

Elle regarda Dylan à la dérobée – sa carrure de sportif, son visage ouvert devenu plus tendu ce soir. Il y avait quelque chose de bizarre dans l'air de New York, comme une parenthèse temporelle, une distorsion. Et Madeline pensait à quelque chose d'un peu dangereux, de pas très sain, digne de la Mad de Bedford Hills qui ne pensait qu'à court terme – car chaque jour n'avait d'utilité que par les besoins vitaux qu'on avait réussi à combler.

Cette Mad-là, dans cette distorsion temporelle là, n'avait qu'un mode d'expression, rectiligne.

« Je veux bien aller chez toi », dit-elle abruptement.

Dylan leva un sourcil surpris, laissa passer un silence alors que la fille au bar ramassait son sac et s'en allait, enroulée dans son écharpe.

« Pour quoi faire ? »

Madeline en fut décontenancée. S'il n'avait pas compris, il aurait pu répondre « Mais bien sûr, viens, il est tard », et, à l'inverse, il n'aurait rien dit, se contentant de se lever et de l'emmener.

Elle le fixa sans répondre. Comment faisait-on pour qu'un regard soit lourd de sens ? Elle n'avait pas le mode d'emploi de l'éblouissement sexuel qui contracte la séquence d'après jusqu'à peau de chagrin – et l'on se retrouve au lit, nue, en un battement de cils, comme dans les films.

Dylan croisa ses mains sur la table et se pencha vers elle.

« Madeline, je sais ce que tu cherches à faire. Et je ne le ferai pas avec toi. »

Elle serra les dents comme si elle venait de prendre une claque. Une tarée d'empoisonneuse lui avait mis une droite, un matin dans les douches, et cela lui avait fait le même effet : une douleur anecdotique, mais une humiliation phénoménale. Elle se revoyait nue, ramassant sa serviette, la main sur le sein gauche.

Face à Dylan, dans ce pub plombé, elle faisait précisément la même chose : elle ramassait sa serviette.

« D'abord, dit-il doucement, parce que j'ai une… petite amie, je ne sais pas comment dire autrement même si tu trouves l'expression idiote. (Il sourit.) Elle est infirmière, elle est de garde cette nuit. »

Madeline aurait bien voulu qu'il s'arrête là, ç'aurait été une façon honorable pour elle de s'en sortir. Mais il continua, à la fois délicat et impitoyable :

« Ensuite, j'ai encore de vieux principes cathos, que tu le croies ou non, et j'ai du mal avec… les coups de tête, on va dire.

— Qui te dit que… (Elle soupira.) Alors si tu es venu me voir toutes ces années, c'est bien au nom de tes vieux principes cathos.

— Bien sûr que non, si je suis venu toutes ces années c'est parce que je t'aime comme un frère, Madeline. Au début, c'était, oui, de la culpabilité, de la compassion. C'était catho, si tu veux. Mais il y avait quelque chose de plus profond. Une émotion particulière. (Il hésita.) Et toi, j'espère que c'est pareil de ton côté. Que tu n'es pas venue ce soir uniquement pour échapper à celui que tu as envie de rejoindre.

— Je lui avais dit non avant. Je suis heureuse d'être avec toi, Dylan. Je l'ai toujours été.

— Mais ce n'est rien d'autre qu'un sentiment fraternel. C'est pour toutes ces raisons que je ne ferai pas ce que tu as en tête. »

Madeline baissa les yeux. Elle sentait comme une pression sur ses épaules qui l'enfonçait dans son fauteuil. En à peine une ou deux bouffées, l'alcool lui était monté à la tête.

« Tu as une petite amie, balbutia-t-elle. Je ne savais pas. Tu ne m'avais pas dit. Ça non plus. Je ne me préoccupe que de moi. Elle s'appelle comment ?

— Lizzie.

— Elle est comment ?

— Je te la présenterai. Elle sait que je suis avec toi. Tu vois, c'est facile.

— Je ne te mérite pas. (Elle essuya prestement une larme qui pointait.) Je suis… Je suis morte de honte. »

Vite, Dylan attrapa ses mains sous la table : « Non non non, il ne faut pas, tu es une femme belle et émouvante, je comprends que ton cuisinier soit amoureux de toi…

— Ezra n'est pas… (Elle avait relevé la tête.) Enfin, Dylan !

— Quoi, "enfin Dylan" ? Tu as donc une si piètre opinion de toi-même ? »

Elle le regarda en haussant les sourcils – c'était évident. Il serra ses doigts froids entre les siens. « Tu as payé, Madeline.

— On paye toute sa vie pour ça.

— Si tu veux. Quoi qu'il en soit, tu es là, tu as rencontré quelqu'un et il faut que tu lui dises la vérité. Je ne peux pas t'aider. Moi, je ne veux pas être celui qui te permettra de continuer à mentir. (Il soupira.) Cette nuit est bien assez débile comme ça. »

Il resta un moment silencieux, à lui masser les doigts pour y faire revenir la chaleur, tandis que dans une légère ivresse elle ne savait pas trop quoi faire de tout ce qu'il lui avait dit : *comme un frère… belle et émouvante… amoureux de toi…*

« On ferme », fit le barman d'une voix sépulcrale.

Et ils se retrouvèrent sur la 5e Avenue désertée, frileuses silhouettes brouillées par la fumée des bouches d'égout sous un ciel nauséeux, alors que 100 mètres plus haut les fourgons de police prenaient déjà place autour de la Trump Tower.

– 42 –

Février 2006, prison de Bedford Hills

Mad ne s'était doutée de rien.

« Dix ans. J'ai hésité à apporter un gâteau et des confettis. »

Papa, son ironie salvatrice. Il n'était pas venu le mois dernier, elle avait été à la fois déçue et heureuse qu'il ait trop de travail. Elle savait que sa clientèle s'était réduite ces dernières années.

« Ta mère m'a dit que tu étais devenue une sorte de professeur depuis la dernière fois ?

— Oui, enfin, professeur, pas vraiment. J'aide pour les cours d'horticulture.

— C'est bien ! En tout cas, ta mère était fière de toi.

— Vraiment ? »

Papa était gentil, enfin Papa était Papa, mais elle avait du mal à imaginer Mira rentrant à Park Avenue les joues roses de contentement après une visite éclair dans le cloaque de la criminalité féminine.

« Ne sois pas trop dure avec elle, dit Papa en répondant à côté. Ce n'est pas facile, pour elle.

— Je sais.

— Et ne prends pas tout sur toi. (Il sembla chercher les mots justes.) Ta mère n'a jamais été douée pour le bonheur. »

Toi non plus, eut-elle envie de répondre. Il était là, Papa, engoncé dans un épais blouson bordeaux molletonné, du genre de ceux qu'on met pour skier – alors qu'il n'était jamais allé à Aspen pour les vacances d'hiver, contrairement à la plupart de ses collègues. Dans son cou, le col de sa chemise bleue rebiquait, et Mad en eut un serrement de cœur.

« Tu as froid ? demanda-t-elle. Ce parloir est un vrai congélo.

— Oui, et en venant le chauffage de la voiture était en panne. Tu as vu la neige ? Mais les gardiens ont bien fouillé toutes les poches.

— Des fois que tu m'apportes un burin et une corde, rigola-t-elle.

— N'oublie pas la demi-douzaine de faux passeports. »

À la table d'à côté, Pamela Smart discutait avec un inconnu – probablement un de ces producteurs qui ne se lassaient pas de son histoire après tous les documentaires qui lui avaient pourtant été consacrés. Papa lui jeta un œil amusé. Il s'était habitué à la sordide célébrité des colocataires de sa fille, et se félicitait qu'elle n'y ait pas droit. Lui et l'avocat avaient fait barrage. En matière de meurtre, Madeline Oxenberg était une star ignorée.

« J'aimais bien Kathy Boudin, dit-il tout à trac. Elle est sortie il y a un moment, non ?

— Oui, libérée sur parole il y a trois ans.

— Tu as des nouvelles ?

— Elle avait promis qu'elle m'écrirait, elle l'a fait. Elle travaille auprès des malades du sida à l'hôpital Saint-Luke.

— C'est un beau parcours.

— Oui.

— Justement, à mi-chemin il serait temps de te projeter un peu ? Surtout si maître Leonardi dépose des demandes de liberté conditionnelle, ça peut arriver vite.

— Papa. »

Elle recula sur son tabouret, soupira. Pourquoi était-il si sérieux ?

Là, peut-être aurait-elle pu se douter.

« Papa. Je ne ferai pas de demande de conditionnelle.

— Madeline. Tu as une conduite irréprochable, tu y as droit.

— Je ferai vingt à vingt-cinq ans, selon ce que le juge décide. C'est ma peine, c'est comme ça.

— Et tu te sentiras mieux ?

— Je ne pense pas que je me sentirai bien un jour, Papa. Mais au moins, j'aurai respecté ce que la loi a estimé correct.

— Sortir dans deux ou cinq ans, ça ne changerait rien, Madeline.

— Ça changerait mes cadres. Et puis un meurtre, ça ne se solde pas. Mon amie n'est pas en solde. »

Elle frémissait. Jamais elle ne parlait d'Estrella avec Papa – avec personne. Pourquoi aujourd'hui ?

Peut-être aurait-elle pu se douter.

Estrella n'était pas un cadavre, pour elle, c'est ça qu'elle voulait lui dire. C'était une étoile, brillante, libre, souriante.

« Bien, dit Papa. Tu feras ce qui est le mieux, j'en suis sûr. »

À ce moment-là, elle voyait bien que sous ses grosses manches molletonnées, ses mains luttaient pour ne pas prendre les siennes.

Et puis la sonnerie avait retenti, criarde, les faisant sursauter, comme d'habitude.

Papa avait mis du temps à se lever, et pour la première fois il avait eu un mouvement d'humeur envers la gardienne qui les pressait – presque rien, juste un gros mot prononcé à voix basse en tapant légèrement sur la table.

Peut-être, à ce moment-là, Mad aurait-elle dû savoir.

« Oxenberg, directrice ! »

Mad hésita à reposer son plateau de petit déjeuner. Les œufs coagulés sur du bacon cartonné lui sautèrent au visage – la voix métallique ne l'appelait jamais.

Depuis un moment, elle n'avait pas eu droit aux convocations, aux remontrances. Mephista était plutôt bien disposée à son égard.

Il y a ces moments où l'on expérimente le sentiment absolu de certitude.

Avant même sa marche dans le couloir, avant même que Mephista lui tende le combiné, avant même que Mira le lui dise, Mad le savait.

Papa était mort.

Elle aurait dû s'en douter.

Elle aurait dû voir ses jambes trop maigres, sa veste pas enlevée, le blush sur ses joues, elle aurait dû écouter ses paroles.

Comment pouvait-on regarder mourir son père sans le voir, se demandait-elle alors que la voix de Mira soufflait dans l'écouteur.

« Pourquoi vous ne m'avez rien dit ?

— Il ne l'a pas voulu. Cancer du pancréas, diagnostiqué il y a trois mois. Ça a été fulgurant, Madeline. Il n'y avait rien à faire. Il a décidé qu'il était inutile de t'inquiéter. J'ai respecté son choix.

— Mais je l'ai vu la semaine dernière, il allait bien ! »

Cette ultime énergie avec laquelle on tente de s'autoconvaincre.

« Non, il n'allait pas bien, Madeline. Son médecin l'a accompagné jusqu'à la porte de… de la prison. Il m'avait demandé de le maquiller un peu. »

Et Mephista qui faisait semblant de ne pas la regarder, réunissant des papiers.

Mad avait besoin de s'appuyer sur quelque chose, passait d'un pied sur l'autre, les jambes flageolantes. Sa main brassait l'air, ne sachant pas où se poser. Finalement, elle posa ses fesses sur le bureau de Mephista sans que la directrice trouve rien à y redire.

« Pour les obsèques, maître Leonardi viendra te voir, disait la voix de Mira. Il va t'obtenir une sortie exceptionnelle.

— D'accord.

— Il a souhaité être incinéré.

— D'accord.

— Ses cendres seront répandues dans l'Atlantique.

— D'accord.

— Ce sera mercredi. À Sag Harbor.

— D'accord. »

Puis elle raccrocha. Voilà comment se terminait une vie, en prison : en raccrochant.

« Je recevrai votre avocat demain, dit Mephista. Je ne pense pas que votre demande de sortie pose problème. »

D'un coup, la directrice avait un nouveau visage : celui d'une femme fatiguée, qui avait résisté à plus de dix ans de misogynie et de défiance, gardant vaille que vaille son poste à la tête d'une prison pour femmes, où il ne se passait pas un jour sans bagarre, sans récrimination. Peut-être était-ce pour ça qu'elle se maquillait autant, qu'elle se construisait une armure de mascara et de rouge à lèvres, se dit Mad dans un éclair de lucidité. Pour se différencier des détenues avec qui elle vivait toute la journée, alors qu'elle était presque aussi prisonnière qu'elles.

Elle accepta ses condoléances l'esprit en fuite, les mains tremblantes.

Puis retourna au réfectoire, lâcha son plateau, s'écroula en larmes au milieu d'une mare de haricots à la tomate et fut emmenée à l'infirmerie.

Pour la première fois depuis son entrée, on lui avait prescrit des benzos, les fameux benzos qui servaient à tout – y compris à effacer un deuil. Elle en avait pris un, refusé les autres et était retournée à sa cellule, auprès de Roberta, sa colocataire depuis deux ans. Roberta avait été arrêtée par la police new-yorkaise sur un bateau alors qu'elle venait de balancer en catastrophe 300 kilos de cocaïne dans le port. Elle était équatorienne et ne parlait pas un mot d'anglais – l'avantage était qu'elle ne posait pas de questions, même pas quand Mad se retrouva la tête dans les toilettes. Elle se contenta de lui tendre une serviette, le visage fermé.

Avec l'avocat, ce fut une autre histoire.

« Comment te sens-tu ?

— …

— Bon, j'ai rédigé une demande de sortie exceptionnelle, elle t'a été accordée. Je viendrai te chercher mercredi matin à 8 heures pour t'emmener à Sag Harbor. Deux gardiens nous accompagneront. Tu seras menottée, mais je t'apporterai des vêtements pour le cacher, Miranda s'en occupe.

— Pourquoi ne m'a-t-elle rien dit, ma mère ?

— Elle te l'a expliqué, c'était le vœu de ton père.

— Sarah, elle était au courant ?

— Oui.

— Alors ma sœur habite en Californie, à des milliers de kilomètres d'ici, mais on a pensé normal de l'avertir que Papa était mourant ? Quelle est la différence avec moi ? En quoi fallait-il moins m'inquiéter ?

— Ton père a pensé que tu en bavais assez comme ça. »

Maître Leonardi la regarda un moment sans rien dire tandis qu'elle secouait la tête, qu'elle avait lourde et vide.

« Je ne suis pas plus fragile que n'importe quelle fille qui perd son père, vous savez, balbutia-t-elle.

— À la seule différence que tu n'aurais pas pu sortir pour passer du temps avec lui, comme ta sœur a pu le faire.

— Mais là, maintenant qu'il est mort, j'en ai le droit. Quelle… ironie, vous ne trouvez pas ? »

Elle se fichait de sa réponse. Elle se leva pendant qu'il réunissait ses papiers.

« Attends, Madeline, voici la décision du juge, tu dois la signer. Comme je te l'ai dit, départ à 8 heures, et il faudra être de retour ici à 18 heures. La cérémonie aura lieu à l'ancienne église des Baleiniers à Sag Harbor.

— Papa n'était pas religieux.

— C'est un compromis avec ta mère, cela a déjà été difficile pour elle d'accepter l'incinération. La dispersion des cendres se déroulera ensuite en petit comité sur la plage…

— Difficile pour elle ? Et pour Papa, avec l'annonce de sa mort prochaine et toutes les chimios sans espoir qu'il a dû faire…

— Il n'a pas voulu faire de chimio. Madeline, signe juste ce papier, je pense que c'est avec ta mère que tu dois avoir cette conversation. Tu auras un peu de temps pour ça mercredi.

— Je veux récupérer son livre sur le mobilier d'art.

— Un livre ? J'y veillerai. Signe. »

Mad saisit le stylo qu'il lui tendait, écrivit son nom d'une main tremblante. Au fond, elle n'avait pas vraiment réalisé. Elle prendrait le deuil de plein fouet dans quelque temps, quand elle constaterait que, non, Papa ne venait plus la voir. Le reste n'était qu'approximation émotionnelle, supposition que ce qu'on lui disait était vrai et papier à parapher.

Le lendemain, on lui fit livrer des vêtements neufs, qui portaient encore leur étiquette. Une robe noire à manches longues et un manteau de chez Saks, des collants opaques, une paire d'escarpins Ralph Lauren – et surtout, un foulard en soie manifestement destiné à couvrir ses menottes. Il y en avait pour plus de 1 000 dollars. Des vêtements qu'elle ne porterait pas plus de dix heures, mais il fallait qu'elle fasse bon effet, avait dû penser Mira, parce que déjà qu'une taularde au fond de l'église…

Mad se visualisa en retrait, serrant son foulard pour ne pas qu'il tombe. Et les gardiens, rentreraient-ils dans la nef ? Seraient-ils postés à ses côtés ?

Sœur Hillary vint la voir, lui prendre les mains, la réchauffer de son regard : « Veux-tu que je t'accompagne ?

— Non, ma sœur. Je ne veux pas quelqu'un de bienveillant à mes côtés. Ne me demandez pas pourquoi, c'est comme ça. »

Le mercredi matin, elle prit son petit déjeuner avec les autres, en combinaison orange, et retourna à sa cellule se changer en *filia dolorosa* de Park Avenue, sous l'œil fixe et impassible de Roberta, qui s'empiffrait de pancakes qu'elle réussissait chaque matin à planquer sous sa ceinture.

Et puis la fille essuya les miettes sur son pantalon et, sans mot dire, ôta un élastique du bout de la lourde tresse qui lui tombait sur l'épaule et se posta derrière elle, peignant ses cheveux et les enroulant dans sa nuque.

« Merci, lui dit Mad, émue.

— *De nada, linda.* »

C'était la première fois qu'elle entendait sa voix.

Quand elle traversa le couloir encadrée par les gardiens, elle eut droit à quelques sifflets et à beaucoup de « bon courage ».

Arrivée à l'accueil de la prison, les yeux bloqués au-dessus du papier qu'elle devait une fois de plus signer, elle posa le stylo.

Ici, bon an mal an, c'était sa société à elle.

Rien venant de l'extérieur ne devait l'atteindre.

Elle en avait encore pour dix ans.

Et puis, elle ne ferait pas ça à Mira et à Sarah.

« Non », dit-elle simplement aux gardiens.

– 43 –

9 novembre 2016, Montauk

Elle allait tout lui dire.

Aujourd'hui.

Elle dirait la vérité à Ezra.

« Je sors de vingt ans de prison parce que quand j'avais 17 ans, j'ai égorgé ma meilleure amie. »

Des mots simples, une syntaxe intelligible et meurtrière.

Elle allait le faire, parce qu'elle respirait bien ces phéromones entre eux, elle avait vécu avec Ezra ces moments de trac, ces silences soudain timides et tous les autres qui disaient la complicité et le bien-être – et que la conversation avec Dylan les lui avait fait accepter.

Elle qui n'avait jamais cru à l'amour se retrouvait enfermée dans le plus douloureux des pièges.

Et s'il lui tournait le dos, alors il était possible de désaimer, elle en était certaine.

« Tu es là », lui dit-il avec son grand sourire tendre, celui qu'il lui offrait comme s'il était simplement heureux qu'elle soit en vie.

Elle tremblait. Son larynx s'était bloqué, ses sinus faisaient barrage à l'odeur de poisson frit qui émanait de la cuisine. Elle essayait de rester entière, de refuser toute invasion de son être.

« Tu reviens du chantier ? »

Non, elle n'avait pas travaillé ce matin, elle n'avait dormi que trois petites heures à l'hôtel d'East Village avant de reprendre le LIRR. Dans le wagon régnait un silence atterré, les voyageurs regardaient leurs pieds, gardaient leur téléphone dans la poche, saturés qu'ils étaient d'y voir toujours la même écœurante, irrévocable nouvelle. Cette ambiance mortifère avait fini de la persuader qu'à présent, il lui faudrait toujours être honnête. Que ce serait une bataille de tous les jours pour beaucoup d'Américains – ne jamais trahir, ne jamais tricher ni mentir, pour garder une dignité à leur pays – et qu'elle devait y participer puisqu'elle faisait partie du peuple, elle l'avait enfin compris cette nuit.

The End ressemblait au wagon du LIRR. Exceptionnellement inanimé. Seul un vieux couple de touristes allemands discutait au-dessus d'une soupe de clams, à une table près de l'entrée, secouant de temps en temps la tête.

« J'ai bientôt terminé. Le chantier, répondit Mad.

— Il faudra que je vienne voir ça. Un peu de beauté dans ce pays qui part en vrille. Viens t'asseoir, je prends ma pause, comme tu le constates c'est pas la fête aujourd'hui. »

Elle le suivit au fond de la salle, les yeux plantés sur le catogan dans sa nuque, se disant qu'elle aimait même ce détail de lui, et que peut-être elle ne le reverrait jamais.

« Katie, tu nous apportes de l'espadon grillé ? De toute façon il va en rester. »

La belle serveuse déplia les jambes de son tabouret où elle pianotait sur son portable. « Des frites ? demanda-t-elle.

— Madeline, tu préfères des frites ou du coleslaw ?

— Je… je n'ai pas très faim.

— Moi non plus, soupira-t-il en ôtant son bandana. Entre nous, je n'ai pas dessaoulé depuis hier soir. J'ai un mal de crâne carabiné. Comment s'est passée la soirée avec ta mère ? Elle est toujours en vie ?

— En fait… (Elle attrapa une serviette en papier dans le distributeur, pour s'occuper les mains.) En fait, je n'étais pas avec elle. J'étais avec un vieil ami, à Manhattan. »

Elle baissa les yeux sur sa serviette, s'appliquant à l'enrouler méticuleusement, bien serrée, comme si c'était le travail le plus nécessaire du monde.

« Il m'a appelée au dernier moment, s'excusa-t-elle.

— Ah oui ? Vous êtes allés devant les écrans géants de Times Square ? Comment c'était ? »

Elle releva les yeux. Voilà comment il était, Ezra : il acceptait les choses telles quelles, il ne posait pas de question, ne se vexait de rien.

Elle avait de l'espoir.

« C'était… Enfin, il y avait foule, mais si tu avais entendu ce silence… Ce n'était plus New York. Ensuite, je suis rentrée dormir à mon hôtel, et ce matin le même silence, dans le LIRR. »

Il fallait qu'elle lui parle de l'hôtel, parce que c'était vrai : Dylan l'avait déposée en taxi et il était rentré chez lui.

« Oui, eh bien, ici, tu n'as rien loupé. Au fil de la soirée, les gens sont devenus fous. Deux types se sont battus, l'un pour Hillary, l'autre pour Trump. Il a fallu que je les sorte. Il y a eu du verre cassé. Puis ça a été l'abattement général. On a cessé de manger pour se mettre à boire, il nous reste un paquet de bouffe sur les bras. D'ailleurs, si tu veux en emporter pour manger dans ton mobil-home ce soir.

— Oui, pourquoi pas.

— Ah oui, et l'autre jour j'ai oublié de te dire : ce mobil-home, tu en as fait quelque chose de magnifique. Quand je pense qu'il aurait pu rouiller et mourir… Enfin bref, mon défunt père serait fier de toi. Je suis sûr qu'il aurait aimé te connaître. »

Pour cette seule phrase, elle capitula, d'un coup.

« Je sors de vingt ans de prison, parce qu'à l'âge de 17 ans, j'ai égorgé ma meilleure amie. »

Les mots ne sortiraient pas.

Pas aujourd'hui ? Elle avait terriblement peur que le père d'Ezra, de l'au-delà, lui retire cette fierté qui la touchait en plein cœur.

Alors elle se contenta de grignoter son espadon pendant qu'Ezra lui racontait encore son père disparu, sa mort à seulement 60 ans d'une crise cardiaque – « Il est tombé d'un coup, alors qu'on était à la pêche, ce qu'il adorait. Je crois qu'il ne s'est rendu compte de rien » – et qu'ils débattaient sur l'Amérique perdue.

Et elle pria pour que ces moments-là durent quelques jours encore afin que, peut-être rendue à sa solitude, elle s'en souvienne toute sa vie comme les plus doux qu'elle avait connus.

– 44 –

Septembre 2009, prison de Bedford Hills

Depuis la mort de Papa, Mira avait changé. C'était subtil, mais Mad, pour qui s'attarder sur les détails était un mode de survie, l'avait remarqué.

Il s'agissait d'un pantalon un peu large à la place d'une robe cintrée, d'une veste plus floue au lieu d'un manteau raide, de boucles d'oreilles moins précieuses. Elle ne portait plus que de simples perles et, au creux de son cou gracile, un minuscule diamant qui battait au rythme de son pouls.

Mad se souvenait de la dernière visite de Papa et de sa veste épaisse pour déguiser sa maigreur. Mais Mira semblait en forme, les yeux toujours brillants, les dents bien blanches et le chignon épais.

Elles discutaient de sujets inoffensifs, de potins new-yorkais, d'expos, de livres, plus longtemps qu'avant.

« Ne sois pas dure avec elle », lui avait recommandé Papa. Alors Mad essayait de lui sourire davantage, lui parlait de ses chères fleurs et Mira se plaignait que le jardin de Sag Harbor soit si lisse – elle n'avait pas la main verte. Les échanges se faisaient en milieu tempéré.

« Prends un jardinier, lui conseilla Mad.

— Oh, cela ne mérite pas une dépense supplémentaire. »

Prends ça, se disait Mad en hochant la tête.

Ce jour-là, Mira annonça :

« J'ai vendu l'appartement de Park Avenue. C'était trop d'entretien, et je n'aime pas y vivre seule.

— Mais Mira, c'était ton appartement…

— Oui, eh bien, je suppose qu'il est temps de passer à autre chose. Je me suis installée à Sag Harbor. Malheureusement, c'est plus loin d'ici que Manhattan, je pourrai sans doute venir te voir moins souvent.

— Bon. »

Ce n'était pas si grave. Pour toutes les deux, il y aurait moins d'efforts à faire, durant cette heure mensuelle au parloir. Mira s'était habituée au capharnaüm de l'endroit, elle se tenait moins raide, ne sursautait plus lorsque fusait un rire sonore, mais Mad savait bien qu'elle ne se ferait jamais à une chose : les regards sur elle. Pour une femme comme Miranda Schwartz Oxenberg, être observée, scrutée des pieds à la tête était plus qu'une épreuve, une offense.

Mortifiée, elle ferma brièvement les yeux lorsque Donna Hylton passa tout près d'elle, prenant son temps pour la dévisager.

Un peu plus tard, lorsque Mira fut partie et que Mad ruminait sur la ruine familiale dont elle était coupable, Donna vint la trouver dans la vallée où elle s'était installée à une table pour dessiner.

« Elle est classe, ta mère. Elle a l'air d'une femme bien.

— C'est dur pour elle, éluda Mad.

— Pas plus que pour toi. »

Donna s'installa en face d'elle. Depuis le départ de Kathy Boudin, Mad aimait bien discuter avec la kidnappeuse jamaïcaine. Elle était la seule dans cette unité à avoir mené des études de haut vol, à ne pas nier ses crimes et à s'en repentir sincèrement. Elle avait pris la place de Kathy auprès de sœur Hillary lors des réunions de prière où Mad continuait de se rendre, davantage maintenant pour la bienfaisante récréation spirituelle que cela lui apportait que par obligation.

Donna était à l'écoute, toujours.

Mad posa son crayon et croisa les bras.

« On a du mal à avoir des conversations normales, avoua-t-elle. Je viens d'apprendre qu'elle déménageait, et c'est ma faute. Plus d'argent. L'avocat. La mort de mon père. Je sais qu'elle m'en veut, qu'elle n'a aucun amour pour moi, elle n'en a jamais eu pour une raison que je cherche encore.

— Mais elle vient te voir tous les mois. Compte tenu de son rang social, c'est un effort immense pour une mère qui n'aime pas sa fille, tu ne crois pas ? Tu as vu les visiteurs, au parloir ? À part le taré de mari de Marybeth qui n'a toujours pas compris qu'elle avait tué huit de leurs gosses, il y a quoi, comme familles ? Que dalle, ma poule. Y a rien que des correspondants louches qui veulent raconter à leurs potes qu'ils sont les confidents d'une meurtrière ou, encore plus vicelard, t'épouser. Ou des journalistes à scandale, des producteurs en quête de l'Oscar du meilleur documentaire.

— Ta fille vient te voir, lui opposa Mad.

— Elle a 28 ans, alors oui, maintenant elle vient me voir. »

Donna se pencha vers Mad, son air buté, ses certitudes de ne pas être aimée, de ne l'avoir jamais été.

« Pour en revenir à ta mère, laisse-moi te parler de la mienne. C'était une disciple d'obeah, un truc de guérison spirituelle et tout le bordel. Elle m'utilisait comme une poupée vaudoue vivante. Me brûler ou me couper avec un couteau, c'était la routine pour elle. Quand j'ai eu 8 ans, elle m'a vendue à un couple. Le mari me violait, à 15 ans je me suis barrée et les mauvaises rencontres se sont enchaînées. Alors moi je peux te dire que tout ce que j'ai fait, c'est la faute de ma mère. Toi non. Médite ça. »

Lorsque Donna fut partie, Mad pensa aux parents de Marybeth Tinning qui l'enfermaient dans un placard, à la mère de Toni la camée qui l'emmenait en bringue et lui faisait servir ses verres alors qu'elle était toute gamine, à celle de Donna.

Et se demanda si Mira, qui ne l'avait pourtant jamais maltraitée, avait une infime part de responsabilité dans ce qu'elle avait fait. Elle ne se cherchait pas d'excuse, elle ne l'avait jamais fait.

Mais était-ce une fatalité, que ni elle ni sa mère n'auraient jamais comprise ?

Michael Jackson était mort, et c'était une déflagration.

Les détenues de l'unité 5 voisine, en majorité noires, réclamèrent à Mephista d'organiser des séances de danse afin de livrer aux caméras du monde entier une chorégraphie de *Thriller*, comme des prisonniers philippins venaient de le faire.

À Bedford Hills, les unités ne se mélangeaient pas. En gros, pour bénéficier du traitement spécial de la 6, il fallait avoir un nom connu ou qui risquait de l'être – comme Madeline Oxenberg. Certaines, Toni la camée ou Roberta la muette, avaient bénéficié d'un bon comportement et d'une surpopulation des autres unités. Comme Jane, la nouvelle colocataire de Mad, vieille carne dépressive et raciste qui râlait sur tout.

« Qu'est-ce que ça peut nous foutre, un chanteur mort ? Elles croient quoi, ces Blacks, que je vais aller bouger mon vieux cul avec elles dans la cour ? »

Jane, zélée vigile du parc d'attractions de Coney Island, avait descendu il y a dix ans un jeune Noir de 14 ans au motif qu'il plongeait sa main dans le bocal de bonbons d'une échoppe de confiseries et barbes à papa. Ce qui scandalisait nombre de ses codétenues.

« Nous, on tue un flic on prend perpète, s'emporta Donna devant le groupe de prière, eux, ils nous tuent, ils prennent leur paye et ils rentrent chez eux ! »

Sœur Hillary hocha la tête.

« 11 % d'enfants noirs ont un de leurs parents en prison, enchérit-elle de sa voix douce. Un Afro-Américain sur trois ira en prison. Alors peut-être serait-il bienvenu de votre part, vous ici qui venez d'un milieu privilégié et avez bénéficié d'un bon avocat, de vous mêler à vos sœurs de l'unité 5 pour cette chorégraphie.

— Moi aussi j'ai pris perpète, lança Pamela Smart. Mais je veux bien danser si vous faites Michael Jackson, ma sœur ! »

Et tout le monde éclata de rire.

Il y avait en plus une nouvelle, une vraie tarée, qui faisait front avec Jane : Stacey Castor, Blanche pur jus, était une veuve noire, une vraie. Elle avait empoisonné ses deux maris successifs à l'antigel et tenté de faire de même à sa propre fille après avoir écrit à sa place une note de suicide qui s'accusait des meurtres.

Au procès de sa mère, la jeune Ashley, survivante, déclara qu'elle la haïssait mais l'aimait toujours.

Stacey, elle, n'aimait personne, ni la chair de sa chair ni son propre père qui était mort opportunément après qu'elle lui eut ouvert une canette de soda.

Alors les autres, en prison, n'avaient pour elle aucune valeur humaine.

Un matin, quand Mad sortit de la douche pour rejoindre la première répétition de la chorégraphie, à laquelle elle ne comptait qu'assister en spectatrice, Stacey la tira par l'épaule en l'insultant : « Sors de là, espèce de Barbie collabo ! »

Puis elle lui colla une droite, approuvée par Jane qui surveillait l'entrée.

Mephista expédia Stacey et Jane au trou, et le *Thriller* dansé par les détenues de Bedford Hills n'eut jamais lieu.

Quelques jours plus tard, l'avocat débarquait avec son attaché-case.

« Je t'ai préparé un dossier de demande de remise en liberté conditionnelle. Ta mère t'accueillera à Sag Harbor. Il ne reste plus qu'à te trouver un travail, mais mon équipe mobilise ses réseaux. En attendant, je vais demander ton transfert à Taconic.

— Je ne veux pas aller à Taconic.

— Il y a juste la rue à traverser. Taconic est une prison de sécurité moyenne : pas de couvre-feu, les portes ouvertes toute la journée et la possibilité d'aller prendre l'air dans le parc à n'importe quel moment. Tu seras bien. »

Mad s'enfonça dans sa chaise, sentant sous son pansement son œil boursouflé cligner spasmodiquement.

« Je ne veux pas de liberté conditionnelle.

— Ne commence pas à m'emmerder, Madeline. Tu es dans une prison de haute sécurité depuis maintenant treize ans. Bonne conduite, dans les bonnes grâces de la directrice. Et tu te fais tabasser.

— Je ne veux pas.

— Ton père aurait voulu que tu sois libre.

— Papa aurait voulu qu'on respecte mon libre arbitre. »

Elle se leva, tira sa chaise et alla toquer à la porte du box pour sortir.

C'était le premier round d'un combat contre sa liberté.

– 45 –

Novembre 2016, Sag Harbor

Mira était au jardin, occupée à tailler ses rosiers d'une façon tout à fait personnelle et expéditive : elle leur arrachait la tête d'un coup sec.

« Mira, ne fais pas ça, accourut Madeline, jetant son sac sur la table de la véranda. Il faut te servir d'un sécateur.

— Je n'ai que des ciseaux de couture, rétorqua Mira avec humeur. Ou un grand pour découper le poulet.

— Il y a un sécateur dans la remise. »

Il faisait exceptionnellement beau, Madeline ôta son épais gilet et alla récupérer l'instrument. C'est elle qui avait organisé la remise l'été dernier, elle savait précisément où tout se trouvait. Pelle, plantoir, griffe à fleurs. Sécateur.

« Regarde, expliqua-t-elle. Il faut tailler court, et surtout juste au-dessus d'une pousse. Tu vois, la petite bosse, c'est une pousse qui donnera une autre branche au printemps. C'est là qu'il faut couper. »

Mira la regarda faire, les mains sur les hanches, les genoux de son pantalon crottés.

« Trump, maugréa-t-elle en s'essuyant machinalement. Comment est-ce possible ? Dans quel pays on vit ? “Attraper les femmes par la chatte”, voilà ce qu’il dit, sa femme pose à poil, tu parles d’une première dame, et on élit cet abruti ? Il a 3,5 millions de voix de moins que Hillary, merde, qu’est-ce que c’est que ce foutu système ? »

Médusée par cette logorrhée et la révélation d’un vocabulaire inédit dans la bouche de sa mère, Madeline éclata de rire.

« Ça t’amuse ? s’agaça Mira en fourrant un paquet de branches mortes dans un sac-poubelle.

— Non, mais Trump aura au moins eu le mérite que je t’entende prononcer les mots “chatte” et “à poil”, si je peux me permettre.

— Qu’est-ce que tu crois ? Que je suis pas vulgaire quand je parle toute seule ? »

À ce moment, Madeline ressentit une bouffée ronde, chaude, jusque-là inconnue, irradier son cœur. Est-ce que sa vraie mère, celle qu’elle aurait dû toujours connaître, se trouvait là, en face d’elle ?

« Viens, lui dit-elle. Si on s’asseyait boire une citronnade et parler d’autre chose ? De toute façon, on ne peut plus rien y faire. Regarde, comme le soleil est beau. »

Mira opina en maugréant, alla chercher une carafe où flottaient des rondelles de citron et des feuilles de menthe, et un cake aux fruits secs maison. À croire qu’elle attendait toujours quelqu’un. Était-ce un héritage de l’étiquette de Park Avenue qui exigeait qu’on ait toujours de l’excellent thé et des *short-breads* importés d’Angleterre à offrir en cas de visite impromptue, ou, plus tristement, l’expression d’une solitude espérant être comblée ?

Mad eut un pincement au cœur. Mira n’avait jamais parlé d’une nouvelle amie locale, ou d’une autre, de son ancienne vie, qui serait venue jusque-là. Elle avait mis cet absentéisme social sur son propre compte, les quelques semaines qu'elle avait passées dans la maison de famille, indésirable, pas présentable l'ex-taularde.

C'était peut-être autre chose. Une réclusion imposée de longue date. À cause d'elle ? Par un dépit personnel qui n'osait dire son nom ?

« Ta sœur m'a appelée, son divorce est prononcé, annonça Mira en faisant dégringoler les glaçons dans les verres. Enfin. »

Madeline n'avait pas revu Sarah avant qu'elle ne retourne en Californie. Ni son fils fasciné par son triste parcours. Avait-il travesti la conversation compliquée qu'il avait eue avec sa tante si fascinante ?

« Elle ne fait que geindre, ajouta Mira. Elle dit qu'elle a raté sa vie. »

Ce disant, elle avait jeté un œil en biais à sa fille, qui n'ignorait jamais rien. « Peut-être ma chère sœur devrait-elle relativiser », s'autorisa-t-elle donc à dire. Mira ne répondit pas, avalant une gorgée de sa limonade.

« Tu as suivi les élections chez toi ? finit-elle par demander. Tu aurais pu venir, tu sais. Tu as la télé, dans ton mobil-home ? Charmant, au demeurant, vraiment.

— Merci. Non, pas de télé, mais une petite radio. Mais j'étais à Manhattan, avec Dylan. On a tout vu sur grand écran.

— L'inévitable Dylan. C'est ton petit ami ? »

Madeline leva les yeux au ciel par-dessus son verre. *Petit ami*. Que tout le monde arrête avec ça, bordel.

« Non, Dylan a déjà une *petite amie*.

— Et que faisait-il avec toi, alors ?

— Elle est infirmière. Elle était de garde.

— Pauvre femme. Un certain nombre de malheureux ont dû se jeter sous le métro.

— Pas que je sache. Mais tout le monde était très triste. Parlons d'autre chose. J'aurai terminé mon chantier en fin de semaine. Ensuite, je m'occuperai de ton jardin, avant que tu ne massacres tous les rosiers.

— J'ai cru que tu passerais la soirée des élections avec ton cuisinier. Comment s'appelle-t-il, déjà ? »

Madeline posa son verre, mordit dans une tranche de cake, le temps de réfléchir. Elle n'était pas venue voir sa mère pour l'entendre récriminer contre Trump – bien que ce soit un passage obligé. Derrière cette visite, il y avait autre chose, qui avait à voir avec cette honnêteté qu'elle s'était promis d'avoir, qu'elle n'avait su satisfaire, mais que par un effet miroir, elle attendait de l'autre côté aussi.

Tout dire à sa mère, mais tout comprendre d'elle en retour.

Voilà ce qu'elle était venue faire. C'était un début à tout.

« Ezra, dit-elle.

— Je pensais que ce serait lui, ton petit ami.

— Je ne sais pas s'il le sera. Nous sommes proches, il y a… quelque chose entre nous, mais je ne lui ai pas dit la vérité.

— Tu es amoureuse de lui ? »

Jamais Madeline n'aurait imaginé qu'un jour, aussi lointain fût-il, sa mère telle qu'elle l'avait toujours connue lui poserait une telle question. Elle en prit la mesure, considéra que là commençait l'échange qu'elle attendait et répondit : « Je n'ai jamais su ce que c'était, Mira. Mais si c'est se sentir à sa place avec quelqu'un, alors oui, je le suis. »

Il y eut un grand silence, traversé par le cri des mouettes qui fendaient l'air azur. C'était un tel contraste, la pureté du ciel, et le *karr !* bruyant, criard, des oiseaux. Une superposition temporelle, c'est l'image qui vint à l'esprit de Madeline quand elle vit Mira porter subitement ses mains flétries sur ses pommettes lisses de princesse juive.

« Mira », fit-elle, et le mot se coinça dans sa gorge – guindé, froid, il correspondait si peu à la situation.

Mira fit glisser ses doigts sur son visage, traçant des traînées de mascara. Elle prit une longue inspiration, et expira doucement.

« Toutes ces années, je me suis trompée, exhala-t-elle. Toutes ces années, j'ai cru que tout était ma faute.

— Mira, répéta Madeline murmurante, que dis-tu ? »

On était au bord. Le mystère faisait surface, on plongeait tout droit à sa rencontre, et c'était vertigineux. Madeline sentit tous les muscles de son corps se tendre, dans un élan douloureux.

Elle est indéfinissable, cette clarté soudaine qui vous glace, elle est pointue, cette image qui vous vient et veut tout vous dire.

« Mira. Qui était la femme sur le canapé ? »

Elle était là, la clé du mystère. La mécanique de son cerveau lui recrachait la dernière pièce du puzzle qu'il construisait patiemment, à son insu, depuis son enfance.

Mira la regarda brièvement, puis planta son regard sur le jardin.

« Elle s'appelait Rachel. Je l'ai connue au lycée, à Brooklyn. Nous avions 15 ans. Nous étions inséparables. Rachel était d'une gaieté folle. Avec elle, tout était possible. »

Madeline se recula dans son fauteuil, comme poussée par deux mains qui appuieraient de toutes leurs forces sur sa poitrine.

Ce n'était pas possible. Ce que Mira lui racontait là, c'était son histoire avec Estrella.

« Rachel a été la première à se marier. Elle a épousé un propriétaire de ces bateaux qui emmènent les touristes boire du champagne autour de l'île, Raymond Sharp. Un type très beau, mais très ennuyeux. J'étais demoiselle d'honneur, évidemment, et j'ai passé la journée aux toilettes à pleurer. (Elle eut un sourire triste.) Rachel a eu deux beaux enfants, et j'ai épousé ton père. »

Des spasmes secouèrent soudain la poitrine de Madeline. *Papa*. Papa, épousé par dépit ? Mon Dieu, faites que non, il ne le méritait pas.

Mira la regarda, comme si toute crainte avait disparu : « Ton père, Madeline, était le meilleur homme sur cette terre. Il était attentionné, séduisant, intelligent, honnête. Je suis si fière d'avoir eu mes deux filles avec lui.

— Mais…, balbutia Madeline. Parce qu'il y a un *mais*, n'est-ce pas ? »

Mira garda ses beaux yeux sur elle un instant, comme si elle cherchait à instiller en elle la profonde vérité de ses dernières paroles.

Puis elle se tourna de nouveau vers la ligne verte du jardin.

« Il y a un moment dans la vie d'une femme où elle regarde d'où elle vient, ce qu'elle est, où elle va. Avec Rachel, cela s'est passé au même moment. Après les enfants. Nous avons réalisé que… (Elle reprit sa respiration.) Nous avons réalisé qu'elle et moi, c'était une évidence. Que si, lorsque nous étions plus jeunes, il y avait eu tous ces drapeaux multicolores, ces défilés, et maintenant le mariage, eh bien, nous aurions passé notre vie ensemble.

— Vous avez eu… »

Les mots se bloquèrent. Seigneur, elle ne pouvait pas poser cette question à sa mère.

« Une liaison ? C'était bien plus que ça. Jusqu'à quel point, c'est mon jardin secret, Madeline. Rachel dessinait de sublimes bijoux, ils étaient vendus chez Saks, dit Mira, fièrement. Elle venait souvent à Manhattan. Un soir… Ce fameux soir où elle était à la maison et que tu… »

Elle soupira, s'interrompit.

« Vous regardiez *L'Exorciste*, je m'en souviens, murmura Madeline à sa place.

— Oui. Nous ne faisions rien de répréhensible, sinon nous faire peur comme des gamines, nous n'aurions jamais rien fait de répréhensible sous le toit de ton père, mais j'ai eu peur que tu le croies.

— Comment aurais-je pu, j'avais 6 ou 7 ans ?

— Tu sais, Madeline, il y a des vies parallèles où s'installent durablement la culpabilité et une sorte de… qui-vive.

— Je le sais.

— Voilà pourquoi j'ai pensé, toutes ces années, que ce que tu avais fait était ma faute. Que toi aussi, tu vivais une histoire d'amour avec ton amie. Et que par ma réaction ce soir-là, cette façon irréparable que j'ai eue de t'éloigner de moi, j'avais inoculé dans ton esprit le poison du tabou… (Mira s'éclaircit la voix, devenue presque inaudible.) Et que c'est pour cette raison que tu l'avais tuée, parce que tu avais peur de tes sentiments. Alors que tu me dises aujourd'hui que jamais tu n'avais ressenti ce que tu ressens pour cet homme, Ezra… »

Elle ne put terminer, secouant la tête, laissant une larme couler sur sa joue sans l'essuyer, puis une autre.

Muette, sidérée, Madeline attrapa fiévreusement une de ces précieuses serviettes en lin brodé, et, dans un inversement des rôles, se pencha sur sa mère, essuyant délicatement ses joues.

« Tout va bien, souffla-t-elle, tout va bien. »

Mira prit doucement son poignet, hocha la tête.

« Qu'est devenue Rachel ? » demanda Madeline, après un silence bruissant des feuilles mortes qui tombaient sur la véranda. Il n'y avait plus de larmes.

« Elle est morte la même année que ton père.

— Mon Dieu… »

Mira se tourna vers elle, un sourire presque heureux aux lèvres.

« Ton père m'a laissé deux magnifiques filles, qui ont toute une vie à commencer. Et, dit-elle en caressant du bout des doigts le diamant qu'elle portait au cou, Rachel m'a laissé ça. Crois-moi, Madeline, j'ai vécu des moments merveilleux que toutes les femmes aimeraient avoir en mémoire. »

Ce pendentif discret, aussi discret que l'histoire qu'il cachait, Madeline se souvenait maintenant en avoir toujours perçu le bref éclat.

« Papa… Papa était au courant ? »

Elle le revoyait, si mélancolique, elle l'entendait lui dire : « Ta mère n'est pas douée pour le bonheur. »

Mira prit son temps, pour être sûre que cette honnêteté dont elles avaient fait vœu aujourd'hui ne soit pas abîmée.

« Je ne peux pas te dire non, Madeline. Comme je te l'ai dit, c'était un homme intelligent. Mais nous étions un couple heureux. Ce spleen qu'il semblait avoir, parfois, ce n'était pas pour cela. C'est parce qu'il n'aimait pas sa vie, tout simplement. Il aurait aimé construire autre chose que des nez parfaits à Park Avenue. Il aurait aimé construire des bateaux ou des meubles, il aurait adoré vivre là où tu vis, à Montauk. »

Encore un silence. Le soleil se voilait. Bientôt la nuit, propice aux derniers aveux, aux mots longtemps tus.

« Maman », dit Madeline.

Maman.

« Maman, viens, rentrons, il fait frais. Rien n'est ta faute. »

Et elle lui raconta ce qu'elle n'avait jamais raconté à personne – la nuit où elle avait tué Estrella.

– 46 –

Juin 2015, centre correctionnel de Taconic

En cinq ans, l'avocat avait essayé cinq fois.

Kenneth Leonardi, celui qui aurait voulu être un Bombardier du Bronx comme Mickey Mantle, voulait sa victoire. Au moins une. C'était de l'acharnement. Chaque année, avant l'été, il débarquait avec son attaché-case et un nouveau dossier de demande de remise en liberté conditionnelle. Mad serait chez sa mère en septembre, disait-il, avec une hargne qui cachait mal la certitude de la défaite – comme quand Mickey Mantle tape dans la balle et qu'il sent bien que la batte a vrillé de 2 millimètres, parce que juste *sentir* l'aberration c'est son job et qu'il gagne des millions pour ça.

Au fil du temps, de toute façon, la bataille devenait moins glorieuse. Faire libérer une meurtrière au bout de treize ans sur vingt ou vingt-cinq, ça aurait eu de la gueule, mais deux ans avant son élargissement faisait vraiment petit pied.

Cette année encore, l'avocat était reparti comme il était venu, son dossier sous le bras, probablement facturé quelques milliers de dollars supplémentaires à la veuve Oxenberg, dont Madeline se demandait si elle entendait bien quand elle lui disait que c'était une dépense tout à fait inutile. Il semblait que ce fût juste dans la continuité des choses que de persister à payer les services superfétatoires d'un prestigieux avocat lorsqu'on avait une fille de bonne famille en taule.

Mais cette fois, prise de scrupules, Mad avait au moins accepté une chose : Taconic. Prison de moyenne sécurité, juste en face. Si tout se passait normalement, elle n'aurait plus qu'un an ou deux à vivre ici – compte tenu de sa bonne conduite, elle doutait que le juge lui ordonne de purger les vingt-cinq ans maximum de sa condamnation.

Et puis, il y avait une chose : elle ne supportait plus les horreurs de Bedford Hills. Était-ce parce qu'elle avait 35 ans, et, malgré le coup d'arrêt que met la prison à votre évolution psychique, avait gagné une certaine maturité ?

On lui avait collé une nouvelle colocataire, l'année dernière, après la mort subite de la précédente, une vieille condamnée à perpète. Morte dans la couchette juste au-dessous de la sienne.

Bref, la nouvelle coloc, ce n'était que pour quelque temps, lui avait assuré le remplaçant de Mephista, un type falot qui ne ferait pas long feu. Diandra, à la tête d'un réseau de trafic d'ecstasy dans le Queens, continuait son business depuis son lit, au moyen d'un téléphone qu'elle planquait sous le matelas de Mad – elle faisait même rentrer quelques sucreries pour celles qui en voulaient. Bien évidemment, elle avait menacé Mad de mort – « Pas toi ici, ça ferait désordre, non, ta mère dehors, me suis renseignée. »

« Quelque temps », avait dit le pâle directeur. Cela avait duré presque dix-huit mois, avant qu'on trouve une place à Diandra dans une autre unité.

Et, il y a trois mois, une jeune femme toute pimpante était arrivée, le brushing encore impeccable.

Lacey Spears, mère célibataire, n'avait cessé de poster sur les réseaux sociaux les pépins de santé de son fils, Garnett, mignon bonhomme blond et souriant, allant jusqu'à créer un blog pour chroniquer sa recherche d'un remède. À 5 ans, Garnett était mort. La vérité, parce qu'en prison il y en a toujours une, c'est que Lacey l'empoisonnait depuis tout petit.

Elle l'empoisonnait… au sel.

Au sel.

Encore un syndrome de Münchhausen par procuration.

Cette fois, Mad avait dit stop.

Donna Hylton, avec qui elle aimait passer du temps dans la vallée, avait été libérée sur parole il y a trois ans. La Jamaïcaine n'avait eu de cesse de la pousser à déposer sa demande de libération conditionnelle.

« Allez au moins à Taconic », lui avait intimé Mephista avant de débarrasser son bureau de ses moches chats en céramique et de prendre sa retraite.

Alors ce serait Taconic.

Elle avait demandé à sœur Hillary : « Vous viendrez me voir à Taconic, ma sœur ? »

Seigneur, jamais elle n'aurait imaginé faire une telle prière dix ans auparavant, quand elle faisait sa tête dure.

« C'est la porte à côté, mais même si tu te retrouvais à Sing Sing je viendrais te voir. »

Et elle était venue dès les premiers jours, bien sûr.

« Alors, comment s'est passé ton emménagement ?

— Franchement, ça ne change pas grand-chose de l'unité 6. Deux par cellule, une salle télé, la cuisine dégueulasse. Mais on peut recevoir ses visiteurs dehors, comme dans un asile de fous », dit-elle avec un geste vers le potager qui les séparait des terrains de basket.

Elle avait obtenu de s'en occuper, et de former plusieurs filles a priori aussi empotées que les plants de patates qu'on venait de livrer.

Derrière, on entendait le ballon rebondir, les joueuses d'occasion s'invectiver.

« Ta cellule ?

— À peu près la même. La fille avec qui je la partage passe son temps à dormir. Comme je suis arrivée après elle, j'ai la couchette du bas. C'est la première fois depuis dix-huit ans que je dors sur la couchette du bas, j'ai un peu de mal. Le soir, si on veut, on a droit à des tisanes, je prends de la camomille. Un bon livre sur le chariot qui passe, et au lit. C'est charmant, ironisa-t-elle.

— Et le travail ? T'a-t-on informée ?

— Oui, il y a le centre d'appel du département des véhicules motorisés, ici. Je me demande si les gens savent qu'ils font renouveler leur permis de conduire par une voleuse à la tire.

— Je ne sais pas, rit la religieuse. En tout cas, c'est un bon moyen pour les détenues de se réhabituer à la vie extérieure en utilisant un langage moins fleuri.

— Je m'inscrirai peut-être au programme d'édition de manuels en braille, c'est plus calme. L'édition, de la transcription à l'emballage, on m'a dit pompeusement.

— C'est une tâche gratifiante.

— Ou peut-être que je ne ferai rien, en dehors du potager. Je n'ai pas encore décidé. »

Sœur Hillary hocha la tête. Elle savait bien qu'il était inutile de guider Mad d'une main trop ferme, comme d'autres en avaient besoin.

« L'avantage, c'est qu'il n'y a pas de monstre, ici, dit Mad après un silence. Juste des voleuses, des petites trafiquantes ou des fins de peine lessivées, comme moi. Alors elles sont plutôt méchantes, mais pas diaboliques. Ma sœur, comment faites-vous pour supporter encore l'horreur, après toutes ces années ?

— Je la supporte parce que je n'y suis pas obligée. Tout le monde en prison, même le pire, a besoin d'empathie.

— Il faut faire attention à l'empathie, ma sœur, c'est ce que recherchent les tueuses d'enfants.

— Mon rôle ne commence que quand elles sont en prison, Madeline. Je ne cherche pas à comprendre, à juger ou à pardonner ce pour quoi les détenues y sont. Si je peux les amener à prendre conscience de leur crime, alors ma mission est accomplie.

— À quoi ça sert ?

— Ça sert à l'humain.

— Autant laisser Marybeth Tinning croupir dans son déni à perpète, tout le monde s'en fout, de ce qu'il y a dans sa tête ! »

Sœur Hillary lui sourit tranquillement – et oh punaise, que ce sourire l'agaçait encore, parfois. Cette façon de détenir la sagesse et de la prodiguer au-dessus de sa petite croix en or, c'était chiant. Mad en avait marre, elle avait envie d'aller bêcher le potager et de se vider la tête.

« Regarde Kathy Boudin, dit la religieuse, regarde Donna Hylton. Capables du pire, et ensuite du meilleur. Le meilleur serait-il arrivé sans le pire ?

— C'est horrible, ce que vous dites. C'est le crime qui a fait d'elles des femmes accomplies ? Sans ça, elles seraient restées minables ?

— Je dis que le chemin de chacun est un mystère, mais a une signification. Et je dis que ce n'est pas leur crime, mais bien leurs victimes qui ont fait d'elles ce qu'elles sont. Leurs victimes sont en elles, elles les ont construites. Dans l'histoire, ce sont les victimes qui ont le pouvoir, il ne faudrait jamais l'oublier. »

Mad réfléchit. Elle ne savait pas comment prendre ce qu'elle venait d'entendre. Est-ce que cela parlait d'utilité du crime, de sacrifice divin, ou est-ce que cela remettait simplement les choses à leur place ?

Estrella Molinax faisait-elle de Madeline Oxenberg, prometteuse étudiante de l'Upper East Side, cette femme assise sur le banc en pierre d'une prison, diplômée de lettres anglaises et, curieusement, d'horticulture, philosophant avec une bonne sœur de la congrégation Saint-Joseph ? Estrella Molinax ferait-elle de Madeline Oxenberg, à sa sortie de prison, une femme meilleure que la *socialite* mariée à des médecins et des avocats successifs, courant les cocktails, qu'elle aurait dû être ?

Sa martyre était-elle son Pygmalion ?

« Réfléchis-y », lui conseilla sœur Hillary en partant.

Elle avait encore un ou deux ans pour ça, et ce ne serait probablement pas assez.

– 47 –

Novembre 2016, Montauk

Assise dans la cuisine d'été de M. Manhattan, Madeline regardait le ciel gris-bleu nimber son œuvre d'un voile d'automne. Sous la lumière impressionniste de fin d'après-midi, le jardin apparaissait par couleurs fondues, touches mêlées, comme un tableau de William Turner.

Le vert-de-gris de la mare s'étirait sous le sépia du sumac qui la bordait, les petites taches émeraude de l'allée d'hortensias piquetaient les volutes dorées des ajoncs qui fleuriraient jusqu'au cœur de l'hiver.

Madeline avait terminé.

Au pied du petit pont de bois qui enjambait l'eau calme, elle avait mis des pierres plates trouvées sur la plage de Ditch Plains, planté des rosiers anciens qui fleuriraient au printemps, enivrants.

Puis elle avait tiré une chaise devant la verrière de la cuisine d'été, comme au cinéma, s'était préparé un café et, les jambes repliées sur sa poitrine, les genoux sales et le rose aux joues, elle regardait.

Il y avait un sourire en elle, celui du travail accompli, celui de la fierté, celui que personne ne vous enlève.

Depuis la discussion avec sa mère, elle s'était allégée – c'était une sensation physique, comme si la charpente qui la tenait s'était dépliée. Jusque-là, alors que sa silhouette était fine, presque frêle, dans sa tête c'était une carcasse massive qui s'imposait là et gênait le passage.

Maman.

Encore ce sourire intérieur.

Maintenant, elle n'avait plus besoin de rien, et c'était un luxe.

Aussi, quand Ezra lui avait demandé où elle en était de son chantier, ce midi à l'heure de pointe, elle avait répondu « Je termine cet après-midi », il avait jeté, par-dessus le bruit des casseroles, « Je peux venir voir ? » et elle avait simplement répondu « Oui ! ».

Parce qu'elle n'avait plus besoin de rien, elle ne craignait plus rien.

Quand il apparut au milieu du cadre, haute silhouette aux mains enfoncées dans les poches de son caban de marin, avec sa barbe de pirate et son bandana rouge, elle crut voir de la buée s'échapper de sa bouche, alors qu'il ne faisait pas si froid. Une illusion d'optique, une esquisse fondue dans le tableau.

Troublée, elle baissa les yeux, et le café frémit – une ondulation, légère.

« C'est… (Il avait l'air stupéfié.) Madeline, je ne sais pas quoi te dire, c'est magnifique, c'est tout.

— Merci.

— Tu es une artiste. Tu as fait ça toute seule. *Madre de Dios.* »

Madeline eut un pincement au cœur. C'était la première fois qu'elle l'entendait prononcer des mots en espagnol, sa langue natale. C'était profondément lui, et ça le rendait plus désirable encore.

Mais elle n'avait plus besoin de rien.

« J'ai fait du café, dit-elle. Il est chaud. Il fait froid ?

— Tu ne trouves pas ? s'étonna-t-il en remplissant une tasse.

— Je m'activais, je n'ai rien senti.

— Et moi je sors d'une cuisine surchauffée, et je suis latin, par-dessus le marché. Novembre, c'est déjà le Groenland, pour moi. »

Elle rit, il tira une chaise à côté d'elle pour admirer le spectacle immobile.

« M. Manhattan ne va pas en revenir, dit-il après un silence.

— Je lui enverrai des photos demain.

— Sérieusement, Madeline, je crois qu'avec la pub que ce vieux plein de sous va te faire, tu vas avoir du boulot par-dessus la tête.

— Pas avant le printemps, de toute façon. Maintenant, ça ne sert plus à rien, on ne peut plus rien planter, l'hiver arrive.

— Eh bien, c'est parfait, tu pourras en profiter pour signer des contrats et faire les dessins des projets bien au chaud, à la table du fond de The End, devant une montagne de bouffe.

— Ça m'a l'air bien », sourit-elle.

Est-ce que la vie pouvait être aussi simple, aussi belle que ça ?

Estrella, est-ce toi qui m'as portée jusqu'ici ?

Elle eut une absence. Elle sentit vaguement Ezra remuer sur sa chaise, marmonner quelque chose, puis l'entendit de nouveau, comme un bouton de stéréo, sensible, que l'on tourne avec précaution jusqu'au son parfait.

« … pas chauffée, cette cuisine d'été ?

— Quoi ? Euh, non, évidemment, c'est une cuisine d'été. Et le café est tiède.

— Oui.

— Je vais en refaire. »

Elle se leva, il attrapa son poignet au passage et un spasme monta de sa poitrine. Ses yeux sur elle, mon Dieu. Madeline bloqua sa respiration, étouffant un hoquet.

Mais je n'ai plus besoin de rien... Plus besoin de rien...

« Assieds-toi, dit-il. Profite du paysage encore un peu, on n'y verra bientôt plus rien. »

Hypnotisée, elle hocha la tête et se rassit sagement. Le silence lourd qui suivit tambourina à ses tympans. Ezra l'avait lâchée, et elle ne voulait pas. Elle marchait sur la ligne de crête, basculer d'un côté ou de l'autre serait tout aussi terrible.

Comme indifférent aux bourrasques qui la menaçaient en pleine face et la frappaient de mutisme, Ezra ne cessait de se griser du tableau devant eux.

« Quand il va neiger sur ce jardin, Madeline, ça va être magique. Tu imagines, les flocons sur la mare ? Pourtant, la neige, c'est vraiment pas le truc qui me… Mais là, ça va être… »

Il ne finissait pas ses phrases, buvait une gorgée de son café tiède. Et puis :

« L'hiver, mon Dieu, soupira-t-il. En matière de météo, je crois que j'arrive au bout de mes capacités. Ce sera mon dernier hiver ici. Je vais migrer vers le sud.

— Qu… Quoi ? »

Elle s'était tournée vers lui, au bord de la chute. Il la regardait lui aussi, ses yeux noirs, il la regarda longtemps, et elle restait bouche bée, découvrant dans un trébuchement que non, ce n'était pas vrai qu'elle n'avait plus besoin de rien.

Il prit la tasse dans sa main, comme si elle était impotente, la posa sur la table derrière eux, elle le laissa faire parce qu'à ce moment précis, elle n'était capable de rien. Puis il mêla ses doigts aux siens, semblant observer interminablement l'effet que cela donnait, sa peau mate contre la paume diaphane.

Tous les deux avaient des mains habiles, des mains d'artistes.

« Je vais migrer vers le sud, répéta-t-il. Sauf si tu ne le veux pas. »

Sortant de sa torpeur, Madeline émit un gémissement – elle ne savait pas faire ça, elle ne l'avait jamais fait. Elle voulut se dégager, mais il serra ses doigts.

« Non, dit-il. Je ne te lâcherai pas. Pas tant que tu ne m'auras pas envoyé me faire foutre pour de bon, à haute voix, de façon intelligible.

— Lâche-moi, s'il te plaît », murmura-t-elle.

Il serra plus fort.

« Non, pas ça. Ça, c'est ce que tu me dis tous les jours sans même ouvrir la bouche. J'attends que tu me gueules dessus, que tu me dises que je ne suis qu'un sale con prétentieux qui s'imagine que tu as les mêmes désirs, les mêmes sentiments que lui, j'attends que tu me rigoles au nez. J'attends que tu me dises qu'on n'a jamais été bien ensemble, jamais à notre place. Dis-le, Madeline, et je te lâche pour de bon. Dis-le. »

Affolée, elle secoua la tête. *L'honnêteté, ton chemin de vie, souviens-toi, Mad, colle-toi bien ça dans la tête.*

Elle sentait la chaleur de leurs doigts mêlés lui monter au cerveau, sur le point de lui griller les neurones et la faire renoncer à ses vœux. Elle lutta contre la facilité qui prenait le dessus, elle lutta contre la protestation, lâche et définitive, qui se formait dans sa gorge.

« Non, avoua-t-elle. Je ne peux pas dire ça. »

C'était donc ainsi, en creux, qu'existait une des multiples façons de déclarer son amour – et, jusque-là, elle les ignorait toutes.

Quand on disait ça, réalisa-t-elle dans un vertige, on ne pouvait plus reculer.

Elle le regarda, se sentant étrangement tranquille au bord du gouffre. C'était comme mourir, finalement, on se fait à l'idée. Il avait l'air si… Elle ne savait pas, la petite ampoule ne les éclairait plus qu'à peine, à contre-nuit.

Mais il ne se précipitait pas sur elle pour l'embrasser comme dans les livres, il ne disait rien. On aurait dit qu'il attendait.

« Mais tu vas partir quand même, dit-elle.

— Pourquoi ?

— Parce que je ne suis pas la femme que tu… aimes, ou je ne sais pas si c'est ça.

— C'est ça. »

Elle ne respira même pas.

« Je sors de vingt ans de prison parce que, quand j'avais 17 ans, j'ai égorgé ma meilleure amie. »

Voilà, c'était fini.

Elle attendit le froid revenu sur ses doigts, elle attendit l'absence, l'ombre face à elle se déplier et se déliter dans le tableau de William Turner.

Mais cela n'arriva pas.

L'ombre bougea, très légèrement, puis elle sentit son autre main, qu'elle tenait coincée entre ses genoux, s'envoler, se mêler.

« Je sais, dit-il. Je sais depuis le début, Madeline. Tu m'as tout raconté le premier soir. »

– 48 –

Juin 2016, centre correctionnel de Taconic

« Vous récupérerez vos effets personnels à 7 heures demain matin.

— Mes effets personnels ?

— Ceux que vous aviez en entrant.

— Il y a vingt ans ? »

Son stylo à la main, la gardienne, une longue femme noire aux cheveux permanentés, haussa un sourcil : « Si vous êtes entrée il y a vingt ans, alors oui, ce sera vos effets personnels d'il y a vingt ans. »

Assise sur sa couchette, Mad sentit une onde poisseuse lui dévaler l'œsophage. Qu'y aurait-il dans le vilain carton-surprise ? Elle ne voulait pas s'en souvenir. Et puis, ce n'était pas à elle, mais à une ado de 17 ans qu'elle n'avait jamais vraiment connue.

« Tout ? demanda-t-elle.

— Comment, tout ? Tout ce que vous portiez sur vous.

— Mes… vêtements ? »

Un haut rose à paillettes. Elle se souvenait du haut rose à paillettes. Elle ne voulait pas de ce retour en enfer fluo, brillant, sanglant.

« Mais enfin, s'énerva la gardienne, je ne sais pas si vous aviez une robe de soirée sur le dos ou un survêtement de l'administration. Il se peut que les fringues du moment des faits aient été conservées comme pièces à conviction, vous irez les réclamer à la police de Manhattan, si ça vous chante, et vous les porterez au pressing ! »

Mad prit une inspiration, fermant brièvement les yeux, soulagée.

« Je ne veux rien non plus de ce que vous avez ici.

— Vous y êtes obligée, on peut pas garder, ce serait du recel. Votre avocat vient vous attendre ? Votre famille ?

— Non, je sors seule, j'ai le droit ?

— Oui, mais faut réclamer un bon de transport, l'administration est tenue de vous en fournir un. Pour le train ou le bus, comme vous voulez, signez là.

— Pas la peine. Quelqu'un vient me chercher. »

L'autre écarquilla les yeux. Elle n'y comprenait plus rien. Quelle case cocher ? « Voiture avec chauffeur », aurait dû préciser Mad, mais cela n'aurait pas aidé à remplir le formulaire administratif.

Bon sang, en vingt ans elle n'avait jamais cru qu'il était facile de sortir de prison, mais jamais elle aurait pensé que ce soit à cause d'un carnet de voyage mal organisé.

« Besoin de vêtements ? Si on ne vous en a pas envoyé, l'administration peut vous en fournir. Ils sont sobres et propres, récita l'officier.

— Oui, je veux bien. »

Pas d'avocat, pas de famille, pas de vêtements, enregistra l'officier en lui coulant un regard en biais – cela n'arrivait presque jamais, même pas aux junkies percées de partout. Alors, à une fille propre sur elle, les cheveux bien peignés et toutes ses dents, c'était de la science-fiction.

Elle cocha encore, qu'on en finisse.

« Voici votre relevé de compte », fit-elle en lui tendant une enveloppe cachetée. Vous verrez avec la trésorerie pour les détails. Des questions ? »

Oui, mille, deux mille, un million de questions qui se poseraient dans les années à venir, l'une ne résolvant rien mais poussant l'autre, dans un mouvement perpétuel comme le pendule de Newton.

« Non, répondit-elle.

— Bien. On va vous apporter des vêtements (elle la jaugea rapidement pour estimer sa taille) et des sacs pour mettre vos affaires. »

Puis elle tourna les talons, laissant Mad au cœur de sa cellule, un cœur qui flanchait – déjà, les bruits du couloir semblaient s'assourdir.

Elle regarda autour d'elle, les murs gris, les dessins collés au ruban adhésif, les crayons de couleur et la pile de livres empruntés sur le bureau.

Elle n'emporterait rien.

Les dessins, sa colocataire – cette Tina qui ne se réveillait que pour faire commerce des bijoux fantaisie transmis par sa mère depuis une de ces boutiques de vente en gros sur Broadway – les solderait dans la vallée, là où les filles passaient le temps en se coiffant entre elles. Entre deux tresses plaquées, elles étaient toutes venues, à un moment ou à un autre, se pencher au-dessus de l'épaule de Mad, qui crayonnait les scènes de la vie quotidienne. C'est ce qu'elle avait choisi, pour ses derniers mois : ne rien faire d'autre que jardiner, lire et dessiner. Mais elle avait toujours refusé de faire le portrait de ses camarades d'infortune, elle avait trop peur de leur montrer ce qu'elles ne voyaient pas.

Elle avait offert celui d'Estrella, ces quelques courbes sans bouche sur papier jauni, à sœur Hillary, parce qu'elle savait que la religieuse en verrait l'essence.

Elle n'emporterait rien.

Demain n'était plus ici.

C'était un saut dans le vide.

– 49 –

Décembre 2016, cimetière de Woodlawn, le Bronx

« Nous y voilà, murmura-t-elle. Toi et moi. »

C'était une stèle blanche aux incrustations dorées qui avaient résisté au temps. Des étoiles, de toutes tailles, disséminées sur la pierre dans un désordre étrangement joyeux, un nom et deux dates :

Estrella Molinax
18 mai 1978 – 31 décembre 1995

Quelque chose de radieux se dégageait de cette tombe abritée par un bosquet poudré de neige fraîche, dans la même division que Miles Davis dont Estrella aurait pu aimer la musique désinvolte, libérée – peut-être l'entendait-elle, elle qui n'avait eu le temps que d'adorer Nirvana.

Il n'y avait pas de fleurs en plastique pour compenser l'hiver, ni de statuette d'ange affligé, juste cette pierre immaculée, dont on devinait qu'elle était régulièrement nettoyée des dommages des oiseaux, contrairement à ses voisines. Mme Molinax n'habitait pas loin, plus à l'est du Bronx.

« Elle s'est mariée, lui avait dit Dylan. Elle a déménagé, mais n'a jamais voulu quitter le Bronx. Avec son mari, ils vont voir Estrella tous les dimanches, qu'il neige ou qu'il pleuve. »

Madeline avait bien compris le message. Elle n'irait pas un dimanche.

Elle avait cru qu'elle resterait muette, frappée de stupeur, devant la stèle. C'était tout le contraire. Elle avait envie de parler, de *lui* parler, sans se préoccuper de ce qui restait sous terre – si on commençait à penser à ces choses-là, on devenait fou. Alors on était frappé par une sorte d'illusion protectrice qui vous affirmait que le défunt était dans l'air, comme des microparticules flottant autour de cet espace qui lui était dévolu.

« L'âme », disait sœur Hillary. Et on y croyait vraiment, parce qu'on n'avait pas d'autre choix.

« Salut, dit-elle. Montauk, c'est ton idée ? Je me disais que oui, parce que là-bas il y a eu les Indiens Montauketts, les esclaves qui avaient pris le navire *Amistad*, des symboles de bataille pour la liberté. Et malgré tous les gens comme moi, de l'Upper East Side, qui ont voulu l'envahir, c'est resté libre et sauvage, Montauk. Comme toi. À la fin, c'est moi et toi, ce bout du monde. Celle qui envahit celle qu'on n'apprivoise pas. Je crois que j'ai enfin compris le message. Pas comme ce soir-là. (Elle ne s'arrêtait pas.) Tu as toujours été les Indiens qui se battent et les esclaves qui se libèrent. Moi, je ne serai jamais libre. Tu sais, c'est pas la prison qui te punit de tes actes. La prison, c'est juste du temps. La vraie peine, c'est la sortie. Quand tu réalises que quoi que tu fasses, tu seras toujours de l'autre côté. Je t'ai volé ta vie, et moi je n'ai pas de passé. (Elle eut un sourire timide.) Mais j'ai eu de la chance. On m'a donné de belles choses. Alors si cette chance c'est toi, si tu es mon étoile… C'est que tu ne me haïssais pas tant que ça. »

Elle resta un instant à contempler la pierre, les incrustations dorées, peut-être dans l'attente d'une réponse, tandis que tombaient les premiers flocons de la journée, doucement.

« Ma sœur, dit-elle. Est-ce que c'est grave si je ne fais pas comme Kathy ou Donna, si je ne consacre pas ma vie à aider les autres ? Est-ce que c'est grave si je me contente de vivre la mienne ? »

À côté d'elle, sœur Hillary releva la tête.

« Non, répondit-elle. Ce sera ta façon d'être humaine. »

Puis elle la prit par le bras, l'entraînant vers le sentier. « Allez, dit-elle. C'est fini, maintenant. »

Tous les soirs, Ezra venait lui faire la cuisine au mobil-home – et lui apprendre à la faire. *Cubano, pan con minuta, frita, croqueta*, tout y passait de l'héritage paternel.

Souvent, elle se contentait de l'observer – en dehors des crêpes d'œuf, elle n'était pas douée pour grand-chose. Ils discutaient de leur journée, de tout et de rien, il lui racontait Cuba, la Floride, Seattle, tout ce qu'il connaissait. Elle lui livrait parfois des anecdotes de Bedford Hills – les drôles, parce qu'il y en avait. Il ne demandait rien, il la laissait venir. Seulement une fois, une question : « Comment est-ce possible d'être celle que tu es, après vingt ans de prison ? Ce jardin, ces dessins. Cette persévérance. »

Elle avait longuement réfléchi, pensé à Kathy et Donna, aussi, et répondu : « Je crois que plus on se heurte à la chose la plus inacceptable, plus on réfléchit au meilleur moyen de s'en accommoder. »

Ezra était un homme patient.

Ce soir, ou demain soir, il y aurait ce moment où les choses ne s'arrêteraient pas à un baiser sur la banquette – il savait qu'elle avait besoin de vivre son adolescence, par étapes.

Ce soir, ou demain soir, elle poserait ses mains sur lui d'une manière différente, et, à la chaleur du petit radiateur qui sentait le pain grillé, ils enlèveraient leurs vêtements, elle lui laisserait voir l'étoile sous son sein gauche que personne n'avait jamais vue, et elle lui dirait : « J'ai peur.

— Peur de quoi ? demanderait-il. De moi ?

— De tout. De ne pas savoir faire.

— Moi, je sais. Et le principe, c'est de faire ce qu'on veut. »

Ensuite, elle aurait mal, un peu, et puis ce serait doux, ce serait fort, et elle voudrait recommencer, maintenant, et demain soir, et le soir d'après.

Peut-être qu'elle s'habituerait à s'endormir dans ses bras sans penser à rien d'autre.

Sur sa table de nuit, il y avait trois choses : un petit flacon d'alcool de menthe, l'album de mobilier d'art de Papa dans les pages duquel elle avait glissé un vieux papier plié en quatre.

Liste des choses que je voudrais manger en sortant :

– Poulet frit sur gaufre avec sirop d'érable

– Chili-dog du Papaya Dog

Peut-être qu'elle les rangerait dans le placard, un jour.

Peut-être qu'elle accepterait l'invitation à dîner de Dylan avec sa copine – peut-être qu'elle deviendrait son amie. Une amie femme, était-ce encore possible ?

Peut-être qu'elle passerait son premier Noël en tête à tête avec Maman, et qu'elles boiraient du lait de poule devant la télé. Il y avait un galet peint par Maman sur la petite table du salon – le phare de Montauk, évidemment.

Peut-être que cette année, elle fêterait le Nouvel An.

À The End. La fin qui était un début.

Peut-être.

Les Incertitudes.

Les « On verra ».

La vie, en somme.

ÉPILOGUE
Estrella

31 décembre 1995, Hell's Kitchen

Je regarde l'espèce de stylo électrique creuser des branches sous le pli du sein, ça grésille, et je sais pas trop ce que ça sent, un mélange de peau grillée et d'encre. Du sang aussi, sûrement. Le tatoueur arrête pas d'essuyer derrière lui, Madeline tient son nichon en l'air et l'autre, un gros barbu avec un trou dans l'oreille où je pourrais passer ma main, a le nez dessus, c'est bizarre comme scène.

Madeline me lance des petits sourires et se mord la lèvre pour me faire comprendre que ça fait mal, mais que c'est une douleur sympa, en fait.

Je regarde ma montre. J'en ai marre. C'est trop long. On est déjà habillées pour le réveillon, le haut rose à paillettes de Madeline est entre mes mains, et j'ai mis mon tee-shirt Kurt Cobain customisé – des épaulettes avec des paillettes aussi, on est brillantes, tiens. On pourra aller directement chez Dylan, mais avant, il faut que je passe sous le stylo électrique du mec.

Le tatouage, c'est une idée de Madeline. J'ai dit oui, parce que je dis oui quand je sais que je peux changer d'avis.

Là, ça ne va pas louper, je le sens venir.

Un tatouage, c'est pour la vie, quand même. J'ai 17 ans, et rien n'est pour la vie, c'est pas possible. Quand j'en aurai 60, peut-être que là, je n'aurai plus le choix, ni l'envie de changer quoi que ce soit.

Je réalise que la peau – ma peau –, c'est très personnel. Je ne pense pas à ces trucs-là, d'habitude. Je regarde l'étoile apparaître sur celle de Madeline, et je me dis merde… Peut-être que dans six mois, dans deux ans, on se trimballera chacune d'un côté sans plus se croiser avec la même étoile gravée sous le nichon gauche, et on aura l'air malignes.

« À ton tour », elle me dit gaiement en sautant de l'espèce de table qui me fait penser à un équipement de gynéco pas très propre.

Elle a un pansement épais comme si on lui avait tiré dessus.

Je regarde ma montre – c'est Madeline qui me l'a offerte, elle m'offre beaucoup de choses mais je ne demande jamais rien. Ce qui est matériel ne m'intéresse pas. En fait, j'aime pas les attaches, et cette montre en est une sacrée, quand on y pense. Avec un beau fermoir en or.

Pourquoi je pense à tout ça maintenant, moi ? Peut-être parce que tout à l'heure, on commence une nouvelle année et, quoi qu'on en dise avec les bonnes résolutions à la con, on est obligé de faire un petit point.

Le petit point de cette année, c'est que j'ai envie d'être avec André et que Madeline commence à me fatiguer. Je vois ça pile maintenant, quand elle me dit « À ton tour ».

« C'est trop long, je lui dis, et puis j'ai oublié mes 50 dollars.

— Mais c'est pas grave, je te le paye !

— Ça s'offre pas, un tatouage, c'est un truc perso. On reviendra demain, allez, on va chez Dylan. »

Là, on dirait que le ciel lui dégringole lentement sur la figure.

Elle est jolie, Madeline, vraiment, mais on dirait qu'elle ne s'en rend pas compte. Elle n'en profite pas. Elle ne s'amuse pas. Qu'est-ce que ça doit être chiant, de vivre sur Park Avenue, de respecter les codes. J'adore quand elle sourit. Mais je supporte de moins en moins ses montagnes russes, un moment elle est mutique, perdue dans ses pensées, le moment d'après elle a des projets plein la tête – aller aider dans un orphelinat en Haïti ou soigner les éléphants en Afrique.

Elle est tellement contente, tellement jolie quand elle sourit que je dis oui – parce que je sais que je peux changer d'avis.

Comme maintenant.

J'ai eu souvent des coups de cœur, mais ça n'a pas duré. Il y a eu Manny, Diego, Chris, on s'amuse, on arrête, pas de problème. Depuis que je suis avec Madeline, rien. Comme si le fait de la faire sourire, de lui faire découvrir un peu la vie, me comblait.

Mais là, il y a André. Et je crois que c'est sérieux, on verra combien de temps. Il est beau, il est sportif, il me défoule. Et il me fait rire – pour une fois, c'est pas moi qui fais tout le boulot.

On est dans le studio de Dylan – c'est cool, cet appart que son père lui a fait. J'adore ma mère, c'est la meilleure du monde, mais j'aurais bien envie qu'elle arrête de toquer à la porte de ma chambre dix fois par week-end pour vérifier si je vais bien, si j'ai fait mes devoirs, si je veux un verre de lait chaud et tout le bordel d'une maman, quoi.

Il y a de la musique, j'ai fini ma première bière, j'attaque la deuxième, et je profite de ce que Madeline est descendue avec Dylan chercher des trucs à la cuisine pour me coller contre André, l'embrasser quand les autres sont occupés à trier les CD.

C'est dangereux, j'adore.

« Cette nuit, je rentre avec toi », je lui dis. Son père travaille aux services municipaux de nuit, on sera seuls.

C'est décidé.

Ce sera ma première fois.

« Estrella, viens voir. »

Madeline est remontée de la cuisine, elle me fait un signe de la main, comme s'il y avait un secret entre nous.

Je la suis à la salle de bains. De toute façon, il faudra que je lui dise que je ne dors pas chez elle, comme c'était prévu. Ses parents veulent qu'on soit rentrées à 2 heures – sans ça ils appellent la Brigade spéciale des riches de Park Avenue, j'imagine.

« Regarde, elle me dit en soulevant son petit haut rose à paillettes. Ça saigne, j'ai peur que ça tache, tu peux me changer mon pansement ?

— Ouais. »

Je découpe la gaze, j'applique le sparadrap consciencieusement. C'est vrai qu'elle est jolie, cette étoile, elle est fine.

« Voilà, je dis en lissant bien le pansement.

— Demain, ton tour.

— Demain, je peux pas, je serai avec André. (Je lève les yeux sur elle.) Et cette nuit je dors avec lui, d'ailleurs. »

Comme j'ai la tête pratiquement contre son ventre, j'entends son estomac gargouiller. « Mais alors… », elle balbutie. Je me relève, je prends ma bière. Autant y aller tout de suite.

« On va peut-être se retrouver un peu moins ces temps-ci, j'ai vraiment envie de voir ce qui peut se passer avec André. Il est cool. »

Madeline est tellement hébétée qu'elle ne pense même pas à descendre le petit haut rose à paillettes tire-bouchonné au-dessus de son soutien-gorge.

« Et nos projets ? » elle articule.

Roh, merde, j'aime pas la tristesse, ça me fait culpabiliser. Alors je me dis qu'il faut tout clarifier, une bonne fois pour toutes, au moins qu'elle soit en colère plutôt que de faire cette tête tragique.

J'attrape ma bière.

« De quoi ? Haïti, l'Afrique ? Putain, Madeline, tu peux pas être dans la réalité, un peu ? Profiter de maintenant plutôt qu'attendre toujours le moment d'après ?

— Mais alors… Mais alors…, elle répète.

— Mais alors c'est pas si grave, je pourrai pas être là tout le temps, faut que je fasse ma vie, aussi. »

Madeline ne bouge toujours pas, seul son ventre se soulève, par spasmes de plus en plus rapides, elle va pleurer, je ne veux pas.

« Allez, je dis, viens, on va s'amuser un peu. » Et je lui tends ma bière. Elle repousse la bouteille qui se fracasse dans le lavabo.

J'explose : « Merde, Madeline, tu fais vraiment chier ! Tu me bouffes la vie, t'es pas drôle, faut être avec toi tout le temps, j'en ai ras le bol de ton espèce de dépression romantique ! Je t'ai assez donné, lâche-moi un peu. Y a des fois on dirait un des vieux dont s'occupe ma mère… »

Là, ça va très vite.

En fait, c'est déjà fini, et ni elle ni moi on a compris.

Il suffit d'un tesson de bouteille qui fend l'air et coupe pile au bon endroit.

Ça fait même pas mal.

« Estrella ! » hurle Madeline.

À travers mes doigts, le sang chaud jaillit de mon cou – comment est-ce possible, que ce soit si fort ?

« Estrella ! »

J'entends tambouriner quelque part, le carrelage est froid, j'ai des papillons devant les yeux.

Je vois des paillettes roses.

J'entends des éclats de rire – nos rires.

Je pense à ma mère.

Estrella significa étoile.

Juste après, je m'éteins.

Mais j'irai briller ailleurs, tu sais.

DERRIÈRE LES PAGES

Amy Fisher, la « Lolita de Long Island », a été brièvement journaliste après sa libération conditionnelle en 1999. Puis elle s'est orientée vers une carrière d'actrice pornographique. Elle a été réunie avec son ex-amant, Joey Buttafuoco, pour une émission de télé-réalité.

Après six refus de liberté sur parole, Marybeth Tinning a été libérée en 2018. Sa conseillère spirituelle l'a décrite comme « la personne la plus affectueuse, la plus généreuse et la plus attentionnée que j'aie connue ».

Donna Hylton a été libérée sur parole en 2012, après vingt-sept années de prison à Bedford Hills, et milite pour la libération des détenues âgées. Elle a été l'une des initiatrices de la « Marche sur Washington » en 2017. Elle se présente comme « détenue 86GO206 ».

Carolyn Warmus souffre d'une tumeur au cerveau et espère sa libération.

Kathy Boudin a été libérée sur parole en 2003, a été un temps nommée professeure adjointe en sciences sociales à l'université Columbia. Elle est la cofondatrice du Centre de la justice de l'université.

Lacey Spears purge une peine de vingt ans pour avoir empoisonné son fils au sel.

Pamela Smart est toujours incarcérée à la prison de Bedford Hills. Au cours d'une interview avec ABC News, elle a déclaré : « Je suis effrayée à l'idée de vieillir et mourir en prison. J'aurais préféré être condamnée à la peine de mort. »

Ce roman a été écrit en 2020, année pourrie s'il en est.

Mais, si le fait de passer neuf mois en survêtement sur mon lit à vous raconter cette histoire a été l'expérience la plus insalubre de ma vie, j'ai apprécié de travailler en famille :

– Merci à mon fils Joshua d'avoir trouvé la prison de Bedford Hills. Je me souviens, j'étais sur mon ordi, les doigts en l'air, je voulais raconter cette histoire mais je n'avais pas le lieu… Et Joshua a relevé les yeux de son téléphone et m'a dit : « Bedford Hills, prison pour femmes. »

Tout est parti de ce moment. Merci, mon fils.

– Merci à ma fille Emma-Rose pour sa sélection de documentaires, nos débats précieux, merci à son correspondant Austin Chabera emprisonné à l'unité Connally, Kennedy, Texas, pour toutes ses précisions sur la vie carcérale.

– Merci à ma fille Mia pour avoir décidé qu'Ezra s'appellerait Ezra.

Pour finir, une citation sur l'amitié, si précieuse cette année :

« Je prendrai, dans les yeux d'un ami, ce qu'il a de plus chaud, de plus beau et de plus tendre aussi. »

Jacques BREL

À vous qui me lisez.

Ouvrage composé par
PCA 44400 Rezé

Imprimé en Espagne par
Liberdúplex
à Sant Llorenç d'Hortons (Barcelone)
en mars 2022

POCKET - 92, avenue de France - 75013 Paris

S29567/01